# 夔州刺史

# 刘禹锡

刘运勇　著

西南師範大學出版社
国家一级出版社　全国百佳图书出版单位

图书在版编目(CIP)数据

夔州刺史刘禹锡 / 刘运勇著. — 重庆 ：西南师范大学出版社，2018.9
ISBN 978-7-5621-9585-6

Ⅰ. ①夔… Ⅱ. ①刘… Ⅲ. ①长篇历史小说－中国－当代 Ⅳ. ①I247.5

中国版本图书馆 CIP 数据核字(2018)第 214233 号

**夔州刺史刘禹锡**

**刘运勇　著**

---

**责任编辑**:吕　杭
**封面设计**:尹　恒
**排　　版**:重庆大雅数码印刷有限公司
**出版发行**:西南师范大学出版社
地址:重庆市北碚区天生路1号
邮编:400715　市场营销部电话:023-68868624
网址:http://www.xscbs.com
**经　　销**:全国新华书店
**印　　刷**:重庆荟文印务有限公司
**幅面尺寸**:165mm×235mm
**印　　张**:20.25
**字　　数**:300千字
**版　　次**:2018年9月　第1版
**印　　次**:2018年9月　第1次印刷
**书　　号**:ISBN 978-7-5621-9585-6

---

**定　　价**:68.00元

# 第一章

长庆元年冬，皇帝颁下圣旨，着刘禹锡于年前赴夔州刺史任。时间本就有些紧张。一路上，朋友置酒相候，同年馈赠程仪。他到达西陵峡口香溪场时，已经耽延到岁末，听说奉节县令要来迎接，便就此泊下了。

泊在场口的官船，随波逐流，被江水颠簸得摇摇晃晃。见有官船靠岸，场口理事的覃大爷远远打了一个招呼，问清楚来的是新任刺史，便屁颠屁颠地奔下码头，如木棍般，戳在又硬又冷的青石梯上，双手抱拳，不停歇地朝船作揖。船老大几步踩过去，问岸坎行礼的，是哪么个身份。理事大爷脑壳一啄，面朝撑船的，恭恭敬敬地回答："撑船子，你跟刺史大人禀报，说封县令前来迎接，正在码头恭候。"

江流嘭嘭地拍打着船底，突然有风掠过，吹起岸边一阵河沙，让人睁不开眼睛。

县令大人在等？船老大慌了手脚，顾不得回答，转身面对船舱躬身请示："刺史大人，奉节县令在岸坎上，等好久了，恭候大人起岸饮茶。"

刘禹锡听得半懂不懂的，猜想大概意思是县令已在岸上迎接，倒还不可轻淡了这片虔诚心。一撩官袍站起，他顿时觉得那船连续晃动好几下，人也晃动着站不稳，便伸手扶住舱门框，尽力撑持住，勉强站停当，便欲出舱慰问他们几句。

所谓官船，不过是由稍大的木船改装而成的，四面镶装了板壁，便于遮挡风雨；上行时为减少阻力，还会把板壁拆掉，只剩下几根硬邦邦的木柱，跟打鱼船也没得太大差别。

船老大不防他即要出舱，一蹿起身，手忙脚乱地高高打起了棉帘子，作势随时搀扶。

夕阳霍地洒入，像劈面泼进来似的，整个船舱都亮堂了。

刘禹锡伸手遮挡着阳光，边往船头走边用满口河南腔评价：“县令过于殷勤，过于殷勤哩。”扭头看见岸上有一些褐衣人，七手八脚地拿桡钩拉住了船，又径直往船舷上搭跳板。

看这架势，似乎要将船拉近一些，让船上的人好下去，船下的人也好上来。

刘禹锡站在船头，只见岸上有一人在打躬作揖，旁边立着两三个随从，晓得官船靠得迅速，县令得到消息，人还没有走拢，自己倒显得心急火燎的，不由觉得好笑。

船老大紧随跟上，不见一人跪接，也有些着急，朝着那大爷一阵乱吼：“你龟儿唧个的嘛，刺史大人出舱了，你们县令在哪儿，说是来接，接你妈个铲铲！”

理事大爷遭骂得狗血淋头的，心头欲要反抗，才刚抬起脑壳，觑见一群人走下码头，飞快地赶过来，就笃定了，改为反唇相讥：“撑船子，你娃狗仗人势，把眼睛吊起看嘛，朝码头，那边，鼓起眼睛去看噻。”

船老大都是成了精的，听他这般说，根本不用扭头看，双手高高地拱起，朝岸坎弯腰一揖，大声招呼：“封大人朝这边走，刺史大人恭……专等大人相会！”

刘禹锡闻声就不下船，双手背负，抬头看河坝，几人越走越近。那些人小跑着过来。许是因为仓促，跑得帽斜襟飞的，边跑还边朝自己招手。这样也算“恭候”？刘禹锡洒脱，觉得应该算的，都出了地界来接，可见盼望心切。

当先那人，到了官船的木跳跟前，三步当成两步，硬跨上船来，也不理正歪帽和斜襟，对着刘禹锡当头一揖，口中自报：“大唐夔州奉节县令封文渚拜谒刺史大人！”双手猛往前伸，抱紧了拳头，腰杆半折，行了一个大礼。

刘禹锡受了他一揖，然后伸出手去，虚扶了一扶，说：“封令不必多礼，船头不是衙门大堂，俗礼就免了，请往前头带一带路，到官驿再行细谈，本官还有事请教。”

“不敢！”封文渚谦逊一句，直起身体，让出后面一人，口称掌书记大人也来相迎。

来人眉眼精明，身着五品袍服，自称同年。刘禹锡不记得此地还有同年，既称掌书记，就是节度使属官，品秩虽低，却为上司衙门的。那人走到跟前，身材肥肥胖胖，脸庞笑得如弥勒佛般。刘禹锡再三想不起他是谁。那人自叙渊源，叫着刘禹锡的字说：“梦得兄，难道忘了玄都观，与子厚及我相逢？”

刘禹锡陡地想起，此人姓仇名骥，字无缺，是大宦官内外五坊使仇士良的侄子，他不是在山南东道节度使牛元翼帐下任掌书记吗，怎么也到了香溪口？刘禹锡想起一个传闻：仇士良在宪宗李纯即位后，升为内给事，出而监督平卢、凤翔等军，曾夜宿敷水驿，与御史元稹争住上房，将元稹打伤。中丞王播上奏，说应以到达先后确定谁住上房，请求唐宪宗按旧章处理。宪宗皇帝不为元稹撑腰，还降了他的官职。现在元稹做了宰相，仇士良就不得不蜷脚了。此人即仇士良之侄，难道牛元翼表面要疏远一下仇骥，将其贬到了此地？

因此，刘禹锡避开“玄都观”那事，勉强敷衍他，当头一揖，问道：“无缺贤弟此来，所为何事？”

仇骥咧嘴一笑，朝几人团团作揖，说：“奉牛节度使令，特为刺史大人接风，官驿都准备好了。”

刘禹锡理应推辞，回答说：“掌书记大人亲来办理，本官于心不安呀。”

“哪里，哪里，刺史大人请上轿。”仇骥放下身份，恭恭敬敬地相请。

顷刻间，接官的仪仗全都到达河滩，轿夫放低了轿杠，等待大人们入轿。

随行家眷跟着，下了船，踩着一河坝鹅卵石，走到轿子跟前。那五六乘轿，有花棉布的，粗布的，还有两乘四面空敞的……这是什么轿子？ 刘禹锡正要跨入，见那轿子形状稀奇，便过去察看。原来是两架滑竿，便含笑叫儿子孟郎和仑郎去坐。 两个孩子贪玩，跳上滑竿，仰躺在上头，感觉比坐轿舒服，乐得哈哈大笑。

轿夫们抬着众官及刘禹锡和眷属，穿过一条窄巷上坡，停在官府设的驿站跟前。

官驿是一座临水的院落。

因地势狭小，无论官、眷，都安排在一桌吃饭，无法过于讲究。

有仇骥打招呼，驿丞便倾尽全力，办出了满满两桌酒席。 每桌摆着十五六个菜，而且有很大一盆麻辣鱼，做得色香味俱佳，让他们看得馋涎欲滴。 官驿客舍虽小，却是上下三峡的进出口。 官府装修出了几间高档包房，十几盘菜往桌上一摆，众人便围拢了，你一筷子、我一筷子的，夹起菜下饭吃。 封文渚还陪着说话：“公子们喜欢，就调整调整行程，多住几日，担保顿顿有鱼吃，麻辣、糖醋、水煮，以及炸、炒、蒸、煎各法，鱼种不重复，做法不重复。酒足饭饱后，再坐船，上水去到夔州。”

说得家眷们更是垂涎欲滴，只是刘禹锡没发话，谁都不敢开口应承，干舔舔嘴唇罢了。

刘禹锡闲中不忘公事，取了一杯酒，朝封文渚一举，说：“封令，据本官所见，各地州县劝学一事，似乎草率了些，莘莘学子，一年没得几人考中进士，奉节县如何？”

这是要商量公务了，封文渚不再摇唇鼓舌，双手端起酒盅，诚惶诚恐地礼敬，跟即“嘎”的一声吞了，回答说：“谢大人赐！下官接手奉节公务，有六七年了，尚无一人考中进士，惭愧呀惭愧，还望刺史大人赐教，应该如何着手。”说完，他作势站起，要给刘禹锡行礼。

刘禹锡将杯一搁，说：“不必拘礼。封令，我也是想到，就说了出来，这是下步要办的事务，不必忙于一时。”

二人继续公事问答，刺史夫人薛氏和孩子们匆匆把饭刨完，放下碗筷出去了。

封文渚明白了，刺史大人不愿意多做停留。他陪刘禹锡吃过饭，顾自去安排那些纤夫：百来里水路，干粮必须带足，才能五六天拉到奉节县城。

香溪口是水码头，夜生活很丰富。仇骥见家眷们离开，单独邀请了刘禹锡，到河边耍坝去征歌逐舞。

耍坝是寻欢作乐的地方，一旦夜色朦胧，场坝里就有民间歌舞表演。仇骥拉刘禹锡坐了上席观赏。城里城外盛行的踏歌，从字面上解释，就是一种且歌且舞的表演。高挑的宫灯悄然掩去，几个青年女子甩着宽袍大袖舞出，通过左右摆和拧腰、松胯动作，形成“三道弯”体态，尽显少女的婀娜多姿。随着丝竹音乐声起，出来无数披蓑女，她们清唱着《踏歌词》。在有着万千柔媚的巴音蜀语中，款款而至的踏歌女，简直就是一道亮丽的风光。

看到这样情景，刘禹锡顿感陶醉，低吟二句：“口动樱桃破，鬟低翡翠垂。”

现场观众一个个都尖起耳朵听，辨析欢唱的歌词：

**春景娇春台，**

新露泣新梅。
春叶参差吐，
新花重叠开。

跳舞那些女子，随着歌声，以踩踏为主要的步伐，或实或虚，忽左忽右，连续踏出极具流动性的迈步。她们前后左右移动时，仿佛不是跳舞而是自由地行走，只是每一步都踩在节点上，形成整体顿踩那一瞬间的位移，便如行云流水。在一句唱词与后一句之间，舞者拧腰向左，投足抛袖，笔直的袖锋离弦箭一般，迅速奔住侧方。就在大袖划出上弧线往下坠时，她兀地拧转身体向右行，将衣袖拉得横平，使右抛之势不可不行，便躯干右倾，连同双袖向右抛撒出去。就这样左右往返，似天马行空，引得现场观众都随这翩翩翠袖而你追我赶。

花影飞莺去，
歌声度鸟来。
倩看飘摇雪，
何如舞袖回。

哪里还是踏歌，简直是阳春三月里碧柳依依，翠裙垂曳、两行体态妖娆的少女，踏着阳光，踏着春绿，踏着无边无际的云水，仿佛经过长江岸边那些青草地，融入大江东流而去。

仇骥向刘禹锡介绍："刺史大人，这个叫作僚人舞。夔州僚人踏歌而舞，据说传之久远，从姿势、踩踏、旋转等角度来欣赏，可以看出僚人舞受汉魏奇妙瑰丽舞风影响颇深，'三道弯'体态即塌腰撅臀的妖娆姿态，陡见夭娇之美，简直不可思议。"

刘禹锡万万想不到，香溪口竟有如此翩翩舞者，难道更有甜美歌女？他不好询问，却说："美在乡间，美在自然，诚不我欺也。"

仇骥表示赞同，说“确真”，又来拉拢：“诗言志，歌有情，当初你我京城玄都观相遇，梦得兄可有印象？”

刘禹锡当然记得。

当年，他和柳宗元为皇帝召还，居处离玄都观不远。听说观中桃树为仙人种植，一闻到花开的淡淡馨香，他们就赶过去欣赏。虽是春寒料峭，玄都观周围的桃树早早开花了，殷红的、浅红的、粉白的，一片片花林灿若云霞。隔坡望了过去，光干裸枝上，宛若粘着一只只蝴蝶，风一吹就会飞起，或者干脆如雾似霰，漂浮在枝头，等待春风过去，于瞬间化为片片落红。城里人倾城而出，携老将雏，一家一家的，到玄都观赏桃花。

太子侍读、门下侍郎同平章事武元衡也来了，他坐在大马拖动的高轩里，与身旁姬妾调情，眼睛不时往外瞟。柳宗元先瞅见了他，拖着刘禹锡上前，准备过去打个招呼。暖风把锦帘撩开了一角。二人察觉车厢里似有女眷，只好站住了，让那车旋风般驰过。刘禹锡不无讽刺地说：“当朝宰相，哼，贤弟可见识了？”柳宗元敷衍着表态：“武大人张扬。”

说着一路行去，二人快步超过看花者，与看花归来的人相遇。有人跟他们打起了招呼。有称“主簿”的，有呼“员外郎”的，还有称“刺史”的。人们有意无意地避讳那个“司马”的称谓。打招呼那些官员，都露出一副傻乎乎的呆态，仿佛好不容易才认出他们。大多数人不认识他们。当然也有装着认不得人的，明明碰了面，偏偏把头扭过去，或者眼睛愣愣的，仿佛看到的不是人，只是两棵落尽叶子的桃树，并且没有开花。

刚刚迈过观门，刘禹锡差点儿撞上个人，抬头一看，是御史中丞元稹，赶忙喊住元稹，拉了柳宗元过来，向他介绍：“贤弟，这位元稹元中丞，可还记得？”

柳宗元记忆力极好，连声说：“知之，吾知也。”忆起了元稹的《离思》诗，便吟了出来：“曾经沧海难为水，除却巫山不是云。取次花丛懒回顾，半缘修道半缘君。”还夸奖说：“中丞大人这篇大作，就是《离思》之四吧，其一是，自爱残妆晓镜中，环钗漫篸绿丝丛。须臾日射燕脂颊，一朵红苏旋欲融。”

刘禹锡评价：“记得那时尊夫人仙游，中丞大人这两首诗，特别情真意切哩，‘取次花丛懒回顾，半缘修道半缘君’，不啻人间挚情，令你我羡煞慕煞。”

如此好评，使得元稹大为讶异，得意地连吟三首：“其二，山泉散漫绕阶流，万树桃花映小楼。闲读道书慵未起，水晶帘下看梳头。其三，红罗著压逐时新，吉了花纱嫩麴尘。第一莫嫌材地弱，些些纰缦最宜人。其五，寻常百种花齐发，偏摘梨花与白人。今日江头两三树，可怜和叶度残春。二位不吝赐教？”

话才说完，前头有人高呼“元中丞”。元稹不待二人回答，口称“告饶”，飞快地离开了。

二人踅到路边茶棚里坐下，要了两碗茶。店家送茶过来，说声“客人喝好”，闪去别处招呼。柳宗元端起一碗酽茶，朝刘禹锡举举，先说着：“兄长渴了，请喝下一碗，解解渴。”然后把茶碗凑拢唇边，等待刘禹锡端碗同饮。刘禹锡眼观人流熙熙攘攘，不晓得怎么的了，即使是回朝的喜悦，也冲淡不了内心的别样滋味。他们在高兴个啥？旋见柳宗元那副喜不自禁的神态，不大好扫他兴致，应付着举举茶碗，勉强尝了一口。

柳宗元饮过，兴高采烈地说：“梦得兄，今日游观之热闹，与往昔上朝相比，可有类似？”

刘禹锡没回过神，正色说：“子厚贤弟，咋能叫类似？”

柳宗元唏嘘着，回答：“你我永贞年间辅佐王相，高举铁帚，尽扫朝廷内外一切污垢，难道重新立于朝堂上，会改变初衷，应付了事不成？”

“当然不会应付。可贤弟想过没有，皇上，我指的是皇上而非宰相，会准许我们按照自己的心意做事吗？”

“皇上召我们还朝，不是以史为证，欲知得失，岂是换个环境养几年？”

刘禹锡见他情绪亢奋，似沉湎于未定之事，便不忍说破，只是委婉地暗示：“贤弟呀，皇帝不过需要你我操刀代笔，胸中那些政治抱负，恐怕要暂时搁置下来。”

“吾兄高见！”柳宗元不是这样想的，而且估计得偏了：“永贞年间，你我不是辅佐王相，朝政尽出于手下，闹得轰轰烈烈吗？甭管八司马九司马，兄长还有所顾忌？”又端起茶碗痛饮一口。

刘禹锡顿时沉默，把手中茶碗，凑拢嘴唇间浅吃，脑筋车轱辘般飞快地转动起来。那是多么波澜壮阔的一幕幕呀！当真还会有重控朝局的可能？他明白，当今皇帝，任用武元衡为相，毫无重振朝纲的雄心壮志，怎么还会挑选自己来创制新法、影响群臣呢？不过短短数年，满朝官宦，几乎绝了永贞年间的风采！自己怎么能够无动于衷？又见观外繁花似锦，游人如织，心中顿生无限感慨，吩咐店家拿纸笔来。茶棚虽简陋，过客中却不乏大家，店里时刻备有好纸好笔。店家挑了整纸和斗笔过来。刘禹锡心头忧愤难平，铺好纸张，饱蘸浓墨，信手挥去，写下《游玄都观》诗：

紫陌红尘拂面来，
无人不道看花回。
玄都观里桃千树，
尽是刘郎去后栽。

书毕，将斗笔朝那墨碗奋力一掷，全身似脱尽力气，瘫坐于长凳，一时撑持不起了。

他写一句，柳宗元念一句。七言绝句作完，柳宗元大声叫好，跟即默默地念一遍，也不申明缘由，高呼“挂起来，立即挂起来”，便拎着那张整纸，凑近一条挂诗的长绳前头，等待店家来扎牢。

店家哪里懂诗，见他们竟要挂上一张整纸，不无担忧地说：“客官，这些诗句，可够格？俺这茶棚正当官道上头，挂的都是大人们的诗词骚赋，这位客人所作，不会滥竽充数吧？”

这一问，气得柳宗元喷茶，连话都说不出了，只是“你，你，你”的，险些戳指大骂。

裴度应约来到，恰恰听得，不禁捧腹大笑，指着店家断断续续地说：“他不够资格哩！还不如大人们？哪个大人？啥大人？本官看你昏了头，还不拿根小绳来，把诗纸扎好！店家，你个笨蛋！挂上挂上，本官包你从此生意兴隆，日进千金啰。”

店家半信半疑，进屋拿了丝线来，将纸张的两角细细扎起，生怕被风损坏，在纸的上方戳了两个小洞，穿过线儿去，扎得牢牢实实的，然后还不放心地上下打量。

刘禹锡却说：“不必如此隆重，用饭粘，再大些的风，也不会吹掉。”

顷刻，就有官员、百姓围拢来观看，指指点点地大发议论。大家都说这诗写得好，气势非凡，能压饱学百官。点评正酣，又听到有人赞美：“原来是个大诗人！”众人眼前出现一个峨冠博带者：这人有些发胖，深绿色袍服不是穿着，仿佛裹在桶上，走路如鸭子般一摇一晃地，仿佛脚下踩着田坎，说话虽装腔作势，脸上却笑嘻嘻的。而且，他没有理睬裴度。

来人自称是五坊内外使仇士良的侄子仇骥。

不料因这诗，刘、柳二人遭到许多朝臣攻击。有人说他们对皇帝的任命不满意，鄙视先前委任的诸多官员，尽是“刘郎去后栽”，他们去职后的朝官就不成才？攻讦者包括牛元翼等高官、仇士良等宦官，惹得皇帝李纯大为恼怒。于是皇帝下诏，把刘禹锡改为连州刺史，再派往更加偏远的夔州担任刺史。

仇骥见刘禹锡沉浸在回忆中，脸色一阵青一阵白，晓得撩拨到关窍处。当然他并非懊恼而是充满斗志。当今朝廷中，朝臣、藩镇、宦官三足鼎立，谁得到人才，谁就能获得皇室认可，真正掌握权力，而权力是官场生存的根本。

所以他叔父仇士良派侄子去拉拢藩镇。

眼前舞台上的踏歌又起了变化：先是那些舞女扭动着腰肢，往里一围，然后闪开一条甬道。刘禹锡顾不得细看，只远远听得一个极清脆的声音，仿佛在对面诉说，跟即缓缓走来个高挑女子。她对观众说的那些话，就是一首悠扬的歌，顿时将刘禹锡从往事中唤了回来：

巴东三峡巫峡长，
猿鸣三声泪沾裳。

刘禹锡问仇骥："仇掌书记，这是个啥调调？"仇骥激动地说："刘刺史请听，这山歌，就是竹枝调。"那姑娘又拖声拖气地拉长了喉咙放歌，速度压得缓慢，仿佛十分悲伤：

巴东三峡猿鸣悲，
猿鸣三声泪沾衣。

词意十分明了，不用仇骥解说，刘禹锡也听懂了，意思是说巫峡猿鸣，惹得人心情悲哀。那声音，一会儿蹿上高空，一会儿又钻入地底。就这么上天入地变换着，没得个着落，把人唱得心动难已，一门心思想跟她去细述情怀。

刘禹锡听得心潮澎湃，跟着哼了几遍，对方调儿又跑开了，仿佛随情绪波动，任意将高低音阶变换着，丝毫不费力气，也没个固定的曲调。刘禹锡心里品评着，不禁冲口而出："好雅致的竹枝调！好个竹枝调！"这一路闻歌，可见三峡文化淳厚深邃，往后倒要好生研究研究。

既赞歌好，当然也喜人美，难免眉飞色舞。仇骥窥视到了刘禹锡的内心，不待歌舞结束，就把歌者叫入酒舍相见，还要店家把熬好的广柑酒端来，配了几样下酒菜，三人品酒聊天。

歌者长身玉立，丰乳肥臀，皮肤雪白细腻，透着些晕红，五官精巧而秀美。她一挨拢刘禹锡，就拿溜圆的眼睛勾人，甜腻腻地说："百荷前来侍候，请大人饮下这碗酒。"又用三根指头勾起衣袖，露出嫩藕般的一只胳膊，仿佛愿意让大人嘎巴嘎巴地嚼了吃。

刘禹锡接过那碗酒，映在灯光下反复观看。酒是枣红色的，显得浓郁，酒性看起来也烈，应该能够饮得尽兴。便问："仇掌书记，饮酒吃肉忒乐乎？"

仇骥取了一碗酒，凑到鼻子跟前嗅嗅，回答："岂有不乐？岂有不快乐之理！"先干掉了半碗，搁在百荷跟前。

百荷拈起手掌大一块牛肉，闻了闻，张口咬掉个角角，嚼了好久才嚼碎，吞下肚里，端起剩下那半碗酒喝干，取来双银筷子敲打酒碗，唱起了竹枝调："巴东三峡巫峡长，猿鸣三声泪沾裳。"银筷敲击之下，酒碗发出脆响，与拨弹琵琶相似，惹得刘禹锡顿觉十分凄凉，也把酒干了，听她接着往下唱："巴东三峡猿鸣悲，猿鸣三声泪沾衣。"百荷再次把酒碗倒满，刘禹锡连喊"吃肉"，银筷子碰着瓷碗，发出一阵叮当声，二人开怀畅饮。

刘禹锡晓得，官妓中能歌善舞的，大都能作诗文，再饮几口酒后，扭头跟百荷探讨："姑娘，三峡七百里中，无处不飞歌，无处不踏舞。这竹枝调，歌词重复，两句一节，可以强调词义，似乎短促了一些，若要起承转合，以四句一节为佳。"说完，顺手又将添满的酒喝掉。

"大人卓见！"百荷说，"只是山野俚曲，原不容易分出典雅与粗俗，吼得出满腔情感就行，也不必搬运词句。粗俗之人所唱、粗俗之人所听，粗俗之人所感动，就足够了，至于能不能登堂入室，还须得大人将这调儿改造。”说完，也取了一碗酒，一口喝掉。

“然则是否过雅?”

“大人是大家，为何因太雅担忧，今俗即明雅。”

“姑娘明白，好一个‘今俗明雅’，你我共举一杯?”

“旁观者，清也。大人以为当否?”

“极当！极当！干了这碗?”刘禹锡说得兴起，也不顾及对方，先把碗中酒一口干掉，提起了兴致，滔滔不绝地说起来：“俺琢磨这竹枝调，也在三峡地区传之久远，故长短相宜，音韵优美，如岩上滴泉，方有珠圆玉润的雅致，且说‘巴东三峡巫峡长’，节奏铿锵，二二三句式，便于抒情发音；而‘猿鸣三声泪沾裳’，句末泪、沾、裳，构成短促叙事，俺佩服十分。仇掌书记以为然否?”扭头去问，却不见了仇骥。

原来，他二人一聊起天来，仇骥就悄悄溜掉了，把与美人畅谈的机会，留给刺史大人。

“大人言简意赅！”百荷听他随口点评民间俚曲便头头是道，便知他学问深厚，佩服得五体投地，娇声说，“依大人看来，巫巴之地处处传唱竹枝调，夔人开口成诗，曲曲好词随手拈来，所以极得其趣。”

二人越说越投机，你一碗我一碗的，端起酒就干，而且，越饮越欢畅。

“自然。”刘禹锡酒量极大，只是泡酒的劲足，喝下后，满胸腹都火热了，激发起一腔豪情，愈益议论风发，“夔巴地方诡异，诡者瑰丽妖艳也，异者与众不同也。举凡诗词，发而五彩斑斓，岂有不勾魂摄魄？所以音清，所以情重，所以辞藻无不撼动人心，姑娘唱竹枝调，言词无有艰深，情趣却十分震撼，便是其中的主要原因呀！我等吟诗作词，皆靠自然感悟，如此现成流传的俚词，借为己用，应该没有什么问题，而且感情更袒露无遗，所以定能深深打动人。”

正说得激扬，店家踅进房来，托个圆盘，加了两盘下酒菜：一盘肉质粗糙，切块大张，似乎是卤鹅肉；另一盘黄绿相间，香味扑鼻，显然就是嫩芹炒蛋。

百荷夸奖说："好香！"

店家弯腰行礼，得意地询问："刺史大人可晓得，这碗肉食是何物？"

刘禹锡气恼思绪被他打断，不耐烦地说："鹅肉！皆为村店之道听途说，有啥壮阳效果！"扭头去看百荷。

店家立即拱手，拿眼睛瞅百荷，避免碰触刘禹锡的眼神。

百荷脸儿飞红，眼神与刘禹锡偶一碰触，点燃火焰般，朝他熊熊地烧卷过去。

店家得意地说："鹅当然不假，但不是家中所饲之鹅，是小二们猎回的鹅。"

刘禹锡不悦："卖甚关子！"

百荷惊喜地问："难道是天鹅肉？"

店家不答，倒退两步，转身出去前，拉了百荷一把，不理睬刘禹锡紧接着追问"到底是不是天鹅哩"，将他晾在现场，让他自己去挟天鹅肉尝。

刘禹锡夹了一块肉，塞进嘴里咀嚼。味道确实比寻常鹅肉耐食，留在口里的时间愈久，味道也就愈悠长，忍不住夸赞："天鹅肉毕竟是天鹅肉，非寻常禽鸟肉可比，就是食之味美而长存。百荷姑娘，可如本官所言？"

"极美。"百荷赞同他的评价，抬手又喝下一碗酒，直觉泡酒与卤天鹅肉相拌和，简直妙不可言，于是连连下箸，将盘中菜肴轮番吃了个遍。

刘禹锡跟着百荷下箸，将那些菜肴尝了个遍。

百荷见他洒脱，心头欢喜，起身要为刘禹锡夹菜，不料酒吃得多了，竟有些头重脚轻，勉强撑持站立，刚刚端起酒碗，双脚一软，跌入刘禹锡怀中。

刘禹锡也渐次迷糊，见人儿凑拢身，端起一碗酒就灌。百荷咕噜噜地喝了。刘禹锡很欢喜，端起一碗酒也要喝掉，却见百荷挤眉弄眼地撒娇，便伸了个长长的懒腰，叫着“好酒，好酒”，反手又倒入她口里。百荷照样大口喝掉，仿佛意犹未尽。

照这样喝酒，酒量再大也承受不了，不多时，双双喝得醺醺大醉，倒在锦毡上酣睡。

# 第二章

官驿屋顶的雀儿，有麻雀、花尾鸢、斑鸠数种，不晓得发现啥虫子了，争抢着打闹，把人吵得心绪不宁。官船久久没有起锚出发。下人中间就传开了，说大人进入官妓百荷的房间整夜未出，还有人说他两个喝醉了。

刘禹锡大清早被鸟叫声吵醒，百荷端来一盆净水，服侍他梳洗后，说夫人在官驿等待。刘禹锡想起昨夜醉酒难免惹薛氏不快。不过，官场中人，这样做也是常事。他吃过店家送来的麻圆、豆浆、糍粑块，穿上官服，准备回船。

封文渚过来请示，问他："大人与家眷们，是否停留几天，恢复了体力再过峡？"

刘禹锡却问："为甚？"

封文渚回答："往上约三百里水程，船行较缓慢，太折腾人，恐怕夫人、公子们疲倦，养旺了精神再朝上走，不急于一时，下官也好慢慢跟刺史大人汇报公务。"

刘禹锡又问："上水到夔州，需要多长时间？"

"六七日。"封文渚打了一躬，补充说，"恐怕大人过年，要在峡中了。"

刘禹锡不同意："沿途拖宕，时间不等人呀，既是官船，就快快地上行，早几日到达了，也方便各位做事。"

封文渚回答“要得”，陪同他们经过长长的石梯坎，下到水码头去。今日恰逢民间赶集，乡民分别从上下游，用船把物资送来。沿江稍许平坦的地面，都被开辟成了集市，有卖粮食的、卖衣服的、卖耍伴儿的。刘禹锡沿着百姓货摊看过去，新菜籽收获不错，官府或者民间的榨油房，收购下许多货，压榨成菜油，可以满足点灯和食用的需要。有不少棉花当街售卖，贫穷人家可做几件棉衣棉裤穿，这个冬季就比较容易度过。还有一种大黄米，吃着黏黏的，富有营养，为妇人坐月子时的上好食物。此地也出产柑橘。楚国三闾大夫屈原诗云，“后皇嘉树，橘徕服兮”，即对产于南方的柑橘赞美不已。总之，只要逢场，什么稀奇家什，都能够在街道两旁摆摊的百姓手头买到，因此形成喧闹的集市。

然而，要乘船上夔州，必须从坡岸走到江边，那喧闹的码头下，就是浩浩荡荡地冲击崖岸的万里长江。

刘禹锡远远看着，香溪码头除了大片大片的茅棚，系着无数木船外，还停泊着艨艟巨舰，有很多着统一服饰的官兵进出。船舶桅杆附近，久久缭绕着炊烟，已到了吃早饭的时辰。

前头有个老者摆书摊，吆喝着叫卖：“卖书啰，卖娃儿读的圣贤书啰，本摊可以赊账！”

封文渚很得意，对刘禹锡说：“大人，由此可见到一江文风，倡导百姓读书，不管是自己的书，还是州县衙门劝卖的书，但凡逢着赶场，就有人摆摊卖书。”

刘禹锡大感兴趣，过去询问：“老丈，俺挑几本书，也可以赊账吗？”

老者见刘禹锡神态悠闲，不像当地人，过来攀谈，无非是意存调侃，反问道：“先生，你是路过香溪口，还是长住？”

刘禹锡问：“路过如何？长住又如何？”

老者回答：“长住就算本地人。”

“嗯？”刘禹锡不晓得，“算本地人”有什么路数。封文渚凑到他耳旁指点说："赊账等于欠钱。"刘禹锡乐意结交当地人，回答说："路过。老丈有何指教？"

老者扬扬得意地指点："客官不晓得，这条江流，发源于大雪山，哎哟，千回百转的哟，进了我们三峡里头，才出现'日边攀垂萝，霞外倚穹石'的磅礴气势。"

封文渚讨厌他绕弯子，把话说得冰块儿般，冷得透心凉，而且弯弯拐拐的，仿佛要拒人于千里之外，非待客之道。

刘禹锡懂了，老者要做启迪学问的事，随即被他的卖弄惹得哈哈大笑，连称"受教了，受教了"，还问："老丈可是本地人？"

"算是。"老者回答，"我是奉节人，常来香溪口走动，买卖一应书籍文具。"

"那就是一位先生？"刘禹锡大为好奇，不晓得他除了卖书，还有什么买卖，对方不说，就只好继续追问，"老丈对奉节，以及夔州全境，可十分熟悉？"

"也不尽然。"老者神色自若地回答。

"哦！"刘禹锡面色不豫，"可否说说理由？"

"没有理由。"老者拒绝了。

"为什么？"刘禹锡追根究底。

"因为你是一个官儿。"老者很风趣，回答得直截了当。

"夔州刺史。"刘禹锡倒不相瞒。

"哦。"老者神态激动，语气却淡淡的，不再交谈，丢下了书摊，随着刘禹锡下了好长的一段坡，快到码头了，从怀里掏出一本抄本，"刺史大人声名远播，惋惜永贞革新夭折，今朝复起，当有大作为。这是本地书生们传抄的《水经注》，尽载大唐国内的河流，我甚是欣赏，于刺史大人任上应有大用。"

"《水经注》？"刘禹锡听说过这本书，只是不见抄本，蓦地于香溪口得到，不禁喜出望外，连忙道谢，"多谢老丈！闻名久矣，得老丈馈赠，缘分！这是缘分啊！"

老者送过书，转身便走。等刘禹锡兴奋一阵过后，打算要拉他同行时，却不见其影踪。

刘禹锡回到官船旁，见仇骥垂手侍立，仿佛前来送行，就赞他礼数周到；又见百荷换了打扮，穿一身立领宽腿的青色僚人服，扭扭捏捏地站在旁边，像个乖巧的小媳妇。

仇骥行礼说："刺史大人，奉节度使牛大人钧令，恭送大人至奉节城。"

刘禹锡厌烦烦琐礼节，推辞说："掌书记大人，牛大人公文、事务往来，片刻也离不得你，就不必过于客套。既已陪同本官多时，咱就此别过？"

仇骥连说："不可！"又说："节度使大人严令，岂是下官敢违背的！"

刘禹锡只好说"也罢"，又不解地问："百荷姑娘要搭上水船去何处？"

百荷上前折腰拂了拂，黄莺啼鸣般回答："大人又错了。"

刘禹锡奇怪："本官有什么错处？"

百荷只是含笑，不说话了，不再搔首弄姿，宛如大家闺秀，娉娉婷婷地站立。

仇骥打一躬，笑着解释："节度使牛元翼大人，得知刘刺史到任辖下夔州，特送百荷姑娘到署衙中侍奉，刘刺史不要辜负节度使大人的美意才好。"

刘禹锡迟疑了：上司所赠，怎么都是好意，似乎不宜回绝；百荷姑娘美艳，且能歌善舞，还特别善解人意，酒量也好。他心中有些难舍，追问："果真是节度使大人馈赠？"

仇骥说："当然。官妓也是公物，鄙人胆再大，断不敢私相授受的呀。"

刘禹锡心想：他敢送，俺可敢收？一时踌躇不定。

薛氏冷眼旁观，见他难舍难分的模样，心虽不喜，上前拉了百荷，说："妾身代夫君谢过。请掌书记大人上复节度使大人，夫君既在他麾下为官，定不辜负大人美意。"

几句话，说得仇骥大为惊奇：看来，刺史夫人精明呀！

百荷挺乖巧，跟随薛氏，先行上了官船。

刘禹锡几人相继上船，再回过头观望，见那老者站在高处，就挥手示意，请上船来，一同到奉节去。那老者只是呆立。陆续有百姓前来送蔬菜禽蛋。薛氏和婢女们下去挑选。刘禹锡拿出《水经注》，放在手中，又慢慢踱向舱门。不料，那老者还站在岸上，朝自己打望。刘禹锡感动不已，再次双手高举，左右挥动，向他示意"河边风大请回"，一直到老者离开。

船老大手下数人，七手八脚地把缆绳解开，跳上官船，顺着一个涡旋，扳正船舵，向长江中流划了过去。

太阳跳出了东山。

刘禹锡回头望了一望，旭日东升，竟似从群峰间跃出，圆圆的，红灿灿的，把半条长江全染红了！在大团大团的晕红里，太阳由内向外翻出一层层红，由浅而入深，逐渐扩散开来，蒸腾起朦朦胧胧的霞光。

岸上所有站着、坐着的人，都融化在了云霞里。

刘禹锡顿时大悟：在岸上反看这船，直似驶入天光里去，许能让人疑为仙舟？

官船入了巫峡口，两岸连山，高壑深槽，风光无限。闲来无事，便将郦道元的《水经注》取出来阅读。刘禹锡晓得，郦道元曾在北魏都城平城和洛阳担任过朝中大员，还多次出任地方官，跟自己一样仕途坎坷。其为官执法竣刻，素有严猛之称，得罪了不少皇族、豪强。他在荆州刺史任上，亦因威猛治下，被刁民上告，因而免官，回京后专心撰写《水经注》。后为奸人陷害，与其二子、其弟郦道峻一齐被杀害。

好在漫漫旅途无事，刘禹锡拿起抄本，随手一翻，正是那篇“三峡”，首句就吸引了眼球，刘禹锡将椅子移至窗前，展卷诵读：

自三峡七百里中，两岸连山，略无阙处；重岩叠嶂，隐天蔽日，自非亭午夜分，不见曦月。至于夏水襄陵，沿溯阻绝。或王命急宣，有时朝发白帝，暮到江陵，其间千二百里，虽乘奔御风，不以疾也。春冬之时，则素湍绿潭，回清倒影。绝巘多生怪柏，悬泉瀑布，飞漱其间，清荣峻茂，良多趣味。每至晴初霜旦，林寒涧肃，常有高猿长啸，属引凄异，空谷传响，哀转久绝。故渔者歌曰：“巴东三峡巫峡长，猿鸣三声泪沾裳！”

看来，这巫山猿鸣，自古就是一绝呀。“妙！郦道元之文笔，如此舒展精当！”刘禹锡感慨万千，拍案叫好，重复朗诵，读到得意之处，不禁摇头晃脑，随口评论：“‘至于夏水襄陵，沿溯阻绝。或王命急宣，有时朝发白帝，暮到江陵，其间千二百里，虽乘奔御风，不以疾也。’显是心急，不一定就是船疾！”途中再如何枯燥难挨，有《水经注》为伴，刘禹锡不以为困乏了。

正看得出神，船体陡地一晃，风帆下落，艄公们操起桡片，推了船，向一个小码头推过去。

仇骥朝岸上大叫大嚷：“刺史大人驾临，也不见人迎接！”吓得码头做生意的商贩如鸟兽散。这个码头不属奉节县管辖。码头前是一个回水沱，船老大把官船靠拢，船头几扭扭就停稳了。

刘禹锡正要上到船头，管家进来禀报，说有位韦姓客人来访，候在岸边求见。谁如此心急火燎地来见？刘禹锡有些奇怪：“来者何人？不是韦执谊出了大事吧？”因此有些逆嗝，心头仿佛遭人揪了一下，不断地抽痛，人直如虚脱一般，不能耽搁，立刻回答“有请”。孟郎和仑郎见父亲脚步虚浮，上前帮着百荷，替他换上官服，然后将双翅帽牢牢地扣在他头上。刘禹锡才甩着双手，趟开鸭子步，一摇一晃地出了船舱。

来者很年轻，相貌依稀熟悉，背着很笨重的背架，既然姓韦，定当是韦执谊一族的后辈。

刘禹锡先问："可是韦恩相家里人？"

那人一见刘禹锡，双手打个拱，自报家门，说："晚辈韦绚，拜见刺史大人！"

"绚儿？"刘禹锡吃了一惊，要他放下背架，催问，"家中出事了？"

韦绚回答："无。另有大事。"

刘禹锡才觉宽心，转与他商量："若无机密，你我进舱细说如何？"

韦绚回答："使得。"

刘禹锡领先，脚步有些挪移不畅，自言自语说"并无张狂"，好似走几步，需得歇一歇，难道人就这么老了？韦绚紧随其后，沉住了气，只顾跟着他走。

两人下到中舱里，刘禹锡坐到竹几后头，见韦绚没有开腔，自去查看笔墨、砚台和纸张。早晨的阳光射入舱里有些炫人眼目。

韦绚坐到左边竹椅上，迅速整理了思路，再次抱拳揖礼，流畅地禀报："叔父，柳宗元叔叔病故后，父亲来函，要我进京取出柳叔叔部分文稿，送来请叔父亲自整理。"

刘禹锡重闻噩耗，再受到刺激，便探起身体，问："绚儿不妨细述。"

"父亲收柳叔叔生前诗文甚多，得知叔父正整理编辑柳子厚之文集，派小侄专程送来，并助一臂之力。"韦绚确定。

"韦恩相想得真周到。"刘禹锡掰起指头算，自柳宗元没后，自己忙于事务，今又任夔州，文集尚未着手编辑。

"父亲意思是要侄儿在叔父身边多呆几年，学习叔父的坦荡胸怀与锦绣文章。”韦绚回答。

刘禹锡不无惋惜地说：“韦贤侄，柳子厚才是你学习的榜样呀！譬如，柳州惯于‘以男女质钱，约不时赎，子本相侔，则没为奴婢’，子厚嫌其太残酷，出政令革除，奴婢家中可出钱赎回；而且为债主服役的奴婢，须按时计收工钱，只要达到一定数额可抵除债务了，就可恢复自由身，与父母团聚。子厚活人无数，老天怎么就把他收了去哩？”

韦绚赞同，点头不语。

刘禹锡激动地抢着又说：“而且，子厚在柳州兴办学堂，开百姓后代智力，还严禁巫医骗钱害人，推广医学，在当地培养出许多医生。”越说脸色越红，激动起来。

韦绚见他状似疯魔一般，晓得受到大刺激了，可是柳宗元亡故确是事实，不能任其想象，便固执地说：“叔父，柳刺史虽然亡故，朝廷仍有褒扬。”

“褒扬个屁！”刘禹锡一句话抵回去，“仇士良等人，就盼着柳子厚死掉，你们少一个政敌。”

这话绝不能受了！ 韦绚申明：“刺史大人，小侄与柳刺史，隔得老远八远的，没有盼他亡故的企图。”

刘禹锡思路不随他走，顾自发挥：“柳子厚文采惊人，议论风发，笔锋犀利，你们当然怨恨。”

韦绚心想：既连面都没见过，又怎么会生怨恨？ 他探头朝刘禹锡观看，见他脸色红得像要滴血，双眼空空地直视前方，并没有对自己说话，心里明白了：他气得失魂落魄！ 只好宽慰说：“叔父，柳宗元叔父爱民如子，为百姓办了无数桩好事，朝廷多次下旨褒扬。”

“这就说对了！”刘禹锡只有一半清醒，尽去搜寻柳宗元为百姓所做的好事了，屈起五指敲击着书案，说，“柳州人不食井水，靠天吃饭，柳子厚过去后，打了好几眼水井，使百姓饮水清洁，改变了生活方式。”

韦绚见他似醒非醒，只好诺诺连声，听刘禹锡继续说下去。

刘禹锡说：“人之所以为人，在于以山为依托，以水为灌输，以树木为表率，以五谷为填充。似柳子厚者，凡事为人所想，必做善人之事，怎么会短命呢？”

韦绚再不敢开腔，任其侃侃而谈。

刘禹锡继续说：“柳子厚来函，曾说柳州城外大片土地荒芜，遂以刺史身份，动员百姓开荒，种出中原才有的蔬菜、粮食，在坡上大面积植树，还整治街巷，修筑庙宇，开发了不少景观，受朝廷表彰，已被召回朝，治理天下去了。”

韦绚见他语气渐缓，急怒已过，不至于攻心倒地，不能再谈柳宗元之死，于是改变话题，说：“叔父大人所言极是，侄儿受教了。”待他情绪彻底缓下来，才说：“朝廷行文，已着人接替柳宗元职位，父亲叫侄儿取了柳宗元刺史遗稿，送予叔父大人编纂成册。”

刘禹锡长吁一声，提起斗笔饱蘸浓墨，取了一张纸，默写出自己那篇言词铿锵的《祭柳员外文》，几笔狂草如旋风一般，似乎谁都无法阻止其盘旋，直拉到文尾：

> 维元和十五年，岁次庚子，正月戊戌朔日，孤子刘禹锡衔哀扶力，谨遣所使黄孟苌具清酌庶羞之奠，敬祭于亡友柳君之灵。呜呼子厚！我有一言，君其闻否？惟君平昔，聪明绝人。今虽化去，夫岂无物！意君所死，乃形质耳。魂气何托，听余哀词。

眼前浮现出与柳宗元交往的画面：两人与王叔文、王伾在朝廷策划变革，皇帝雷霆震怒下“八司马”被贬；两人玄都观里并肩观看桃花……

可是子厚他已经去了！

我心悲痛！似利刃狠剜，也似被丝麻绳系紧，扯得好痛，痛不欲生！子厚呀子厚，你莫走！

> 呜呼痛哉！嗟余不天，甫遭闵凶。未离所部，三使来吊。忧我衰病，谕以苦言。情深礼至，款密重复。期以中路，更申愿言。途次衡阳，云有柳使。谓复前约，忽承讣书。惊号大哭，如得狂病。良久问故，百哀攻中。涕洟迸落，魂魄震越。伸纸穷竟，得君遗书。绝弦之音，凄惨彻骨。初托遗嗣，知其不孤。末言归輤，从祔先域。凡此数事，职在吾徒。永言素交，索居多远。鄂渚差近，表臣分深。想其闻讣，必勇于义。已命所使，持书径行。友道尚终，当必加厚。退之承命，改牧宜阳。亦驰一函，候于便道。勒石垂后，属于伊人。安平宣英，会有远使。悉已如礼，形于具书。

刘禹锡捶胸顿脚，单手握着毛笔，踢了一脚，再踢出一脚，将双鞋抛得远远的，赤着脚板，就在舱室里游走不定，其状似疯狂，狂喊了几声“子厚”之后，回到案前，继续挥笔疾书：

> 呜呼子厚！此是何事？朋友凋落，从古所悲。不图此言，乃为君发。自君失意，沉伏远郡。近遇国士，方伸眉头。亦见遗草，恭辞旧府。志气相感，必越常伦。顾余负衅，营奉方重。犹冀前路，望君铭旌。古之达人，朋友则服。今有所厌，其礼莫申。朝晡临后，出就别次。南望桂水，哭我故人。孰云宿草，此恸何极！
>
> 呜呼子厚！卿真死矣！终我此生，无相见矣。何人不达？使君终否。何人不老？使君夭死。皇天后土，胡宁忍此！知悲无益，奈恨无已。子之不闻，余心不理。含酸执笔，辄复中止。誓使周六，同于己子。魂兮来思，知我深旨。呜呼哀哉！尚飨。

写下“尚飨”两字，刘禹锡一笔戳在案上，毛笔啪的一声，折断成两截，人却仿佛被抽了筋似的，二目呆滞，看不到任何物体，慢慢倒在舱板上。

好长时间后他才能活动自如。

官船一路上行，船工将桡片打得如振翅一般，船头轻轻碾压，稳稳地向前急驶。刘禹锡正暗自庆幸风轻船快。不料船头咔嚓嚓一阵擦响，扎入了江滩前头的砾石之中，船身朝外倾侧，前进不得，搁浅在砾石滩上。

韦绚探出头朝船工们喊：“咋了，各位老大，手儿生疏了？”

封文渚向刘禹锡告罪：“大人，船遇到横风了，容易翻船，只有推上去。”

刘禹锡看了看江水，好奇地问：“水很急呀，他们还把恁大官船推得上去？”

封文渚回答：“行嘛。这几个扯船子啊，有的是力气，过往官船都是他们推的。”

扯船子就是纤夫。

刘禹锡正色说：“我倒不是轻视他们，如果人手不够，叫上仆人和孩子们，帮帮忙也好。”

“不必，不必。”封文渚哪敢让公子们推船，双手一阵乱摇，反复叮嘱说，“大人喊住公子们，我下水了，衙役们随我去，仆婢把大人和夫人照顾好。”说罢，一跃下船。

原来，乘船遇到搁浅，客人都要下水去推。

下水那些人，奔到官船一侧，有的使撬杆、有的用手推，在船老大指挥下，以“嘿咗嘿咗”为节奏，一齐用力来扳，渐渐地，那官船被扳正了。船工们在船身下支起撬杆顶得稳稳当当的。有几个船工拖起扒梳，跑到船头，拼尽全力挖沟。船老大叱他们一声

“嘿”。船工们恍然大悟，丢下扒梳，双手往船头一搭，倒推起船来。

那官船被十几个大汉倒推着，缓缓地退出砾石滩，浮在清澈见底的江水里，搁浅解除了。

舵把子“呼”地跳上船，将大木舵牢牢地把住，船工们鸭儿扑水般跳入江中，三下两下游到船边，攀住了船帮，一跃而上，立即奔至各自位置，操起桡片，单等船老大喊号子。

官船须被流水一冲再冲才能调正船头。

船老大大吼一声：“船过巫峡噻，哦嗬嗬嗬，哪个人的心子寒哟！”

船工们就和：“嘿哟咗啰，哪个，嘿哟咗啰……”双手一齐扳桡，使木桡整齐地打在江面上，然后“嘿哟咗啰”地吼起，使所有桡片同时拍打着水流，官船便向前行驶。

刘禹锡十分欣赏排危解难之举，向封文渚夸奖：“封令，本官看这些船工，配合十分默契，力往一处使，遇意外而不乱，好像训练过的军士，显然是封令治下有方。”

封文渚得到了夸奖，心头也很得意，拍打拍打官服，也没掸下灰尘来，只是做个动作稍加掩饰。

那船老大又敞开喉咙吼：“哪个最怕噻，硬是崆岭滩呀，崆岭滩硬是鬼门哪个关哟。哦嗬嗬嗬，咿哟嗬嘿！”

船工们一把把推起桡，使到了力气尽处，反手又拉回来。每次打桡都整齐划一。他们竖起耳朵听那吼声，船老大吼毕，船工接着按节拍呼喊起来：“一声哟的吼一声，吼号子噻，吼了老子一身的汗哟哟嗬！嘿哟咗啰，嘿哟咗啰，嘿嘿哟哪个咗啰！”

船老大一息不停，把号子词儿连缀起来，继续大吼：“一声的号子，哪个，我一身的虎胆！哦嗬嗬嗬，胆儿哪个大得噻，下水敢去呀捉蛟龙！”

船工不再吼词儿，只和节奏：“嘿哟咗啰，嘿哟咗啰，哪个嘿哟咗啰，嘿哟！”

刘禹锡与封文渚、韦绚看得感动，便对二人说：“封令，我听船工们唱这歌，声音浑厚、气势雄壮，可就是名声在外的竹枝调？”

封文渚躬身回答：“大人，他们不是在唱歌，是在喊号子。”

“划船号子也是歌嘛。”刘禹锡听号子声高亢，不相信只是闷头闷脑地吼，反驳他一句。

“他们是在说话。”封文渚要正视听。

“说话？”刘禹锡觉得说法稀奇，不禁再问。

“是的，峡谷高深，说话声音特别大，就像唱山歌。”封文渚耐心地解释。

韦绚帮腔：“歌咏之，歌咏之，先有唱歌，后有咏之，二位大人以为对不对呀？”

这人既是前宰相韦执谊的爱子，帮忙帮闲都有一手，说话没得顾忌。

封文渚抓到了话柄，说：“咏者，就是大声朗诵，就是说话，曲调是不固定的，等于没有曲调，吼起了，听者就切身感受到了。”

封文渚觉得穷尽言词还是说不清楚，干脆自己吼起：“大人不信，下官说与大人听。这个嘛，开头随意，与人打招呼。第一句，‘船过西陵峡的噻’，要对方注意了；还怕听不清楚，大吼一声‘哦嗬嗬嗬’，没有宫商角徵羽的曲调变化；可是他不晓得对方是哪个，只好说‘哪个人的心子寒哟’，没得任何意义，也可以改说‘崖上树儿多哟’，还是同‘哦嗬嗬嗬’一个意思。”

刘禹锡被他说动，仔细想了想，确实没得意义，船也好、峡也好、心头也好，都在跟人说话，拉家常一般，只是声音响亮一点儿，不觉被这说话方式深深地撼动了！这般说话，哪是人人会说，人人愿意说的？起码能使得现场的人喜欢说、喜欢听，而且百听不厌。

刘禹锡恍然大悟，夸赞说：“想不到封令还是个中高手。”

封文渚再度躬身逊谢，连连说：“大人谬赞了，下官可不敢当。”身体却因船身猛晃，趔趄了好几下，赶忙伸手扶住舱壁，才勉强坐稳，对着刘禹锡笑了笑。

原来，官船拐过一道弯，航道又陡变狭窄，江水十分湍急，单靠打桡片那几把力，已经吃不住水了。官船在水中无法前行。船老大招呼一声，说“请大人们坐稳当”，自己窜出舱去，三下两下脱光了衣裤，跳上岸去。除舵把子以外，船工们纷纷脱个精光，跟随船老大跳到岸上，七手八脚地拴好长纤，背了拉绳，等待船老大那一声吼。

岸边栈道上，十几个裸露着的脊梁油黑闪光，浑身上下，除了那条纤绳，一丝不挂。

船头上，刘孟郎正襟危坐，眼观心，心观脑，似乎丝毫不为其所动。

仑郎探出头去看稀奇，被薛氏劈脑壳一巴掌，叱责说：“不害羞！小孩子家家的，啥都敢看，不怕老爷拿篾片儿抽你的小手板儿！”

刘禹锡笑说：“男孩子可以看，妇人不准看。”

说得薛氏啼笑皆非，拿眼睛觑他，然后扭过头，看见孟郎正一心打坐。

“太阳噻落山哟又落哪个黄”，只听得船老大又吼一声，船工们“嘿哟哟”地应着，整齐划一，身体弯折，脸孔差点儿触到脚背，向前迈出一步。

船老大又吼：“情妹哪个噻出来哟晾衣裳。”船工们又整齐划一地迈步，口里“嘿哟嗬”地应着，向前又迈出一步。

封文渚怕刘禹锡听不懂，凑到他耳边解释：“大人，他说的是，情妹出来晾衣裳。”

刘禹锡心想怎么太阳落山了，还有女人出屋晒衣裳，却为这词忍不住扑哧一笑，旋即端坐，眼角不扫百荷和薛氏她们，“呃呃”了几声。

那船老大又出声指挥，接着大吼：“衣裳噻搭在哪个手腕子上哟。”结尾“哟”字，特别狠顿了一下，仿佛在等待，等哪个脚步没有跟上的船工。

船工们一拱一拱的，仿佛拱土的曲蟮，甚至手脚并用，向前方爬行，口里还咧咧：“嘿哟嗬，嘿哟嗬，嘿哟……”

船老大把声音突然拔得很高，几近嘶哑，扯伸喉咙管儿喊：“手把啰竹子竿竿，我的妈呀，我就痛哭哪个哭一场噻！ 嘿哟嗬嘞，嘿咗啰！”喊得满船人心头酸涩涩的。

刘禹锡发现，这些黝黑健壮的艄公船工，胸膛、后背、腰杆的肌肉一团团堆起，简直就是生铁疙瘩，棒击不散，水腐不朽，经得住山鹰狠啄！

封文渚见他全神贯注，故意压低了音量，悄声向刘禹锡禀报：“大人容禀，这个拉纤调，下头还有几句。”

刘禹锡果然感兴趣，问：“是什么？”

封文渚回答：“那词就是嘛，‘问你情妹哭啥子，别人有郎我无郎。 只因去年发大水，卷走桡片淹死郎’，旁人就连说几个‘嘿哟嗬’，吼得眼泪水哗哗地流哦。”

刘禹锡立即双眼发亮。

# 第三章

途中耽延几日，官船近夔门，恰好遇到夕阳西下。一江波澜正浮光跃金。夔门是瞿塘峡的西端入口，又名瞿塘关，因两岸断崖壁立，高数百余丈，宽不过三十丈，形同门户，乍见之下，令人震撼不已。刘禹锡扭头看封文渚，示意他解说几句。

薛氏和孟郎、仑郎顾不得讲究，也都呆看着封文渚，眼里全是满满的好奇。

夔门，封文渚不知走过多少次，临近了再观看，心脏依然怦怦地加速跳动。勉强平定了情绪，他才有条不紊地说起来："大人，长江上游之水，尽纳于此门而入峡，所以说夔门是三峡的西大门。峡中水深流急，江面最窄处仅十六七丈，波涛汹涌，呼啸奔腾，素有夔门天下雄之说。"

韦绚好奇，追问："那么，'夔'是啥意思？"

封文渚回答："夔是独脚兽，用一条腿走路。"

韦绚又问："一条腿怎么行走？"

封文渚回答："跳着走。"

刘禹锡补充："夔是传说中的独足神兽，在《山海经·大荒东经》中有记载。它住在流波山上，样子像牛，头上无角，只有一条腿。其吼声如雷，身上光彩夺目，如同日月一般，在水中出入必然带来风雨。"

韦绚追问："封大人长居奉节，可否说说，今日走过这段，有什么典故？"

封文渚知他是前宰相公子，客气地回答："瞿塘峡是长江三峡的第一峡，西起夔州奉节县的白帝城，东至大昌县的大溪镇，全长十余里。在长江三峡中，最为狭窄、距离最短，窄如走廊，两岸崖坡陡似城垣，上水需纤夫扯上去。"

几人听他讲解，一路再看那夔门，由两座高山挟峙，在巍峨壮丽的山峰下，活脱一个巨大门扇。夔门两侧的山，南边的叫白盐山，北边的叫赤甲山，俱是拔地而起，近江两岸皆壁立如削。白盐山因为表面岩层色似白盐而得名，赤甲山则因表面岩层呈铁红色似人着铠甲而得名。两山隔江相望，一个红妆、一个素裹，可谓佳景奇绝。两山的岸壁又似刀削斧砍一般，迎风面陡岩寸草难生，因而各现异彩，竟似人手心手背迥然相异。

封文渚忍不住又说："这些岩石色调，和晨曦、晚霞、明月交相辉映，形成了赤甲晴晖、白盐曙色和夔门秋月等胜景，过往墨客骚人无不驻足流连。"

百荷听他总往风景上扯，全不顾人情世态，故意发问："贱妾听说，三峡这些山，好像是天上神女变的？"

仑郎催他："封县令快说，有什么神仙？我认不认得？"

封文渚要讨好他，说："认得，当然认得，她就是王母娘娘的第二十三个女儿，名叫瑶姬。"

仑郎读过《山海经》，拍着手欢呼，说"我晓得了"，还对薛氏说："母亲，瑶姬是天下最好的女儿，我等虽为男子，也要学她全身心为百姓的事迹。"

刘禹锡评价说："这话欠通。"

薛氏慈爱地安抚："仑郎有这份心，很好，绚儿、孟郎也要有这心。"

韦绚和刘孟郎齐应："是。"

封文渚又作介绍，说巫峡、瞿塘峡这一段峡江，沿途红叶弥漫，铺得满山满岩的，传说是瑶姬手中锦帕所化。瑶姬是王母娘娘的女儿，偶游巫山，杀死了为害人间的十二恶龙，帮助大禹治水疏浚三峡。因怜悯百姓生活困苦，最后化作神女峰，守护这块土地。百姓立庙以敬。战国时楚怀王游高唐，自称与瑶姬梦中相遇，后楚襄王叫宋玉作了《高唐赋》，追述瑶姬为君王自荐枕席的事儿，称赞瑶姬是“旦为朝云，暮为行雨”的女神。在巫峡望霞峰下，有一块酷肖人形的石头屹立在哪里，朝迎红日，晚送夕阳，指引往来行人，顺利地通过三峡。

刘禹锡评论说：“封令，楚怀王有这样旷达吗？依本官看来，不过吹嘘罢了，他怎么就能做如此美丽的梦？”

薛氏出言调侃：“梦得，梦得，岂是楚怀王梦得，实乃刘梦得之梦得也。”

引得满船人笑个不停。

于众人开怀大笑中，船出了夔门，即将到达公孙述建造的白帝城，这里原名子阳城。王莽篡位时，大将公孙述割据四川，自称蜀王。公孙述久居天府之国，势力渐渐膨胀，野心勃勃，起了称帝之心。他看到瞿塘峡口地势险要，易守难攻，便调集民工扩修城垒，屯兵严防。后来，公孙述听说，城中白鹤井常常冒出一股白色的雾气，形状宛如一条白龙，直冲九霄，就故弄玄虚，说白龙出井，是自己日后必然登基称帝的征兆。于是，公孙述自称白帝，并在龙井周遭建都，取名白帝城，不叫子阳城了。山坡也改了名字叫作白帝山。东汉建武十二年，刘秀入川，公孙述战死，白帝城毁于战火。可城墙遗迹仍在。在公孙述称帝的十二年间，巴蜀各地战乱频繁，白帝城一带却比较安宁。后人怀念他，在白帝山上建庙，塑其像祭祀，故称白帝庙。

船继续向前行驶，当头正是硕大无比的滟滪堆。排浪从堆石旁边挤过来，打个急转弯，把船头的水全部扯开，露出极深的一个漩儿。刘禹锡不敢再提问。所有船工都紧张起来，眼睛死盯着那个漩涡，稍不留神，就会生死立判！老舵工看准了水流，趁官船向上仰，把长舵往外一扳，引着船朝巨石撞去。刘禹锡、仇骥几人正要惊呼，却见船头一扭，霍地擦过滟滪堆，进入了奉节城下宽阔的江面。

两个巨大的碎石滩牛犄角般怀抱着江湾，石滩上站满了人，似乎在赶场或者接官送客。

奉节城下江面宽阔，看着近，离得还远，船老大念叨说："今天该是初二了……"将官船缓缓靠了过去。

夔州别驾刘阈主持了欢迎仪式。

刘阈带着长史、师爷，以及奉节县的县丞、主簿、县尉一应官吏，还号召起满城百姓。大盐商杨昌雄也领来了一众商家，排列成好几个方队，恭迎新任刺史刘禹锡。

刘禹锡直立不动，右手搭着额头，眼睛朝岸边看过去：码头上闹哄哄的，有上船的、下船的，还有兵士在维持秩序。靠近河边处，有一队头扎红巾、腰挂小鼓、手执鼓槌的健壮男人，官船靠得稍近点儿，他们就拼命击槌打鼓。"嘭嘭嘭"的鼓声，撼天动地般响起来。官船绕过碛石滩缓缓靠拢码头。几个船工先跳下官船，把两块长木跳板搭在碛滩与江岸之间，然后点头哈腰地对刘禹锡说："大人请上岸。"

"到了？"刘禹锡明知故问。

"已到。"船老大按照规矩，对刺史问话，躬身回答。

"前头带路！"刘禹锡下达了上岸的命令。

"是！"船老大站起，当先走了几步，临到搭跳前，侧身让刘禹锡。

"好！咱们起旱。"刘禹锡走到搭跳跟前，见船工们全都躬身行礼，虚扶了一扶，和颜悦色地说："各位辛苦了，船再到奉节时，别忘了进衙门饮茶。”

“感谢大人一路关照！”船工们齐声说。

岸上的那几个官绅，早已率先快步赶来，规规矩矩地立在搭跳旁等候。

其中宽服体胖那位，双手一抬，众人齐声说：“恭请刺史大人移步下船！”然后，指挥众官绅自动列成两排，空出中间的石板路，单等刘禹锡走过。

封文渚赶忙扶着刘禹锡，下了木搭跳板，一直搀到梯坎跟前，说一句“大人请行”，松开双手后躬身为礼，又作了一个揖，等待他缓步走过，才伸直身体恭敬地站立。

这时，又一群人对直走了过来，领头矮矮胖胖的那位，双手抱拳行礼，大声说：“刺史大人一路辛苦，属下率各位迎接来迟，尚请大人恕罪呀！”

刘禹锡疑惑地问：“贵官是……”

旁边一位身躯壮硕的军官回答：“禀刺史大人，这是夔州别驾刘阈。”又一甩披风，双膝跪地，行了个军礼，报名说：“在下夔州司马袁宏！”

刘禹锡点头赞许却不再问。

刘阈插话进来，说：“大人官衙，属下已经收拾妥当，立刻可以搬进去居住。”

刘禹锡问：“那么，劳烦刘大人、袁司马同行，其余人等就自行散去如何？”

刘阈立即赞成：“我和袁司马还有公事移交，大家都散了，夜间再行相聚。”

刘禹锡正要跟随前往，突然觉得不妥，扭头对刘阈介绍：“这位仇兄，是节度使府中掌书记，刘阈兄没见过吧？”

这一说，仇骥就站出来了，朝着刘阈兜手一揖，解释说：“刺史大人跟前，卑职见人多话稠，暂时恭候旁边，等众人散了，再与别驾见面。”

“客气！”刘阈心头吃了一惊：难道刘禹锡也是牛元翼一党，否则怎么派亲信仇掌书记送来上任？然而，脸上神色不变，说：“仇掌书记倘若有暇，夜间请与刘大人一起，我们把酒言欢？”

仇骥晓得他是自己人，答应着：“甚好。”

刘禹锡坐船很累，又听了竹枝调，一路感触颇多，推辞说：“今夜休整，咱们来日方长，别驾以为如何？”

刘阈恭恭敬敬地回答：“听大人吩咐。”再不多嘴多舌，挤入了另一侧，领着刘禹锡前行，还向他介绍欢迎人等，说：“这位，是夔州第一盐商杨昌雄，家资巨万，富甲一方。”

“不敢。”一位四十出头的男子越位而出，口里淡淡地说着，英俊的脸上洋洋得意。刘禹锡需要招呼招呼他，往后收粮收税，这家伙可是个头儿，不能太怠慢了。因此夸说：“杨大老板洒脱，想必左右逢源，对夔州地方颇有眷顾啊。”

“当然。”封文渚急忙介绍，“杨老板是地方大善人，下头河滩冒烟那片盐场，就是杨老板的，规模庞大。”看来县衙门也从中得到不少好处，封县令唯恐落后。

“是吗？”刘禹锡显得淡淡的了，眼见杨昌雄骄矜，自己恭维也就恭维。那片盐场，据说可以供全州人食用，不晓得官府是怎么对待的，听封文渚意思，难道还允许私卖？

杨昌雄何等人，见刺史大人略一沉吟，就晓得他在想什么，立即说明：“大人，奉节历来出盐，江岸边盐卤鼓吐，当地人支锅煎熬盐巴，有五六十口。”

这一说，似乎奉节县民，人人都可以熬盐，朝廷如有章程，也法不责众。

刘禹锡没有时间细问，想到个问题，那是前任应该规范的，自己初来乍到，早一时间，晚一时间，有什么区别？那就晚些时候再来试问。刘禹锡的思绪，还在雄壮的夔门、舍己为民的瑶姬与温婉的竹枝调之间回荡，迟疑几分，再正常不过了。

杨昌雄竟看出了他的警惕，立即撇清自己："大人如有闲暇，小的随时听候使唤，愿意伺候大人，前往熬盐场地视察。"

刘禹锡佩服他机灵，一片盛情，却也不便辜负："最近两日，本官要拜本谢恩，家眷也要整理居室、书籍，过几天杨老板有空，再领我去参观参观，如何？"

杨昌雄拱手说："遵命。"从容地退下了，露出后面一个人来，却是一位姑娘。她穿的是短衫子、半截裤，竟是一位僚人。刘禹锡不能不感到奇怪了，乍一拱手，觉得不妥，双手自然挥动，点点戳戳地，连连发问："怎么是位姑娘？把本刺史当把戏看吗？还是耍猴戏？"

"非也，非也。"刘阆争着解释，"这位杨柳姑娘喜好竹枝调，听说大人诗文技压天下，准备好生请教大人，大人可有时间与姑娘唱和？"

这"与姑娘唱和"一词，说得暧昧了些儿，惹得人群中起了一阵阵哄笑。刘禹锡并不在乎。他一甩长大的衣袖，笑吟吟地答应了："姑娘随时可来衙门，本官也想有所讨教，听你说说竹枝调。"

他不说"唱"，说的是"说"竹枝调，显然是知音，闻者心中无不叫好。

要晓得这竹枝调，在夔州上下，正如封文渚说的那样，无人不说无人不吼，再大的欢喜与尴尬，开口吼几声调调儿，天地间都会变得敞亮，满怀揪心事儿顿见开朗，所以人人好吼。至于吼或说，是不是唱，只看有没有固定的曲调，有宫商角徵羽的变化就是唱，没有固定的宫商角徵羽变化那就是说，当然，解释成吼或者喊，似乎更为贴切一些。

刘禹锡这一说，立马获得百姓赞同，钦佩他是个明白官，就连"说竹枝调"都懂，还有什么搞不懂的？

百姓看朝廷命官，就看这，看他们懂不懂得百姓。

杨柳姑娘先是羞涩，把俏脸埋在自己手心里，再听他一说，立即抬起脑壳，拿一双亮晶晶的眼睛看刘禹锡，竟是毫无顾忌。众人又起一阵哄笑。刘阈这才上前，将在场的长老、耆老、老农等，一一介绍与刘刺史认识。

刘禹锡跟随他们，像一位得胜的将军，去了衙门。

衙门还搁了一件公函，是从长安来的，内容不知，须得亲自拆阅。

刘禹锡拿起函件，见信封落款为“裴府”，立即拿起裁纸刀，拆开封口一看，却是担任平章政事的裴度来信。裴度提醒他应立即上折谢恩。刘禹锡便觉得自己过于大意，赴任路途时间太长，虽可以路途遥远搪塞，但也不能拖延太久，让皇帝身边的人借口攻击。况且，夔州为中州，皇帝将这十余万子民，交给自己管理，一到任所，理应尽快上奏，报告行踪，表明感激之情和效忠的态度。

因此，刘禹锡不敢再耽搁了，拿镇纸抹平公文纸，取了一支玉管，饱蘸浓墨，朝纸上写下：

## 夔州谢上表

臣某言：

伏奉某月日制书，授臣使持节都督夔州诸军事、守夔州刺史。跪受天诏，神魂震惊。伏惟文武孝德皇帝陛下，垂衣穆清，睿鉴旁达。三统交泰，百神降祥。泱宇华夷，尽致仁寿。臣家本儒素，业在艺文。贞元年中，三忝科第。德宗皇帝记其姓名，知无党援，擢为御史。在台三载，例迁省官。权臣奏用，分判钱谷。竟坐连累，贬在遐藩。先朝追还，方念淹滞；又遭谗嫉，出牧远州。家祸所钟，沈伏草土。《礼经》有制，羸疾仅存。甘于畎亩，以乐皇化。伏遇陛下之大明御宇，照烛无私。念以残生，举其彝典。获居善部，伏感天慈。臣即以今月二日到任上讫。硖水千里，巴山万重。空怀向日之心，未有朝天之路。无任感恩恋阙之至。

长庆二年正月五日

写罢，搁笔出屋，唯见天空中星月交辉，夜风变得有些寒冷。

几日后，封文渚前来，告诉刘禹锡，初七是人日，满城官员、百姓都要踏碛，就是到碛石滩聚会，纪念智计超人的蜀国军师诸葛亮。刘禹锡问他是否会耽误农事。封文渚回答说，春播还早，况且还在春节的假日里。

刘禹锡、仇骥等，便乘了封文渚调来的官船，对直下驶碛石滩。

那些踏碛的人很奇怪，分明看到了官船，却不理不睬，肃立着，整个石坝里鸦雀无声。

梅溪河汇入长江，在交汇处留下左右两个大石滩。三国争雄时，这两个大石滩被诸葛亮稍加布置，堆成了八阵图。如今两座长宽数百丈的石滩，被河水和江水冲得沟壑纵横，冬春时水退，人若深入其中，找不到出路，很容易受困。东吴陆逊那么聪明，也难免迷途，反复寻路不成，差点困死在八阵图里。

奉节城里城外的百姓，到了正月初七，一定会呼朋唤友、扶老携幼，齐聚碛石滩之上，参加官祭仪式，纪念这位睿智的先贤，希望后辈子孙也如此聪慧。

夔州别驾刘阈主持官祭仪式。

刘阈在咚咚的鼓声中，站到祭台前，宣布人日踏碛祭祀开始，首先是献上祭品。

碛滩暴露出很宽的面积，港汊交错，活像两支巨龙角。梅溪河这条巨龙正探头饮水长江。河水横切断碛滩，汩汩地泻入长江，要到夏日涨水时，才将碛滩全部淹没。在一涨一落间，水流将碛石年复一年地重新堆积，港汊全部变样。碛滩在起雾时，人入其中，不辨东南西北，难知高低上下，顺风会朝着江河奔去，找不到上岸的方向。

沉默的时间一长，官船就靠近了，有人认出了封文渚，不时过来打招呼。

还有几个衙役来引船靠趸。

祭台摆设在白帝庙下方，特大号案板两头奇怪地翘起，宛如熊熊燃烧的火焰。

刘阈一挥手，十八个壮汉牵着一头牛、三头猪、九只羊，面朝夔门站立，表示要宰牲以祭。跟即，九个穿着汉代服饰的姑娘，各自端来一个烛台摆在祭台上，就手将十八根巨大的红烛点燃。三位白髯飘飘的耄耋老者上前，各拈一炷香，于巨烛上点燃后，插在香炉里，跪下去叩了三个响头，才退至旁边，恭候别驾大人主持仪式。

刘阈朝老者点点头示意，自己整肃好官服后，双手自然下垂站立。

白须老者高呼："椎牛以祭！"

一个莽汉把牛牵到祭台前头，另一个莽汉高举青冈木槌，狠狠砸了下去，"嘣"的一声巨响，那头牛哼都不哼，轰然倒地，四条腿蹬了几下，就呜呼哀哉了。上来个壮汉执雪亮短刃，趋前一刀，捅破牛颈部的大血管，一股鲜血喷出，壮汉用木桶接住，顷刻间，接了满满一桶。杀牛只是其中一个程序。杀猪与宰羊都在旁边进行，动手屠夫多，很快就宰杀完毕，抬到祭台上搁好，以备下个程序使用。

刘阈见杀牲结束，高呼一声："上祭！"

一群头挽高髻，身着短袖斜长襟衫，十三四岁的僚女，捧着几盘火红色的柑橘，踩着细碎的步子，整齐地移动到祭台跟前，小心翼翼地放下盘子，摆成了一个弧形。然后同时动手，扯下玉簪，将长发抖得散开，个个头上宛如披了一泓黑瀑。

然后她们脱了花布鞋，露出一双双玉足，玉足光滑洁白，直直地踩在碛石上。

肃立的官员和百姓大喊大叫："妹子你爱不爱？ 妹子你好爱！妹子你就跟军师去了嘛！"

听到呼唤，那些僚女做出更为惊人的举动，双肩一抖，一层层脱掉衣物，直到裸露出整个身体，骄傲地面对着踏碛人群，任由他们饱览，毫无羞愧神态。

刘阈收回贪婪的目光，大声宣布："恭请州衙师爷诵读《前出师表》！"

太阳蓦地冒出了夔门顶峰，灼热的光线撒开了，照射在那些献祭的僚女的裸体上，仿佛要滋滋地晒出人油，人们看见一具具稚嫩的肉体，活生生就是一个个新鲜祭物，让那位持羽扇戴纶巾的神仙，站在大山云雾中，比画着神秘手势，享受人们的无上崇拜。

黑须老者手捧一轴长卷，走到祭台跟前，背朝人群站稳了，徐徐展开，沉着地诵读：

> 先帝创业未半而中道崩殂，今天下三分，益州疲弊，此诚危急存亡之秋也。然侍卫之臣不懈于内，忠志之士忘身于外者，盖追先帝之殊遇，欲报之于陛下也。诚宜开张圣听，以光先帝遗德，恢宏志士之气，不宜妄自菲薄，引喻失义，以塞忠谏之路也。
>
> 宫中府中，俱为一体，陟罚臧否，不宜异同。若有作奸犯科及为忠善者，宜付有司论其刑赏，以昭陛下平明之理，不宜偏私，使内外异法也。
>
> 侍中、侍郎郭攸之、费祎、董允等，此皆良实，志虑忠纯，是以先帝简拔以遗陛下。愚以为宫中之事，事无大小，悉以咨之，然后施行，必得裨补缺漏，有所广益。将军向宠，性行淑均，晓畅军事，试用于昔日，先帝称之曰能，是以众议举宠为督。愚以为营中之事，悉以咨之，必能使行阵和睦，优劣得所。
>
> 亲贤臣，远小人，此先汉所以兴隆也；亲小人，远贤臣，

此后汉所以倾颓也。先帝在时，每与臣论此事，未尝不叹息痛恨于桓、灵也。侍中、尚书、长史、参军，此悉贞良死节之臣，愿陛下亲之信之，则汉室之隆，可计日而待也。

刘禹锡站在太阳下静静地听，隐隐冒了汗，不得不耸耸肩膀，眯起眼睛朝太阳打量：人心要是像太阳一样该多好！

那些裸体姑娘，一个个挺着小胸脯，似乎将自己的一切献给了天上的神，心甘情愿，没有半点儿犹豫，也不觉得羞涩，因为神会给这块土地带来富饶与繁荣。

州衙师爷精神头陡长，提高声音，抑扬顿挫地继续朗诵：

臣本布衣，躬耕于南阳，苟全性命于乱世，不求闻达于诸侯。先帝不以臣卑鄙，猥自枉屈，三顾臣于草庐之中，咨臣以当世之事，由是感激，遂许先帝以驱驰。后值倾覆，受任于败军之际，奉命于危难之间，尔来二十有一年矣。

先帝知臣谨慎，故临崩寄臣以大事也。受命以来，夙夜忧叹，恐托付不效，以伤先帝之明，故五月渡泸，深入不毛。今南方已定，兵甲已足，当奖率三军，北定中原，庶竭驽钝，攘除奸凶，兴复汉室，还于旧都。此臣所以报先帝而忠陛下之职分也。至于斟酌损益，进尽忠言，则攸之、祎、允之任也。

愿陛下托臣以讨贼兴复之效，不效，则治臣之罪，以告先帝之灵。若无兴德之言，则责攸之、祎、允等之慢，以彰其咎；陛下亦宜自谋，以咨诹善道，察纳雅言，深追先帝遗诏，臣不胜受恩感激。

今当远离，临表涕零，不知所言。

须臾，鞭炮声大作，火炮碎片像飘起的落叶，在人群上头飞舞，然后缓缓降落，贴在碛石上。

刘禹锡以为祭祀完了，就喊上封文渚，下船随官吏和百姓回城。然而，一个更为盛大的场面蓦然出现了。所有的官吏和百姓，齐刷刷地转过了身体，朝着雄峙的夔门，女人们扯长了喉咙狂吼起来：

滟滪大如马，
瞿塘不可下。
滟滪大如象，
瞿塘不可上。

刘禹锡听得不太明白，封文渚从旁告诉他：这是在唱僚人歌，是盛大集会的合唱，平时劳作、嬉戏、打闹时都唱。刘禹锡问官吏也唱？封文渚说也唱，夹在百姓堆里，过年过节时唱几句。

那些男人等女人歌声一落，也吼了起来，有声震云天的气势，细听歌词却是又一番意思：

滟滪大如牛，
瞿塘不可流。
滟滪大如幞，
瞿塘不可触。

歌儿飘上峰顶，化作云霞，久久在峡谷中回荡，似乎不愿散去一点半点，成瞿塘云。

# 第四章

仇骥亲自送刘禹锡上任，就连同伙刘阈和杨昌雄，都被弄得莫名其妙，不晓得节度使牛元翼到底要做什么。夔州官场顿时陷入猜忌之中。只是见刘禹锡书生意气，爱好征歌逐舞，料他不会过分苛刻。官绅议论只管议论着，见了面，还是人人笑脸相向。

可是，杨昌雄做贼心虚，听刘禹锡那意思，似乎要清查官私盐店。全夔州没有能够瞒得了官们的事儿。不是官商勾结怎能营私舞弊？刘禹锡一来就说要“参观”盐厂，岂不是直接戳中杨昌雄的痛处么？他只好心急火燎地来寻刘阈。

刘阈正在娱春阁喝花酒，被杨昌雄打断，扫了兴头，心中鬼火冒，说：“老杨，你娃是吃错药了，格老子，不过就是来了个诗人，难道本别驾玩不赢他？”

杨昌雄忙解释：“别驾大人，不是的，不是的，刘禹锡龟儿子动手了！”

“动手？他要抢人？”刘阈不相信。

“跟抢人也差不多。”杨昌雄跑得上气不接下气，把话说得颠三倒四的。

刘阈奇怪了，问：“难道是烧你屋房子，或者抢了你婆娘？不会是幺姑娘吧？他抢去有啥子用处？”说着说着，想起那人儿的风骚模样，却着起急来。

杨昌雄苦巴巴地回答：“抢了幺姑娘，烧了房子，还好说，他娃是要断我的命根！”

刘阈不无嘲弄地说：“命根，割了你鸡巴？”

“是查盐巴！”杨昌雄气对方糊涂，顾不得隐藏，直接朝刘阈吼。

“啥子？”刘阈也慌了，“他才来几天，就拣老子们的软肋下刀，咋个晓得盐巴里头有搞头？”

“还有那个仇骥，虽是节度使大人派来的，也不出面帮我们，鬼一样缩在屋里，大人莫看错了哟。”杨昌雄露出一副气急败坏的模样。

“仇骥是自己人，且又任了掌书记。”

“他哪个不出主意帮忙？”

“主意，主意，一时半会儿，哪里想得出主意？”

“大人你要快些想呀。”

刘阈也跟杨昌雄一样着急，可那是朝廷定的国策，食盐由官售改为官府批发经营，目的就是抵制盐价飞涨影响老百姓的生活。自己出面跟杨昌雄勾结，暗地里扩大经销规模，变相涨了价，是个砍脑壳的罪名。刘禹锡要是抓住不放，自己跟背后的主儿，也就只有倒霉了。

杨昌雄怕拔出萝卜带出泥，各种偷逃官府税款的事儿，都是刘阈暗地里操作的。哪个卖盐的不贩私盐？要是被查到官府批发与自家销售盐的数额不符，还会惹出更大祸事，就由祸事伯伯，变成了祸事爷爷了，抄家流放砍脑壳，恐怕都要去体验体验。

于是，他急吼吼地说：“别驾大人，我的亲爷爷，你总得想个法子啊！”

办法只有两个：要么直接跟刘禹锡勾兑，要么找人跟刘禹锡勾兑。前一个办法对诗人来说不大灵光；后一个办法要找人，到底找哪个出面呢？

刘阈遭他逼得快要疯掉了，倒逼出个主意来，说：“你回去把采菊她们打扮一下，我去请仇掌书记，请他给仇宫使去封信，要刘禹锡延迟盘查计划，便我们好做手脚。只需把账目理顺，就不怕他查。”

“妙哉。”杨昌雄赞成。

当天夜黑，仇骥应刘阈之约赴宴。

杨家厅房金碧辉煌，房檐镶着金羊箔，房柱嵌着金蛇箔，桌椅板凳全都镏金，整个儿就是一座金屋。餐具都是纯金打制的，端在手上、捏在指间，沉甸甸的，要是金家什能够走路，杨昌雄一定会搞几个金人，让客人使唤玩耍。

金人支使不来，美人儿准备了好几个，个个花枝招展，走路如风摆杨柳，说话像莺啼枝帘。好色的客人，见了过后，恨不得立马搂入怀里，毫无顾忌地玩弄。

仇骥不会那么没出息，况且美人他见得多了，哪个不是国色天香？所以，家伎们来跳古舞“踏歌”时，他只是瞥了两眼，就跟刘阈举杯对饮，不大理睬。

反倒是刘阈频频地偷窥那些没见过的家伎。

杨昌雄有些着急，端起一杯酒，恭维说：“掌书记，听说，贵叔父乃天子内臣，倒羡煞杨某了。”

“羡慕？”仇骥从不忌讳叔父是个太监，所以调侃对方，“你羡慕太监，那可不好办，须将胯下那家什儿割了，本大人还可以帮忙推荐，进宫去侍候圣上。”

说得跳舞、斟酒及上菜的姑娘们抿着嘴儿笑。

杨昌雄遭说得尴尬，“嘿嘿”干笑两声，就朝刘阈使眼色，要他出来鼓动饮酒。

刘阈仿佛想起什么似的：“杨老板，不是说有宝贝要请掌书记鉴赏嘛，啷个不拿出来，舍不得了？”

杨昌雄立即吩咐：“管家，你赶紧到屋里头去，把那件宝贝请出来。”

"请?"刘阈一惊，心想：难道那宝贝会走路？按捺住一时好奇，呆看着管家的背影。

听说有宝贝，仇骥晓得，巴蜀地域广袤、历史悠久，皇室珍宝遗落民间无数，倒不可轻视了，寻得几件，送给叔父赏玩赏玩，那就尽了感谢提拔的孝心了。

盐商巨贾杨昌雄有什么宝贝呢?

侧壁那扇金门一被推开，就有个穿斜襟宽袖衣的姑娘出来，白润如玉的双手端着玉盘，上面搁着一只金印。这下连刘阈都惊呆了。蜀王金印！定是蜀王金印，才配得上夔州特产、稀有的雪玉盘以及那双玉柔荑。

那姑娘过来，立即跪在仇骥跟前，双手高高举过头顶，扯得胸脯高高顶起，似乎愿意把玉盘、金印连同自己，通通献给仇骥。不过仇骥只拿起那块金印，朝姑娘点点头，示意她退下。

睹此情状，刘阈不由得大为惋惜：这个掌书记，未免太不解风情了，如此清纯美女，居然不屑一顾！另一个想法又涌上心头：难道，他也是个太监?

这也令杨昌雄迷惘：采菊这个妹儿，本人特意保留了，还是处子之身，轻盈秀丽如赵飞燕，难道他喜欢丰满的？杨昌雄赶紧朝管家做了一个手势。

金门再次打开，走出一位肥白的姑娘，内里穿着紧身衣裤，外罩一件金丝绣牡丹花披风，肤色更为白嫩，似乎吹弹得破，双手捧着的，居然是一个人头骨！吓得场中的女侍哇哇大叫，男人们虽然稳得住，也心头如擂鼓般狂跳。那姑娘照样过来跪下。仇骥伸手抬起她的下巴，见她双眼百媚横生，有些心动，但想她估计也是颗青果子，吃起来生涩，于是仅取了人头骨，略略点头，示意那姑娘离开。

仇骥把头骨捏在手里，发现它非玉非银却似一个真人头骨，认为受到了愚弄，顿时怒火中烧，恶狠狠地看那杨昌雄。

杨昌雄过来解释，说：“掌书记大人看仔细了，这是乡民发现的远古僚人化石，珍贵至极，非富贵双全的大人，是不配拥有的。”

“化石？”仇骥前所未闻，收下了人头骨化石，大咧咧地问：“老杨，你是不是有事情，要本官帮忙呀？”

刘阈心想：废话，没事情，送你宝贝干什么。于是忙说：“掌书记，杨老板有些事，想求你上奏朝廷，对刺史刘大人，预先要有一些约束啊。”

“那是什么事情呀？”仇骥问。要仇骥上一封奏章简单，平时还愁无事，不想有人送货上门，可以借故生非了。

“奏他刘禹锡一至夔州，就狐假虎威，克扣商家，造成夔州上下混乱，百姓日子难过也。”杨昌雄恶狠狠地说。

“这个，狐假虎威的说法，十分不妥，难道圣上是老虎，才有刺史之‘假’，相当不妥！”仇骥觉得他玩得虚，有些恼羞成怒，接着训斥，“老杨呀，你究竟因为何事，要告刘禹锡，必须说明白了，本官才好斟酌。”

杨昌雄只好坦白：“因为卖盐巴。”

“食盐？”仇骥惊觉了，“难道杨老板从中做了手脚，在贩私盐，不仅卖官府配发之盐，还有其他地方趸来的？”

“非也。”刘阈料杨昌雄说不清楚，接过话头去，“老杨的几个盐店，虽然有的不是夔州盐司批发的货，但那也是从江州或合州所进，全是官府批发的。如今，刺史大人一到，若一概视为贩私盐，会罚得老杨倾家荡产！”

原来如此。

仇骥听了，陷入沉思之中，其实他明白，以刘阈帮腔拿话的架势来看，肯定和杨昌雄是同伙。官场上都善待同伙。他们既然敢表明了，就是相信自己能够入伙，或者认为能够妥善地搞定自己，虽然那样做是有代价的，而且价值不菲，可他们愿意付出。

看来,“代价”就要亮出来了。

见仇骥无语,刘阈晓得他走不了,所以并不着急;杨昌雄却怕他扭头走掉,因此着急得很。

仇骥想起离开京城时叔叔仇士良的殷殷交代:刘禹锡不是自己的皮,贴不到创口上!难道刘阈、杨昌雄是两块好皮子?仇骥不怕刘禹锡,他一个诗人,做得了什么?永贞革新时不是遭武元衡几人弄得死的死、贬的贬嘛;只是在一口锅里搅马勺,开头就磕磕绊绊的,并不多么光彩。反复衡量之下,应承对方吧,不一定妥当,不应承对方吧,肯定不妥,就看杨老板怎么出价了。

刘阈见他犹豫就猜出了:这家什在拗价呢!因此心头笃定,自己舀了茶喝,不再帮腔。

杨昌雄却急了,干脆叫了管家过来,板起脸教训:“管家,幺姑娘呢?怎么老爷要用人时,她倒好,躲到那个旮旯里头,也不出来经佑经佑!”

管家把腰杆弯成了虾米般,连连鞠躬说:“老爷息怒,幺姑娘还在打扮,不是您说的,要一鸣惊人嘛。”

“那就赶紧出来,惊……惊一惊掌书记大人。”杨昌雄急得说话都结巴了。

管家再不敢翻嘴,一个急转身,奔到金门跟前,拉开了门,耗子一般拱入。然后听到他催:“我的幺姑娘呀你还在戴簪子!”惹得刘阈哈哈大笑,仇骥听得半懂不懂的,杨昌雄拈着几根胡须得意地摇头晃脑。

不知何处响起急促的琵琶声,一只光芒四射的凤凰飘然而至。

幺姑娘装扮成凤凰,高傲地昂起了脑壳,整个身体曲线优美,刚站到众人跟前,仇骥一下就入迷了,伸手去抚摸羽衣,啧啧赞美说:“这,当真是个大鸟?”

凤凰回答:“大人可以摸我的嘴巴。”

仇骥也是个好事的,凑拢姑娘,去捏那樱桃小口儿。那姑娘悄声说："大人可以亲嘴儿。"仇骥顿时觉得浑身燥热，醉眼迷离中，似乎自己能够骑上背去，与金凤凰做那苟且之事。那姑娘全身披着斑斓的毛羽，轻轻走动间，各种色彩的羽毛纷纷披散了，直似离地托举般飞起来，或将投未投地扑进仇骥怀里。仇骥不晓得自己为什么会被她迷住，眼睛凝住了神，去观察这位姑娘：虽然同是杏脸桃腮，不比第一位姑娘清纯可爱，只有着一股子野性；虽然身体妖娆，也没有第二位姑娘风骚，还是只有着一股子野性。殊不知美女的野性总是更加吸引男人。她一举手一投足，着实让人入迷，何况血气方刚的仇骥！

那姑娘直戳戳地说"我就是幺姑娘"，转身舞蹈不休，舞蹈动作宛若采蘑菇。

仇骥真的着迷了，情不自禁地站起，追着幺姑娘转圈圈，才转过三两圈，一把揽住幺姑娘，就往腰肢摸。幺姑娘说："大人你做个么子？"仇骥也不回答，将她搂在怀里，凑过嘴巴，拼命地咬那张小嘴唇儿。

幺姑娘被他迫得唔唔闷叫。

刘阈见仇骥发狂，晓得事情成了，朝杨昌雄使个眼色，说："前头那小幺妹可来陪本官？"杨昌雄说："大人喜欢就玩。"刘阈心猿意马，也准备进去动手，只是想着仇骥这类纨绔子弟，玩过后不认账的多，需得敲实在了，才不会落空。便强制收敛了欲望，对杨昌雄说："幺姑娘这妹儿，手腕过人，你们要先说好。"

杨昌雄心领神会，却问："说啥子？"

刘阈强调："要仇骥上奏皇帝。"

杨昌雄拍手示意，急如滚珠走玉的琵琶声骤停，现场只剩仇骥急不可待的喘息声。

琵琶声消失得陡，仇骥因此住手，抱着幺姑娘，扭头问："杨老板，怎么不弹琴了？"

幺姑娘何等精灵人儿，见他一松动，立刻挣脱了自己身体，回答说："大人容秉，小女子还要换了衣物，再陪大人饮酒。"

"饮酒？"仇骥有些喝醉了，捞了她一把，没有拉着，也不追，继续饮酒话题，"刘大人、杨老板还喝酒吗？"

说出了这话，三方人物，就该把事情敲定了。

刘阈忙说："喝喝喝，杨老板可不能吝啬，你的夔酒多拿些出来，我等一醉方休。"

仇骥拍手赞成："一醉方休！"

三人又回到金儿旁边饮酒。

杨昌雄直截了当地说："刘大人作证，仇大人要喜欢幺姑娘，今夜就由她服侍。"

仇骥干脆承认："俺喜欢。"

杨昌雄爽快至极："那就好，小民还有陪嫁。"

仇骥却憨头憨脑地问："啥人来陪？"

杨昌雄说："前头两个美女，都是掌书记大人的了。"

仇骥同意："俺都要了。"自己心头明白："那么，杨老板确实是要俺办事？"

杨昌雄结结巴巴地说："这个……我，有这个意思。"

仇骥装糊涂，说："刚才说那事，刘阈大人，俺可以做做？"

刘阈毫不含糊："可以。"

仇骥逼问："却是为何哩？"

刘阈狡猾地说："掌书记不是收了杨老板礼物，答应他帮忙吗？难道要反悔不成？"

仇骥就急了："俺仇骥，本官，答应人之事，哪有过反悔的，不是瞎扯淡嘛！"

刘阈说："我晓得掌书记大人不会瞎扯，只是这三个美人儿，大人要瞎扯，可就只能眼巴巴看着，享受不了哩。"

仇骥心头掂量：三个美人儿换封上奏，便宜占得不多，切莫被他二人算计了！ 于是讨价还价，说："别驾大人，既然你俩都把话说开了，俺也不遮着掩着，不过几个舞女，难道能与上奏攻讦刺史大人相换，有辱本官做人原则嘛。”

刘阈想不到他还有原则，一时怼了回去，开不得口，直朝杨昌雄使眼色。

杨昌雄听他口气，像是做买卖还价，明白仇骥嫌报酬少了，喊了一声：“管家！”那管家带着五六个家仆，抬着两只大木箱，“嘿咗嘿咗”地抬进来。揭开箱盖后，几人眼前顿时金光灿然：五十两一个的大金元宝，一层层地重叠着，装满了两箱！

仇骥眼花缭乱，幼稚地问：“只要俺将刘禹锡意欲盘剥商户的情形上奏朝廷？”

刘阈肯定：“对的嘛，如实向朝廷反映，又不是凭空捏造，怎么就告不得他龟儿子！”

仇骥又问：“你说告得？”

刘阈回答：“当然。”

仇骥再问：“不是诬告？”

刘阈回答：“事实俱在。”

“行。”仇骥答应，“俺告他奶奶的龟孙！那么，幺姑娘，啥时候来服侍俺哩？”

“马上。”杨昌雄心花怒放地答应了。

刘禹锡万万想不到，才到奉节，就中了暗箭。他这日寅时起床，由百荷服侍着梳洗后，吃了鸡蛋、咸菜和米粥，卯时即到大堂处理公务。既为使持节都督夔州诸军事、夔州刺史，当地所有的官吏和大唐军官，都得到刺史衙门应卯，听候刺史大人的吩咐，维持秩序和听令协助守卫瞿塘峡口。

官吏们到齐了，再由校书进去通知，刘禹锡刺史才进来，主持商量公务。

刺史衙门横梁立柱，都是用方木支撑搭就的，众官吏尽都肃立，一时鸦雀无声。门柱上镌刻着本朝诗人杜甫绝句中的“白帝高为三峡镇，夔州险过百牢关”的诗句。两旁木隔墙，所留通气孔洞为回字形，阳光可以照射进来，风也可以穿透。进了衙门后，有一个宽阔的天井，两旁各有一个石缸，缸里水既用于防火，也表示清廉。行人要从两旁的廊庑过去，然后越过一道高门槛，才能进入夔州衙门大堂，陈述自己的幸与不幸。当然这陈述不是随便哪个人都可以来说。如果刺史不允许，或者衙门前把守的官兵不同意，老百姓是进不去的。他们常常不得不在大门前苦候。但是刺史出门或者回到内堂时通常会从后门离开，否则若个个百姓都拦路告状，夔州刺史还过不过日子了？

刘禹锡一路进入，官靴踩在石板地面上，发出“跫跫”的足音，老远就惊动了衙门中人。长史覃述飞快奔出来迎接。见了刘禹锡，他双手合拢向前伸直，再收回双臂，随后深深地打个躬，拳头差点儿触到刘禹锡的腹部。刘禹锡说：“长史来得早呵。”覃长史报名恭迎：“下官覃述，恭候刺史大人上堂。”

后面纷纷响起“小吏”“下官”的声音，一群人个个腰杆弯成直角，恰似一把把肉角尺。刘禹锡为自己这形容暗自得意。他示意覃述带路，自己跟在后头，直入大堂。

刘阈和袁宏在大堂门口等候，正有一句没一句地闲扯，说到杨家宴会后，家伎幺姑娘送仇骥进入内堂，仇骥却没有侵犯她。袁宏不禁馋涎欲滴，羡慕地说：“何时我们也去试试那骚妹儿的床笫功夫。”被刘阈拿眼神迅速阻止，说：“袁司马早酒晚妓的，难道还不解馋吗？”袁宏立马感叹，说：“杨昌雄那家什，狗眼看人低，总有一天要遭报应。”

这时，听到守门兵士呼传：“刺史刘大人到！”

刘阈立即迎出，顺手拉起袁宏，双双站到大堂门口，恭恭敬敬地候起了。

按说，州刺史第一天处理公务，衙门所有的差役，奉节县、瞿塘驻军官吏、军官们，必须过来侍候着。这跟平时只由别驾、司马、长史几人陪同迥然不同。知县封文渚早就赶到了。他不仅来应卯，手头一大堆要事还须刺史大人批准，自己才好去执行。这就是州县同城的县令的难言之隐。事儿都是自己做的，做错了要挨训，做得正确而不周到，也会遭上司参奏，一旦背起祸砣子，不定就弄脱了自己的官帽。

刘禹锡大步走到文案前头，伸手掸了掸衣襟前的灰尘，只是做了一个姿势，转身坐下了，朝覃述点了点头。

覃述双手一揖，转过身体，对一众官吏说："各位，刺史大人有嘱，今天先认识认识，若无紧要事项，我们就'三十的社火——散了'哟。"

瞿塘卫将军邴丁大大咧咧的，上前正式参见，说："大人，下官还要检查防卫，若是有空，卑职愿意陪同，请大人到处看看；照刘大人之前说过的，如果卯点了人就可以散了，卑职就打马回营，招呼兵士好生操练。"

刘禹锡客气地说："将军属下防务，也不趁这一天两天看，邴将军请便。"

邴丁就不客气了，拎起马鞭，大步向外疾奔，霎时间，走得不见了踪影。

刘阈叹口气，说："武将啊武将，要想武将讲规矩，百兽都会跳舞。"

封文渚下判词："熊动。"

引得堂上众人抿嘴暗笑，他们几个人，平时唇枪舌剑来去，倒无忌讳。

看得出来，刘禹锡来担任刺史，夔州官吏还是欢迎的，早早迎候不说，单看这趟站班，也是整整齐齐的，既无歪冠斜衣的，也无东倒西偃的，个个站得像庙里的泥像，互相打量着对方，仿佛检视一般。

因此，刘禹锡高兴地说：“各位，本官有礼了。”

众人齐说：“大人安好！”

刘禹锡又补充：“听说，夔州土地户籍乃中州规模，各位倍加辛苦，公事公务忙碌，本官往后要多多依仗了，各位若有事，也可以对本官言说，断无不予关照之理。”

“谢谢大人了！”包括刘阈在内，所有人一齐拱手弯腰，极殷勤地表示了感动。

刘禹锡提醒他们：“那么，谁第一个说呀？”

封文渚越位上前，行过礼，直截了当地说：“大人容禀。如今一年行政，已近元宵，明年还有许多要紧事，上任刺史没有下达指示，径自离开了，还请刘大人对食盐官卖、营田、民间欠负、供奉钱等诸多事宜，下达明确指令，卑职才好比起老虎画个猫猫儿，做出个夔州首县的榜样。”

“好！”刘禹锡立即表示赞同，扭过头去问，“刘别驾，你可知晓封令所说的几桩事件？”

刘阈心头有数，这几桩事已经闹了多年，牵一发而动全身，刘禹锡他们不就因此曾经遭到贬斥吗？怎么手头权力还没有捏紧，又要来说三道四？可是话不能如此说，只好委婉地回答：“刺史大人，这些事都存在，也应该改改，推而广之，使我大唐天下更加富庶强大，这也是皇上连连催办的嘛。”

刘禹锡点头肯定了他的说法，希望下属还能表示赞成，就拿眼睛往堂下扫，这一看顿时心凉了半截：谁都不出一语！还有几人，眼睛东张西望的，似乎在寻找机会转身就溜，免得牵扯上自己。刘禹锡不得不逐个来问：“食盐官卖推进得还算稳妥吧？”

刘阈不怕说这事，回答道：“本州食盐官卖，进展顺利，奉节、大昌、云阳、巫山产盐，代宗皇帝宝应年间，产盐州县汲卤实行水引制，奉节县一百四十引，每引为一百一十六斤半、价六贯左右；之后，改由私营生产及散户销售，官府只负责批发。”

刘禹锡心头默默记下，追问："现今百姓食用，可以批发多少斤盐巴？"

刘阈回答："一来夔州有十余万人，人口不少；二来盐价亦随之上涨，盐税收入不减。"

不减？ 刘禹锡心想：那就是没有增加，人增所耗、价增所得，都到哪里去了？ 再朝官吏们看看，见人人俱装耳聋，仿佛没听见刘阈说什么，心里陡然明白：其中必定大有蹊跷。

当然，是官吃了黑心钱，还是民得了便宜，须得细细访查。 大唐虽是盛世，可是藩镇与宦官交相搜刮，百姓的日子并不好过。 倘若不是这样，王伾、王叔文二位大人不会为了永贞革新，弄得个惨死他乡。 人在做，天在看，百姓们也都看着的。

刘禹锡又问农事："封令，不知奉节县去年是否风调雨顺，百姓的日子过得好不好？"

封文渚回答："奉节虽然多山，然而山里多溪河，常年倒是风调雨顺。 百姓种畲田，只要没有天灾、雨水充足，一年到头，粮食还是够吃的。 当然钱少一些，不够花，那就节约着过日子。"

"你说的节约，是缺吃少穿不得不节约，还是即使丰裕也须得节约？ 说来听听。"

"乃不得不节约。"

"那就是缺吃少穿了？"

"是的。"

"既然风调雨顺，为何还缺吃少穿，难道盗贼横行？"

"非也。"

"那就是产量不高？"

"大人明鉴。"封文渚回答，"百姓所种畲田，不似江南，蓄水种稻，乃是刀耕火种，旱地作物产量不高，一季下来，只是'够吃'而已，不得饱食。"

刘禹锡点点头，说："本官晓得了，封令，本官看你是个很仔细的人。”

堂下诸官一齐看着封文渚。

封文渚连忙逊谢：“大人夸奖了，下官只是把事情做好了，差堪告慰于朝廷。”

“好！”刘禹锡极为赏识，“诸位，我们为圣上做事，就要以‘把事做好’为标准。以‘好’为标准，万般难事、不了解事、辛苦事，都会乐意去做。而且做事前要想，怎么把事情做好，想出了办法，事情自然就容易做。行之不难，自然就不畏，还会事半功倍，若如此，效果有了，圣上自然有所褒奖。”

包括刘阈在内，一齐躬身行礼，口称：“大人教诲，吾等定当谨遵！”

刘禹锡才叫大家散了。

# 第五章

刘禹锡转进后堂，侍女百荷迎出，引着他进入卧室，脱下沉重的官服，换上宽松便衣。刘禹锡吩咐她说："开饭吧。"百荷答应着连忙奔到厨房，见从连州跟来的厨师正在灶台前忙，就对他说："大师傅，老爷下堂了，赶快端饭菜。"那厨师回答："得令！"端起一个托盘，里面摆了一碟油酥花生米，一碗肉丝炒芹菜，一大盘鲜肉饺子，飞快地摆到饭桌上。

刘禹锡一步三摇地走出来，拿起筷子，等着百荷斟酒，尝一口后，连声赞好，才夹起芹菜细嚼慢咽。

等他再回卧室时，薛氏正督率家仆，收拾房间。院子的方形天井两旁摆满了当地特产春兰。这些春兰属于高山植物，花朵大簇大簇的，开得浓郁芬芳。天井四周环道都清理出来了，一色的青石板镶嵌铺设，中间漏斗被雕刻成一朵牡丹，花蕊处有几个下水的眼孔，四围镶嵌着一些石块，上面镂着一幅幅人物故事图，只是年代久远，显得有些模糊不清了。

刘禹锡大跨步走过去，薛氏领着丫鬟们迎出门，对着他拂了一拂。百荷立刻退居后头。薛氏心情不错，笑嘻嘻地对刘禹锡说："老爷公事忙碌，想必劳累了，书房已经整理好。百荷，赶紧领着老爷，到书房里歇息片刻。"

百荷上前，朝刘禹锡一拂，再朝薛氏一拂，倒退几步出去，站在门口等候。

刘禹锡看着她腰肢婀娜，摇摆得弱柳枝般，禁不住有些想扶住她，只是顾虑薛氏看见会有些尴尬，于是慢慢地踱进屋里，把薛氏丢在身后。孟郎兄弟跟了上来，按刘家规矩，每天此时，都要聆听父亲教诲。

屋里又是一番景致。

迎面是个圆形的隔断，用长格、宽格、斜格分开，每个木格子中间，放着不同的摆设，有玉蟾、泥马、陶猪、瓷瓶，还摆放着一些烧制的用具，有酒盅、茶壶。人须从两旁进入。后头是很大的一个客厅。虽然只是四面夹壁墙，却挂着几幅字画，当前的是柳宗元书楚国屈原的《九歌》结尾：

诚既勇兮又以武，
终刚强兮不可凌。
身既死兮神以灵，
子魂魄兮为鬼雄。

字体采用了汉隶，肥大饱满，活像一个个不屈服的湘灵。夔州僚人本来就与湘灵魂魄相通。这二十八字，画出了一个活生生的屈大夫，怎么能够让刘禹锡不心潮澎湃？所以他在这幅中堂下站了许久。

刘禹锡扭头教训三兄弟："孟郎、仑郎、绚儿，今日上堂，县令封文渚说凡事做好就是目的，为父大加赞赏。二子与绚儿读书，要好生读；为父做官，也要好生做。这样才不辜负朝廷和家庭的希望。拿绚儿来说，你父亲曾为宰相，你要想好好做事，就要以父亲为榜样。孟郎、仑郎非宰相根苗，但都是大汉帝王后裔，那么，以民为本当是目标。吾有三条规矩。其一，书要往学问上读，用书中知识充实内心，学而时习之；其二，学以致用，读了圣贤书，要懂得书之所以能致圣贤，断非学而炫耀也，惟其有用尔；其三，书用在何处？当然是致君贤、为民富，要是只顾自己取富贵，那就是把书读到牛屁股里了，还不如不读！”

孟郎、仑郎和韦绚懂了，当头一揖，齐声说：“孩儿们知晓。”

后随的薛氏猜中他心思，赶忙递过一条热气腾腾的毛巾，示意刘禹锡擦擦脸，继续往里走，查看他最关注的书房。

签押房兼作了书房，处理公事和平时读书，都在这里了。书房的格局简陋。除了十几架书籍外，只有一张阔大的书桌，还可以当成画案来使用。书桌上整齐地摆放着笔墨纸砚。旁边搁着一张躺椅，底呈圆弧形状，人躺上去，腰部轻微着力，躺椅就会前后摇动，消除坐椅人的身体疲乏。

刘禹锡童心顿起，往上头一躺，椅子顿时前后摇晃，竟有孩童坐摇篮的感觉。

薛氏看着好玩，说：“梦得，这刺史衙门挺不错的，要规矩有规矩，要陈设也有不少的陈设，看来前任刺史颇有雅趣，咱依了规矩，也置办些物件摆起？”

“不可。”刘禹锡断然否定，耐心地跟她商量，“我看孟郎、仑郎兄弟读书，也放在这屋里吧，三坟五典齐全，四书五经不缺，前任刺史有眼光，便宜了我们这些贬官。”

“那么，让百荷过来侍候？”薛氏开了句玩笑，眼睛眯起，看他怎么回答。

刘禹锡不作声，看样子是同意了，这倒大出薛氏意外。

百荷无忌，接嘴说：“夫人使唤跟老爷使唤，有甚不同，小婢可就愿意了？”

惹得薛氏哈哈大笑，连说：“哟哟，这丫头可不得了，蹬鼻子上脸了，也不晓得害羞。”

笑得刘禹锡脸上讪讪的。

百荷半点儿羞涩也无，扬起那张俏脸，站在刘禹锡和薛氏跟前，只顾拿眼睛左右转动着窥视。

三人再往里头走，进去观看主卧室，里头床、几、凳几乎一尘不染，黑漆家具被抹得锃亮。窗帘是竹制品，迎合了刘禹锡爱竹的喜好；茶具则是一色景德釉，瓷面雪白。

刘禹锡发现书桌上那块砚台很奇特，如淡黄色岩壁，砚质十分细腻，磨烟墨定会顺手。砚盘外观，自然形成皱石状，入手十分稳当。

薛氏见他专注，就问："梦得，这是个啥家什儿，说砚盘儿，倒好像个石头碟子。"

"夔砚。"刘禹锡回答她说，"据说是夔州的峡石砚，受三峡江水消落冲刷而成，所以质地坚硬如铁，砚磨滑不留手，巴蜀文人比作处子石。"

薛氏反对说："老爷怎么说着说着，就说到小姑娘上头了，当真鲜嫩就好?"

刘禹锡笑笑回答："夫人说笑了，姑娘可不能与这砚台比，就好比柳条儿比关刀，腊梅花比核桃，不是那么一回事儿。"

薛氏嘲笑他："俺掂量老爷心思在百荷身上花得多了，今晚让她留宿服侍?"

百荷十分机灵，讨好说："老爷，可容许小婢为你暖脚?"

刘禹锡不及应答，薛氏作势要进行责罚，伸手拧向她的小脸蛋儿，口里喃喃说："说你起身你还要翻墙，死妮儿，还不看看茶凉了没有，老爷胃不好，喝不得凉水。"

刘禹锡却说："茶凉了，正好涮一下胃，不那么滚烫，有暖胃作用即可。"

百荷乐得飞也似的跑出屋，说声"我去取水煎茶"，径自躲到厨房，点燃了泥炉儿烧水。

刘禹锡赔着小心商量："夫人，百荷有她该忙的，伴寝这事儿，不必常来使唤了。"

薛氏讥笑，说："那就换个丫鬟?"

刘禹锡见薛氏眼角眉梢都布满了嘲弄，晓得她在说笑话，而百荷扭着腰肢儿又飞跑了，今夜与她同榻相拥，那会得到一番什么样的享受，不禁快活得浑身上下都舒坦了。

百荷飞快地端来滚水，兑在凉茶里，双手捧着，递给刘禹锡。刘禹锡接过茶杯。薛氏也莫奈何，哪个喊自己收受节度使大人的礼物呢？要不是有所顾忌，早就放她出去了，免得在眼前碍眼。

刘禹锡喝过茶，吩咐薛氏："夫人，奉节城富商杨昌雄，邀俺明日往盐场视察，备有晌午饭，家中就不必备饭了，以免浪费。俺看夔州贫瘠，省下一些俸禄银子，有了机会，赈济几个百姓。"

薛氏恭恭敬敬地回答："老爷打算得当，贱妾听从了就是。百荷，你记下了，吩咐几个厨子，明日全家吃斋，举凡大鱼大肉、荤汤油水通通不能上桌。仑郎兄弟要吃，就另备一些酱油，好下饭。"

百荷口中应着"是"，身体却往刘禹锡旁边偎，要引他伸手相扶。

薛氏见状，狠狠地剜了她一眼。

次日，杨昌雄带着一乘华丽的轿子，前来迎接刘禹锡，请他到盐场去参观。

大唐商人，到了顺宗皇帝时期，财富渐增，有些甚至暗中勾结官府获取暴利。杨昌雄就是受益者。他从摆摊贩盐做起，财产迅速膨胀，富甲一方。

万万想不到，钱这个东西，一旦积累巨万，岂止用于个人享受，唤鬼推磨之类？只要舍得花钱，连政府都能轻而易举地搞定。

对付刘禹锡，在杨昌雄看来，因为他不富，因为他是个文人，应该更容易搞定。

刘禹锡换上便服，坐上杨昌雄的家轿，前往当地人称臭盐碛的地方，考察熬盐情况。江风吹得轿帘子簌簌直响。下到河滩坝，杨昌雄抢步过来，撩开了布帘，恭请刘禹锡下轿。

眼前这处，万里长江与梅溪河交汇，河口宽三四十丈，随河水冲出来的大量卵石，在河口堆积成扇形大石坝，当地人称为碛。每到枯水期，碛坝自然形成淤沙阻航的一道坎儿。因碛尾地下有盐矿，盐卤水汩汩而出，附近村民在坝尾垒石筑灶、烧柴煮卤，制盐时外溢的氯气味道很臭，远近呼为臭盐碛。这片碛坝，已被江河水肆意冲刷，构成了纵横交错的沟壑，远看像一个巨大的棋盘，走得近了观看，又像弯弯拐拐的盘山路，要细看端倪，不得不往下方行去。

刘禹锡见下头河滩浓烟滚滚，遮蔽了半边天空，觉得心惊胆战的，不由得停住步伐。

杨昌雄殷勤地问："大人可是畏惧烟重，我们稍稍歇息歇息，等柴烟散淡了，再下去视察可好？"

刘禹锡不甘示弱，提步疾奔，扭头来嘱咐："盐场既然是杨老板开设的，凿一道梯，上下搬运货物，岂不是更加方便？俺看呀，还能节省些人力。"

杨昌雄附和说："大人所说极是，小民跟即喊人来筹划了，立刻动手开凿。"

刘禹锡叮嘱："为商贾者，钱是要赚的，本利也要推算得当，才不会亏蚀，不晓得杨老板经营过程中，有什么经验、教训，总之要以民为本、体恤民工才好。"

杨昌雄唯唯诺诺，摆出说一句、听一句的态度，安起心不怕啰唆。

刘禹锡又说："本官记得，巴盐由官府分配，按水引熬盐巴。怎么奉节城下，百姓私自搭灶熬盐，规模还如此庞大，难道朝廷的政事儿不能推行，以至于煎熬不休？"

这话来了！杨昌雄邀请刘禹锡参观，就想等他看过，再进行勾兑，争取能够再熬三五年盐，到他离任，自然万事大吉了，于是故作痛心疾首，回答："蜀地贫瘠荒凉，当地人无钱买盐，往往用白水煮菜下饭；无盐甚至做不了咸菜，所以官府允许他们用土法熬几锅，纯粹用于自食，并无买卖之事。"

刘禹锡问："本官瞅这规模不小，哪家百姓能耐，集合得了众多县民，到这里熬盐？"

此话一针见血，直戳对方的要害，不避不藏，只等杨昌雄说个清楚明了。

杨昌雄弯腰拱手，赔着小心，继续进行分辩："刺史大人，民众，民众，小民们聚集起来了，就成众称霸了，前几任官府不干涉，还可以从中收些赋税。"

刘禹锡听出来了，他话中有话，狡辩说是百姓自己所为，便出言质问："那么，商铺盐巴，如有用土法煎熬的，也是百姓自产？"

杨昌雄被捉住了痛脚，只好顾左右而言他，指着坡下熬盐锅灶解说："刺史大人，传说这里是诸葛亮为入蜀定四川、北伐中原、谋算天下，排摆八阵图的取石之地，被后人称为水八阵。"

刘禹锡果然被他引开了注意力，伸直右臂朝着碛石坝河段，瞄了半晌，才说："本官心算，这段航道总长五六里，洪水行航宽时三里左右，枯水行航宽不到四十丈吧？"

"极是。"杨昌雄恭维说，"刺史大人神了，就是我等长年居住的人，经商过往频繁，也不能算得如此准确！佩服，佩服啊！刺史大人真神人也！"

他这话，刘禹锡也还受用，不欲跟他啰唆，只顾拣不明白的事儿来问："杨大老板，本官见那些沟壑间，似乎还有奥妙，你能不能给本官介绍一下？"

杨昌雄一瞄，立即回答："那就叫作碛石，碛尾较高部分叫盐灶子。长江以盐灶为界，把行洪航道辟成南北两漕，北边叫碛漕，南边叫作老漕。"

"原来如此。"刘禹锡连称"受教"，又把话拉回来，说，"杨大老板的盐巴，是通过碛漕还是通过老漕，用什么工具偷运出去的呢？”

“这个，这个，大人说笑了。”杨昌雄见识了刘禹锡的厉害，不得不声明，“熬盐这事儿，主要是百姓自煎，好比种庄稼，收获以后，卖给我们商人，然后我们再出售，哪能都是小人的？”他生怕刘禹锡继续追问，立即补充说：“商家所赚，无非是蝇头小利，组织熬盐这规模，可不敢不奉朝廷旨意，擅自进行操作。”

刘禹锡不肯轻易放过，继续盘问：“那么，杨大老板是守法的商人，断断不会有违朝廷命令了？”

这话挖了个坑，只要跳进去了，就有灭顶的危险。

杨昌雄把心一横，强硬地说：“当然，如被官兵拿获，小民当亲负荆棘，到大堂上去请罪。”

回答得很干脆，只是真相如何不得而知。

不料，刘禹锡说出的一番话，让他在心头掂量了好几天：“杨老板，前任刺史如何行令，我不晓得，只要你在本官任期内，能够奉公守法地经商，为夔州百姓谋利，造福于桑梓，衙门该扶持的，还是要大力扶持，一切以守法经营为准则。”

杨昌雄正色回答：“小民遵大人令。”

说着，就到达盐场了。

跟前碛石坡果然场面恢宏，盐卤从坡顶的低洼处汩汩冒出，当中碛坝被卤水冲开一道深沟，一直延伸到江边。河滩宛若展开翅膀的蝴蝶。水八阵就在卤沟下方，排列得密密匝匝的，大的若巨坑，小的像一口锅。这里就是熬盐的石灶了。每口灶上头支着三脚架，吊着或大或小的一个铁锅，柴火噼啪啪地烧得很旺，一团接着一团，不断地冒出乳白色烟雾，显然熬的势头正猛，要把水分熬尽，留下雪白的结晶体。

那才是盐巴。

盐巴可是大唐帝国的财富啊！有盐就有强壮的士兵、结实的农夫和美貌的女人，就有牢固的边防、活跃的贸易，就有丰收的田野，还有安定的生活、悠闲的士子。

刘禹锡快步上前去，见那锅里盐卤熬干后，形成了晶体，水没有全干，盐工用铁瓢舀出湿盐后，摊在石坝上晾晒，可以节约柴火。

杨昌雄介绍说："等太阳把盐巴晒成大块大块的，人工敲碎了拿去买卖。"

"这跟晒海盐也差不多嘛。"刘禹锡见过晒盐，却想不到，煎熬的盐巴，也要经过晾晒。

"差不多。"杨昌雄走南闯北的，啥东西没见过？只是心头有事儿，应声附和罢了。

刘禹锡再往下走，发现一件稀奇古怪的事：一些工人正在把大桶卤水，浇在一堆泥巴上，和得稀软，然后甩砖般做成方凳大小的土块。

这是在做什么？

杨昌雄见他满脸疑惑，晓得刘禹锡没见过，就要从旁解释。刘禹锡阻止说："你别说话，让我想一想，他们……如此做法，应该在保存盐卤吧。"

"大人明见。"杨昌雄想不到，刘禹锡居然见微知著，立刻补充说，"地下涌出的卤水，浓度虽然高，但不容易保存，所以随时要用泥砖储存起，到冬季卤水源头枯竭时，再倒进锅里熬，保证四季出盐，百姓不至于断缺。"

刘禹锡大感兴趣，扭着问："那么，杨老板的盐场，也是这样操作的吗？"

"是的。"杨昌雄坦率地承认了。

刘禹锡一拂长袖，夸奖他说："杨老板敢作敢当，倒是典型的巴人性格。"

"对大人，小民不敢隐瞒。"杨昌雄说得十分谦卑，浑忘了方才的百般狡辩。

刘禹锡还看到，无数女子，背着大捆干柴，送到围栏跟前来过秤，奇怪的是她们不是用背篓装。杨昌雄知道他好奇，就主动解释，说卖柴到盐灶上也是百姓谋生的方法，靠一个妇人成年背柴块卖，能够养活一家人。

说得刘禹锡脸上露出了笑意。

查盐归来，刘禹锡总归不能放心，需要反复考虑。这些关乎国计民生的事不能操之过急。要办这些事，一句话，还得想仔细，把前后关节想清楚。当然，要是狠下心，把手段放强硬些，也就办成了，结果过后再看。结果好了，那就皆大欢喜；要是结果不好或者不太好，反正已经办过，由不得哪个出言诽谤。本刺史交办的事情，关键看他真办还是假办，绝没有胆敢不办的。

他毕竟不再是看人眼色办事的贬官司马了！

只是夔州地方为群山环裹，过了大年，百姓就要考虑春播，不得有稍许松懈了。

刘禹锡跟刘阈商量，说："春耕时节到了，营田也不能荒芜，还得去看看。"刘阈为难地说："我手头有好些公务没有处理。"刘禹锡脸色不豫，说："刘别驾处理公务，俺去看看，不知朝啥方向走。"刘阈忙说："容易，出了城门，就往九盘河方向，过了臭盐碛，朝着深山里走，遇到稍许平坦的一大片水田就是营田。"

那是一坡梯田，所有田块都极不规则，高低错落不说，每块田都说不出个形状，只能用长乎乎、圆溜溜、弯纠纠的词来形容它们的奇形怪状。对了，当地人说得极准确，叫作梯田。那些错落的梯田，梯坎子高的有三五尺，一梯背坎被铲得又光又平，长出了星星点点的折耳根、鱼鳅串、蒲公英；矮的就只有一脚水，插上秧子，上面田坎留有脚板宽的路，可以平行穿梭。长的梯田占据整个山湾，达到十数丈，你会怀疑它们是怎么被耙平的，长田只有平整，积水才会等高，不至于哪边有缺口，变成旱田；圆田就像个堰塘，围绕着可以走一圈，此时灌满了栽秧水，在正午阳光照射下，又像一面圆镜，僚人姑娘们就在田边梳妆打扮，清水映出一张张俏脸儿；弯田也是一种长田，比长田短，比圆田长些，大都是顺坡开出，所以有扭三五个弯儿的，一块块弯田叠起，宛如一大堆书籍。当然没有人能够翻阅，或许，农人耕田即为伸手翻书？

刘禹锡进入营田，累积的愤怒陡然消失了，感觉到了另外一个世界，与军营绝不相同，也异于那些码头、街市。这些零零碎碎的田地，在心里开始堆筑，不同于表、章、奏、谏，它们需要用另一种声音进行陈述。他禁不住脱下鞋袜，坐在田坎上，设想用哪一类文字，如何准确地形容这些梯田。

身旁韦绚突然惊呼："叔父，看鸟儿！看鸟儿！好漂亮的两只鸟儿！"

两只黄喙黑羽的鸟儿飞来，站在刘禹锡下面那块田坎上。刘禹锡认出它们是八哥。那两只鸟毫不惧人，冲着对方扎喙，翅膀扇得扑棱棱的。

刘禹锡大为好奇，冲它们问："八哥，你们也来看水，渴了哩？唱一支山歌？"

那两只鸟顾自扑扇着翅膀，兀地冲天一飞，又敛翅落下，仿佛是一只追，一只赶，无分先后，也没得高低，落到田坎上了，伸嘴去捉一些小虫子吃。

刘禹锡看得入迷，说："八哥，你从哪里来？要到哪里去？哎呀，莫飞走了，等等我，把鞋子穿上了，跟你们飞……"边说边手忙脚乱地穿鞋袜。

那两只八哥居然又落在前面田坎上，嬉戏打闹，如人一般听话，直到刘禹锡穿好鞋袜，站起身体，才扑棱一下飞到了前头。

"怪哉！"刘禹锡暗道，这夔州也怪得很，鸟儿也会寻人，要引本人往哪里去呢？倒是不可不跟去瞅瞅。他带着韦绚，兴冲冲地就跟鸟儿走。

那鸟儿不离不弃地尽往河边飞，引领着刘禹锡，进入了一道长长的峡谷。

这地方已经远离九盘河了。

刘禹锡觉得两人在上行，然而越往前走，灌木丛越密匝，似乎林中湿漉漉的，只好不管不顾，跟到了一个悬岩上。

这时天已黑尽，刘禹锡看到道路前头有个茅草棚，就走了进去，发现这是专为路人准备的歇脚地方。茅草棚中间还有个圆形泥炉。那就是柴灶，塞几块木柴进去，可以烤火，可以取暖，还可以做饭吃。难道还备有粮食？刘禹锡有些不相信，攀着屋中的竹棚看看，果真隔棚上有粮食！一大堆红薯，半口袋苞谷，还有一小包盐。刘禹锡由衷地感叹这方百姓纯朴。韦绚上前取了粮食和盐，点燃木柴，将三四个红薯煨在柴火下，自己靠近泥火炉取暖。

一会儿，红薯烤熟了，韦绚取出来拍打拍打灰烬，先递给刘禹锡吃。刘禹锡品尝着又黏又甜的红薯，不无感慨地说：“绚儿，还是这地方人好呀！”

韦绚过去，抱起竹棚里的干稻草，铺了一张简易床铺，让刘禹锡睡下，自己才蜷在一旁酣睡。

天刚刚亮，那对八哥又飞来了，依旧蹦着、跳着，在刘禹锡跟前打闹。刘禹锡叫醒韦绚。两人把昨夜剩的红薯吃掉，出来跟着八哥往前走，又见到一片梯田，比昨天那片规模大得多，山路却更加陡峭了。

他们歪歪扭扭地穿过这一片梯田，前面就是大坡。那两只八哥，一会儿飞上树梢，一会儿落在路面，总之不离刘禹锡的视线。刘禹锡下了决心，要看它们究竟是何意，不紧不慢地沿路进山。刘禹锡跟随八哥爬上一座大山，面前高高耸立着一座更大的山峰。那对八哥蹦着跳着，往草笼笼下方一钻，再没有喳闹声了。刘禹锡连忙跟过去，面前出现很大一个坑，仔细分辨之下，发现还有一条道路通往下方。有路就有人走。刘禹锡越发好奇，顺那山路折往下行。

下方百丈左右处，出现一道慢坡，两旁都是陡峭的岩壁。绝壁上出现天然石纹。岩石的颜色十分奇特，有红的，有黄的，有红黑或红黄相间的，好像一幅幅山水画，色彩极为丰富。不仅有八哥，还有许多麻雀、翠鸟、斑鸠、野鸽子，在岩缝中飞进飞出，清脆地鸣叫，为山中平添无限生机。直到高空岩鹰盘旋，鸟儿们才躲进灌木丛，不敢出声。

韦绚好奇地问："叔父大人，这个地方难道是仙界？"

刘禹锡觉得十分好笑，回答他说："孩子，不是仙界，胜似仙界哩。"

韦绚好玩，央求说："叔父大人，下面到底有多深，我们下去看看？"

刘禹锡也来了兴趣，答应着："好啊，你跟紧点儿，我们下去看看有没有神仙。"率先朝大坑下面走。

没走多久，坑底下就有雾起，不过顷刻间，大雾堆垒得两人互不能见。韦绚在后头说："叔父大人等等我啊。"刘禹锡说："你别慌，切莫踩失了脚，摔下去不知是哪儿呢。"两人一步步挨到坑底，浓雾把天空遮得严严实实的，什么都看不见，只好寻一块石头坐下，等待浓雾散尽再走。

一两个时辰之后，大雾就散了，露出凹凸不平的坑底。这个坑很大，足足有两百多丈宽，也有二三百丈高，方圆相若，看方似方，看圆似圆，往顶处看到的天空接近正方形，三面都是直上直下的陡壁，一面是斜斜的慢坡。下山的路，出入于荆棘丛中，就在斜坡上弯来拐去。坑里有许多暗洞，而且水洞间杂旱洞，水全是流动着的，看来可以逆水走出坑底。

刘禹锡不敢进洞，两人重新爬上坑顶，就打算返回。韦绚指着左前方说："大人你看，我们怎么回到夔门了？"刘禹锡朝他所指方向看过去，前方果然山壁洞开，高低足有百丈，极似一道石门，只是门后峡谷狭窄，乱石滚滚，而且下方无水，显然这里不是长江瞿塘峡，而是一处同夔门一模一样的峡谷。难道此处竟是长江古水道？因为太过险峻，行船艰难，上古英雄大禹在今夔门处，劈开了山峰，滔滔江水方才就此改道奔流。

这个猜想，刘禹锡自己是无法求证的。

# 第六章

刘禹锡感到特别兴奋，营田未曾想透，找到另一座夔门，那也是极大的收获了。况且，荒山野岭中，不定还会有奇遇，不枉本官此行哩。

人啊，还真的惹不得，想着想着，就有千万个可能出现在跟前，印证着种种奇思妙想。

旱夔门那边，传来一阵清脆的山歌声，刘禹锡侧起耳朵听，唱的词儿却是：

妹打草鞋噻细细搓哟，
满心打来么送给了哥。
一根头发哟搓进去了，
牢牢套住了哥哥的脚。

歌声渐近，显然是山里妹子所唱，纯粹的民间曲调，宛若一阵阵轻岚，朝着自己飘了过来。

刘禹锡侧耳倾听，这调子仿佛在耳边响起，跟自己说悄悄话，或者就是山里妹儿说话，什么曲调都不成，只是山妹子表达感情时说的话。于是他就不走了。韦绚感到奇怪，问：“叔父累了，歇一歇，是否需要韦绚搀扶？”刘禹锡只是全神贯注地聆听。韦绚晓得，大人又入迷了，听到百姓唱山歌，特别是姑娘唱的，他就定会入迷，大声呼叫都叫不醒。

那歌声飘了起来，在半空中萦绕，忽高忽低、忽左忽右、忽上忽下的，跟着刘禹锡二人一起行走，像那两只八哥，也就一顿饭时间，飘到了他们跟前。

这个唱歌的漂亮姑娘是踏碛现场见到的那个僚妹儿。

刘禹锡想不到，会与她蓦然相遇，有好多不明白的事，正好跟她打听打听，就问："姑娘，我认得你哩，请问你尊姓大名？"

那姑娘见到他们就笑了，把眼睛笑得像豌豆角儿，再听刺史大人问尊姓大名，越发前仰后合地笑，并不回答。韦绚有些恼怒，上前扯着她的大辫子，恶狠狠地问："你是个哑巴吗？"姑娘连呼："扯痛了！"使劲掰他的手，眼里那笑却隐藏不了。

韦绚不肯松手，逼问："你说，叫啥名字？"

那姑娘犟不过他，只好说了："叫杨柳，么的？难道还怕你个书生吗？"

杨柳背着敞口背篼，身穿中袖斜襟衣服和宽腿裤，僚人打扮，领口、衣襟、裤脚上绣满花朵，腰肢束得细细的，走路宛若浮云飘起，韦绚一松手她又弯腰笑。刘禹锡奇怪地问："你笑什么？"杨柳姑娘笑够了，才张口回答："我见过你们两个人嘛，不就是那官老爷的头儿，到旱夔门来做个么子事？"

"你叫杨柳。"刘禹锡明白了，对面这两座岩，叫作旱夔门，就问出了自己的疑惑，"那么杨柳姑娘可晓得，夔门那边的长江，古时候难道是从旱夔门过的？白盐、赤甲那边可是两座相连的高山？"

"我么子晓得。"杨柳满口奉节腔，"你说个么子，那就是么子了咯。"说话之间，薄薄的嘴皮儿翻得飞快，不容人打岔，迅速地说完。

"这可不敢。"刘禹锡看她杏脸桃腮，竟是一位绝色女子，不知怎么到深山采茶来了，长叹一声，又问，"敢问姑娘，'么子'是晓得哩，还是不晓得哩？"

杨柳把胸脯一挺，说：“我不晓得是晓得，还是不晓得，么子就是么子，尽都是咯。”

刘禹锡明白了，“么子”既可以说是，也可以说不是，说成什么都可以。

杨柳好奇地反问：“看你们两个，老的老，少的少，是来采草药呢，还是来看风景？”

“姑娘还晓得看风景？”

“当然，我天天上山采药，就是天天看风景，不上山那天，就看自家门前一道道风景。”

“姑娘还颇有见识。”

“那是当然。”杨柳姑娘懂得“见识”，她看到这两人觉得奇怪，便追问，“官老爷，你们进山到底做么子？”

“确实是看风景。”刘禹锡直截了当地回答。

“当真不是踩线儿？”杨柳回出极古怪的一句话。

“什么踩线儿？”刘禹锡反问出，就意识到自己失言了，当官的谁不晓得“踩线”？ 不就是强盗偷窃之前的侦查嘛，于是立即补救说，“杨柳姑娘你来这里做什么？”

“采药。”杨柳毫不迟疑地回答了，然后反问刘禹锡，“大人叫个么子姓名？”

“姓名二字也懂得。”刘禹锡不愿意骗杨柳，说，“我哩，叫作刘禹锡。”

“玉石的玉，金银铜铁锡的锡？”杨柳也问。

“非也。”刘禹锡说，“大禹治水的禹。”

“我晓得了，大禹王拿一把开山，把夔门砍开了，巴国蜀国都不遭水淹，奉节城安然无恙，你要当英雄？”杨柳丝毫不怕生，一句句把刘禹锡逼上来，非盘根究底不可。

“对的。”刘禹锡又问，“天快黑了，杨柳姑娘你家住何处？ 我们送你回家吧。”

“采药人到处是家。”杨柳回答，“前面有个草棚，我经常住那里。你们还走得拢屋？跟我来吧，好歹有个热饭吃，泡泡脚，晚上可以挡挡风雨。”还喋喋不休地介绍说那茅草棚，人人可以使用。

刘禹锡这才晓得，那茅草棚等于山民的集体屋舍，自己恰好碰到了才能有一夜好睡，不至于丢在深山里，当山大王，闹得个灰头土脸的。

三人说话间，就到了茅草棚。

进去之后，韦绚去烧火，杨柳找出一只木脸盆，等到水热，舀了半盆水，把白布浸在水里，问：“大人和兄弟要不要洗把脸，消除些劳累？”

韦绚接嘴，说：“让我们老爷先洗。”

杨柳肯让人，将木盆推到他跟前，说：“既喊老爷，你就服侍他洗吧。”

韦绚也不跟她争执，从背篼里取出绸帕，浸得水湿，拧干了，双手捧着递给刘禹锡。

刘禹锡抹了一把脸，用绸帕细细地擦洗胡须，然后把额头抹得光溜溜的。韦绚就过来，替他取下束发冠，打散了头发，长长地披在后背，再拧一把帕子来捋干净。

杨柳又寻出一只木盆，盛了半盆水，摆在木桌跟前，再把白布拧干了，也不避讳两个男人，解开斜襟扣，伸进去揩擦自己的胸脯。刘禹锡抬头想问她唱的什么歌，见她双手使劲在胸前反复搓擦，立即挪开视线，连话都问不出了。杨柳擦了胸，又挽起裤脚，露出一双极健美的小腿，拿帕子去狠擦。

刘禹锡见她还要用剩水洗脚，情绪渐渐平静了，暗笑自己连个村姑都害怕，就问：“杨柳姑娘，你上坡时候唱那歌，叫个什么名？”

“竹枝调。”杨柳边擦脚杆边回答。

“有固定的曲调？”刘禹锡问。

“大叔，你也喜欢听山歌？”杨柳双脚在木盆里顿了起来，顿得噗噗响，节奏感挺强，身体起起落落的，姿势宛若农民下田薅秧子。

“那么，竹枝调就是僚人的山歌啰，再唱一首好不好呀？”刘禹锡见其开朗，受到吸引，对竹枝调产生了浓厚的兴趣，追着盘问，“那首唱鹭鸶的歌，姑娘可会词儿？”

杨柳却说：“不是唱的，我是在说的嘛。说就说，莫非本姑娘还怕个么子的不成。”张嘴就念：

鹭鸶死在田坎上，
白鹤拢来哭一场。
虽说不是同林鸟，
你我都是打鱼郎。

她念得抑扬顿挫，情真意切，要说不是唱歌，也无人肯相信，那就算唱山歌了罢。只是刘禹锡不明白山歌怎会尽都是情歌呢。竹枝调呀竹枝调，看来，大概就是七言四句的通俗词，歌者见啥唱啥，可以用歌词来讲道理，赋比兴手法任意选择的吧。

杨柳挺热情，说：“大叔要听，我给你说个三天三夜，都是说不完的。”

“你家不是在奉节城吗？”刘禹锡问。

“不是，只是在那儿遇到你们了。”杨柳回答。

刘禹锡说：“好呀！等我忙完这阵子，再到旱夔门来，找姑娘说这个……”

“竹枝调！”杨柳说着，展开了笑颜，身体如柳枝摆动。

韦绚在旁边看呆了。

刘禹锡见她颇有见识，猜想她对于畲田耕作，也应该晓得一些的，就问：“杨柳姑娘，你们山里人种庄稼，是吆牛犁田呢，还是农人挖土点播？”

杨柳眼睛滴溜溜一转，说：“我是采药妹儿，我不晓得，要问风土民情去问我阿爹。”

“你阿爹在哪儿？”

“后山。”

“你带我们去。”

“天要黑了，当真要去，那赶紧走吧。”边说着，杨柳把背篓甩上肩头，顾自往门外走了。韦绚急说：“你也不等等我们！”刘禹锡说：“跟着走吧，她是故意逗我们的，定会在前头等待。”

三人一路翻山越岭。

天黑时，杨柳领着两个客人回家。听说是刺史大人，杨老汉很高兴，前后忙了一阵，招待他们吃过夜饭，就围坐在篝火旁边摆龙门阵。刘禹锡夸奖杨柳姑娘聪明伶俐。杨老汉摆脑壳，说要不是长得出众，不至于逗猫惹狗，经常有官商来买人，想拿她去玩，他们只好一搬再搬，躲进了深山老林，家不像个家咯。

杨柳不服气，说：“别个就是只爱唱歌嘛，又不惹哪个，凭啥子要强迫本姑娘！”

韦绚立即打抱不平，说：“哪个如此凶狠？国法没得了吗？青天白日地抢人！”

刘禹锡问：“都有哪些人来抢？”

杨柳掰起指拇数：“最有钱的，是杨昌雄，还有那个刘别驾，还有好多军官。奉节踏碛那天，要不是假借认得刺史大人，当场他们就要绑我回衙门。”

韦绚大怒，说：“你不欠他钱，不欠他米，凭啥抢人！”

杨老汉却说：“欠了杨家钱。我家祖辈都是些读书人，但似乎文运不通，几代考进士不成，只识得字罢了，佃了营田来种谷，缺少畜力，靠人工，收获的粮食还不够交租。日积月累起来，就还不起了，他们要拉杨柳去做官妓，让那些官老爷糟蹋，我的姑娘，命苦得很哟。”

杨柳摔摔打打地说：“我不得怕的，我不得怕的，哪个敢来欺负本姑娘，跟他白刀子进，红刀子出！”说着，嗖地抽出一把尺半长的匕首，朝着自己胸膛比画。

这是要自杀呀！

刘禹锡不忍见如此惨烈，制止杨柳说：“姑娘何苦如此，世上总有讲王法的地方。”

杨老汉却问：“何处讲王法？”

韦绚回答：“我们刺史大人，连藩镇、宦官都不怕，到夔州衙门大堂，自然会讲王法。”

杨柳又说：“与其出了事讲王法，不如跟随大人，当个奴婢，任随府中夫人差遣。要是大人赏识，姑娘跟你唱歌，十年八年，都唱不完竹枝调。”

刘禹锡怦然心动，可怎能用民女为婢，口里便拒绝：“这可不是说着玩的，姑娘的天赋，是上天赐予的，本官可不能随意接受，否则，跟那些抢人的，又有什么区别？”

杨柳却不信：“大人喜欢竹枝调，本姑娘就信得过大人，莫说还有碗饭吃，就是当牛做马，也任凭使唤。”

杨老汉突然向刘禹锡跪下，说：“刺史大人，你把姑娘领去，当个丫鬟嘛，侍候你跟夫人，免于遭那些畜生糟蹋了。”

刘禹锡吓了一跳，伸手把他扶起，说：“杨兄，你怎么晓得，我是个好人哩？”

杨老汉说：“刺史大人恁大的官，还爬大山，来问百姓疾苦，绝对是个清官，我相信自己的眼睛。”

韦绚见杨柳美丽活泼，也打帮腔，说：“叔父，我看杨柳姑娘挺聪明的，倘若收为帐下女弟子，说不定唱读俱佳，举世无双，羡煞多少前辈，侄儿预先朝贺了！”

说得杨柳把眼睛瞪得大大地盯韦绚。

刘禹锡下了决心，说："老丈请起，绚儿说得对，杨柳姑娘也出自书香世家，岂容鼠辈糟蹋了，就跟本官回去吧，也好随着绚儿他们读书，就是女弟子！"

杨柳大喜过望，匍匐地下，学着山中男人，向刘禹锡连连叩头拜谒，口称"恩师"不停。

刘禹锡笑着说："绚儿，你把师妹拉起。"

韦绚过去，伸手拉起杨柳，似乎不经意间，抹了抹她那浓密的长发，以示关爱之意。

叔侄二人就在杨柳家歇下一晚。

山窝为群峰环抱，天色亮得晚。二人被杨柳唤醒，匆匆食过稀粥以及粗麦面蒸成的粑粑，放下碗筷，杨柳就领他们去看山上烧畲田。

耕作营田的牲口，主要用马。官兵们图省事，牵来战马犁田，还要向佃户收取租金，额外捞上一笔油水。他们不管百姓辛劳，只顾搜刮，遇到灾荒年间收不到租子，就拉少男少女卖掉抵债。

在坡上，秋收之后，田里或者土里长满了野草，单等深冬时野草偃伏，点起火就烧。烧成草灰掩埋掉，或就地抛洒，有疏松土壤的效果，还能够当成肥料使用，可促进种子发芽，僚人称之为"金不换"。

可是山上那些土地，山连着山、坡连着坡，一旦点火烧荒，除了烧尽荒草，连旁边灌木和各种树木，也会招致焚毁。刘禹锡几人眼瞅着无数火头儿点燃，火舌跟即往山上猛扑，每焚及一处，不管是野草还是山林，通通被大火吞没，迅速烧得光秃秃的了，与森林失火并无二致。

这是省事呢还是灾难？

刘禹锡远远看着，另有想法，对杨柳说："柳儿，烧过荒后，泥土板结，怎么能够种粮食？"

杨柳思考片刻，回答说："好像都这么干，一来省力，二来肥料也有了，省好些事哩。"

韦绚发表观感:“怎么不似江南,种植水稻,这些干旱山坡,能种什么?”

刘禹锡说:“俺也这样想,明显水稻产量高,旱作物产量要低老大一截,不划算哩。”

说着说着,就起了风,吹得烈火熊熊燃烧。烧着荆棘还好,只是噼里啪啦地响,顷刻间燃过,化为烟尘,遍地狼藉。烧及山林,那可不得了,火焰蹿上树梢,集合起来,直冲云霄,焚烧的时间长了,甚至一面坡一面坡地燃烧过去,毁掉数十百年蓄积的树木,实在太不划算!

刘禹锡觉得不划算,就问杨柳:“柳儿长居山间,溪流淙淙,应该可以灌水栽秧吧。”

“那就艰难咯。”杨柳说,“莫看山中流水不断,一旦旱上几天,水都漏走了,盘成水田,那是划不来得很;何况下那么大的力气盘田,不如就种高粱,可以吃还可以酿酒。”

刘禹锡明白了,要提高产量,必须推广江南稻谷,就要先革除陈旧的种植观念。

破除人的旧观念才是千难万难的。

韦绚突发奇想,问:“师妹,怎么寒冬里烧荒?离栽种麦子、苞谷,时间不是还久着呢,何不等待播种时再烧荒,也不会失了肥效,难道还有个什么规矩?”还想调侃说“没有规矩,不成方圆”,让这个漂亮的师妹尴尬一下,回答不出,显得师兄见多识广。

杨柳仿佛啥都晓得,回答说:“开了春,野草发芽,么子烧得透地皮?”

正说着,远处几座坡的山火熄灭,冒出大股大股的浓烟。

回到州衙,刘禹锡将杨柳交给薛氏,叮嘱她当女弟子对待后,便连夜处理衙门事务。

不知不觉中,已星月当空,刘禹锡踱出了书房。抬头仰望,天上是一轮冷月。他的意识陡地扩展，往天空的四周去探寻、去了解。在如此环境中，思绪大可逆向探索，不必顾忌天有什么企图。但刘禹锡懂得，皇帝贵为天子，其意志不可忤逆，所以他在刚到夔州时上的奏折中说“硖水千里，巴山万重。空怀向日之心，未有朝天之路”，意思是尽管卑职地处偏远，对圣上的思慕、仰怀、想念，确实片刻也不曾忘记，敬请圣上审查。

这样的夜晚，让刘禹锡倍感轻松，思路特别清晰，多种思绪在脑海里奔腾。

奔腾的思绪无限，瞬间可达千年、可至万里，恰如月亮洒下一片清辉。

刘禹锡伫立于门厅阶梯上，无遮拦地望月、无阻挡地观星，心境仿佛被拉到“那一处”，不能够须臾返回，也不能够大力解脱，只有任心头一阵阵纵横涤荡。

自己应该有所作为了，刘禹锡觉得，应该跟裴度沟通一下具体事务。想到就做，他转回到书房，叫百荷替自己披了长衣，重新研磨了一砚墨汁，挥毫疾书：

**中立兄：**

愚弟至夔州以后，与府中别驾、长史商量，咨事于瞿塘守将，询问于奉节百姓，俱言盐务、负欠、营田三事，于州县关系颇大。盐自中唐以来，官不运营，为私商垄断，百姓食盐榷价，均受其操纵；而营田以租庸调，无毫厘工钱付予，与百姓争力，争灌水，争农具甚也，且以此无本之粮秣与百姓竞争，断无百姓占便宜之事；百姓因而负欠日多，甚至逃田不种、卖子求生，田荒弃而税收益少，更有刀耕火种之畲田，以夔州国之中州尚且如此，其余下州，不知百姓苦之何重也。下官欲就此三事，理盐务、降负欠、废营田，恳请大人允，施及全国。

盼复。

刘梦得顿首

写完私信，刘禹锡觉得须推敲几处文字，多余与不妥，必须再作润色。只是夜重更深，侍妾百荷还在旁边等候，就等到明天吧。

百荷见他字不写、书也不读，晓得是要入睡了，袅袅婷婷地走过来，服侍着刘禹锡洗脚、擦脸，换上了睡衣。刘禹锡把百荷搂抱着亲热。百荷虽是牛元翼馈赠，似乎并未负有特殊使命，只是一个拉拢关系的礼品。而且，她有着舞伎特有的温存与顺从，相处多时，刘禹锡特别满意。

刘禹锡卡卡百荷的腰肢儿，感慨地说："女子纤腰束素，当真盈盈一握！"百荷见老爷兴致颇高，就将一个小巧身体，坐在他大腿上。刘禹锡抬起她下巴，似要凑过去，咬嚼那张吹弹得破的脸蛋。

百荷眉目如画，樱桃小嘴，身体丰满。刘禹锡将信函一气呵成，心头十分得意，盯着百荷死看。百荷被他盯得居然心头发慌，拿脸孔去贴他嘴唇，又遭胡髭扎得痛，顿时涨红了脸。

刘禹锡晓得她是羞于情，就牢牢地堵紧她的嘴，转而去舔她耳朵根子，一下接一下，弄得二人忒冲动，蛇般缠紧了。

百荷觉得情热难禁，开始自言自语，胡乱说"老爷，哎呀，老老，爷哩个"，渐至语焉不详，身体扭得蛇也似的拐曲。

刘禹锡晓得到了火候，说"老爷知道了"，抱起百荷，走到床前放下，跟即滚倒，上去将她压得紧紧的。

屋外的星星和月亮顿时黯淡无光。

就在二人放纵欲望，获得身体极度快乐的短暂时光里，州衙大堂屋顶落下一个飞贼。屋里伸手不见五指。那飞贼落地，如柳絮飘落般轻柔，无丁点儿声响，然后快速奔到公案跟前。他的大腿杆儿似乎触到了一根横栏，一触即缩，止住探索的脚步。飞贼猜是碰到公案了，左手轻轻地一晃，燃起了火折子，却没有去点蜡烛，只探照着脚尖前的地面。

跟前果然是一张公案，上面杂乱搁着书函、裁纸刀具，以及墨砚、毛笔。贼人就着手头那点火光，伸手去捡看大叠书信。他把左边的折子翻完了，捡起右边一封，正是上奏皇帝的谢恩折草稿，就往怀里一揣。继续一封封地翻看，取出一张素笺，却是三首七绝，诗名《伤愚溪》，读了两句，“溪水悠悠春自来，草堂无主燕飞回”，自言自语地说，“这句子也一般”。并不取去，然后拿起下面一封信纸，默念了两句，发现恰好是说盐税诸事的，顾不得多看，立即揣进怀里。

飞贼左手一晃，再晃一下，火光倏地熄灭，人在堂屋里旋得几转转儿，就奔出了大门，扯个旱地拔葱式钻入夜空，连人影都找不着了。

# 第七章

飞贼是杨昌雄派去的。

新任刺史来了，不宴群僚，立即跑到盐场去，他想要做什么，已经不言而喻。不过盐这东西，是地方官唯一能够与商争利的，哪一任刺史、县令都不会放过。哪个官都要花钱。大官小官们那几两俸禄，绝对支撑不了他们的享受，应付不了官场的任意挥霍，没钱怎么做官？倘若官员起心，要打钱的主意，首选就是盐税。况且刘阈来通风报信，说刺史大人似乎想奏请圣上同意，在全国范围内，对盐税进行清查，起码上查十年，收回朝廷应得的税款，以充实库廪。

大盐商杨昌雄决不能坐视了，更不能跪着挨刀，必须把主动权争到手，所以请了飞贼去偷奏章。他自己把家伎幺姑娘叫来，饮酒逗乐着等候，三更半夜时分，眼跟前烛光一暗，酒榻旁立了一个英俊汉子。

这人高鼻亮睛，背挺腿直，朝着他们猛一拱手。

幺姑娘惊喜地叫了一声“哥呀”，觉得失态，伸手捂紧嘴巴，只拿一双妙眼盯他。

杨昌雄顾不得多作理会，手板张开，递到飞贼跟前，便问：“贼娃子，老子要的东西搞来了？”

飞贼一伸手，取了酒碗，咕噜噜一口气喝干，用手背把嘴巴一擦，也不见他怎么作势，身体几下摇晃，另一只手上，立刻现出一沓厚厚的书函，问：“大老爷要的可是这个吗？”又说“轻而易举”，扭头朝幺姑娘挤眉弄眼。

杨昌雄一把抢过书函，打开一封就看，正是刘禹锡写给裴度的那封信，他看懂了，是要求朝廷解决三个大问题的。可写给皇帝的奏章应该更重要。杨昌雄读不懂奏章，又急欲知道，刘禹锡向皇帝告了什么状，会产生什么后果，便看了幺姑娘一眼。幺姑娘双手乱摇，示意自己更读不懂，要老爷各人欣赏。

幺姑娘不晓得飞贼去偷了啥东西。

飞贼只顾向幺姑娘抛飞眼，杨昌雄有言在先，偷到了奏章，把她赏给自己玩耍，作为慰问。

杨昌雄哪里顾得上幺姑娘，读不明白，就高声叫管家。管家掀开门帘进来。杨昌雄吩咐：“管家你去请刘别驾，说幺姑娘想他了，请到舍下来一会儿。”

管家却说：“老爷，夜已深了，刘大人恐怕睡着了，把他喊醒不妥当吧？”

杨昌雄反驳：“他娃吃喝嫖赌的，哪天三更天不正起劲，么子会睡着？”

“要得。”管家不敢犟嘴，悄悄出去了。

杨昌雄才对飞贼说：“贼娃子，你还不跟幺姑娘进屋，等刘大人来了，没得你的份儿。”

飞贼冲上前去，一把抱起幺姑娘，对直扛进里屋去取乐，霎时就传出揪扯响动。杨昌雄想一阵刘刺史做事寡毒，再听一阵里间男女的淫声浪语，双手翻覆在炭炉上烘烤，单等刘阈过来解读奏折草稿。

幺姑娘跟飞贼折腾许久，还怕刘阈犯粗闯入，识破了这个连环套儿，见那贼娃子泄尽，就把他推下身体，进入内室重新打扮了，出去挨着杨昌雄坐下。

杨昌雄伸手到幺姑娘胸前，乱摸了几下，再捏着下巴淫笑。幺姑娘急得咯咯呼呼娇笑。杨昌雄久等刘阈不来，也不耐烦了，作势要动手把幺姑娘按住，刚抽出双手，听到外头管家传报："老爷，别驾大人到！"

杨昌雄立即站起，示意幺姑娘收拾妥帖，自己往外迎去，招呼人说："大人请进！"

即见门帘向内飘起，帘子后头冒出个人脑壳，正是刘阈那张胖乎乎的脸。

刘阈进屋就拱手，说："杨兄相招，不知有何贵干？"双眼却觑定了妖娆的幺姑娘。那幺姑娘益发似花朵儿一般开放了。刘阈见她脸也胭红，眉也高挑，胸也鼓突，若非衣衫整齐，直似刚刚与杨昌雄欢会过了的。

幺姑娘做出一个极欲投怀送抱的姿势，又没有投过来，只站在原地蓄势，就把刘阈迷得神魂颠倒。

杨昌雄说明："刘老弟，我得了一篇好文章，特地烹好夜茶，请你过来，你我兄弟共同欣赏。"

一句话，惹得刘阈好奇心大起：啥子文章，让这个土包子看得比美人还重？立即同意了："杨兄，我懂得了，兄长是要小弟诵读，幺姑娘旁听？"

"就是。"既惹起他注意，杨昌雄也不再解释了，读几句就能明白，何必浪费宝贵的时间嘛。顺手把奏章递给刘阈，自己去舀茶，尖起耳朵听他读，然后解译。

刘阈酒色相煎，心头很有些难受，端一碗茶喝下，肚腹收缩，左右趔了好几圈，喉咙里舒适一点儿了，打开来看。他觉得手中这东西是个折子。一打开，就看到顶格的五个字，"夔州谢上表"，翻身扑倒，连连叩头呼喊："圣上，臣有重罪，偷看奏章，尚请恕臣的死罪呀！"

弄得杨昌雄和幺姑娘十分奇怪，不晓得他看到啥子了，"圣上"又在哪里？顿时大眼瞪小眼，翻起了白眼。

幸好幺姑娘见过刘阈这类官员多了，见他疯魔般叩头不止，又好气又好笑，上前拽着他耳朵，使力往上提，说："刘大人你魇住了，圣上在哪儿？ 你的圣上在哪儿？"

刘阈被她扯醒，就势站起，虚张声势地拍了拍袍服下摆，摇头晃脑地威胁："你松手，本官与你不是在床上，由不得任性胡搞。"

幺姑娘还待嘲弄几句，却见杨昌雄急不可待的模样，便不敢随便，放开刘阈的耳朵，退至一旁婷婷侍立。

杨昌雄立即说："兄弟，我借了刘刺史两篇文章看，哪晓得拿错了，取成了私信和奏章，请你来帮忙看一下，避免还回去时，又搞错了。"

"借文章？"刘阈可不糊涂，看到是件奏章，立即晓得杨昌雄说谎了，可这慌乱，正给自己造成了难得机会！ 于是，先回答："杨兄，吾愿意学习之。"又铿锵有力地读起来："'伏奉某月日制书，授臣使持节都督夔州诸军事、守夔州刺史。 跪受天诏，神魂震惊。'这是刘刺史写给圣上的。 刺史大人一手锦绣文章，举国知名，寥寥几语，把蒙恩受宠的心情表现得淋漓尽致。 好文章！"

杨昌雄听他虚夸，就极不耐烦，说："你先生也解释几句，免得老子着急嘛。"

"好，本官解释。"刘阈说着，又念，"到这里了，'伏惟文武孝德皇帝陛下，垂衣穆清，睿鉴旁达。 三统交泰，百神降祥。 浃宇华夷，尽致仁寿。'是恭维圣上的，无非就是说圣上文武双全、智力超群、神佛保佑，可以长命百岁！"

"哪个还不说他各人的事？"杨昌雄觉得这些简直就是说废话嘛。

"有了。"刘阈继续念出一长段，"'臣家本儒素，业在艺文。贞元年中，三忝科第。 德宗皇帝记其姓名，知无党援，擢为御史。在台三载，例迁省官。 权臣奏用，分判钱谷。 竟坐连累，贬在遐藩。 先朝追还，方念淹滞；又遭谗嫉，出牧远州。 家祸所钟，沈伏草土。《礼经》有制，羸疾仅存。 甘于畎亩，以乐皇化。'臣家本儒素'就是读书传家；'三忝科第'是夸耀自己中举后，又擢进士第，再登宏辞科，连德宗皇帝都晓得他姓名；皇帝晓得他无党无派，亲手提拔为御史，做了三年官，应该晋升到部里了，遭遇权臣嫉妒，分配去管钱粮；而且还受到原上司牵连，贬为了司马；幸亏先朝皇帝惦念，调回朝廷任职，却受到谗言，明升暗降，发配偏远的播州当刺史去了；但是，臣下是讲礼仪道德的，只要圣上安排，哪怕去务农，也会心甘情愿地去。”

“这不是讨好卖乖吗？”杨昌雄懂了。

“杨兄见识。”刘阈顿感佩服，多说了几句，“这个人呀，当了几十年官，也没有弄明白，哪有会牵连一批官员的，皇帝这么说，是处理他们时留了点面子，要他感恩。结果他来个自夸。你说傻不傻嘛？哪个官不犯错误的呀，只是人家都晓得自己错在哪里，刘禹锡偏偏懂不起咯。”

“他是装不懂，多么精明呀，好让皇帝把他记得牢实。”杨昌雄气愤没听到关键内容。他这一说，刘阈倒刮目相看了，连官场“装傻”这人都懂，倒不能当成一般商人对待了，得多留个心眼。

“高见。”这个道理，刘阈隐约悟出，却不甚明白，不晓得为何以刘禹锡之干练，要说些话，让皇帝感到傻乎乎，原来如此呀。却不能与对方沟通，便说，“再看，他现在还在表功，啥子‘硖水千里，巴山万重’的，你倒是直抒胸臆嘛，扯恁远个么的？”突然想到就是因为遥远，说出来了，才让皇帝感到他远远地惦念着，这些个文人，心眼真是太多了。

裴度收到刘禹锡书写、寄出的奏折及信函，已经是一月之后了，他立即把奏折送入大明宫。这篇奏章辞藻华丽、饱蕴激情。皇帝翻阅后，大为赏识，留在手中反复吟咏。元稹对裴度转呈刘禹锡奏章，并不持友好的态度，反而觉得刘禹锡念念不忘永贞革新，企图蛊惑皇帝陛下，获取个人的仕途上进。他已经当上刺史了，再谋上进，希图得到个什么职位呢？想当宰相？元稹看过信函，就对裴度说：“刘禹锡人心不足蛇吞象，这几件事，件件都是朝廷关窍要害，谁敢听他胡扯！”

裴度打着圆场，说：“尚书大人，边界争端以外，这几件事，倒也比较重要，问题只是由谁来说。”

元稹不赞同：“刺史要做的，就是管理好地方，让百姓有衣穿有饭吃，至于谁多赚了银子，谁调用了人力，谁搞到手几粒粮食，不是那么严重的吧。人的力气是永恒的，使用了还会有，这么计较算个啥哩。”

裴度不是这意思，不过元稹这么理解，他也不好反驳，就辩道：“大人所言极是，刘禹锡这个人吧，热情才气俱佳，处理公务哩，尚欠缺一点儿定力。”

元稹喜欢听人批评刘禹锡，即使晓得裴度内心偏向他，也勉强接受了，说：“裴相所言，也有一些道理。一个人，获得了圣上赏识，爱表现一些，也还不伤大雅。”

裴度趁机说：“那么，尚书大人也赞同上朝时提及，以便了解民情吗？”

元稹说：“圣上爱护百姓，对于负欠，确实早有停止无限度征收之意。”深思片刻，又说：“征收一事好说，只是这个度究竟在何处，本官想再考虑考虑，须知世事尽在动念间，你我度量的是朝政，断不可轻易改弦易张。”

裴度只好说：“当然听大人的。”

皆因永贞革新中，元稹不仅没有受到制裁，反而趁势而上，迅速取得兵部尚书的职位，不能不让朋友们怀疑他变节。其实他是看不起王叔文和王伾，拒绝了他们的邀约。可是谁都没证据，怀疑归怀疑，当他高升尚书后，朝官们纷纷转向，向他讨好。

刘禹锡这封信函，裴度是君子不避上下，终归要让元稹看，才能呈递，干脆让他早些看到，免得跟皇帝说些不着边际的话。

元稹在心头掂量，觉得盐税一事比较容易推行，而且收之于官府使用，可以同意，便对裴度说：“裴相，你觉得盐税，可如刘禹锡所请，同意他们去督查？”

裴度晓得，历朝历代把控盐税，须臾不曾放松过，本朝取消了专卖，那是看在盐与百姓勾挂甚牢，紧了纵了，都会引起动乱，不管地方官如何游说，朝中大臣，必须得审慎处理！思路反倒没跟着元稹走去，而是直抒己见："尚书大人，据下官看来，刘梦得所发奏议，要害还在私盐。官府买卖食盐虽有漏洞，盐商巧取豪夺，竟然占个了大头，这就不能不制约了。"

"裴相说得对！"元稹也这样想，问题的关键，就在于官府既要从中收税，无论减轻百姓负欠、改变营田所属，都在这一笔笔盐款里头，便说，"明日早朝，本官启奏圣上，务必清查盐场生产数量，维护朝廷的利益。"说得眉飞色舞，仿佛一言既出、驷马难追，顾不得谁提出的了。

裴度长期与他同朝为官，晓得元稹秉性佻侻，立即住口，嘴角挤出一丝笑意，说："那么尚书大人，我们明天早朝见，下官聆听大人高见了。"

元稹说："裴相请早回府！对了，刘禹锡所议三事，虽然件件可行，还是要一件一件地做，不是有句俗话嘛，圣人踢毽，也得一个一个地来，裴相以为然否？"

"当然正确。"裴度顿儿都不打地说。

不料，在朝堂上分成了两派，裴度一派支持，大宦官仇士良一派表示坚决反对。

元稹并不发言，听他们争执不休，暗自比较着，到底哪方说得有理、能够说动皇帝。当然皇帝更不会轻易开口。元稹察言观色，觉得皇帝似乎颇有赞同之意，又似不太放心。这就很难判断了，倘若皇帝不赞成，自己赞同，不是跟圣上作对吗？倘若皇帝赞成了，自己没有赞同，不也是跟圣上作对吗？如此左右都不是了，唯一的解决办法就是让争执继续，等双方说到某个节点时，皇帝有了明确的态度，自己再表态。

争执的焦点就在营田上。

营田就是官田，在战事较少的屯垦年代，国内田地大片荒芜，务农人力不足，便安排官兵种植。现在人力渐盛，官兵根本不去种植庄稼了，随便抽调佃农，无偿为官田耕作，收获农产品变卖之后，先用来贴补军费，然后应付公干出差，后来干脆就供军官吃吃喝喝。

裴度建议："将营田公平出卖，不与百姓争利，收入补贴军费，或与百姓欠负相抵，达到减少百姓负欠的实际作用。"

仇士良却说："营田既是官田，那就是圣上的财产，你裴度好大个胆，吃着穿着圣上的，还惦记着圣上碗里那一点儿，纯粹就是不忠不孝，还不下跪认错！"

裴度以理服人："营田种植扰民太甚，插秧必先插营田的，灌水必先灌营田的，收割必先收营田的，百姓的庄稼谁顾得了？丰年也拖成了歉年，非圣上爱民之初衷。"

仇士良反驳："圣上爱民如子，你偏要说占营田就不爱民，难道先朝先帝均不爱民哩？"

这个"哩"，尖声尖气的，拖得如虹驰过，殿上百官哑然，全都不敢开口。皇帝见这一鸟出声百鸟喑的状况，觉得好笑。这分明朝官说不过宦官嘛，虽说有些违规逾制，但皇帝认为宦官们是家奴，用着放心，不似藩镇和朋党。

不过，裴度可不惧怕仇士良，大声反驳："圣上初衷，设置营田之制，乃因民力薄弱，且兵无战事，可如今仍行大军屯垦之法，难道不是与民争利！"

"争利？"仇士良想不到说法，"哼，与民争利，同样可以招兵士种田嘛。"

这话一出，朝臣顿时哗然，要知道，如今天下太平，致兵源减少，戍守都嫌紧巴巴的，怎么能够招募军卒，来种什么"营田"，纯粹是开黄腔了。于是，阶下大臣纷纷上前，奏说"不可"。皇帝也觉得仇士良匪夷所思，拿巨额军饷招兵来种田，岂不是本末倒置？估计裴度要乘胜追击，且听他如何分析。

裴度立即予以驳斥："仇公公所言差矣！长期保持营田制度，

要么军卒耕种，必然得不偿失；要么调百姓代庸，必然与民争利，我大唐立朝稳固后，太宗高宗二位皇帝圣算，中原早已撤除，部分偏远地区虽有保留，也应该逐渐取缔，比如夔州之营田。”

“可是，藩镇仍有大面积营田，裴中丞知晓否？”仇士良说不赢了，便拉出藩镇势力来压对方。

“什么？”裴度以为，藩镇那些田地，是他们个人的私田，难道仍以“营田”的名义，私调百姓耕作，还不向国家缴纳赋税？ 立即追问，“仇公公言，是说藩镇首领，以营田名义私蓄土地？”

仇士良说漏了嘴，觑见皇帝也在侧耳倾听，立刻闭口不言，做思索状。

皇帝也想到了裴度话中之意。

元稹明白了：皇帝不希望藩镇蓄田，增加私人势力。 于是上前启奏：“圣上，裴中丞所言极是，藩镇养兵乃国家的兵，他们保留那么多土地作甚？ 倘若是发财，那就不要做藩镇，去做商贾好了；倘若要多养兵，超越了国家规制，他们想要做甚？ 无论从预防看，还是从限制说，藩镇逾制蓄兵，都是不安好心的。 故，臣请求圣上，同意刘禹锡所请，收回营田，变卖后，由州县使用，冲抵百姓的负欠。 恭请圣上恩准。”

“准了。”皇帝懒洋洋地说。

元稹对刘禹锡并不放心，又上奏：“圣上，臣还有一事。”皇帝点头示意，让他说。 元稹说：“刺史刘禹锡初历大事，臣请圣上为他配一帮手，担任夔州司马。”皇帝问：“你推荐谁去？”

“仇骥。”元稹说，“即仇公公之侄也。”

“太监？”

“非也。”

“准奏。”皇帝也同意了，并不问仇骥过去任个什么官职，想借此管管刘禹锡，也看看仇骥的本事。

皇帝同意了处理营田、负欠、水引诸事，任命仇骥为夔州司马，改袁宏为瞿塘卫将军，邴丁将军调回山南东道节度使麾下任职。刘禹锡感觉如沐春风，未时三刻，把刘阈、仇骥、袁宏，以及奉节县令封文渚、大昌县令朱敏政、云阳县令张子松、巫山县令覃昌扬找到签押房来议事。几人团团围坐着，就官府批发盐巴、减轻百姓负欠、营田耕作诸事务，打个商量，务求妥当贴切。韦绚进来给每人舀了一碗茶。刘禹锡就说："你退下吧。"韦绚弯腰一揖，倒退几步，转身出去了。

刘禹锡看着他们几个，说："本官有些性急，圣旨那些事，如何尽快办理、办好，请诸位大人出谋划策呀！"

这间房门窗紧闭，外面冷风吹不进，厅里又烧炭熬茶，炉火熊熊的，很有些温融暖和。

袁宏仔细想想说："大人，朝廷取消食盐专卖后，改由私家生产、官府批发、商家销售，按说不应有弊端。官府不行榷价，商家凭着民间需要上下浮动价格，需多则价高，需少则价低，看来十分合理。百姓人口在年年增加，食盐需求量自然年年也在增加，盐价居高不下，甚至一年比一年攀高，也是很正常的。"

刘禹锡反驳："可是百姓吃盐，负担逐年增加，他们怎么负担得起呢？"

刘阈迎合："大人言之有理。"

封文渚喜欢凑趣，这时却不然："将军大人所说的，为百姓考虑没得？似无。"

袁宏便怒目相向："你！"

刘禹锡见封文渚关心百姓，更为赏识，阻止袁宏说："袁将军不必动怒，封令的意思是，无非怎么让百姓少出些钱，多买二两盐而已，你们赞成不赞成？"

几人不管赞不赞成，通通都说"赞成"，然后端正坐姿，恭聆刺史大人教诲。

刘禹锡打定主意，不说盐了，自己拿起长柄舀瓢，给每人舀了一勺浓茶，改议百姓负欠，说："几位，本官听人说，夔州百姓的负欠之多，就是各项拖欠官府的正贡以外，还有好几种收缴不到，积累已多，不妨说给本官听听。”

袁宏没有掏清他的想法，说了盐务就够了，使个眼色，要覃昌扬来陈述。

覃昌扬是个不怕事的，得将军大人暗示，便端起茶碗，吹了吹浮沫儿，慢条斯理地说：“刺史大人，其实，百姓正贡负担不重，逢到贵人喜事重重，才有些不堪重负。”

“何为贵人喜事？”刘禹锡要他说出，才好上奏，蠲免了这部分负担。

“上自皇太后，下至皇子皇孙，举凡有喜、降生、就学、封号及生辰，百姓必须凑份子，日积月累，才有了负欠，欠了官府和贵人们的账。”覃昌扬一语道破，平时追收负欠，是县衙门一大公务事，衙役深受其累。

刘禹锡问：“负欠沉重，贵县怎么处置哩？”

“抓人。”覃昌扬也无良法，只好坦陈。

刘禹锡大惊：“贵县大牢，关得下全县的百姓？！”

“关一关，逼一逼，收到钱就释放一些，轮流关押。”覃昌扬晓得，刘刺史也是当过县令的，料他处置负欠百姓，也只有先行关押，严刑拷打，威逼他们缴还。

刘禹锡不再逼问，端起茶碗，缓缓地喝了几口，扭头来问仇骥：“仇司马虽是新任，依你之见，百姓负欠，如何能够稍许减免？”

仇骥左手捏右手，一个手指一个手指地掰，好半晌才说：“刺史大人在上，下官以为这般，一个办法是朝廷不收取，另一个办法是民间不缴纳。”

“何谓朝廷不收取？”

“下官的意思是，朝廷有了喜事，尽可以广而告之，拒收一切钱物朝贺，就是不收取的意思。”

“何为民间不缴纳？”

“禀大人，依下官浅见，就是百姓之富裕者，对待皇室喜事，可以送万民伞、踏歌舞蹈、割几斤肉吃，当过年过节对待，不向官府缴纳。”

“这个……”刘禹锡也觉棘手，又问封文渚，“封令，你起来说说，营田之于百姓，可有什么弊端？”

封文渚一跃而起，双手抱拳，朝几人团团相揖，自觉礼仪周到了，放下手臂，立得像根木杆，才说：“大人容禀，下官了解，营田者乃官田也，初时募人耕种，凭产量以收租利，即垦田。军垦适用于养军，民垦适用于纳税，耕者大约有六成的收获。”

如此看来，耕田人并不吃亏，虽然会遇到天旱雨涝的，只要事先说好了，官军不过分逼讨，反正是军队的收入，眼睛睁一只闭一只，过后再补也不会有哪个干涉。

刘禹锡把这意思说给他们听，还问：“难道夔州衙门不能协调协调，让他们各让一步，把日子熬过去再说？”

封文渚说：“不行。官军头领调换频繁，等百姓有了，头领自己可能走了，再者，要是永远都没有呢？”

“百姓断不至于如此不讲道理。”刘禹锡只想军队有供应即可，与民争利，可是古今大讳。

“恰恰是经常不讲道理。”封文渚不给他面子，偏要把薄纱帘戳破，吹一股凉风。

“奉节县营田在何处？”刘禹锡必须问清楚，换了话题问。

“在草堂附近。”封文渚回答。

“草堂？”刘禹锡又闻一地名，不大明白了。

“即工部侍郎杜甫贬官时的居住地，在草堂附近，也就是白帝城岸上一带，约有三千亩良田。”封文渚胸有成竹。

夔州营田，经过隋末战乱纷争，尽收于官军，即山南东道节度使衙门。他们调集百姓种田，春种秋收，不付一文工钱，还与百姓争肥抢水，造成附近百姓的沉重负担。

刘禹锡心中有数，所谓营田，在大唐帝国内，早就是各州县一个瘤疾，早晚都要全部割除。他舀了一勺茶，手中提起，等待茶稍凉，对几人说："各位，本官为官多年，对营田制度，圣上亦有处置办法，只是等待适当的时机。今日听封令一番高论，夔州各处营田，理所当然，是处理的时候了。"

仇骥身为司马，担心军队有人阻挠，不无犹豫地说："刺史大人言之有理，可是，既然圣上还没有颁下旨意，我们等待几时，不算有违君意。"

袁宏立表支持，说："仇司马说得好呀，圣上并无明旨，我们抢先做了，万一圣上改变主意，岂非舔肥舔到沟子上，闻一鼻子臭还没使人舒服。"

"舔肥何意？"刘禹锡沉住气，望着覃昌扬，希望他能够清楚地解释一下。

覃昌扬巧妙地回答："既然是能不能讨好还不一定，刺史大人持节都督夔州诸军事，有权决定处置，当然也可以先等一等，待朝廷明旨下发了，再与牛元翼节度使商量。"

刘禹锡觉得他们圆滑，不过晓得"舔肥"即"讨好"，越琢磨越觉有趣，故意责怪："依几位大人之言，这天下万事万非，岂不把圣上累坏？"想想"累坏"这说法，也含有不恭敬的意思，立即住嘴不言。

几人一齐拱手，说："凡事总听刺史大人的。"

刘禹锡脸沉如水，宕开话题说："对了，本官还有一事交办，各县返回，努力推广水田，积极解决劳力欠缺问题，眼看春耕快到，这事可拖延不得！"

"水田？种植什么？"几位县令丈二和尚摸不着头脑。还是封文渚跟他混得熟，猜测刘禹锡是要提高粮食产量，解决百姓温饱的问题，便说："大人吩咐，属下立即照办，只是移风易俗，州衙门还请出公示告之。"

刘禹锡答应了："这是当然。"

# 第八章

以“夔州刺史谕”名义颁布的改造旱坡为水田的告示，迅速地在奉节、云阳、巫山、大昌四县城乡张贴。官府鼓励农户购买大牲畜，种植产量较高的水稻，彻底摆脱饥馑。

另一方面，刘禹锡也明白，官府控制食盐批发专营，卡住了销售的中间环节，生产厂家和零售商就受到限制：价格必被官府垄断！那么，官府要降价，不论零售商愿意不愿意，必须得降下去，因此可能赔本。生产厂家也是如此，他们想要提升价格，官府不批准，甚至不肯出钱来买，盐就销不出去，形成囤积；反之，则官商勾结，价格向上浮动，让老百姓吃亏。

反正没有谁愿意高价买了、低价卖出，或者不计成本、蚀本卖出去的。

那么，怎么能够真正平抑食盐价格？

刘禹锡决定，趁开春不久，到各处官盐场去看看，先看九盘河沿线那些熬盐的。九盘河是辖区内一条风光旖旎的山区溪流。封文渚自告奋勇，愿意陪同前往。刘禹锡心细，问他前往九盘河，是乘船还是骑马。封文渚直言相告：“骑马比较危险，乘船拖延时间，不过大人要作诗，还是乘船查看为好，过了河去，峡谷高耸、河水荡漾、山歌阵阵，岂非世间绝佳的神仙境界！”

刘禹锡被他说得兴致勃勃的，换上长袖便服，戴上双翅帽，脚着谢公屐，跟着封文渚，在白帝城下头，上了一艘官船。封文渚讨好地介绍，进入对岸九盘河的入江口，须改乘木筏。刘禹锡越益兴奋，拿出一本《华阳国志》来翻，跟他讨论："志云，'当虞夏之际，巫国以盐业兴'，据说对面老盐场，亦如碛坝，地下涌出盐泉，是华夏早期制盐基地之一，距今约三千年之久。"

"大人所言极是。"封文渚亦是满腹经纶，顿时滔滔不绝地讲解起来，"老盐场一地，俱天然盐卤泉，自其河边碛滩涌出，从先秦盐业兴盛以来，奉节县因盐而兴，设立监、州、县，远古时期，就是所谓'不绩不经，服也；不稼不穑，食也'的乐土。唐尧时极盛一时的巫咸国，其本土和国都即设在对岸。故因盐城陆续而兴，曾设立郡、监、州、县，路府县同城，甚至还出现过'一泉流白玉，万里走黄金''吴蜀之货，咸荟于此''利分秦楚域，泽沛汉唐年'的辉煌。"

"制盐者，如何对待？"刘禹锡不肯罢休。

"这个……"封文渚有些犹豫，所说得当有损本身利益，所说不得其当，又遭刺史轻视，灵机一动，建议说，"大人既前往查看，干脆听听他们说了，再根据衙门规制，制定应对方法，要得要不得？"

"行！"刘禹锡虽不得要领，但他愿意听话，就能使唤了，不必当面逼问得一清二楚。

官船取掉跳木，径直往瞿塘峡口驶去，江面渐渐起风，吹得大小帆都鼓满了，行船之势丝毫不亚于奔马。刘禹锡出了舱口，吹来的风让他心旷神怡，背对封文渚说："杜工部诗云，'知章骑马似乘船，眼花落井水底眠'，舟入三峡口，方知诚不我欺，封令以为如何哩？"封文渚不住口恭维："刺史大人记性真好，这首《饮中八仙歌》可是工部杜大人的力作，刺史大人已经了然于胸。"

刘禹锡诗兴才起，又有了新发现，遥指前方江中礁石，问："封令，面前这大块的石岩，可就是滟滪堆？"

"正是。"封文渚越益佩服。

刘禹锡前面那石堆，出水有八九丈，长近十二三丈，宽亦有四五丈，宛若从江水中探出的巨大拳头。古长江在形成过程中，勇往直前地劈山开路，莫说挡道的山石，就连闭塞七百余里的三峡，都被滚滚洪流劈开了一条通道，却怎么能够容得滟滪堆独存呢？ 这个难解之谜，令刘禹锡反复思考，他试着说出第一个答案：“封令，这座石头，可是从江中长出？”

“非也。”封文渚不敢卖弄，“它只是掉落江底，阻挡了行船的航道。”随即走出船舱，指着对面赤甲山说：“大人请看，峰顶那个缺口，与江中堆石，形状可是相似？”

刘禹锡仔细打量一下，发现确实类似，便问：“难道它就是此山的落石？”

“是的。”封文渚介绍，“就在东汉时期，赤甲山发生过一次猛烈的崩塌，乱石崩云、惊涛拍岸，江心那块硕大的孤石，跟即从那处山巅坠落了。”

“我还以为它是陨石呢。”刘禹锡这才心下释然，倘若如此巨大的陨石落下，不知会造成多么巨大的灾难。

灾难留下的不乏美景。

封文渚上前，与他并排站立，既可伸手搀扶又表示亲近：“当地土人传说，这块石头，正当长江夔州段航道江心，随江潮波荡，时而似马，时而如象，时而又像牛，变幻于瞿塘峡口，成了上下行舟航船的畏途。”

刘禹锡想起了，曾听到民歌中唱过：“滟滪大如牛，瞿塘不可流。 滟滪大如幞，瞿塘不可触。”就把歌词说给封文渚听。 封文渚当然知晓，说：“这是中间四句，末四句是‘滟滪大如鳖，瞿塘行舟绝。 滟滪大如龟，瞿塘不可窥’。 因其形状，很像岩燕衔泥垒筑的巢穴，所以，当地僚人都把它叫作燕窝石。”

“好一个燕窝石！”刘禹锡谈得兴起，只觉得诗兴大发，寻思着也吟上一首。 只是被船颠簸着，诗兴也是飘的，一时半会儿，凝聚不起来，只好继续赞扬：“好一块燕窝石！”

燕窝都如此巨大，那些燕儿哩，或者燕卵，该是什么样的庞然大物？

封文渚又在呼喊："大人快看，这个石燕窝上，还刻有几个辟巢大字呢。"

刘禹锡被他打断思路，只好运足目力，去看那块滟滪巨石，果然看出字形，仔细辨认，是"朝吾来"三字的篆体，一时想不出其中字义。

"朝吾来"，难道教人驾驶着舰船对直撞上去？

封文渚看出他片刻犹豫，哈哈一笑即止，双手抱拳，朝那滟滪堆一揖，说："石兄呀，我们朝着你来也，刺史大人大驾光临，你可不要胡乱发脾气。"

刘禹锡凝聚目力去看官船，怎么"朝吾来"，与逆水行舟又有什么差别。

朝吾来与背吾来，当然不一样。

只见官船轻轻一摆，将船头调得对准滟滪堆，径直插入。船底划得下头江流哗啦作响，船陡地加快了速度，朝那巨石猛冲，竟冲得船身剧烈颤抖。刘禹锡正要惊叫，见封文渚反倒笑嘻嘻的，似乎等船触到滟滪堆，自己要跳江嬉游一般，便牙关紧咬，心里也揪紧了。那船忒奇怪，离巨石不过三丈远近，霍地向左偏侧，跟即一转，擦着滟滪堆边缘就滑过去了。原来，堆石前头，水流一分为二，除非对准了石体直冲，方能顺水划过；否则，即使船工有万钧之力，也扳不正那水流直冲之势，要么被摇荡着返回上游，要么致使船毁人亡。

官船往滟滪堆冲去，刘禹锡惊出一身冷汗，过了滟滪堆，只觉得风和日丽，整个人轻松了一半。

乘船再绕过堆石，拐入九盘河，杜甫诗中"知章骑马"之逍遥自在，便可亲身体会了。刘禹锡隐隐地察觉，这夔州刺史一官，或许会让自己获得前所未有的收获，毕竟身临大山大水啊。再往曲折的九盘河逆流而上，沿途无限风光，刺史也好、县令也罢，山水既然独特，感受自然更加深沉，尽都得饱眼福。

九盘这个小集镇，因盐而兴，后世或许会因盐泉枯竭而没。刘禹锡几人在码头附近泊下官船，朝那些碛石盐滩走过去。遇到浅水处，干脆脱掉鞋袜，下水涉过。艰难地过了很长一段碛石滩，跟即看到一堆乱石，汩汩不停地涌出白色泉水，形成莽粗一股，直朝江河交汇处流去。有人把这股泉水阻拦在前头的一个大坑里，无数百姓用木桶取水，看来取之不尽，也就用之不竭。封文渚兴奋地叫着:“到了，刺史大人到了，这就是老盐场。”

见封文渚兴奋状，估计他也没多来过，才有如此快乐表情。刘禹锡嘲笑说:“封令也不识货?”封文渚得意地说:“大人不知，这座盐场十分隐秘，夔州府中，来过的官吏真没几个。”

船工抬着木跳下了船，拣大石头，在上面搭起两排跳板，然后恭恭敬敬地招呼:“二位大人，请从木跳过去，注意脚底下安全，稍不留意，可是会滑入河底的。”

封文渚闻言发怒，训斥他们:“咄! 咄! 哪来恁多空话，刺史大人亲至，还不知你们那点浅陋的见闻，不晓得上跳，要你指指戳戳地瞎指挥?”

船工闻言大惊，翻身扑倒，连连告饶:“大人饶命，我是好意的，不知你们是刺史大人，得罪了，得罪很了!”

封文渚被他“你们是刺史大人”说得心虚，又听他“得罪了”的悔过，耍威风已经耍得足够了，见刘禹锡并不怪罪他们，也轻轻放过，说:“饶了尔等没见识的东西，还不赶快到盐场，把监司给我们喊来!”

那船工口里连说“要得”，屁滚尿流地向上游盐场奔去。封文渚说:“刺史大人先到街里转一转?”刘禹锡说好。这街屋半临石岩半临水的，反倒不曾多见。封文渚讨好说:“九盘河是长江支流，九盘场南北山谷横亘，东西峡江穿透，街道偏窄，依山傍水，三面板壁背后也是岩，故有七里半边街的说法。”

刘禹锡边往前走，边欣赏街景，赞赏不已，就对封文渚说:“这些房屋古色古香，多为使用竹子或木材等材料，临河而建。我看下面斜立木桩，柱子相互拉扯着支撑架起木楼，楼屋悬空，貌似东侧西歪，可有倒塌之厄？”

封文渚忙回答：“没得。僚人称之为吊脚楼，看似危险，实则牢固耐用，绝无倾覆之忧。”

“踩上去也不会吱嘎作响？”

“当然不会。”

“可我见这房子，并无一根木钉固定，而且多处悬空，难免陡然散架。”

“不会，确卯榫着实牢固，这些人家，都居住多年了。”

这是一个确证，刘禹锡不再担心，又问他：“这条溪流，蜿蜒曲折，叫九盘河？”

封文渚回答：“是呀，其水在半山腰盘旋。河水从吊脚楼下穿过，恰好把这老镇一分为二。家家户户只要出了后门，即能上船向外划出。”

任何一处自然景观，以刘禹锡看来，都是远超仙景的风光，况且这座山里的老镇，经历了上千年的风风雨雨，磨砺得悠然自得，岂是那些矫情的人工山水可以相比的，与封文渚进入了、感受到了，那就是幸运！再仔细观看，以朝向区别，九盘场东头，有守卫它的青狮白象石岩，还有一群似人非人的石像，当地百姓称为十八罗汉。

刘禹锡着实喜欢九盘河，情不自禁地，总要把话题扯拢，跟封文渚研究一番后，又说：“封令来的回数多，百姓进山背盐，可有宿处，不会饿着肚皮吧？”

封文渚跟他越说越近乎，对于这些民瘼民生问题，随手可以拈来，便据实回答：“有的，哪个会没得。他们场中如无亲戚，就在附近随便找个山洞，燃起篝火，吊起随身带的鼎锅。然后在溪里抓起鱼，再扯几把野菜，加了盐煮一锅，不啻美味佳肴哩。”

刘禹锡沿途见人宿于岩洞，还不大明白原因，听封文渚一说，算是清楚了：背盐人可不是背自己的盐货去售卖的！

于是便说：“封令，既然百姓背脚，盐不归己，那么落入何人手中？”

封文渚没想到他是套问，立即说：“当然是盐商。”

刘禹锡再问：“不是百姓自己熬盐，官府统一收购，再批发予盐商经销吗？”

“当然是的。”封文渚毫不犹豫地回答。

“那么，价格该由官府确定？”刘禹锡认为，官府控制了批发环节，当然是予取予求，让老百姓少花钱。

“应该就是。”封文渚被他问到点子上，装起傻来，眼光斜瞟着刘禹锡，不敢正视。

“盐商在下游控制了盐价？”刘禹锡明白了。

“似乎合乎规定。”封文渚不晓得他要做啥，也不敢直说，换个方法来提醒。

“规定？ 哼！ 谁规定的？”刘禹锡明白，永贞革新那一点儿成果，都在“八司马事件”后，被宦官和藩镇弄得荡然无存了，还谈什么政绩。

那么利润，应该是归于盐商了吧。

封文渚脱口说出食盐官卖现状，立即觉得轻率，看来，应该将话题转一转弯儿。 封文渚招手叫了一个拎布口袋的人过来。 那人头扎一圈白布条，脚上穿着草鞋，方脸亮睛，显得精神充足，问：“二位大人，唤小的，有啥子事儿？”

刘禹锡上前提问：“小兄弟，你提个布口袋，来盐场做什么事情的呀？”

夔州问话，要说做“啥子”“么子”，才是“什么”的意思，可刘禹锡只会问“什么”。

那人听懂了，回答：“我称几斤盐巴。”

刘禹锡又问，“你从哪里来？ 路程远不远？”

那人回答：“从云阳来，有五六百里。”

刘禹锡奇怪了，问：“云阳县不是有官府卖盐吗？ 怎么你们自己进山来籴，能买得到多少盐呀？”

那人不懂“籴”，封文渚跟他说，籴的意思就是买。

“买盐巴？”那人明白了，却说，“官府批发的盐，遭盐商们买光了，小民无法，只好到产地购买。百十斤我还背得起的咯，邻近几户的，我帮着背了盐，还能赚到一点儿脚钱。”

封文渚朝他使眼色。

那人却说：“大人，你挤眉弄眼的，小民懂不起。”

封文渚被他说得哭笑不得。

“岂有此理！”刘禹锡怒道，“盐商们家家户户都有几百上千的人口，能把官府的盐巴买得一干二净，老百姓反倒买不到手？”封文渚并不回答他这个问题。刘禹锡觉得太奇怪了，说着说着的，不知触动了哪根脑神经，闪出一个问题：难道盐商们买去囤积，百姓平时买不到手，不得不出高价去买，或者进深山背盐？

甚至，背出去的盐，可能被盐商们用更高价格收购，他们还是要花大价钱买回去吃。否则怎么有盐商？所谓盐商，并不是生产盐巴的老板，只是另一重盘剥的经销商？

从春秋时的齐国垄断经营，实行盐业专卖起，到汉武帝为了增强国力以征服匈奴，采用大盐商东郭咸阳的建议，从元狩四年起，就在全国实行食盐官卖的制度。在产盐的二十八郡设置盐官，均由原来的盐商担任，招募百姓，由政府提供煎盐的“牢盆”锅等工具进行制盐，成品盐均由政府定价收购、设官贩运，实行专卖。到唐代宗宝应年间，盐业进行了“改革新政”，地方政府把生产和零售权都交给商人，只控制批发这个环节。

难道私下里销售体制改变，食盐销售权集中到商家手中，官府批发权已形同虚设？

刘禹锡想到出现这种状况之可怕，扭头对封文渚说：“封令，我想起件事，过几日，山南东道节度使会路过夔州，你我都进了山，谁负责接待？我们恐怕得赶紧回去。”

封文渚问:“是牛元翼大人?”

刘禹锡回答:“正是。 莫非封令认识?”

封文渚神秘地说:“听说他要拜相。”

刘禹锡说:“不管是节度使还是宰相,我们都应该赶回去。”

封文渚迟疑道:“可是监司还没到。”

刘禹锡说:“来日方长。”

封文渚不虞其他,爽快地说:“连夜赶路?”

刘禹锡说:“正合本官之意。”

封文渚却又小心地阻止:“自古川江不夜航。”

刘禹锡却说:“那就步行翻山。”

说着,就朝来时的方向离开了。 封文渚不敢强行阻止。 刘禹锡没有等到盐官,与封文渚快速下到九盘河码头,见那船工还在歇气,喊上他,立即乘打鱼船出山。

那船工用打鱼船把他们送出九盘河,找到停泊等待的官船,驶到天黑尽,再上岸从山道回城。

二人各自回到衙门歇宿。

清晨,水鸦雀飞来刺史衙门的屋檐,叽叽喳喳叫个不停。 刘阈的官轿停在门外。 他在对面店里吃了一碗麻辣小面,辣得呼哧呼哧的,站起身来,撩起宽大的官服下摆,身体一摇一晃地,踱进了刺史衙门,朝着堂上打躬作揖。

刘禹锡正等得不耐烦,见刘阈上堂,“请坐”都顾不得说,劈头盖脸就问:“别驾,官府批发食盐,本州还在继续做吗? 销量大小如何?”

问得刘阈一愣,不晓得刺史大人唧个的了,几百担盐巴,有个么的关系,昨日怎么不问? 便说:“大人问食盐经销? 这个,录事们在办理,应该不会有误吧。”

“可有盈余?”

“赚钱?”刘阈又是一愣，不晓得他怎么打起了盐税的主意。这话不能明说，只能应付，“大人缺经费吗? 属下可以找商家薅几把，用为孝敬，请大人笑纳。”

“非也。”

“那么，大人是要查账，例行公事? 完全是例行公事，下官欢迎之至。”悄悄抬起眼睛，瞥了刘禹锡一眼，见他板着个脸，吓得连忙缩口，换了一种问法，“难道大人厨中缺盐少咸?”话说出口来，自己都觉得荒唐，重新说:“大人此次进山，可是检查到盐场有不规范做法，训斥了盐官，他们胆敢不听从教诲，当面顶撞，还是冷言冷语回话?”

“那还不至于。”

刘禹锡说得淡淡的，把刘阈弄得丈二和尚摸不着脑壳，实在想不出他还有啥板眼儿，干脆就不开口，等刘禹锡自己来问。刘禹锡果然问他官府批发食盐的方法改变没有。刘阈闻言大惊，不晓得他才来几天，怎么就摸到了其中关窍，忙回答:“盐业专营，可是刺史衙门设司仓专管，下官手长衣袖短，听过一些传闻，但没拿到啥子依据。”

刘禹锡装得淡漠，伸手给刘阈舀了一勺煮茶，连说:“别驾这话怪了，刺史衙门的事务，当然要与你商议，那是职责所在，方有此一说。”

刘阈受不了这半嘲半讽，要么坦诚相告，要么就永远不说。这事儿就是一把左右锋利的双刃剑。谁猜得出刺史大人心思? 他拿不准该说什么。

刘禹锡继续说:“我并无他意，只是眼见百姓负欠过重，打主意增加盐税冲抵，找刘别驾商量。”

盐税抵负欠! 刘阈不是没有想过，可自己没有这么大的权力呀，哪敢去那些豪门太岁脑壳上动土! 可刺史大人敢呀，而且能做，只是他觉得还有个问题，便说:“大人，盐税加价，岂不是让百姓购盐，价格也会上涨吗? 他们买得起?”

“非也。”刘禹锡解释，“目前，官府批发食盐的价格是固定的，关键是零售价格，完全没有控制住，商家想涨就涨，而且官府不做零售，无法平抑盐价。”

盐税虽由前任刺史经手，个中内情刘阈清楚，他自己就是通过盐商随意提高价格，从中分得好处的；那么，要想抵冲欠负，当然就得从中间环节下手，把那部分利润弄出来，减轻百姓负担。这无疑是自断财路！只好委婉相劝：“刺史大人，本州盐税，可是从盐商手头收得多，如果盐场不加价而批发加价，就是损害了他们的利益，得罪的官商可就多了。”

“刘别驾胆怯了？”刘禹锡笑着问他。大唐朝这些官，说起胆大的，大得可以包天嘞！

“胆怯？”刘阈摇头，反劝刘禹锡，“大人是不是缓几时，再放出手段，看一看哪个在作怪、哪个不遵朝廷的号令，不在乎这三五两日的。”

刘禹锡不以为然，反倒劝他：“别驾，不过几个虾爬虫，他们还翻得了天？”

可刘阈自己就是个“虾爬虫”，刘禹锡使出的手段，会损害许多官商的利益，若任其肆意妄行，大家都没得饭吃！他立即出言阻止说：“大人，这几只虾爬虫，虽然掀不起大浪，手段还挺凶残的，大人不可轻视，不妨先试探试探，再公事公办。”

“对呀！”刘禹锡同意，“公事就得公办，朝廷要来办，咱也得把事办好。”

“属下照办。”刘阈提醒，“既是公办，官府批发环节，刺史大人可得卡死了，拿朝廷公文治他们。”

“当然。”刘禹锡有的是方法，淡淡地说，“就这样吧。不过刘别驾，官盐店可有漏洞？”

刘阈再一惊：这刺史大人，看来并非什么书生，而是能吏。吞吞吐吐地说：“哎呀，刺史大人这个，依下官看，这个嘛，当然大人说怎么办，下官就怎么办。”

刘禹锡追问：“那么刘别驾居夔州多年，这官盐店，是查得还是查不得呢？”

“查得。”刘阈满口赞成，不等刘禹锡欢喜，旋即推翻，“只不过，自汉朝以来，官府就于榷盐上头，户部安排食盐专卖额度，无论州县不过照章办理。大人如果要变法，恐怕先得跟那些老爷们谈妥，再着手进行。”

刘禹锡明白，不料他说出，立即驳了回去：“圣上已有旨意，难道户部是太上皇不成，还要推诿拖沓？”

刘阈不上这套儿，说：“那倒不至于，只是下官位卑，惯于服从上司决定而已。”

说完就站起来，似欲离开。

刘禹锡偏要他明白表态：“刘别驾莫忙，这圣旨，别驾大人是遵还是不遵？”

“岂敢不遵！”刘阈隐隐觉得自己还是入了套儿。

刘禹锡提起笔来，作势欲书，对刘阈提问：“刘别驾，这官盐店清查，你看是本官亲为呢，还是劳烦你呢？”

刘阈自告奋勇：“下官愿为！若是户部大佬们怨怒，下官好歹也熟悉，来他个东拉西扯，容易混淆过去。”

刘禹锡在官场沉浮数十年，大到策划永贞革新，小到办过偷盗诈骗，即使中者，那些兴修水利、劝农以勤、整兵修武的事，什么没有经历过？想想刘阈，削尖了脑袋往里钻，捞财捞色捞官，刘禹锡心中顿生鄙夷。

所以，他一说“愿为”，刘禹锡就明白了，刘阈肯定卷进去了，有偌大个窟窿必须去填。

刘禹锡同意了：“刘别驾，担负如此朝廷重任，作为上司，本官与你约法三章。一是限三月，要对圣上有个交代；二是夔州百姓，要从中得到好处；三是若徇私舞弊，当依法惩治。”

刘阈晓得糟糕了：这刘禹锡，不愧是精明强干，几句话说得不得体，就被他觉察，所谓见微知著呀！既被刘禹锡怀疑上了，往后须得事事警觉。

刘禹锡给刘阈上了套儿，佯视为寻常，表面上淡淡地说：“那就这样吧，就有劳刘别驾了！”

刘阈只好说：“谢大人信任。”

# 第九章

听刘阈说完上当的经过，仇骥直笑得前仰后合，指着他连说：“你！ 你！ 你！”杨昌雄也认为刘阈上了刘禹锡恶当。 刘阈冷眼看他们笑够，才说：“老子确实上了当，可是你们手摸胸膛想一想，本官要是不上当，哪个能够替你们抵挡？ 说不定到时候查出来，你二人罢官的罢官、坐牢的坐牢，本官不过陪陪杀场！”

杨昌雄和仇骥顿时住嘴，道理确是这道理，刘阈关键时候，挺身而出，把什么祸事都担当了，笑他做什么？

二人急忙改口，你一言、我一语的，奉承刘阈敢担当、有胆量，而且不怕刘禹锡。 这就是官商能够勾结的要领了。 仇骥还拼命打气，说刘别驾只要把事情抹平，不暴露牛节度使和仇公公，大不了搞到刑部去，星星还是星星、月亮还是月亮，没得刘禹锡的份儿。

说得刘阈解气了，几碗烈酒喝下去，便颐指气使，说了好些“不怕刘禹锡”的话提虚劲。 可话是张牙舞爪地说了，仔细回想起来，还是要防患于未然，就是能拉关系、能打通关节的，还是要尽力去拉拢去打通的。

刘阈作深思状，提出个问题：“老仇，你说刘禹锡查盐，究竟目的何在？”

仇骥回答：“当然是要好处。”

杨昌雄说："老子给他大好处。"

刘阈不大相信："老仇，你听听老杨说的，有的是好处给他，刘禹锡是受呢，还是不得受？"

仇骥说："什么不受！ 本司马跟你们说，刘刺史经过香溪，哎呀，那是出大美人的地方，节度使大人想一想，他不是个大诗人的嘛，才子爱佳人，就送了个百荷姑娘，他还不是收了！"

杨昌雄色眯眯地说："能够把刘刺史迷倒，那是啥子美人？ 老夫可有福气见一见？"

刘阈却说："不过就是幺姑娘那类，妖娆野性，床上功夫害得男人几天腿软。"

"岂止，岂止。"仇骥卖关子，否定了幺姑娘那类美艳，说："你们猜一猜。"

刘阈色急急地张口就猜："是个大家闺秀？"

仇骥摇摇头，拿鄙夷的目光看他，似乎叹息刘阈只晓得闺秀，并不明白，这人间尤物，不是能用书香气涵养得出来的。

刘阈继续猜："那就是乡野村姑，没有经过男人，清纯得跟幽兰一般，哎哟，香得特别干净。 对了，就是干净这个词儿，刘禹锡嗅到了，还不得像屈大夫一样，要写好多歌唱，作无数诗颂，骗得本官以为人间断无此类，唯有天上神仙方是。"

仇骥还是摇头，遭他说得心痒痒的，这种女子没见过，当然不会送给刘禹锡了。

刘阈问他："还不是？"

仇骥回答："你想偏了。"

杨昌雄以为这下会把刘阈惹毛了，人家也是别驾大人，猜来猜去的，反复猜不中，还不猫儿毛发作，立马跟仇司马当场闹翻，出去找妓女发泄。

刘阈一听，哈哈大笑着，说："那估计是喜欢肥猪儿，玄宗皇帝就喜欢胖的，本官视野狭窄，还没有寻到对象。"

仇骥没有出声，双手一摊，耸了耸肩头，表示他仍未猜中，还得伤脑筋。

刘阈大怒，说："你奶奶的，开老子玩笑对不对？ 根本就没得那个人，更莫说什么美女！"

杨昌雄心想糟了，赶忙劝架，说："别驾大人息怒，司马大人开个玩笑，你当不得真哟。"

刘阈说："凭啥子当不得真，他是司马，本官还是别驾，都是衙门上佐，居于首也。 凭啥他就敢糊弄人，拿老子当猴耍，嫌夔州城不热闹？ 扯淡！"

杨昌雄见仇骥冷冷的，晓得他有后台不怕闹，不过闹翻了终归还是不妥，就说："司马大人，你还是说了吧，不必故弄玄虚噻，别驾大人都急了。"

刘阈说："你说！ 说不出来，本官治你诳言之罪。"

仇骥抓住他话把柄，说："什么诳言？ 本官尚未说出，你就定了罪！ 你有给本官定罪的权力吗？ 你要本官说，本官不喜欢了，偏不对你说，如何？"

刘阈这一气，癞蛤蟆般，只顾得呼哧呼哧鼓气了。

杨昌雄见势不妙，劝解说："司马大人，既然送了女子给刺史大人，不妨说一说，也是一个参照。 我们看他喜欢啥女子，就投其所好，送个什么，岂不皆大欢喜！"

"歌舞官伎！"仇骥惜语如金。

"什么？ 那不是人人玩得……"杨昌雄一语吼出，自己也觉得冒失了，无论其事有无，都不该由一个商人来指责。

刘阈反倒理解，点点头，又左右摇头，不晓得如何表达了："这倒是节度使高见，好精当的手腕，佩服，实在佩服得说不出。"然后又点头，宛如鸡啄米般，自己都不晓得怎么表达了。

仇骥先反驳杨昌雄："杨大老板少见多怪。 切莫看不上官伎，她们都是顶尖的好女子，身材容貌媚功，样样世间少有，还有，爱上一个人定会终生不渝，你家女子谁比得上？”

刘阈反应过来，也说：“那岂不是世间少有？”

杨昌雄却说：“不是少有，而是少于拥有，哪个愿意拜倒在官伎裙下，不过玩玩就丢手了。”

仇骥反唇相讥：“不信你去问。”

杨昌雄说：“我可不敢。”

刘阈省悟过来，问：“那么，他喜欢一个歌舞伎，是什么原因呢？”

仇骥解开谜底：“刘禹锡常年落魄，结交过什么美女？ 啥都没有。 为什么呢？ 一句话，他没得钱。 别看他那些诗里写的女子如天仙般，那都是想象，用夔州话来说，是过干瘾儿的，他敢与她们欢会？ 到了移镇夔州，官当大了，不能老是把薛氏带着到处走，需要一个年轻姑娘。 这个姑娘，要能歌善舞，姿色美，可以饱眼福，你们说说，什么女子符合这个条件呀？”

“官伎！”刘阈和杨昌雄异口同声地说。

仇骥微微哂笑，显然，把二人绕得团团转，心中特别得意，不再跟他们空了吹。

杨昌雄却说：“不管他喜欢啥子妹儿，老子把全城姑娘都请来府中，任凭他随便挑选，应该看得上一个两个吧？”

“可能。”仇骥同意了，接着补充，“你请得来杨柳姑娘？”

“啥子？”杨昌雄以为自己听错了，什么杨柳姑娘，不就是杨老汉那女儿，鬼灵精似的，有啥子能吸引官人之处？ 哎呀呀，看来这些官儿，都是贪图异味，啥子难到手就觉得啥子稀奇。 往后只用稀奇引诱，也就可以了，倒不必大破费。

刘阈丢下一句“杨柳已进入刘府”就离开了。

杨昌雄见刘阈走了，朝仇骥冷冷一笑，问：“那个百荷姑娘，是节度使大人的探子吧？”不待他回答，又拱起双手，说：“司马大人走好，小人不送了！”

三人散了。

巨商杨昌雄邀刘禹锡夜宴。

听说刺史大人亲临，城里各大家族，歌舞伎乐尽出，家伎们涂脂抹粉，盛装出场。夔州司马仇骥充当本次夜宴的主持。经过多日排演和训练，民间乐伎盛装出场，展示无比柔软的腰肢，以及疯狂的调情手段。

等到客人到齐，仇骥进来，请了刘禹锡上戏楼。所有人都上前拜见，轮流向刘禹锡行礼，口称“刺史大人”，然后回座去，毕恭毕敬地安坐，等待那些绝色佳人载歌载舞。宴会当然先要饮酒吃肉。客栈的厨师率一众小二，将一盘盘美味佳肴端进来，搁放在每个客人面前，一一行礼，方才转身退出。杨昌雄殷勤地对刘禹锡介绍：“大人，这是在本地最有名的松江楼定制的，味道偏咸偏辣，不知可合大人的口味？”

刘禹锡拿起竹筷，夹了一箸鱼，塞进嘴里品尝，肉质细嫩而且咸淡得当。便随口夸赞，说这是啥鱼，比松江四腮鲈鱼，也不遑多让。

杨昌雄大喜，示意旁边侍女服侍夹鱼，还滔滔不绝地说：“就晓得大人好吃鱼。这是铜鱼，本地俗称水米子，乃鲤鱼一科，也有称金鳅、尖头棒、麻花鱼、芝麻鱼、长江铜鱼、铜线的。其肉嫩不说，离水可长时间不死，浑身只有一根脊刺，肉里无叉刺儿，确是一桩大河美味。”

在场众人一齐点头，表示早已知晓，大人可尽兴食用。刘禹锡连食几箸，果然好味，伸出筷子去夹，不跟他们拘礼，直到铮地响起琵琶弹奏声。众人尽都不再取食了。这个声音出现，表示主人安排的精彩演出，即将开始。

弹奏声一起，刘禹锡就听出来了，这首琵琶曲子是根据张若虚长诗《春江花月夜》改编的，立即停箸不动，随着弹奏的琴声，抑扬顿挫地念出：“春江潮水连海平，海上明月共潮生。滟滟随波千万里，何处春江无月明……”

“好！”杨昌雄不管不顾，兴冲冲地叫好，遭仇骥瞪了好几眼。

跟即，八个盛装姑娘舞蹈而出，俱着宽袍大袖，腰肢儿束得只盈盈一握，胸前暴露半个乳房。她们出来就弯腰行礼，然后驻步，侧耳倾听伴奏的琴声，似乎让客人们饱览个够。琵琶永远是主打乐器。随着弹奏者五指一轮，铮铮嘣嘣的，仿佛流淌的大江、夜色里摇曳的花朵、朦胧弥散的月光，促使宾客们尽情发挥想象。舞伎们蓦地直起，连续抖动大袖，侧了身体旋转，旁边的伴唱歌声就无边无沿地响了起来：

江流宛转绕芳甸，月照花林皆似霰；
空里流霜不觉飞，汀上白沙看不见。
江天一色无纤尘，皎皎空中孤月轮。
江畔何人初见月？江月何年初照人？

她们跟随音乐，开始左右穿梭，个个如同踩在云里，轻飘飘的毫不着力。

“踏歌。”刘阈对刘禹锡附耳解说。巴蜀踏歌舞蹈，在朝廷中已获盛名，只是这般自由自在，着实令人震撼，终生都难以忘怀。

“仙女，多么美丽的仙女！”杨昌雄看得口水都流出来了。仇骥正要呵斥。幺姑娘在旁边等候出场，见到形势不对，赶忙走到杨昌雄背后，拍了肩头一掌，等他回头，递过去一张绸绢。杨昌雄却一把将幺姑娘拉入怀里，伸手捉她乳房，几番捏弄下，惹得自己一阵大喘。幺姑娘如搁浅鱼儿般不停地用力挣扎。刘阈见刘禹锡面色不豫，再不敢迟疑，一把拉开幺姑娘，遮在自己身后，连说：“杨大老板失仪了哟，失仪了！”

幺姑娘趁机离开，从旁边上场，手往前领，身往旁侧，连转数圈到了中心，陡地腰肢向后弯折，身体形成一个曲拱。琴曲恰好弹奏出一段优美的歌词：

人生代代无穷已，江月年年只相似。
不知江月待何人，但见长江送流水。
白云一片去悠悠，青枫浦上不胜愁。
谁家今夜扁舟子？何处相思明月楼？

在场官绅们纷纷叫好，也不知何故，仿佛个个受到暗示，被催发出爱慕与亢奋的情绪。

宴会一开始，就营造出纸醉金迷的夜宴气氛，暗示着夔州官场的失望落寞。朝廷派来一个贬官嘛，他能够替官们做个啥子？而这种惨淡心情，反过来又加强了他们对美好生活的追求与向往之情。这是一个多么美好的夜晚呀。那些宾客们，聚精会神地倾听着、观看着，渐渐感觉身体发热，更有人恨不得搂了抱了姑娘们，虽然没人胆敢当着刺史大人的面如此蛮干。

刘禹锡听得兴起，扭过头去问仇骥，弹奏琵琶者何人？仇骥说是杨府养的。杨昌雄立即接过话，说改日大人闲了，请到敝府里来，专门为大人表演。

这倒不是什么做不得的事儿。

刘禹锡立即答应了，还说要是可能，请领舞姑娘一并上场，单跳一个独舞。

杨昌雄益发欢喜，端起了酒杯，说："愿大人步步高升，我等虽处穷乡僻壤，时时也有机会朝贺。"

刘禹锡端起酒杯一一回应。

其他几人也都举杯祝愿。

幺姑娘那双长腿一蹬，收起腹、弹动腰，人就地翩然翻起，如惊鸿一掠。琵琶声转入演奏下一段的情景：

可怜楼上月徘徊，应照离人妆镜台。
玉户帘中卷不去，捣衣砧上拂还来。
此时相望不相闻，愿逐月华流照君。
鸿雁长飞光不度，鱼龙潜跃水成文。

客人中间有自带家厨的，这时，各自做了当地特色菜肴，纷纷端来请刺史大人品尝。姑娘们在幺姑娘带领下，宛若月光水纹，身似柔枝，袖如奔水，又好像倾泻而下的眼神，让每一个触碰者，都觉得被悄然拨动了心弦。

刘禹锡痛饮了一大杯酒。这种当地土酿，不似江南米酒，度数很高，连饮数杯后，他有些飘飘然，索性挥动长袖，舞入了那队姑娘中。

所有舞者都踩着节拍，张开双臂，直似要相互搂抱，或者干脆就地倒下去了。

琵琶声陡转轻缓：

昨夜闲潭梦落花，可怜春半不还家。
江水流春去欲尽，江潭落月复西斜。
斜月沉沉藏海雾，碣石潇湘无限路。
不知乘月几人归，落月摇情满江树。

如果细细观察，就会发现舞者出现或倾或侧的体态、摇曳多情的目光、张搂按压的手势，似弹琵琶似击节拍，衬托着这位长髯、戴高巾、若有所思又心不在焉的刺史大人，情态格外生动活泼。

一曲既终，仇骥上台宣布，幺姑娘她们要换服装，为大家奉献龟兹乐舞，现在中场休息，各位自便。

中间歇场时，仇骥来相请，刘禹锡跟他进入杨昌雄的内客厅。这是一个金碧辉煌的大房间，摆满了或金或玉的古玩，刘禹锡看不过来。刘阈和杨昌雄随入，幺姑娘跟过来斟了茶，杨昌雄说这姑娘是家伎。刘禹锡夸她好舞姿。杨昌雄挺大方，说大人要是喜欢，就让幺姑娘伴寝。幺姑娘做出极羞涩模样，跌坐到刘禹锡旁边，就要偎过去。

刘禹锡喜欢她这小模样，握着幺姑娘的手，轻轻拍着，恍若敲击羯鼓。

幺姑娘误会了，不顾现场多人，扭身体就往他腿上盘。

刘禹锡拦住她，说："且慢！杨大老板，你约我们几人，可是有啥事需要交代？"

仇骥代杨昌雄说："大人，杨老板跟我说，他收集了女校书的薛涛笺，要请大人神目鉴赏。"

这倒是件雅物！刘禹锡万想不到，他们行贿，竟拿了本朝第一奇女子的物品来送。

据说，薛涛的父亲为宫廷乐官，安史之乱入蜀逃避战祸，定居成都，不幸亡故。薛涛幼年丧父，生活无着，落入娼籍。"可是她怎么成为女诗人的呢？"刘禹锡好奇地问。

仇骥似乎熟悉这类官场秘闻，虽然踌躇片刻，还是说了："刺史大人，可知西川节度使韦大人？"

"韦皋？"刘禹锡知道。

"是的。"仇骥仍在绕圈子，"韦大人风流，素来仰慕文化人，包括女人。"

刘禹锡产生了兴趣，凑过去故意问："难道韦大人确实与薛涛姑娘……"

仇骥又故弄玄虚："刺史大人也听说了。"

刘禹锡直说："将军与佳人，一双两好，也是文坛佳话嘛。"

仇骥却否定了："传说未必准确。"

“哦?”刘禹锡不知真实情况，也不能追问，便猜他是在吊自己胃口，说:“原来仇司马要替尊者讳?”

“非也。”仇骥急了，只好实说:“韦大人视薛校书为红颜知己，喜欢她的诗才，不是传说中的那么阴狠淫荡。”竟急出了一头汗，毕竟这事儿说不清楚，就是“妄议尊长”了!

“自然。”刘禹锡把仇骥捏着了，心思陡转，开脱话题说:“仇司马的意思，是韦大人重视文化人，不过，这‘校书’一职，从无女子担任，如何薛涛就当上了? 还望详加解说。”

“大人哪里不懂?”仇骥心头清楚，可是要想抓住刘禹锡的心思，还得炫耀一番，让这个僻州的刺史见识巴蜀人物，心甘情愿地接受自己蛊惑，“韦节度使与薛涛相识，颇具戏剧性，是在一次酒宴中。韦大人听说薛涛会写诗，便要证实一下，请她即席赋诗。薛涛挽起绣花袍袖，取了一管毛笔，一挥而就，诗名‘谒巫山庙’。现场观者围拢去看，其诗云:‘朝朝夜夜阳台下，为雨为云楚国亡;惆怅庙前多少柳，春来空斗画眉长。’送给韦大人亲览。他看罢拍案叫绝。从此府中每有盛宴，薛涛便作为侍宴的不二人选，很快成了韦皋身边的红人。”

刘禹锡好奇地问:“校书郎职位怎么得来的?”

仇骥笑着说:“薛涛不仅能诗，还能写公文，笔墨富有文采，细致认真，很少出差错。韦大人就让她参与一些案牍工作，可仍然感觉大材小用，一日突发奇想，向朝廷上奏，举荐薛涛为‘校书郎’。”

“妙哉!”刘禹锡轻拍双掌，心中佩服。

仇骥又说:“大人晓得，校书郎的主要工作，是公文撰写和典校藏书，官阶仅从九品，可做官的门槛却很高，按规定，只有进士出身的人才有资格担当此职，比如白居易，即从校书郎做起。商周秦汉至大唐，从未有女子担任过校书郎，朝廷当然不能批准，韦皋大人自己就准了，可见韦大人之敢想敢干。”

刘禹锡对韦皋这个豪举，倒真有些赞叹不已，因此希望知晓二人交往详情，可是担心仇骥不愿意说出。毕竟韦皋已亡，但若说得过细，之后流传于官场，有伤人德。于是试探地问："仇司马，想必韦大人与薛校书一双两好，长结鸳盟了吧？"

仇骥想好了，要借韦皋薛涛之谊，打动刘禹锡，后头事情才好进行，所以巴不得他细问，便说："大人问得好！谁知这位薛校书，也是恃宠而骄。官场中礼尚往来，前来攀附的剑门、西川的官员，听说薛涛大名，为求见韦皋，多走她的门路，纷纷送礼行贿。薛校书却'性亦狂逸'，谁送她都敢收，不过并不爱钱，收下贿赂之后，一文不留，全部上交，弄得送礼者灰头土脸。她把动静闹得还是太大了。韦大人十分不满，一怒之下，下令将她发配到松州，以示惩罚。"

"什么？"刘禹锡奇怪，"行贿者不罚，检举揭发者，反倒受到了处罚，韦大人如此冲冠一怒却为的什么？"

"大人且镇定，还有下文的。"仇骥端起茶碗，撇去浮沫，慢慢吊他胃口。刘禹锡坐不是，站也不是。仇骥再饮过一口，搁下茶碗，才说："松州何等荒凉，大白天走在官道上，鸦雀聒噪，如入墓地坟园。吓得薛校书腿软，后悔自己轻率与张扬，于是将感触诉诸笔端，写下了多首诗，其中的一首就是，'闻道边城苦，而今到始知。却将门下曲，唱与陇头儿'。其诗送到了韦大人案头，他的心顿时软了，一纸命令，又将薛涛召回成都。"

"结局还算圆满。"刘禹锡评价，心头还在疑问，仇骥说这些事儿，难道只是炫耀？对了，他要推荐薛涛笺！蜀中产纸甚佳，薛涛制作成诗笺，又名浣花笺，杜甫就有"巴笺染翰光"的诗句，这句诗是为高适、岑参而作。因薛涛喜欢写小诗，可惜纸长有余，遂特别定制尺寸，用"浣花溪的水，木芙蓉的皮，芙蓉花的汁"制成纸笺，专用于写诗。薛涛笺蕴含着女性特有的美妙才思，其纸红郁，配上以俊逸的行书书写的清雅脱俗的诗，一时风行天下。刘禹锡就问仇骥："可是粉红色笺？"

"非也。"仇骥不知，薛涛与刘禹锡也有唱和，而且是粉红色诗笺。

仇骥向杨昌雄点头示意。

杨昌雄拿出一个锦盒，里头装着深红、粉红、杏红、明黄、深青、浅青、深绿、浅绿、铜绿、残云等各色诗笺，光彩夺目，竟有十种颜色！

刘禹锡眼睛顿时瞪得溜圆，拿起锦盒，爱不释手地抚摸着。

刘阈打蛇随竿上，问："刺史大人，收了？"

"收了，收了。"刘禹锡将锦盒抱牢，唯恐被人调换，问："你二人收点什么？"

杨昌雄故意不看仇骥和刘阈，拍了两下手掌，幺姑娘脸红筋胀地退下去了，却有六名孔武男仆抬了三只木箱过来。仇骥故作惊讶，说："这是什么玩意儿？"便上前打开箱盖。

一片金灿灿的光芒噗地升起，耀人眼目，是一大箱元宝！

刘阈也故作惊讶，问："这无数金锭，杨老板，却是为何？"

杨昌雄说："三位大人难得莅临寒舍，这是见面礼，还请大人们笑纳。"

"这个……"刘阈和仇骥一齐沉吟，聆听刘禹锡意思。

刘禹锡上前，取了一锭元宝，往空中连抛数下，"叮"的一声落回箱笼，然后发问："如此巨资相赠，我们总得替杨老板办点事，二位以为如何？"

"这是当然。"刘阈和仇骥齐声应答。

杨昌雄在一旁看人脸色，刘禹锡说愿意办事，那就得让他来办，因而说道："也没得啥子大事，出自大人手下，就是舍下几个盐厂，还有盐店，管理不严，可能超出专卖额度售货，请大人高抬贵手，象征性罚几百两银子，这些金元宝，就是三位大人的了。"

刘阈和仇骥哑了似的不开腔。

刘禹锡仿佛为难，说："多熬了盐巴也要罚款，似乎朝廷并无规章，反正都是官府收了；多卖得几引盐巴，功过不好判定，本官觉得也是好事。可是，多熬了，多卖了，究竟多了多少，杨老板你写个说呈来，本官瞅瞅再定。"

杨昌雄大喜，也不看刘阈、仇骥眼色，喜冲冲地说："大人言之有理，小民立即就办。"

刘禹锡说："且慢！杨老板，本州推行大面积水田种稻，产量会高很多，你们商家有钱买牛，今年搞一千亩水田如何？"

杨昌雄乐滋滋地答应："大人有令，小民理当谨遵。"

刘禹锡问："下半场舞蹈也该开场了吧？"

"立马开场，立马开场。"杨昌雄问："大人这箱元宝？"

刘禹锡说："你不是交罚款了吗？"

"那就送到府上？"

"不，送衙门库房。"

"什么？"

"大人视为你认罪了，傻瓜！"刘阈气急败坏地说。

刘禹锡在前，后头跟着刘阈、仇骥，一起出了客厅，观看精彩的表演，丢下杨昌雄当厅跌坐，呆若木鸡。

# 第十章

杨昌雄赠送的装满元宝的三个大箱子，被刘禹锡打开箱盖，摆在公案前，任佐官和吏员们参观。

那些黄澄澄的金子，受烛光映照，耀得满室金光铺洒，厅壁顿为增色夺目，让人认不出原形。刘禹锡也不出来解释。官吏们问袁宏，他说这是刺史大人放的，你们自己猜好了。

于是，许多官员都猜，既然公之于众，当然是要放赏，如此巨大数额的黄金，家家户户都能置地购房，生活无忧无虑了。

这想法简直让人心花怒放。

他们边看，边相互议论，说怪不得相传刺史大人有魄力，到夔州不过两月，就搞到一笔巨款了，我等当属下的，当牛做马都行！有人说刺史大人在永贞年间，敢与二王联手，拒宦官压藩镇，搞区区千百两黄金，算得了什么，轻而易举，各位单等瓜分吧。

当然也有人心存疑虑，平白无故的，摆出几箱黄金展览，不必多问，肯定是个警示！那么，刺史大人应该是考验下属的，谁有无二心，就看对待黄金的态度。有贪心者，见了这么大几箱黄金，还会不动心？只是他们如何动心无法猜测。无贪心者，即使黄金在眼跟前，也绝对不会动心。同样他们如何不动心也猜不出来。反正就是看嘛。那元宝像个笔架，有三个尖角，拿捏时，特别适合卡在几个指缝，贼都抢不去。

官吏们议论了很久，刘禹锡还是没有出来，看来是任君评说，不管不问了。

可是，不管不行呀，议论之余，往往会产生观点，形成统一的认识，再要纠正，那就千难万难了。他们都是握有权力的人，倘若把心一横，做成事了，造成后果要上头收拾，怎么办？难道刘禹锡就没有顾忌？

太阳光一寸一寸地移到了匾额上，然后往门口悄然移动，屋里没了阳光，渐渐地阴冷，穿着单薄的官吏，身上慢慢起了寒意，直到所有人都在揣测：莫非刺史大人躲在旁边，窥视众人表现，查察一切人的态度？黄金有价，那就是在此时、此地，购买了所有人的心。

衙役进来添了三回茶，每回都点头哈腰的，不解说，换过茶就离开。

最后一回，他走到门口了，被袁宏一把扯回，问："你跟老子说清楚嘛，刺史大人今天玩个啥把戏？"

衙役缩了颈子回答："不晓得。"

袁宏大怒，恨不得劈脑壳扇他一巴掌，临时又改了主意，伸手捏他耳朵一下，又往脸颊上一弹，继续逼问："大人喊你不说，是不是？你跟老子开腔呀！"最后一句，扯长了喉咙喊的。

衙役不生气，或许不敢跟他生气，畏畏缩缩地回答："我说将军大人，你逼问我么子，不如去逼问仇公公，他晓得。"

"什么仇公公？"袁宏被搞糊涂了，简直要疯掉，又不得不问清楚。

"就是司马。"

"你说的是仇骧？"

"是的。"

"他才几岁，胆敢自称公公？"

"公公就是太监。"

“啥子？”围拢来的每个人，都忆起仇骥与幺姑娘仅有一夜，居然搞出了“太监”的恶名，个个忘掉了黄金考验，相互只觑一眼，就笑个不停了。

然而笑声未落，仇骥冠服整齐地踱出内厅，走到公案跟前站定。他咳了两声。官吏们以为刘禹锡出来了，自动站好班，排列得整整齐齐的。

刘禹锡还是没有出现，不久就有人怀疑，难道刺史大人出事了，三箱黄金是赃物？

仇骥把喉咙清干净，字正腔圆地说：“各位，刺史大人外出，委托本司马暂署。”有人问怎么别驾大人也不见？仇骥回答：“别驾大人也外出，同样委托本司马署理。”

这事奇怪，因此，众官吏想要晓得究竟，尽皆钳口不言，公堂上鸦雀无声，只听见仇骥说话。

仇骥摸出一个瓷瓶，食指和拇指捏着木塞，用力往上一拔。随着木塞拔出，冒起一丝淡淡的馨香，原来是一小瓶提神醒脑的龙涎香。他反复嗅了几下，鼻子呼啦啦猛吸过了一阵子，才开始问话：“各位，摆在你们跟前的箱子里，装着什么好家什呀？”

“黄金嘛。”官吏们大不以为然。

“黄金？”仇骥也不以为然，愤愤而言，“难道不是金元宝！诸要明白，这金元宝，是标准的黄金，五十两一个，拿到市场购买东西，根本就不用称量，也没得什么家什值得了这么多黄金！”

“此金何来？”袁宏见他漫扯，实在忍不住了，大声发问，要得出结论。

刘禹锡一说收了罚金，连带仇骥、刘阈的，通通收到公堂，另有用处。仇骥气愤不已又不敢声张，不像刘阈，说句“老子不来了”，就不见人，还得他来帮刺史大人圆场。

仇骥多说一阵，也算过瘾，继续发号施令：“各位，刺史大人有令，本州准备购买大量牲畜，用畜力替代人力，劝农奖农资农，大力推广水田种植。几日前夜宴，有本州绅商助力，自愿从历年的盐业经营收入中，拿出一部分钱财，捐给官府购买牲畜，发给百姓圈养、使用、看管，确保丰收。”

“粮食收多了，做么子呀？”司仓高声问。

“百姓确保了温饱，多余的粮食，交给官府收藏，以抵历年所缺的负欠。”仇骥说得哭笑不得，脸色特别难看，当地人形容是“借了谷子还了糠壳”，那是吃了很大的亏。

偏有人不看眼色，紧撵着问：“司马大人，这么多黄金，要买几百上千头牛，交给谁办理？”

按官府规定：采买官家一应物品，当然是司仓负责，其他人想都别想。只是这笔款子太大，司仓一人，手下仅几名吏员，怎么忙得过来！况且麻雀飞过都有个影儿。从交易中捞钱，方法多得很，不是刘禹锡那般书生能够防范得了的。

仇骥说：“这次采购，刺史大人有令，通通放到县里，由他们各自专买，过后要合账，谁买的价高了，吃回扣，乌纱帽立即摘掉！”

“哦嗬。”那人叹不绝口，总之说刺史大人自命清高，他喝汤连带下属没有肉吃。

仇骥接着宣布：“奉节县，黄金二十锭；云阳县，黄金十六锭；大昌县，黄金十六锭；巫山县，黄金十八锭……”

有人眼尖，看出数目发少了，立即截断仇骥：“司马大人，你只发了五分之四的黄金！”

于是群情汹汹，都追问：“还有黄金做啥用了？”

仇骥哪里敢贪污，只好回答：“昨天连夜，节度使大人奉户部谕旨，调了部分入京，收进国家金库里头，备大灾大荒时使用，难道你们还敢去追究圣上？”

众官吏才闭口不问。

仇骥回答完，一个问题涌出脑海：刘刺史今日既不来，又要将诸事公之于众，自不是为应付官吏，而是把户部调款公开，今后圣上追究，自有官吏们作证，不容谁栽诬。“这人做官，真是做精了，本官倒要好生学学。”仇骥暗道，吩咐说，“把黄金收了吧。”

司仓带着手下过来，点了点元宝数量，两人抬一箱，收入衙门金库保管。

散开的官吏们，边走边议论，说刺史大人也放心，偌大一笔财富不管，躲到哪里享清闲去了。仇骥跟着监督黄金收库，贴好衙门封条，上了一把大号铜锁，算是保管妥帖。

那么，刘禹锡究竟到哪里去了？

刘禹锡轻车简从，换上僚人的短袖夹袄、宽腿裤，用裹腿把里裤缠紧，再穿上了芒鞋，头戴一顶竹毡笠儿，背着装有书籍、干粮和水的背篼，由巫山县令覃昌扬陪同，进入巫峡，先去看十二峰，再回衙门取黄金。所谓除却巫山不是云。巫山云雨催生了雾霭，那些云雾变化之频，游云势态之美，小雨景色之奇，不能不令人叹为观止。刘禹锡于晴日往游，因为船小，被江水推得很快，半日工夫，就抵达十二峰。

船夫调过船头，靠了岸，恭恭敬敬地过来，请示说：“大人，前面就是登龙峰，我们吃过晌午饭，再放慢船，你老人家慢慢观看，要不要得？”

刘禹锡懂得，夔州土话“要得”就是“行”的意思，于是就说：“要得。”

晌午饭是一碟油炸鱼、一碟泡咸菜、一碟豆腐乳，焖了大半锅干白饭。还备有当地米酒，也没个品牌，倒在瓦碟子里头，嗅着甜香甜香的。刘禹锡连饮了三杯土酒。那船夫又给他舀饭，用一只土碗，舀了满满一大碗锅巴饭。刘禹锡胃口大开，就着炸小鱼、咸菜、臭豆腐，吃得满头大汗。

覃昌扬飞快吃过饭，来说：“大人你看，旁边就是登龙峰，远近有三十里。”

刘禹锡问："那个山顶就是龙头？"

"是的。"覃昌扬回答，"龙脑壳昂起，不怕哪个，龙身子一截连一截，稍微使个劲儿，会飞到天上了哟。"

"对面那座山哩？"

"哦。"覃昌扬解说，"那是圣泉峰。大人看它脑壳，像不像狮子嘛？"

"居然神似。"刘禹锡凝眸观看一阵，确实很像，用"神似"评价。

"圣泉峰比登龙峰要矮百丈，你看山跟前那块石头，好么子白的哟，像一块银牌，我们叫它'狮子挂银牌'，牌牌下头有一股水，甜滋滋的，顺着山势往下流。"

说过，船夫来把碗筷收了，就在江水里洗濯干净，然后塞到船尾舱里，出来把舵一扳，船离开岸就调头下行。这里已经是巫峡的中段，江水进入主航道，显得平静而舒缓了。过不多久，船夫手朝前方的峡口中指，说："大人请看，那就是箭穿峡，北边的山峰就是朝云峰。"

刘禹锡有些不解，问："覃令，我看山上山下，一片朗朗，为何与云有关？"

覃昌扬回答："朝云就是早晨有云嘛，大人明鉴，到了清晨，太阳还没有出来，高峰顶上就有彩云缭绕，时聚时散，变幻出各种图景，仿佛仙山，煞是好看。"

又见有峰头缓缓移出，其顶凹处现出一根石柱，似人乘风踩云，刘禹锡问："渔老丈呀，那就是神女峰吧？"

"就是。"船夫激动地说，"哎呀，这个神仙妹子不得了呃！当初三峡这苦地方，有十二条恶龙兴妖作怪的哟，害死好么多的船夫、行人，神女瑶姬晓得了，下凡除恶龙，几个掌心雷，把它们炸得粉碎了。哪晓得恶龙也厉害，身体炸成碎片，还化成十二峰，落到江心的又变成了巨石，行船就更不好走了。神女没得办法，只好请大禹来治水，疏浚了河道，她怕弯拐太多了，自己也变成个石头人，永坐望霞峰，防止恶龙兴妖作怪。”

“如此，她坐镇望霞峰，不言不动的，有何深意？”刘禹锡不很明白。

船夫又解说：“大人，你看那石人像不像个美女？ 跟你说嘛，她站在大坡上，望断长江，迎送舟帆，每天第一个迎来了朝阳，最后一个送走晚霞。 我们撑船的棒棒儿，只要来回看到神女峰，都不会迷航的咯，而且不会撞岩，不会搁浅。 你再看江脚边，那里有座庙子，就叫神女庙。 半夜三更逆水行舟，船走不了，就去庙里拜菩萨，跟神女说悄悄话，哎哟，把三生三世都弄得清楚明白嘞，大人你说神奇不神奇的呀？”

“神奇。”刘禹锡大感兴趣，说，“渔老丈，今天晚上，我们就歇在神女庙，去顶礼膜拜。”

“大人为啥子不拜神仙？”船夫不懂。

“哪个说不拜，顶礼膜拜就是很虔诚、很恭敬地拜，怎么会不敬菩萨了？”刘禹锡有些恚怒。

“小民不明，小民愚蠢得很，请大人宽恕。”那船夫说着，把船靠了过去。

刘禹锡见那神女庙，是三峡地区常见的土地庙，为一长方形石龛，中间塑有女神像，面相清秀，穿长袍宽袖的本朝女服，坐姿自在随意。 看来立庙与塑像时间不久。 历代诗人，题神女庙的不少，甚至包括薛涛，倘若细数，成百上千也数得出，只可惜他们都往一个舍己为人的概念上套。 难道她不是爱上了巫山？ 这里花开得艳，树长得高，这里碧水连着青山，瑶姬女仙下凡，长住人间，与凡人情感交融，当然舍不得离开了！

还有那些曼妙的云雾，从江面升起，缠绕在半山间，再慢慢升空离去。

刘禹锡反复在神女峰与神女庙间比较，徘徊悱恻，竟然成诗一首：

巫山十二郁苍苍，
片石亭亭号女郎。
晓雾乍开疑卷幔，
山花欲谢似残妆。
星河好夜闻清佩，
云雨归时带异香。
何事神仙九天上，
人间来就楚襄王。

加个标题，就叫《巫山神女庙》，这才裹起衣服，找一处背风地儿，倒于巨石上，酣然入睡了。

覃昌扬睡在庙口，为他挡住部分寒风。

刘禹锡被一阵鸟啼声闹醒，翻身坐起后，见神女庙前站着一只怪鸟，有些像传说中的凤凰，便向鸟儿提问："凤凰呀凤凰，其来也忽，你也是来朝拜神女的吗？"

那鸟儿仿佛听懂，先点点头，然后双翅伸展，像两片彩云，尾羽也竖起来了，踩着一种旋律，原地舞蹈。这时候太阳喷薄，斜射在凤凰身上，它宛如一团五彩的火焰，在神女庙前熊熊燃烧。

刘禹锡更好奇，又问它："凤凰，凤凰，你要化神了吗？"

那凤凰越舞越急，转得三五十转，就看不清毛羽身翅了，只是一团光，炫花了刘禹锡的眼睛。光团现出许多明暗条纹，再不作原地旋转，或东或西，或南或北，球般蹦跳，接着猛地向上一蹿，倏忽消失不见了。

刘禹锡伸手便捉，以为可以拉着它长爪，一飞冲天，便说："你等着我！”

覃昌扬翻身而起，开口就问：“大人，你发梦冲了？”

刘禹锡惊问：“凤凰，难道你没有看见凤凰？”

覃昌扬顾自舀水，说：“大人魇住了。难道梦见神女，也来自荐枕席？”

“胡说！覃令不得胡乱猜测。”却说得刘禹锡心生怀疑：难道那鸟儿就是巫山神女？

覃昌扬笑着解释：“大人，峡中僚女，有长期独守的，遇到盐背子，吃饭留宿，也贪图留个种。”

刘禹锡笑着说：“谬论，谬论。”

吃过早饭，船夫放船下行，又到一座状似高帽的山峰前。覃昌扬指着那山说：“大人请看，那座山就是松峦峰，峰顶圆圆的，又叫作帽盒峰。山顶上种的全是古松，简直就是万亩林海。遇到山风起猛了，林涛呼吼，一阵紧接着一阵，活像长江涨潮。平时我们进去，又像跳进惊涛骇浪里头。假如遇到明月当空，松林很安静，鸟儿们都睡着了，听不到鸣叫，那又是一番恬静的悠闲，好比登上仙界。”

刘禹锡自言自语：“风吹不响，水流不动，这就是静中生动、动中愈静。”

覃昌扬不明白，等到船再走到一座山峰前，才开口说话：“禀告大人，前头就是集仙峰了。那些游客说，峰高入云，峰顶上有无数根石柱子，好比一群神仙相聚。每年八月十五，月亮升起时，峰上传出丝竹声，那些神仙就下凡来了，说话就像三峡猿啼，一说就说个通宵达旦。还有仙鹤来跳舞，猿啼鹤鸣，都说是天上仙音。凡人听到了，就会长生不老。可惜集仙峰背后是条深沟，陡峭光滑，我们药农都爬不上去，没得哪个凡人有缘见识到。”

刘禹锡问：“难道长生不老都吸引不了人？”

船夫轻描淡写地回答：“大人明鉴，长生不老哪个见过？反倒是攀爬崖壁摔死不少。”

刘禹锡见这渔丈人风趣，心头也很喜欢，故意跟他辩论：“那么依渔老丈说，世上就没得神仙了，还祭拜神女做什么。”

船夫却有道理：“大人不晓得，那座神女庙是个标杆，我们行船的人，上上下下，只要对准了庙门放过去，再凶险的水，都绝对打不翻船。”

刘禹锡想起滟滪堆的作用，不禁点头承认，看来人造一物，必有一物的用处罢了。

说话间，木船飞快奔下，到了一坡抹斜的岸边，坡上种植着高秆植物，不大像是人工栽培，倒似野生。刘禹锡就问：“渔老丈，那片丛林可是芦苇？长势很好嘛。”船夫却说是巴茅，芦苇没有恁粗大，老巴茅杆儿被削尖，可当成长枪使用。

船夫又介绍说：“上头就是飞凤峰。”

刘禹锡抬眼看山。那山峰从西向东延伸，形状活像一只凌空翱翔的凤凰，正伸长脖子，到江中去饮水。船夫得意地炫耀，说神女留下了，她有一位侍女叫金凤，也留了下来，变成山峰，与神女朝夕相伴，留在了巫峡，如今成了一道美景。刘禹锡问紧挨着的那座山是什么峰？覃昌扬看都不看，就说是翠屏峰，说翠屏与飞凤相像，凸起于缓缓山坡之下，漫山苍翠，郁郁葱葱，就像一道绿色大屏风。刘禹锡评说：“翠屏峰苍翠欲滴，五色斑斓，简直就是一幅美丽的图画。”覃昌扬又补充：“坐船直达青石场，再沿骡马古栈道石梯行走，一个时辰即可到达飞凤山下。”

刘禹锡却问：“三峡七百里，似乎船行还是很快的。前面那座山一过，就是‘星垂平野阔，月涌大江流’的下游吧。”

“那倒不是的。”船夫说，“过了巫峡，就是西陵峡了，还远得很咧。”

“不是说‘巴东三峡巫峡长’吗？”刘禹锡追问。

这下，把船夫问倒了，根本就没想过，顺口回答他，却说漏了嘴，只好挪开说："前面还有聚鹤峰，要是算到西陵峡嘛，就比巫峡长了。"

刘禹锡乐不可支，说："渔老丈，可是遮遮掩掩？"

船夫被说得不好意思了，使劲划船，划得那船箭一般驶向前头，不过两三袋烟工夫，就到了聚鹤峰下，才稳稳地把住了，让刘禹锡观赏。从江边朝上观看，山顶怪石嵯峨，半山腰松杉茂密，长青不败，唯不见白鹤翱翔。刘禹锡就问："渔老丈，既无白鹤，何称聚鹤峰哩？难道鹤亦怕人？"船夫回答他："大人，听说，这些白鹤，要到夜黑才飞来，它们听到猿叫后，嫌那些猴儿讨厌得很，就站在松树、杉树上啼鸣。"

船夫停下船，说："上升、起云、净坛三峰，要顺着这条青石溪上去三十里，才看得见啰。"

刘禹锡毅然决定："不看了，你我明日早起，返回奉节城，你歇了船吧。"

船夫停了船，又说："大人起岸歇歇，我去打两网，整两条鱼上来，烤给大人尝尝，味道好得很哟。"

刘禹锡说："请便。"

等船夫离开后，刘禹锡取出笔砚，将《巫山神女庙》录下，扔进背篼子里，躺倒在草地上，想起神女瑶姬的故事，不由得感慨万端：人为何不是仙？虽说天人永隔，可是为啥要隔开呢？仙、龙能够化石化万千，人怎么就不能变化？人若是有幻化之能，那么一切秩序、尊卑及等级还存在吗？

这些思索无解。

# 第十一章

太阳刚刚冲出阴条岭，高高地悬挂着，天地间豁然开朗，满江碧波被染得红彤彤的。刘禹锡与覃昌扬殷殷道别，看着他转过长廊，到司仓房领黄金去了，自己才进入内院。

院里竹影横斜，刘禹锡见杨柳正捧着《诗经》默默诵读，心里高兴，便说："我看到了凤凰！"杨柳却说："师父所见是雉鸡吧？"刘禹锡坚持，说那鸟儿有鸡头、燕颔、蛇颈、龟背、鱼尾，与古书中记载无一不合，怎么就不是凤凰？杨柳说不赢他，也不像他那么执拗，就说"师父说是凤凰就是凤凰吧"。刘禹锡又不服气，说："柳儿，知之为知之，不知为不知。岂有谁说个啥，就是个啥的？你还要在识字上，好生下功夫，不怕遭人误解，不怕师父教训，也不用害怕说不清楚。"

杨柳答应着，退到旁边，让刘禹锡经过。刘禹锡盯她一眼。杨柳心头一荡，脸色缓缓泛起红晕，师父已去得远了。

吃过晚饭，刘禹锡退到里边的书房，取了柳宗元的《天说》来仔细阅读。柳宗元在《天说》一篇中，批判了天能行赏罚的唯心主义的天命观，阐明天没有意志、是物质实体的唯物主义的观点。他论说："彼上而玄者，世谓之天；下而黄者，世谓之地；浑然而中处者，世谓之元气；寒而暑者，世谓之阴阳。是虽大，无异果蓏、痈痔、草木也。”天、地、阴阳与果瓜、草木等同样都是自然现象，是物质存在的不同形式。所以，天既然没有意志，又怎么能够赏功罚恶呢？所谓“功者自功，祸者自祸”。国家的兴亡衰盛，个人的贵贱祸福，与天这物质根本不存在互相感应的关系。刘禹锡觉得这位老友，阐明了“天人相异”的观点，是正确的；但是，天非务胜于人，而人诚务胜于天还应该深入一步理解。这样思来想去，一再折腾，以致兴奋异常。

而且，杨柳那俏丽的身影，如神女石，总是在眼前不断地晃动。这个山妹子呀，有着百荷不曾有的野性，简直是个山水精灵，能勾起无数遐想。刘禹锡还想着，自古名师出高徒，出个女高徒可惊世骇俗了！

他丢开念想，起身到衙门外转转，以为说不定就碰上个啥。古人遇仙都是这样的。

刘禹锡出了衙门，绕围墙转一圈，迎面黑乎乎的老大个影儿，在眼前晃动，跃跃欲飞。这物量它飞不起，只是一跃一跃地摇晃。鸟儿绝没有恁大，烛光也印不满空地，那就是树了。他惊喜地发现州衙内外栽满柳树。而天上月圆如白玉盘，被淡淡的云翳烘托着，缓缓在移动，那才是真正的飞翔哩！月亮浮出云层，杨柳纤纤长长的影子变明晰了。

柳有“留”意，官衙督署都喜欢种柳，看来是取其谐音，希望官当得长久些，留为刺史，那就是高官长做了。

还有一句箴言，叫作“骏马任骑”。那是驰骋于官场的比喻，做了地方最高长官，骑马逛夔州，自有全身心松弛的感触！

刘禹锡脑子里万千思绪驰骋，杨柳姑娘、旱夔门、天坑、衙门垂柳、九盘河、白帝城、茅棚，不晓得怎么能够绾合，再重新提炼成章节？在皎洁的月光下，在平静的江水旁，生长着几棵树，就是杨柳，是美丽姑娘，也是平静的生活，当真是吗？有句话，断断乎压抑不住了，自然而然地喷涌而出：

杨柳青青江水平

恰好切合眼前情景！夔州这地，大山大水，引无数佳句喷涌而出。刘禹锡回过头琢磨这诗句。杨柳发枝发叶，本就青青；唯其春来青郁，才有春风吹拂。杨柳青青只是观感，可往水里看呢，那么纤弱，那么细瘦，那么招摇，让人恨不能调动一切词语来形容。这骨子里的，须得称多情。难道不是吗？江水清平，何尝不是一种安适，喻着夔州人日子过得多么舒心随意。

百姓生活，男女率性。如杨柳姑娘之唱山歌，烤红薯，擦胸洗脚，谁有她那样无拘无束，谁又似杨柳受风就招展？那是人对万事万物不防，更可贵的，是对人本身不防。不防备即是率性开放。江水平平，会防备物入其中吗？即使把杨柳树影子拥入怀里，也是无甚防备吧。

那句是啥？“闻郎江上踏歌声”，是有人在紧跟，还是踏歌姑娘盼人跟随，刘禹锡还在推敲，顺上句意思下引，该说“哥哥”了，奉节土话叫作“哥子”，可以如此表达吗？

闻郎江上踏歌声

这样，才有了对方，那就是哥子呀！没有哥子，山里姑娘熬不下去的；没有妹娃，山里男人也无法熬下去。这是人类天性。江水滚滚，是谁过江来了？来者究竟是谁？妹娃听到的山歌，都是哥子唱的；哥子听到的山歌，都是妹娃唱的。这就是竹枝词。青竹不分雌雄裹在一起。男人撑一条筏子，像歌声般划过来了，女人听得很清楚，他是想妹娃，把她载过河，做男女必做那些事儿。

女人呢？听到了男人的呼唤，那支竹枝调，就是一支篙、一条船、一个雄性人体，于是热情地呼应：太阳出来你不来，月亮出来你不来；等你来了下场雨，淋得浇湿你咋办？僚人姑娘会不会跳下大河去？刘禹锡揣摩山歌词意，觉得有这可能，鹭鸶与白鹤都可以相互哭上一场，人与人之间，盼得急切了，投入怀抱，倒在草丛，跳进江水，都是有可能的。

假如他等到了她，从太阳出山等到月亮落坡，又从暴雨倾盆等到云开日出，上前去抱一抱，把她抱进茅草棚里，做男人与女人必行的事儿，不可能吗？那么，下雨过后，出了太阳，不就意趣盎然：

东边日出西边雨，
道是无晴却有晴。

当然只能如此比喻，不能直接说出。竹枝调再怎么率直，男女那事儿要隐晦，就算那句情与晴，也不是直通通的表白，只是僚人的隐喻而已。

刘禹锡觉得后两句绝妙，简直有如神助，既承接了前两句杨柳与江郎的欲望，又以自然现象作比。这可不是阴晴转换，是夔州男女多情呀。竹枝调并不是模仿来的，而是内心情感喷涌，临到了嘴边，脑壳里还在串词儿，所以听起来宛若口语，唱出去就是山歌。

至于选择“日出”“雨”，而且分了方向，是否蕴含啥呢？那就是等于说“晴”即“情”，男女之情，应该不会有什么忌讳的吧？刘禹锡反复斟酌着，民间吟风弄月的调调儿，多少应该有所避讳；可是诗自文字传承，歌里那些佳篇，不就是竹枝调一类流传下来的吗？既有流传，就有充实与填补。

或许这个调儿可以称为“竹枝词”！

刘禹锡灵机一动，那是多么美妙呀：东边日出西边雨，道是无晴却有晴！晴也就是情了。朗朗晴空，杨柳依依，人因悲欢离合，而消沉，而痛苦，而欢欣，其中情绪是人无法左右的。虽然说无情，但是你要去争取呀，看看东边的太阳不正光芒万丈，再看看西边的大雨不正哗哗倾泻！ 所以无晴中有晴，雨过天晴，不就是那么回事；一首简单的调，既说出人生哲理，当然又蕴含着浓情厚谊！

诗词可使用种种手法，判断、绾合、弥补、夸张、联想，当然也不乏天然形成，如竹枝调，唱出的都是百姓心声，有人也就有了情！

刘禹锡神游八荒，思绪若水煮沸，觉得自己穿入旱夔门，向着深谷里进。 先是被风送了一程，推着自己奔走，没有方向感了，只是径直前进。 然后峡谷起雾，掩蔽了眼前一切，使自己看不见，或者只看见了一片雾气蒙蒙，雾化成了水，所以夔门里哗哗流着水，不向东流，偏偏要钻入地底，形成暗河，而且是无数条暗河。“道是无晴却有晴”呀！ 不过偶然一游，竟得了不少启示，还觉得快乐。 他将诗仔细封缄好，归入信函类，立即差人迅速送去京城，交裴度欣赏。

收到刘禹锡这首竹枝词，裴度惊喜参半：梦得居夔州，看来真不是白忙活，否则怎能获得如此清新雅丽的诗！ 我等当为他踏步狂舞，放声高歌！ 我把手中书函急卷起来，考虑怎么回信祝贺一番。

裴度决定就事论事，自己研了墨，将前两次来信述及之事，一并做个回答：

**梦得兄：**

得竹枝词一首，喜难自禁，乃大唐诗词之突破也。词也不限其韵、不设平仄，“杨柳青青江水平”，自然贴切，清新绝妙，为天籁之声也。兄盼弟竹枝词之三、之四，及至无限，为大唐诗歌放一异彩。至于贤弟所言，盐税、营田、负欠各种弊端，为兄亦有同感。这些事，确为藩镇、豪强所把控，咱做了也就做了，圣上或许求之不得。

中立手书

这话是鼓励还是鼓动？ 裴度久历官场，明白这一切只能鼓励，而不能鼓动。 倘若他把鼓励当成了鼓动，不顾一切去做了，会有什么后果呢？

给皇帝进谏，等于摸老虎屁股，是被甩一虎尾，还是遭扭头咬上一口，要看老虎当时的心情。

裴度不希望刘禹锡继续去得罪朝中掌权者，尤其是藩镇和宦官们，那样会毁掉他的仕途。

他有时甚至想要劝一劝刘禹锡：文人从政，非得改变什么现状不可吗？

再想，可以换个人去劝，自己只需劝梦得去诗中寻寻觅觅，以刘禹锡之聪明，不会领悟不到其中深意，只要他领悟到了，余事皆洞明。

刘禹锡阅过裴度来信，觉得须斟酌一番，毕竟“政见”那些名堂，不是谁都捋得清的。 假如柳宗元在就好了，可以同他好好讨论一下，各抒已见，畅所欲言。 想到柳宗元，刘禹锡就招呼韦绚过来，叫他把那些文稿分门别类地归堆铺排。

韦绚惊喜地说：“叔父，子厚叔的手稿，要开始编辑了吗？ 小侄几个，往后都可以来帮帮忙，成此勋功大业吗？”

“当然。”刘禹锡边分类，边对他说明，“你去叫孟郎、仑郎也来。 老友临终相托，老夫希望替他编辑成诗文集。”

韦绚却问：“杨柳也来吗？”

刘禹锡犹豫片刻，说：“来吧，叫杨柳姑娘也参与吧。 老夫膝下弟子，能够参与过程，也是一种学习。 完了子厚的心愿，本人也就心安理得了。”

韦绚出去将孟郎和杨柳二人叫入。

孟郎进来就说："仑郎不在，出去玩耍了。"转身就要出屋去寻找。

刘禹锡叫住他："候着，叫家人去找，你还有事。"又拿起一沓纸，在三人面前晃动，评论说："子厚叔父的赋，独具特色，其文幽思苦悟，深得屈骚之精髓。如《惩咎赋》《闵生赋》《梦归赋》《囚山赋》，均采用《离骚》《九章》的体式。让你们见识见识《惩咎赋》中的文字和思想。"然后，咳嗽几下，清理清理喉咙，开始诵读："惩咎愆以本始兮，孰非余心之所求？处卑污以闵世兮，固前志之为尤。始予学而观古兮，怪今昔之异谋。惟聪明为可考兮，追骏步而遐游。洁诚之既信直兮，仁友蔼而萃之。日施陈以系縻兮，邀尧、舜与之为师。上睢盱而混茫兮，下驳诡而怀私。旁罗列以交贯兮，求大中之所宜。日道有象兮，而无其形。推变乘时兮，与志相迎。不及则殆兮，过则失贞。谨守而中兮，与时偕行。万类芸芸兮，率由以宁。刚柔弛张兮，出入纶经。登能抑枉兮，白黑浊清。蹈乎大方兮，物莫能婴。"又不住口地说："我给你们解释吧。咎愆，即所犯的罪；本始，追究事物的本源。异谋，是说不同想法和追求；骏步，指的就是骏马的步伐。系縻是联系和联络，指的是在政治上有共同见解的人们经常在一起讨论，这是做学问的方法。睢盱，开辟天地时的淳朴状态；混茫，词与'混芒'相同，指开天辟地时的混沌状态。驳是毛色不纯的马，这里指颠倒黑白是非。大中，指的大中之道，关于伦理、政治的最高原则；推变乘时，大体地掌握了大中之道，才能顺应时事的变化。纶经，指的就是治理国家的方法。登能抑枉，是任用有贤德的人，压抑邪恶的人；白黑浊清是要分明是非的意思。"

正说得热闹，仑郎一蹦一跳地进来，连叫"父亲，父亲"，上去拉他手。

刘禹锡疼爱地问："仑儿，你出去做什么？"

仑郎喋喋不休地说："父亲，街上来了好些卖艺的，还有要猴戏的。全城人都被吸引去了，围了一重又一重，追着撵着，不肯放过一场戏。"

刘禹锡把脸一板，说："且慢。绚儿、柳儿、孟郎、仑郎，以后父亲编辑柳叔父的文集，你们读书空隙，都来替父抄抄写写，或者查找一些资料，切不可贪玩。"

三人皆躬身答应："是。"

仑郎却说："抄就抄嘛，父亲真是啰唆。"

韦绚便问："叔父，赋体，是子厚叔父文稿之一类，其余诗、词及文，怎么分类才好？"

刘禹锡回答："你已经说了，分诗、词及文。"

孟郎也问："诗作的数量庞大，是不是可以再细分，以'体'区别？"

刘禹锡显然做过研究，指点他们说："收集的百数十首诗歌，均是其遭受贬谪后的作品，部分五言古体诗思想内容近于陶渊明之诗，语言朴素自然，风格淡雅而意味深长。另外一些五言古体诗，则受了谢灵运的影响，造词精妙，间杂玄理，连制题也学谢诗，可是这些诗，于清丽中蕴含幽怨，同中有异。还有不少以慷慨悲壮见长的格律诗，比如《登柳州城楼寄漳汀封连四州》……可以说在大唐诗人群中，比之李白、杜甫之作，也是不可多得。"

几个孩子的胃口顿时被吊了起来。

刘禹锡觉得，给孩子们讲柳宗元，说到赋就可以了，至若从《天说》敷衍至自己的《天论》，还要等他们再成熟一些，有辨别能力了，才可以讲解给他们听。目前尚有件大事要做。他把自己关在书房，聚精会神地修改《夔州刺史厅壁记》一文中的字句。据说，历任刺史到任，都要作"厅壁记"感叹一番。

春和日丽，刘禹锡心情不错，趁盐务、水利初兴，有些空闲时间，便咀嚼一番，将这篇“厅壁记”改得文从字顺，含蓄深沉，希望能够被皇帝采纳，进而推广，成为范文，才不愧为文臣典范。

搓揉文字，哪怕是对于一个大家，也是极为痛苦的事，甚至搓碎心机，方定稿如下：

> 夔在春秋为子国，楚并为楚九县之一，秦为鱼复，汉为固陵，蜀为巴东，梁为信州。初城于瀼西，后周大总管龙门拓王公述登白帝叹曰：“此奇势可居。”遂移府于今治所。是岁建德五年，隋初杨素以越公领总管，又张大之。唐兴，武德二年诏书：其以信州为夔州。七年，增名都督府，督黔、巫一十九郡，开元中，犹领七州。天宝初，罢州置郡，号云安，至德二年，命嗣道王炼为太守，赐之旌节，统峡中五郡军事。乾元初，复为州，偃节于有司，第以防御使为称。寻罢，以支郡隶江陵，按版图方轮不足当通邑，而今秩与上郡齿，特以带蛮夷故也。故相国安阳公乾曜，尝参军事，修图经，言风俗甚备。今以郡国更名之所以然著于壁云：凡名殊必以国，事建必以年，谨始也。
>
> 长庆二年五月一日刺史中山刘某记

改到“今以郡国更名之所以然著于壁云”，刘禹锡断然收束：“凡名殊必以国，事建必以年，谨始也。”最后写下“长庆二年五月一日刺史中山刘某记”十数字。

正自觉得意，刘阈闯进来报告：“刺史大人，山南东道节度使牛元翼大人的艨艟巨舰，已经靠拢码头了。”

山南东道节度使牛元翼来了？

牛元翼借口视察防备，先下行香溪，借道三峡，绕了一大圈，先看夔州、万州、忠州，至黔州、酉州，再返回江汉平原。他此行前来的目的，一是想让大文人刘禹锡为他鼓吹，二是夔州乃水道入巴蜀的门户，夔州刺史的响应对他而言很重要。因为他企图兼并山南西道节度使，获封蜀王。

牛元翼的座舰，经过巫山县的大溪码头，挂帆直上瞿塘峡。船帆张扬得跟白云飘似的。借着一阵江风，鼓荡着、驱使着，向西方逆流而上，一站站地，飞快地向前递报信息。而夔州官吏们，对于这位飞扬跋扈的节度使，跑腿倒也跑得飞快，接到邸报后，往刺史衙门里急送。

刘禹锡不知牛元翼来做什么，可按官场规矩，凡上迎下送，都必须到现场去的，便换上了正四品官服，吩咐随从们出发。官轿由八名轿夫抬起，前面由几个护卫开道，后头跟随一大批职官，能去的都去了。

官轿一停，衙役上前跪报："夔州刺史刘禹锡大人到！"

对面官船上，出来一个手执令旗的军官，朝岸上左右挥动。刘阈走过来下令让岸上搭跳板。码头上几名守卫抬起跳板，安放在官船旁侧，然后上去踩了几下，试出跳板比较牢靠，就朝对方翘起双手拇指示意可行。

牛元翼是来求人的，因此率先出了船舱，加快速度走下跳板，一边说"梦得兄弟有劳"，一边过来跟刘禹锡打拱。

刘禹锡客气地说："节度使大人，难得特意巡查，下官一应人等，尽在下方恭候。"

牛元翼要表示客气，逐一打过招呼，接过话头去："梦得兄弟十分客气了，你我故交，过来即串门，何须如此浩浩荡荡。"

刘阈上前，替刘禹锡说道："节度使大人到此，咱们州县，理应码头相迎嘛。"

牛元翼仍然说："客气，客气。"

几人正欲上轿，有人气喘吁吁地跑来，口里嚷嚷着："节度使大人且慢，节度使大人且慢些。"看来是个迟到的官。刘阈眼睛略一轮，见是仇骥，也不便训斥，对牛元翼解释："大人，夔州司马仇骥到了。”

牛元翼舰中闷坐了好久，一直不便发脾气，见到仇骥到了，就把气往他身上撒。

仇骥边行礼边说：“节度使大人，下官衙署遥远，消息到得迟了，故而缓来，请大人原谅。”

牛元翼把脸一抹，不理睬仇骥，却对刘禹锡说：“梦得兄弟，此人确是仇骥，是否平时倚仗其叔父权势，在官署中做事，就与兄弟踩左踩右，不大听招呼的呀？”

刘禹锡不愿意给他留下这种印象，反替仇骥遮掩，说：“仇司马平素里做官，也还小心谨慎，不似今日荒诞，确是闻讯太迟，节度使大人还请不要计较。”

牛元翼偏要计较，以示对刺史与对司马的态度不同，说句“刘刺史莫管”，然后指着仇骥，说：“你，且过来。”

仇骥莫名其妙的，不晓得节度使大人要做啥，趔趄着走过去，口里嘟哝着问：“这是为何？ 这是为何呀？”

牛元翼挺一挺腰背，左右拧两下，发现自己坐船时间过长，右边腿脚有些酸麻，再蹬了两三下腿。 他心想，仇士良与元稹闹翻，本官教训其侄正好。 见仇骥一步三摇地挪移着过来，以为是对自己不恭，更加气恼了。

仇骥嬉皮笑脸地往牛元翼身旁走。 官员们都看出牛元翼要借题发挥了。

刘禹锡怕他吃亏，忙说：“仇司马，听说瞿塘峡口，又有贼人大胆劫掠？”

暗示他，赶快向牛元翼说明原因，免了一场难堪。

仇骥不怕什么节度使，叔叔仇士良，这时也是一人之下、万人之上的宦官，他心中还暗讥刘禹锡胆怯，向他打哈哈儿，说：“刘刺史此言差矣，有我仇骥在，什么蟊贼敢来骚扰，他莫非不想要命了！”说得很得意。

“大胆！”不防牛元翼一声断喝，斥责仇骥：“仇司马，你小小一个佐官，当刺史面也敢骄狂了！ 你晓不晓得呢，之前朝廷议事时候，圣上对刘刺史的种种政务，那是十分赞扬的，凭你一个小小司马，通知你接待上司却不速至，对大人教诲不听，行走间嬉皮笑脸的，还不掌嘴，向刘刺史道歉！”

仇骥虽然不服，可山南节度使是自己的老上司，官大三级，况且圣上还对刘禹锡有赞誉，心头即使有一万个不情愿，双手已经软了，啪的一响，拍在英俊的脸上，然后再数击；只是犟着脑壳，说不出赔礼那几句话。

刘禹锡打圆场，说：“罢了，不是还有水贼猖獗吗？ 仇司马，下不为例就行。”

牛元翼虽是文人，也从行伍出身，哪里怕什么水贼，只是要拉拢刘禹锡，遂坚持要仇骥认了错，才放他起来，命令他跟在两人身后，到夔州衙门去站班。

刘禹锡钻进官轿，陪牛元翼前往衙门，二人说好，立即闭门进行深谈。

# 第十二章

刘禹锡将牛元翼迎入堂内，亲自舀起一勺茶，倒进玉碗里。那茶汤浓得绿翡翠一般。牛元翼盘脚坐下，端起了玉碗，浅浅地吃下一口，顿时唇齿留味，清冽香馨。

事情再如何机密，牛元翼说不避百荷，刘禹锡也就叫她出来服侍，想着莫非营田之事，节度使大人不满意？

百荷点上一支新香，满屋子香透了，头脑熏及，变得格外灵敏，便于处理事务。檀香袅袅地飘到空中去。百荷扭着腰肢，惹得牛元翼有些后悔，自己再找像她这样面面俱到的官伎，可就十分不容易了。

刘禹锡吩咐百荷："替节度使大人宽衣。"

百荷应声上去，解开牛元翼官服的纽扣疙瘩，提起了衣领，示意他脱掉外衣。牛元翼伸开双手让她服侍。百荷轻柔地剥下官服，拿到衣帽架上挂起，然后替他去冠，顺手搁在身边帽筒上，再抻开一张发网，将他的头发罩得整整齐齐的。然后，过来将刘禹锡的官服也去掉了，垂手站立一旁，准备随时听主人使唤。

刘禹锡很温和，对百荷说："你出去吧。"

"是的，老爷。"百荷答应着离开了，走到门边，把门拉得严严实实的，防备有人偷听。

“那么，节度使大人就请吩咐！”刘禹锡晓得，牛元翼这样兴师动众地来夔州，上岸就避开众人单独晤谈，定有大事商议。

“刺史！”牛元翼打声招呼过后，心头反复掂量，要说这事必须说，怎么说才自然透彻？他端起茶饮了，将碗用三个指头卡着，放不下去，也拎不起来。

“节度使大人东风浩荡，有什么话，出自你口，入于我耳，尽管放心地说，过后可以不认账的。”刘禹锡终不脱文人气质，官场那般吞吞吐吐、欲言又止的名堂，做起来始终别扭。

牛元翼看穿他的疑惑，哈哈一笑，说：“当然不是来讲故事。”接下来说出了此行的目的：“刘刺史，本节度使是个重情重义重才的人，此番出行拜客，拜访各地的刺史、知府，就是这个意思。”

刘禹锡连称“不敢当”，双手抱拳，朝对方遥举，表示感谢，才问：“那么，节度使大人之行，只为联络感情？”

牛元翼否认：“倒也并非如此简单。”

刘禹锡就要求：“节度使大人不妨直说。”

牛元翼说：“以本节度使功业，治理山南东道数年，百姓夜不闭户，路不拾遗，理应再兼山南西道节度使！”

什么？他当了管辖十多个州的节度使，尚不满足，还妄想再管十余州，刘禹锡不明白：一名进士，迭经官场颠簸，怎么还会有如此野心！可牛元翼既敢说出，必有后招，须得好生应付才行，便说：“节度使大人需要本官做啥哩？”

“联名举荐！”牛元翼干脆提出要求。

“这个……”刘禹锡不便抗拒上司，先还踌躇，却知这事儿犹豫不得，继而大笑不止。

“刘刺史为何发笑？”牛元翼被他这一笑，浑如丈二和尚摸不着头脑。

“节度使大人原来是开玩笑的！”刘禹锡一语撇开，说：“请大人回禀圣上，本官虽是文职，从不背后作怪，倘若朝廷擢拔，下旨节度使大人兼领山南西道之旨，那定是要祝贺的。”

牛元翼暗恨他狡猾，仍不肯放松，说：“承蒙吉言。刘刺史，听说夔州巴盐有余，可否东下售卖？”

他这是为了个甚？刘禹锡警惕起来，怕他另有花样，要问得实在了：“节度使大人难道要购一批盐？”

牛元翼说：“倘若能够设立盐仓，就再好不过。”

跨境增设盐仓是朝廷大事，户部要干涉，刘禹锡想不到他来这一手，不过，巴盐外销，对于夔州却是真正的好事，百姓得利，便试探着问：“户部那里……”

牛元翼见他如此小心翼翼，明白拿利相套，未必能够得逞，语气逐渐强硬，说：“刘刺史，本官需要，难道户部还敢阻拦，不怕南方蛮夷大军攻入长安城了？”

这是威胁！藩镇往往用外族入侵来威胁朝廷，要钱要米，与朝中大臣们矛盾重重，可地方刺史不吃他们那一套。牛元翼难道胆敢纵兵攻到夔州来？刘禹锡明白牛元翼二事互借，企图兼领西道，因此拿买盐一事做利益诱惑。

刘禹锡直言：“节度使大人，你我虽曾同事，公事公办，没有户部许可，下官可不敢跨境去设仓；再说，要在夔州与襄阳之间设盐仓，牛大人不出面搞定，下官怎么能够说得服户部那些耗子们？”

牛元翼有些恼怒，一拂袍袖，就要起身而去，可两件大事，连一件都没办成，难免脸上下不去，沉住气说：“刘刺史对本节度使的命令，也不屑一顾了？”

刘禹锡晓得他乱了方寸，镇定地回答：“不敢。节度使大人，如果短期需要，是否与盐商直接商量，让他们贩运？”

这样做，价格大不一样了，堂堂藩镇，还要遭盐商们盘剥，简直岂有此理！

牛元翼居然再次沉住气，拱手说：“领教。”

刘禹锡便称：“大人体谅。”然后呼唤：“百荷！”百荷打开了门帘，进来恭候。刘禹锡便吩咐她："你去告诉别驾刘大人、司马仇大人、将军袁大人，今晚在松鹤楼设盛宴，恭请节度使牛大人，观看夔州踏歌之舞。"

百荷敛衽行礼，说："要得，大人。"

牛元翼做足文章，却与刘禹锡不欢而散，匆匆看过歌舞，又急招夔州司马仇骥，要他迅速进京，找到仇士良，最好连元稹一起找了，办理兼任山南西道之事，防止刘禹锡恶人先告状。

仇骥心中浮现出"谁是恶人"的问题。

不过，牛元翼是老上司，升任朝中宰相，那是早晚的事儿，所以才如此蛮横霸道，连叔叔仇士良都要顾忌。自己一个司马，千万要记得叔父的嘱咐，忍住呀！官场里的同僚或下属，不定往后谁管着谁，所以，推崇也好，攻讦也罢，都要在暗地里进行，当面撕破了脸，哪个不防备你？当然如牛元翼，只不过做做样子，做给刘禹锡看，以示拉拢，背后还不是安抚自己，需要本人给他办事！

不等牛元翼离开，仇骥就收拾好，调了一只快船，上到江州，直奔京城而去。

牛元翼一向认为仇骥办事迅速。

仇骥快马加鞭，赶到长安，找到叔叔仇士良，说了牛元翼所托之事。仇士良嘶哑着嗓子问事情办成对仇骥有啥好处？仇骥说："能够升别驾以上的官吧，况且是叔叔帮他办成功的，你俩联合了，放个官还不容易。"

仇士良犹豫半天，才说："元稹那里，恐怕不好办。"

仇骥问："为什么？"

仇士良说："当初他升御史中丞，同俺馆驿遭遇，起了不小的冲突，恐怕还记着仇哩。"

仇骥却说："叔叔错了。"

仇士良就问："为啥哩？"

仇骥说："历来朝臣、宦官、藩镇，都是既斗争又勾结的，眼见藩镇被朝廷逐渐更换，朝臣要防止你们勾结，必须去联合藩镇，元稹怎会拒绝？"

仇士良想了想，是这么个道理，朝仇骥头上一拍，哑然失笑，骂道："这猴崽子，你去告诉元稹，说咱家拜托，请宰相大人定夺罢了。"

元稹两面和稀泥，在朝臣冲突时，支持了裴度的建议，反手又推荐仇骥为司马，玩得娴熟自然。仇骥连夜去拜访元稹，感谢他推荐自己做官，又说受叔父委派，来请宰相大人指教，也好对刘禹锡及其一党，早早有个对策。

元稹眯着细长的眼睛，用象牙小扇拍着腿侧，慢条斯理地教训说："贤侄，刘禹锡不过小泥鳅，翻不起大浪，你叔父与我，牢牢扼住他的回朝仕途，岂容得他猖獗！"

仇骥心领神会，朝上拱手，说："宰相大人对小侄在夔州任职，可有什么嘱咐？小侄定当不折不扣地执行。"

元稹本不屑于调理他，可刘禹锡这类人，稍松微纵，恐怕当真惹出祸事，到时候制衡不了，捎带自己也掉进去，恐怕就不是小事，便吩咐仇骥："贤侄呀，夔州那个地方，听说官商抱团儿，不晓得刘禹锡陷进去没有。一个文人嘛，特别需要防备的，无非就是影响力，他能有多大本事？难不成动用得了山南东道的兵力？"

"宰相大人的意思，是他动不了，也不能让他动，将其扼制在地方事务里头奔忙！"仇骥人虽年轻，长身俊逸的，鬼名堂却不少，竟能听出对方话里别意。

"聪明。"元稹夸了他一句，又吩咐："贤侄懂不懂文火炖肉之法呢？"

"文火？"

"细火也。"

"炖肉？"

“久煮也。”

“小侄明白了，烧了火，煮沸以后，改换为小火，慢慢去将它炖熟。”仇骥还懂得，元稹不让自己去明干，但可以玩阴的，跟刘禹锡耗精力，耗得他筋疲力尽，再任其宰割。

元稹不说了，眯着眼，逆着光打量对方，想法时不时上冲，却不点穿。

仇骥又说：“下官还带来了牛元翼节度使的信函，敬请宰相大人一阅，以及上好柑橘数篓，也请大人笑纳。”

官场中人都知道，这柑橘，都是竹篓内藏着黄金饼的。

元稹也叫府中管家收了，然后问仇骥：“牛节度使重礼，可是要本官办什么事?”

还亲手舀了一勺茶，斟到对面碗里，示意仇骥喝下。

仇骥诚惶诚恐，双手把茶碗端到唇边，伸出舌头舔了一下，觉得茶味回甜，顾不得讲究礼仪，咕噜噜喝了下去，然后把茶碗搁好，反手擦了一下嘴，连呼“好茶”。

收了礼，就好说话了。仇骥说：“宰相大人容秉。牛节度使与宰相大人是老朋友了，山南东道政通人和，方得以富饶平安，对大人有所孝敬是应当的。听说山南西道节度使回朝，须有恰当人治理，牛节度使心想，一客不烦二主，如若得偿所愿，他还有重谢。”

元稹回忆了一下，说：“仇司马，本官记忆中，朝廷没有改换山南西道节度使的打算呀。”

仇骥坚持说：“宰相大人公务繁忙，一时忘记，也有可能。”

元稹确实没得到消息，心想，难道牛元翼买通了仇士良，说动皇帝已有明确态度? 可是不合规矩呀，再怎么内定，皇帝也要跟朝中宰相通个气，再经朝堂商议。于是，半嘲半讽地回复仇骥：“仇司马消息灵通，只是圣上还未商议于吾等，倘若有所提及，本官定当赞成，这样做，牛节度使会满意吧?”

这样说就悬了! 仇骥不仅仅是这个意思。调整一个节度使，当然是朝廷说了算，但需宰相和官员提议。他就说：“我叔父的意思是，牛元翼节度使是否兼任，请宰相大人首倡。”

元稹就明白了，却反感牛元翼贪得无厌，因此推搪：“内使公公之言，元稹于议事时不表示反对。仇司马你看，如此响应可好？”

仇骥心想好什么好，老滑头，自己只能委婉表达：“大人，下官叔父交代，还请有个明确态度。”

元稹笑他不懂事，说：“仇司马，这就很明确了，不反对，就是赞成嘛。当然，由谁提议，当然是吏部。本官以为你嘛，尚须找一找裴度大人。”

仇骥说：“这不等于把事情公开了？”

元稹反驳：“怎么会公开？都是私下里协调。仇司马，你对朝廷事务生疏得很，所以才出此言。”

仇骥又说：“宰相大人，尚请拿个主意。”

元稹觉得他胡搅蛮缠，浪费时间，令人不快，只好指点几句说：“仇司马，你把话带到就行，无须再说；下面的事情，你叔父和牛节度使，他们自己会勾兑。事成事不成，你一个小小的司马，能够决定得了？还与本官纠缠什么？”

原来如此！仇骥这倒明白了元稹的意思。成功与否，不是自己这样官职的人能够操纵得了的，宰相大人不会与自己商量，冒失呀冒失！仇骥急得满头大汗，在榻上左右不是，好像屁股下头坐着无数针锥。

元稹看他愚钝，暗自摇头，说：“仇司马，本官尚有数件公务待处理，你若再无他事，可以离开。”

仇骥就告辞离开了。

夔州全境产盐，井盐的规模，即使在大唐国之内，也是比较庞大的了。杨昌雄以熬盐起家，不过十数年光景，成了夔州巨富，触角逐渐伸向粮食、百货、船运等业，财货越多越想聚，垄断了夔州后还想向山南西道诸县发展。

刘阈应杨昌雄请求，邀了袁宏，共陪牛元翼夜饮，商量巴盐东运的细节。夜饮地点在杨昌雄码头的趸船上。

这艘趸船内部，改装成一个偌大的宴会厅，装潢得金碧辉煌。厅里高燃数十支牛油烛，大厅每一个角落、每一面梁柱，都被照得纤毫毕现。足足有十几位侍女、二三十个侍从在厅内逡巡。只是这时候，主客四位一个都不在场。

杨昌雄同刘阈、袁宏，尽都到了舱面，耐心地等候贵客牛元翼。

牛元翼虽然恼恨刘禹锡，但他对于自恃德行的文人，并不会多作计较：毕竟他能够当得了多久刺史？不过朋党余孽，又不是辖区广大的藩镇。这时，杨昌雄派人恭请，他不愿拒绝大盐商，于是坐上接驾大轿，敲锣开道，直奔长江岸边而来。

刘阈他们远远看见几盏灯笼，在坡上一闪一闪的，冲趸船奔来，游走速度很快，恍若下水行船，那高挑的渔灯，贴着水平如镜的江流，晃了几下就到了跟前。

几人一齐躬下身体，说："大人辛苦了！"

牛元翼没有作声，在轿里稳坐，大轿里悄无人声，仿佛一座空轿。

袁宏上前去请："节度使大人，我等恭候大人驾临。"

牛元翼把几人刁难一番，才伸出手，让护卫扶了一把，钻出个戴双翅帽的脑壳，连着发问："这是哪里？别驾，黑黝黝的路看都看不见，你让我来吃烤鱼？"

袁宏一怔，立即反应过来：牛元翼说他看不见，必为说笑，便打个帮腔，说："大人在河边，请看看河里那些灯。"

牛元翼问："你肯定是河边？"

袁宏肯定地说："大人，确在河边。"

牛元翼才说："那就安心了，不是在深山老林。"

刘阈同杨昌雄一起，上去引导牛元翼，用五六盏风灯照亮，慢腾腾地上了船，进入富丽堂皇的宴会厅。这下连经常出入风月场所的牛元翼都惊呆了。刘阈引着牛元翼去坐了首座，自己陪在左旁，右旁由袁宏相陪，盐商杨昌雄坐对面的主陪座。

几人一坐定，刘阈就举起酒杯，说："节度使牛大人莅临，是我等殷切盼望的，这杯酒，虽然晚一点儿，心意却没有晚，我等企盼大人赏脸，共饮一杯。"

袁宏和杨昌雄一齐端杯，等候牛元翼允准。

牛元翼却说"且慢"，三人面色同变，心想不是答应赴宴了，还摆么的谱?

可是他们都不敢说出来。

牛元翼又说："要跟本官喝酒，先要把事情说清楚了，免得喝得兴起，你们说什么本官都答应。"

"不敢！不敢！"刘阈手腕儿一抖，先倒一杯进口，告个罪，"节度使大人，都是下官思虑不周，先自罚一杯。"一口饮尽之后，还亮了杯底儿，以示喝干。

袁宏和杨昌雄照样罚了自己一杯。

"好！"牛元翼赞一声，却说，"本官规矩，要么先说事，要么不说事，我看你们有事，还是先说了吧。"

"护卫们旁边听着?"刘阈怕说着说着，谁说滑了口，被人传播了出去。

"他们负责斟酒传菜。"牛元翼并不担心，还调笑，"难道诸君还怕他们的凶神恶煞模样?"

"岂敢。"刘阈跟袁宏确实怕，但不敢说怕。

杨昌雄开口就要附和，被刘阈在桌子下头踩了一脚，示意他不可放肆，才莫名其妙地端起杯子，又饮了一杯。他的杯子一空，一个护卫执着酒壶，就过来给他添上。护卫说："这老爷子精神健壮。"杨昌雄点头客气，又喝下一杯，护卫再给他添满了。

牛元翼看得哈哈大笑，调侃护卫说：“你狗胆包天，只顾照顾有钱的，给老子拿下！”

纵然无人来捉拿，也吓得这个护卫出一身冷汗，差点扑通一声跪下去，叫嚷“节度使大人饶命”。其他护卫见惯不怪了的，知道这不过是牛元翼佯怒，便摩拳擦掌地要去擒拿，稍等片刻，不得牛元翼号令，悄悄地退下了。

江风从金色的雕花窗外吹入，惯于享受的牛元翼大叫痛快，几人跟着也说痛快。

袁宏起身过去，拿过护卫手中的酒壶，替牛元翼斟了满满一杯，然后扫视八仙桌周围，见到空杯、半杯，一律斟得满满的。

牛元翼见他竟像个小厮，暗自里摇头，家奴毕竟是家奴，皇帝的官是皇帝的家奴，只是一个家奴呀，不脱奴仆习性，就是袁宏此时这般行径。

杨昌雄见牛元翼半开玩笑半认真，不晓得他是什么意思，不过摆这桌酒，原就为着办一件事，倘若长久僵持下去，弄得节度使大人心头不怎么了然，事情就办不成了，干脆直说了吧！就说：“大人爽快！”也端起面前的酒喝下，接着才说明白：“下官有一事，请牛大人、袁大人相请节度使大人允准，那就是盐巴行销！”

刘阈立即补充：“好在行销权力，都在我们几个手中掌握着，节度使大人想做什么就做什么。”

其实，盐也只是个由头，刘阈想替牛元翼做的，是大事。这话能对牛元翼暗示，不能对袁宏、杨昌雄暗示，更不能对其他人暗示。刘阈可是听说，朝廷上辩论激烈，裴度略占上风。

牛元翼一挣起身，“嚯”地离座，独自走到弦窗边，欣赏天上那轮又大又圆的月亮。

或许因为江水澄清，夔州月亮，总是那么清亮，以一种不染纤尘的姿态，高高地挂在两岸峰顶之间。人们可以看到月亮里的山，以及似是而非的人影、大树，还有错杂着的琼楼玉宇。这一切，都倒映于清清江水中。

难道今夕十五？

赤甲和白盐这双手，捧出了月亮，宛若捧出一个银碗，任随山里山外的僚人，爬到山顶上，去取那取之不尽的月光，那轮月光里有两个小人儿，束紧腰肢，头扎筒帕，晃动间，就是踏歌的舞蹈，见者无不着迷。

牛元翼顿时犹豫了，似这般天地，难道谁真能够任意掠夺，在这明月之下？

谁都猜不出牛节度使此时的心绪。

# 第十三章

刘阈上前说:“节度使大人，这夜，还是深了些，咱们边谈边饮酒如何?”

牛元翼盯着他，总觉得有个疙瘩解不了。试问自家有主宰乾坤那般力量吗? 牛元翼心头作梗:倘若要求过分，朝廷会怎么对待自己呢，大概不会轻饶吧? 朝廷能处置“八司马”，还有谁不能处置的? 何况一个节度使!

刘阈好像有些警觉，继续劝他，说:“大人，不过贩几船盐巴嘛，有利则合作，无利则分手，您说是不是那样?”

“不错。”牛元翼同意他的观点，不看月亮了，将袍袖一拂，随刘阈回到宴席厅中，与杨昌雄细商。

杨昌雄为了谨慎，还是劝走两名护卫，吩咐小二们站得远远的。既然牛元翼说了不喝酒就重新准备了好茶。这种银针茶叶，是刚刚采摘、烘烤的新芽，泡好之后，隔着多远都能闻到一股股的清香。牛元翼一进来，连夸“好茶”，坐回去端起茶碗，在鼻孔下头嗅个不停。

袁宏学乖了，自己挽起大袖子，站在旁边，为三人添茶汤。果然牛元翼点头认可。袁宏越益起劲，添了三碗茶汤后，还不走开，要等他们饮下了，再为三人添加。

还是杨昌雄心头着急，再不客气了，接着刚才的话说：“节度使大人明见。如今刺史刘禹锡大人，打算采用刘晏的榷盐法，动用库款，于盐价低时，购入大量盐巴，待市价高时再降价售出，卡住夔州盐商的脖颈子，使全州盐业利润减少。”

牛元翼奇怪：“你们难道不能反其道而行之？”

杨昌雄暗道此人不懂经济，只好耐心解释：“大人，盐由专卖一变为官府批发，明面上是放松了控制，实际上让商者不敢自制自销，遭勒紧了颈子。商人起早摸黑，图的是蝇头小利，再被刘刺史一搅，简直无利可图。”

牛元翼问：“正常年景，不是可以赚钱吗？”

这话，问得又似乎内行，关键在于“正常”二字，什么时候是正常的，倘若正常年景都让官府赚多了，商者自然赚不到分文，甚至赔上老本，也是极正常的。

杨昌雄急了：“大人容禀！正常不正常，对商家而言，就是要有买方，所以大人如果能按正常价格，长期购买盐巴，我们当然不会感到为难。”

“且慢！”牛元翼听出问题了，“杨老板所言，一是不管啥价高价低，本官都用高价买你盐，那就是正常？其二，买这个盐巴，本官肯定有好处，可是从本官左衣兜摸钱，塞到右衣兜里头，而且还塞得少了许多，也是正常？”

这话一出，杨昌雄才晓得，牛元翼貌似不懂，其实精到骨子里头去了，确实轻视不得。

刘阈也懂了：二人是在斗法呢！于是出面缓解一下，说：“节度使大人、杨老板，利益可以暂时搁置，依大人之鉴，是不是可以先斟酌斟酌？有了好方法，我们再来分配利益，要不要得？”

杨昌雄巴心不得，立刻说“要得”，再一摸额头，沾了满把汗水，哪晓得这一急，竟急得大汗淋漓。

牛元翼也同意，取了一碗茶喝，说：“这茶硬是格老子蛮要得的咯。”

弄得杨昌雄又紧张万分，怕他过后不认账，说是“格老子说的是茶要得，不是榷法行盐要得”，眼睛不停地瞄袁宏，要他说几句，把事情敲定。

袁宏再笨，也听出他们在斗法，不过就是讨价还价，只要把两边扯拢，就有利可图。于是拿起竹勺儿，边替他们冲茶，边劝和：“节度使大人，买卖不成仁义在，至于哪个买卖，还不是大人您说了算，我们都是敲边鼓的，跟随大人的节拍使气力。”

“这就对了嘛。”牛元翼一来是希望低价购入，二来看看他们到底给多少回扣，不是拒绝，袁宏如此劝解双方，事情就好办了。他说：“袁将军，看不出你龟儿，乌龟有肉在肚皮里头，价格价格嘛，价就是定个格格，杨老板你是卖家，说说想法。”

势态陡转，杨昌雄不再瞻前顾后了，端碗茶喝下，抹抹嘴儿，待要伸手与刘阈来个袖里乾坤，伸手出去顿觉不妥，才转口述：“节度使大人，价格其实不重要。”

牛元翼骂一句：“你老妈子，使力抽了半天，一句不重要，就换了个鸡巴卵！”也是气极了，顾不得人前人后，开口大骂；况且，才说得话缝缝合拢，他娃就要硬生生撕开！

杨昌雄只要能达到大量销售盐巴的目的，顾不得讲究了。

刘阈也不高兴了，质问：“杨老板，你是哪个的嘛，说着说着的变了？”

“大人听我说。”杨昌雄解释，“按照朝廷规定，这盐巴销售价格，是绝对不能变更的，你我擅自变了，莫说朝廷，夔州衙门立马就要我们好看。因此，价格是固定的，只是销售的盐巴数量，可大可小的嘛。量大就有大赚头，量小就少赚一点儿，总之一个赚，大人是大赚还是小赚呢？”

“哪个做生意不想多赚！”牛元翼突然觉得自己明白了。

杨昌雄不待他说出，又出个主意：“节度使大人管辖范围，可不只是个夔州，也不只是沟通大唐朝，可以卖到西域去嘛，只要价钱合适，我们就赚一大把！”

“狗日的，商人就是商人！”牛元翼暗骂，还是佩服他精明，这盐，不能只拿来吃，还应该拿出去卖，才有钱可赚，说：“杨老板所言极是，货物出境通道，我那里倒是有几条，不仅是盐巴，你要走啥子货，老子都出得去。再说，赚了钱，也是军费嘛，替圣上省钱，不是啥子贪污。”

刘阈立即附和：“这就对了嘿！一个老板，一个节度使，强强联合的嘿，做啥子事情会不成功？牛大人，下官以为，必定会联合成功的嘛。”

袁宏也懂了，说：“其实呀，下官看这桩生意里，杨老板要赚得多，却是为何？节度使大人要么不做，也不赔本；杨老板不做，可就卖不掉盐巴了，肯定是亏本。所以，依俺看，杨老板应该让一些利出来，补偿节度使大人才对。”

这事儿，连牛元翼自己都没想到，袁宏开口一说，杨昌雄不能不应，只好咬紧牙巴答应：“就依袁将军所言。”

于是皆大欢喜，刘阈提议：“我们整起酒席，今晚好生饮上几杯，不醉不归！”

牛元翼高兴地同意，说：“格老子，还是杨老板够朋友，整他奶奶个不醉不归！嗯？杨大老板，怎么歌者也无一人，听说奉节竹枝调优美动听。”

刘阈有些为难：“这个，竹枝调唱得好的，当然是杨柳姑娘，只是进了刘府，跟随刺史大人读书，一般不出场表演。”

杨昌雄立即反驳：“读么的书，一个僚妹儿，还不是当小妾，否则，么的不出场表演唱歌了？”

刘禹锡收了个僚女当侍妾！牛元翼大感兴趣，问：“确实？这倒要见识见识。”

杨昌雄立即讨好：“包在本人身上。”叫过管家来，要他告诉杨柳，若来为节度使大人唱一支曲，家中欠债就免了！

袁宏欲说不妥。

刘阈就撮合："两相情愿，两相情愿。"

管家很快把杨柳喊来了，拉到牛元翼身旁，他一看，是个面罩丝巾的苗条女子。牛元翼为听竹枝调稳坐不动。杨柳拍拍花围腰，礼节性地问一句："大人们要听么子？"也不等回答，扯起喉咙就吼：

鹭鸶死在嗟田坎上哟，
白鹤赶拢来哟哭一场。
虽说不是嗟同林鸟哟，
你我都是个打鱼郎嘛。

"竹枝调！大人，这是老山里的竹枝调。死鬼女，喊你唱竹枝调，你搞得凄惨惨的，节度使大人哪个喜欢听嘛！还不换一曲。"

牛元翼眯起眼睛听完，觉得余音绕梁，有袅袅不绝的效果，赞不绝口，说："果然不同凡响，可惜，只唱一曲。"

刘阈就上前拉扯，说："杨柳姑娘，再为节度使大人一歌，改刘刺史的'杨柳青青'。"

杨柳回答："老管家有言在先，说好只唱一曲。"

说完，转身就走。

牛元翼趁她转身经过，一把扯下脸上的罩巾，露出一张宜嗔宜喜的俏脸儿，顿时惊为天人，说："这个，杨柳姑娘，可愿意再唱一曲，今晚就不走了。"

这是什么话！杨柳晓得，再不赶紧逃跑，就会落入"大人"的魔爪了，趁他发呆发傻，紧撵几步，从摇晃的舱门跑掉。

牛元翼跳起脚呼喊："姑娘你慢慢走！"

杨昌雄有了牛元翼做靠山，再无顾忌，连夜从仓储中购出盐巴，搬运到奉节码头，调了船来运。准备走水路运到江州。然后，转驶入嘉陵江，经合州就可运到剑门附近。下一步，将由牛元翼组成骡马队，向西开辟市场，大大赚上一笔。

这可是平抑盐价的储备盐！只要批发出去了，若无阻拦，卖走就卖走了。

有百姓见势不对就向夔州衙门报告。

刘禹锡不在衙门，奉节县令封文渚得到杨昌雄两船盐巴北上消息，迅速调集县衙捕快，到码头拦截。跟即发现码头上站着许多山南东道的官兵。那些兵远远看见捕快，立即兜过来包围，喝令他们停止前进，撤到长石梯上，不能影响军用物资装船运输。

瞿塘的军用物资，一向都是运进来使用，何时运输出去，还不准衙门公人旁观？

封文渚上前交涉，说："请你们别驾来说话。"

有个军官嘲笑他说："别驾？睡在幺姑娘热铺盖窝儿没醒。老头儿你也想插一脚，量你没得那般力气。"

封文渚就问他："你们运输的物资是盐巴？"

那军官回答说："盐巴也是军用物资。"

封文渚说："不行，盐是官府专用物资，你们军队使用，总有个限量，也要有刺史大人的特许。"

那军官说："特许了的。"

封文渚不相信："不可能！"

那军官拿出一纸公函，在封文渚眼前展开，朝他吼着："老头儿你睁眼看清楚，这是不是公文？"

封文渚凝神观看，果然是一纸公文，允许杨昌雄将两船盐巴，销售到剑门关，落款山南东道节度使牛元翼！这批盐巴起码是三千两白银的货。封文渚顿时明白了，节度使牛元翼前来，撇开了夔州刺史刘禹锡，直接跟商人交易，其中必定有猫腻，跟这个下级军官争辩，倒真说不清。

他吩咐捕快们：“你们去守住闸门，不准放任何船出去，包括运盐船。”

捕快头儿问：“山南东道节度使的盐船呢？”

封文渚说：“当然也不行！”

那军官一听就急了，说：“封县令你胆大，节度使的军需，你也敢扣押！”

封文渚说：“如果你敢开船，我们大人就上奏朝廷，看他牛元翼敢不敢摊牌，跟户部、兵部大人们较劲。”

刘阈或许仗了牛元翼势力，敢跟两部对抗，可是杨昌雄有无那个胆儿，这军官不敢肯定。他只好喊了个士兵，赶快去把刘别驾找来，跟封县令打商量。

刘阈同幺姑娘耍累了，正酣睡未醒，被那士兵叫起，满肚皮的不高兴。可是杨昌雄听说盐船被扣就万分着急，就逼着他下了床，赶到码头跟封文渚讲理。

封文渚跟刘阈比，官品虽小，但管辖范围占了上风，见他就问：“刘别驾，不知山南东道节度使为何贩运起盐巴了？”

这顶贼帽子扣得可不小！

而且，靠山已经离开，没得牛元翼直接撑腰，刘阈没那本事，跟不怕大官的封文渚踩左踩右。

刘阈先打一恭，解说：“封县令，这不是我们的货，是山南东道节度使牛元翼大人的，本官只是负责押运，送到了合州城，自有官兵前来接收。”

封文渚不信，说：“依刘别驾所言，这批货物，应该是军用物资了啰，可哪个包包都是盐巴？”

刘阈早就想好说辞，敷衍他说：“盐巴也是军人吃的，怎么不能是军用物资了？”

封文渚却说：“我晓得军人也要吃盐，只是这张单子批准运到的盐巴，足够山南东道军民吃上半年也吃不完，刘别驾运恁多盐巴去，是要打一场大仗？”

刘阈可不敢说打仗！ 可如此大批运输军用物资，说是准备打仗，说他们是造反，大概也没有冤枉！ 当然，盐巴只是添一点点咸味儿，倘若是贱囤贵卖，也安不上一个什么罪名。 只是牛元翼囤盐，而不是官府囤积，多少有些说不过去，暴露了他们的险恶企图，需要刘阈竭力掩盖。

刘阈嘿嘿一笑，说：“封令，节度使大人也是担心军中缺盐少味，兵卒有气无力，身体虚弱很了，如何防守、稳固大唐江山，所以多籴了几担而已。”

他笑得像个偷鸡婆。

封文渚不跟他瞎扯，直接说：“多籴还是倒卖，我不深究，只是按朝廷规定，这样大规模的盐，需要户部核准了，才能起趸，否则先送回仓储放好，等待批准之后，再行装船运输方可。”说了，伸手一抹长髯，就要下令捕快搬盐。

刘阈着急了，上前拦着封文渚说：“封令且慢，再怎么处置，也得刺史大人批准，你以为如何？”

封文渚却说：“刘刺史特命本官为盐监，任何盐业纠葛，皆由本官处置，不必报与大人裁决。”

刘阈大恨，跳起脚大吼：“封文渚你太猖獗，本官也是从四品别驾，你不通商量罢了，还敢隐瞒事实不报，连刺史大人也不放在眼里，本官今日非开船不可，看你胆敢阻挡！”

然后朝军卒们下令：“都给老子听好了，立即押解民夫装船，倘有懈怠，一律拿皮鞭重责！”

那些兵卒就去押民夫装船。

封文渚冷眼旁观，料他把船装好，也驶不离奉节的码头，前面捕快扼住了出口，岂容他们离岸。 虽然刘阈可以冲关，除非他胆大包天，冲出去之后，再不回到夔州，或者杨昌雄永远不在夔州经商，甚至不在大唐州府经商。

这显然是不可能的，刘阈装好了船，还得回来求封文渚，开闸放船出港。

封文渚怎么会放他们离开呢？

满载盐巴的船果然卡在船闸门口，而且堵塞了水上交通，招来其他船主一阵接一阵臭骂，以致将军袁宏也乘船赶来，要刘阈立即把船驶回，让出航道，诸事重新商量。

在封文渚坚持下，盐船被扣下了，盐巴卸载，先送到附近盐仓里保存。

刘禹锡同节度使牛元翼协商好了，请刘阈重新向户部申报，要求获得囤盐的权利；而夔州这第一批的两船盐，一旦他们获得了户部许可，就放到西川去。

杨昌雄几人，眼睁睁看着大把金钱落空，气急败坏之下，逼迫刘阈上奏，向朝廷控告刘禹锡。

刘阈叫杨昌雄派人到山南东道节度使官所，取了空白奏纸，亲自动手写奏章。

但凡向皇帝告状，绝不能说得直截了当，须得绕个弯子，或者先言说他事儿，再扯回到主题，说民有大冤屈，故臣代言。告得他刘禹锡连哭都哭不出来。刘阈反复斟酌，将刘禹锡查处军用盐批发事，说成了他“与民争利”的专横。

然后，让杨昌雄拿走，连夜送往长安城去。

杨昌雄还觉得不够狠，告状这事儿，要看双方人缘。刘禹锡在朝中有裴度援助，争论得急了，就往“书生之见”上头挂靠；元稹左右摇摆；仇公公占了原告亲属的名头，比较之下并无优势。牛元翼要假充公允，回奏定是“或许有”“或许无”那样一些屁话！好在事情是他搞出来的，把他逼紧一点，公开出面，扫扫刘禹锡的面子，很容易做到的。而且，牛元翼这座靠山很牢固，事情做得过一些，出面摆平不难。

过到什么地步呢？杨昌雄心痛黄白之物，三千两金子巨款，轻而易举被刘禹锡拿走，连个威名都没得，说是“捐赠”。封文渚又扣了三千两白银的盐巴。杨昌雄怒道：“你说老爷的金元宝多了用不完，老爷要你库中金元宝有人帮你用，比比哪个笨！”就把飞贼叫来，问他可有胆量？

飞贼嬉皮笑脸地说：“要看做么的事。老爷要小的挑担背筐，小人有胆，没那个必要；老爷要小的欺男霸女，小的没胆，有必要就去干；老爷要小的飞檐走壁，小的有胆，也有那本事。”

杨昌雄说：“飞檐走壁虽是你的本事，可是要到州库去，替老爷把失落的黄金盗回，你可有那胆？”

飞贼拍拍胸膛说：“既是小的本事，就不限地方，茅草棚去得，衙门也去得。”

“好！”杨昌雄赞不绝口，说：“刘刺史巧言令色，骗去老爷的三千两黄金，放在刺史衙门银库，你趁今日无月，三更半夜，带几个帮手，给老爷拿回来。”

“要得。”飞贼答应，却不要帮手，说，“我寨中自有兄弟，拿回黄金，犒赏个么的？”

“喊幺姑娘跟你去做压寨夫人。”杨昌雄晓得，飞贼好这口儿。

飞贼果然喜不自禁，双手抱拳行礼，说：“小的立马召集齐兄弟做事，老爷请等候，不用多时，就有捷报传来。”然后一收手，人在门前晃几晃，就不见了踪影。

飞贼招了几个熟手，自己捆扎停当，半夜时分，到了夔州衙门银库背后。这里是一溜儿又长又高的石院墙。再有本事的强盗，拎着百十斤重的银箱，要越过石墙逃逸，几乎是不可能的。飞贼安排下同伙把风的把风、接应的接应，自己在墙根下捣鼓几下，迅速取出一块二尺条石，悄无声息地又很快取掉两块。人能钻进去了，他估计银箱也能够推出了，就把条石垒起，自己“梭”地一下进入。

墙里是一条窄巷，大致可以抬着箱笼进去，或者抬着一副担架出来，最好单人走，才能保持较快速度，不会被守卫拦截，两侧的箭矢也射不着。

飞贼通过两条巷子，摸到了银库门口，看到了一把大铜锁。掏开铜锁簧片对飞贼来说很容易。他摸出一支薄薄的形如挖耳的工具，投到锁孔里去，凭着手感，很快找到了锁簧，左右试着扭扭，然后果断地往右一转，“咔”的一声开了，却没有推门，又从挂在腰间的百宝囊中，取出一个小玉瓶，朝门闩里倒入滑油，收起玉瓶，才轻轻推动大门。

银库门缓缓地开了，丝丝儿的响声都没有，像是被一阵风吹开的。刚刚打开够一个人拱入的门缝，飞贼就闪入屋里，晃亮了火折子，挨一挨二地寻找。这时候，取几箱黄金，已经不是什么难事情了。

飞贼没有呼叫同伙。黄金究竟放在哪里，要找到了，才能迅速搬出去，如果找不到，得消灭一切痕迹，等下次再来，保留进出的隐秘通道。

夔州衙门银库是栋四面独立的大屋。

飞贼发现库房只是一间大房子，有许多立柱，却没有分隔成房间，所以拿火折子照，一目了然。

屋里没有什么描金大木箱，只堆着许多麻袋、竹篓、棕卷。凭经验判断，麻袋里装着盐，竹篓里装的是茶叶；棕卷裹着的，应该是比较贵重的山货，比如党参、松茸、竹笋，是要上贡朝廷的，不能轻易盗窃。

飞贼此时对这些山货没有多大兴趣，那三箱黄金，要么是埋在银库地下，要么是拆散了，用竹篓、棕卷包裹。飞贼一不做、二不休，狠狠心，将火折子叼在嘴巴里，腾出两只手，一手按着篓子，另一只手掏出刀就划，划开竹篓只见茶叶，划开棕卷见着的也只是山货，气得一屁股坐在银库地上。

银库外头几个同伙，见飞贼既不返回又不发信号，怀疑他取了黄金溜走，吃了独食，也从墙洞里钻入，进入大门。见银库中间亮着一大团光，显然是盗贼使用的火折子，几个同伙松了口气，并不作声，静悄悄地凑拢过去，立在飞贼跟前。

飞贼有气无力地问："来了，格老子？"

有个同伙回答："大哥久不出来，怕你出事，支援哥哥来了。"

飞贼不跟他辩："好嘛，支援好嘛，兄弟，你们进来看，有没得三个一模一样的描金箱子。"

几个同伙齐说："好啊，一起找。"

他们各自晃亮手中的火折子，分成四五处，朝仓库各处找去。几人找遍了能去的地方。有个同伙又说："飞哥，你是不是记错了，哪个找遍了，连个影影儿，都找不到啊！"

飞贼坚持说："不可能的，老板说得一清二楚，就是三个同样的箱子，哪个会搞错嘛。"

说着，他就朝地下顿脚，看看哪处土壤松了，就有挖刨过的些许痕迹，顿了很多处，都没得刨过土的痕迹。再说银库里，要是被挖过刨过，还有后头贼人的财货？

有个同伙机灵，捉住他话里的漏洞，问："大哥，你说老板有吩咐，是哪个老板？搞啥子？"

飞贼声音陡变，阴森森地，质问："么子时候，本大哥说过老板呀少爷的？莫非你娃打吊线，跟踪大哥，踩到了这么条线，不想活了？"

那同伙赔笑说："不是的嘛，大哥，兄弟们做这没本钱生意，心头也是很么忐忑，不大哪个平安嘛，只有跟着大哥你走，才有些许的平安，哪个敢跟踪你？"

飞贼才说："这就对头嘛，兄弟们，再找上他娘的一圈，还是找不到的话，立马撤退散场！"

贼伙一齐喊："遵大哥令！"

飞贼带着他们找宝，挨着库房四围，从外墙找起，逐渐向内部收缩，遇到柱子、物品、破烂，一一进行识别，确定不是箱笼，才放过去，继续向里搜索。

几人依旧劳而无功。

飞贼督促同伙，还要再搜一遍。有个同伙不耐烦了，说："大哥呀，兄弟们板凳调头坐，要是搞到了箱笼，你是放到仓库里头，还是放到个人屋头?"

飞贼说："放仓库。"

同伙们说："放个人屋头。"

那贼说："为什么呢?"

飞贼回答："放银库安全，不怕贼偷，就怕贼惦记，哪个贼敢偷银库?"

"错!"那贼说，"放到银库，进进出出的人都看见了，啷个搞成个人的财物? 放到家中，除了管家，其余哪个晓得? 随时可以变成个人的。"

飞贼也动摇了，问："你娃的意思，刘禹锡是藏在刺史府了?"

贼们都不说话了，飞贼找不到，可找到个理由，就说："兄弟们散了吧，等两天再说下文。"

贼们一哄而散。

飞贼收拣好一应物件，一切小心为上，依照来路，一步步退了回去。他梭出了库房门，再穿过一道狭窄巷子，找到那个洞口，收缩肌肉拱了出去。飞贼还没有站直，听到一声闷喝："莫动!"一把冰冷的钢刀就架在颈子上了，胸口还戳拢两支长矛尖尖。

跟前站着的是韦绚。

# 第十四章

韦绚接到库兵报告，说听到银库里有吵闹声，看来是进了贼娃子。他喊起两个家丁就往银库奔。快到围墙边时，韦绚见五六个贼逃了出去，暗恨自己来迟，不想有个人喊了声“大哥快点”，他就单等贼大哥出来，没想到捉住了飞贼。

飞贼空有一身本领，却遭一把刀、两支矛顶得死死的，动一动就会割断颈子，或者戳穿心脏！韦绚用细麻绳把他双手、双脚捆了十七八道，他那飞檐走壁的功夫怎么也使不出来了。

飞贼晓得自己死定了，只是还没有上断头台，就存有一个活命希望，比如坦白，比如出卖，比如投效？好多将军都从贼干起，何况自己是飞贼，不比他们更有本事？

韦绚把飞贼关在监狱的地牢里。

杨昌雄得到消息，就急慌了，如果飞贼坦白交代，不光是他，就连别驾大人、节度使，都可能有牢狱之灾。

他叫管家准备了一乘小轿，慌里慌张上了轿，从后门出去找刘阈商量。

刘阈夜来无事，听说柳宗元《天说》颇有新意，便找来欣赏。正读得津津有味，杨昌雄上门了。杨老板可是大老板，不能不认真对待，遂安排下煮茶，与他详谈。

煮茶这事儿，不能算是招待贵客的方式，却是对待熟客的。刘阈与杨昌雄叙过朋友礼仪，便转身邀入，把他让进内室坐定，自己坐到他对面。茶具是时常准备着的。下面红火火地烧起一炉好炭，火炉上吊着个黑乎乎的青铜锅，锅子里煮了大半锅茶汤。茶是云雾山的野生茶叶，水是在梅溪河取的，被炭火烧得哔剥乱响。刘阈说熟了，顺手取了一把汤勺子，伸入鼎锅里，舀起一大勺茶水，倒入杨昌雄跟前的碗里。然后给自己盛一碗。跟即，他端起茶碗，示意一下，说："杨兄先请。"

杨昌雄口里的话，被他堵了回去，赶忙端起茶碗，放在鼻子底下闻了闻，味道倒是香馨可人，再大的事都得喝了茶再说，就小口小口地吃起来。

刘阈点点头，端起茶碗，用左手袍袖挡在跟前，凑口去饮一下。眼瞅着杨昌雄大口喝下，他才轻描淡写地问："杨大老板，半夜三更到寒舍，应该还有大事要谈？"

杨昌雄改颜回答："大人明鉴！小民急着上门，确有急事，可也急不过来。"

刘阈想不到他真急，钓他两句，说："既然不太急，本官好久未与杨兄畅饮，今晚恰逢其时哩。"

杨昌雄挺直身体，把茶碗一举，挺较真地说："大人好说，小民店中诸般事宜，多得别驾大人指教咱家，早晚聆听教诲，来与大人闲聊也不为过。"

刘阈在他那里入了伙，有钱大家赚，有么"过不过"的，客气地回应说："大老板，夔州这块地盘，有大老板经营，本官负责协调各方，量实各县、各衙门不敢冲撞，遇到么子事故，能够放一马是要放的，能够帮一手是要帮的，大老板不是吗？"

"这是当然，这是当然，只是刘刺史来了，他管得严。"杨昌雄发现自己急躁，把不该说的话说得早了，生怕引起刘阈怀疑，产生了警惕。

刘阈示意他把残茶喝掉，自己也一饮而尽，重新舀了半勺，添到对方茶碗里。这茶汤红得如血一般，盛在雪白的玉碗里，流光溢彩，闪着艳艳的光焰，如傍晚山头那片晚霞。

杨昌雄赞不绝口，连称“上佳”，不待刘阈邀请，主动端起了玉碗，袍袖轻拂，顺手把茶汤全部倾倒口里，一饮而尽，跟即放下碗，取了木勺，到鼎锅里舀起一满勺，见那野茶红得实在好看，边说“见识了”边又饮尽。

他这番举动，引起了刘阈的兴趣，礼数是要讲的，便说：“大老板既不见外，往后有什么需要，别客气，本官及夔州衙门上下，一定给予支持。”

“谢大人！”杨昌雄站起，双手怀抱，朝刘阈一揖。

刘阈也离开座位，还了他一揖，回到座位上示意，要杨昌雄坐下去，两人饮茶谈笑。杨昌雄趔趔趄趄地坐下了。刘阈老奸巨猾，猜中对方有事，自己敛财的大好机会来了，再舀一勺酽茶，殷勤地倒在对方茶碗里。

杨昌雄哪里熬得过他，正常礼节叙过，再不进入实质性恳谈，就会误大事了！于是，重新打一拱手，说：“别驾大人！”

刘阈赶忙拦住他，说：“别，别，大老板，在本官寒舍，怎么如此拘谨，过了，大老板过了哈。”

杨昌雄也觉过了，顺势改变态度，这都是兄弟伙的事儿，没必要毕恭毕敬，还是说吧：“刘别驾，你叫我大老板，我叫你刘别驾，不是别个，大事不好了！”

刘阈不以为然：“夸张了吧，夸张，杨大老板，在夔州，如今在山南东道，兄弟什么事搁不平，么的不好了？”

杨昌雄立即说出：“飞贼不好了。”

刘阈闻讯摇头，益发轻视杨昌雄了，说：“飞贼失手，或者被逮捕，不是很正常的嘛，老杨你过虑了。”

杨昌雄说：“没得恁个简单。”

刘阈开玩笑说："复杂一点也没啥了不起。"

杨昌雄说："这是要命的。"

刘阈驳回去："本别驾不画红圈圈，哪个要他的命！"

杨昌雄说："他是去偷银库失的手。"

刘阈这才重视起来，端起茶碗沉吟，偷盗银库一事，确实不可大意了。轻则斩首，失了个得力助手；重则灭九族，逼得他坦白交代，同伙通通落网。飞贼怎么会失手被擒？刘阈双眼往杨昌雄脸上盯，见他神色有些张皇，半点儿主意没得，尽等着想办法。

于是，就问他："杨大老板，本官有疑问，飞贼是不是看上了杨柳姑娘，盯空子献殷勤，缺银子花了？好大的狗胆，敢盗窃本官管辖的银库！"

"不是的。"杨昌雄哭着坦白，"小民孝敬大人的金元宝，不是遭刘禹锡巧取豪夺了嘛，兄弟们怎么看得过去！飞贼也是喝了几杯老酒，遭幺姑娘一煽动，自告奋勇，就带人去撬门开锁，他居然钻进去了，据说里头莫说金子，铜钱都没得几串，显见是上了刘禹锡的恶当，遭他手下捉获。"

"捉获？"刘阈恨恨地说，"本官看是作死！杨大老板，银库是啥子地方，凭几个蠢贼，也敢擅入，闯进去盗窃钱物？你是当真不晓得，还是默许？"

"不晓得。"杨昌雄死不承认。

"不承认不要紧。"刘阈又问，"你们打算怎么收场？"

"第一，收买刘禹锡。"杨昌雄有钱，财大气粗，以为一切事情都可以用钱搞定。刘阈说："早就试过了，这是不得行的。"杨昌雄又说："找牛元翼节度使出面，官大一级压死人，刘禹锡不敢不听。"刘阈说："要是命令他杀盗贼，刘禹锡一定听令。"杨昌雄还有个办法，说："第三，请仇司马派一营兵，到牢里硬抢，送到山寨躲起，他刘禹锡本事再大，也找不到飞贼。"

刘阈说："糊了飞贼这身臭狗屎，啷个都刮不脱！你还要兵，不是对朝廷公开宣布，说仇骥、刘阈、牛元翼，就是盗窃银库的后台老板，包括你杨昌雄？”

杨昌雄再无办法，顿时束手无策，连说：“这这这，么的，还有么的个方子嘛。”

刘阈说起仇骥，想到了办法，说：“本官倒有一法。”

杨昌雄催促：“快说，快说啊。”

刘阈老谋深算地说：“记得仇司马说过，牛元翼大人，就是牛节度使，曾经送了一个侍妾给刘禹锡，如今在刘府，也是说得上话的小夫人了，营救飞贼，当然要靠她出力！”

“对啊！”杨昌雄大喜，“把钱送给仇司马，比起送钱给刘刺史，要容易收得多，他娃是个财迷。”

刘阈说：“杨大老板晓得如何着手了？”

杨昌雄回答：“晓得。”茶也不喝，兴冲冲地出了刘府，去找仇骥拿言语。

百荷正侍候刘禹锡吃酒，心头极欢喜，兀地抬头放眼，看到杨柳躲在门框外，露着半边俏脸儿，就要出去拉她，进来一起陪大人饮几碗。

杨柳发现百荷的企图，身体往后一缩，走开了。

百荷见她躲避，心想半夜么的害羞，平时不也张口先生、闭口先生，喝几碗酒就怎的了？

刘禹锡放下酒碗，酒劲儿开始上涌，张口便说：“杨柳，别离开了，我没醉，竹枝调之于为师，一变为竹枝词，乃脱胎换骨也，当世特立独行，后世必大放异彩！”看着百荷，眼睛似要冒火。

百荷只好自己凑上去作点评：“杨柳青青，微风即动，而江水平静，如此动静了然，动中寓静，静里生动；偏生听得情郎唱歌，谁说不是有情！”一个前倾，要拉着刘禹锡手腕，灌上一碗酒，自己再狂饮一碗。

刘禹锡再看，百荷身体已在不停扭动，自己也觉脸红筋胀，就打断她说话，拱手揖让，说：“百荷放言高论，道是无情，本官却情愫顿生。”

百荷被他说得情绪高涨，继续高谈阔论：“似乎横生，有按捺不住之迹象，对于那位杨柳姑娘，大人动了真情？”

刘禹锡立即否认：“此杨柳岂是彼杨柳！”

百荷提起筷子敲击，一阵急骤叮当声响过，口里念念有词：“此天鹅兮，非彼天鹅；此大人兮，大眼瞪也。所谓大眼瞪小眼，一瞪一个翻白眼儿！”

刘禹锡被她调侃得直摇头，率性承认了，就说：“杨柳姑娘，能歌善舞美女，难道百荷姑娘能不欣赏？”

百荷发出一阵长笑，说“承认了，承认了”，提起酒瓮，将他酒碗斟满，直觉无数想法在脑子里混搅，二话不说，端起一碗酒，长龙吸水般，饮得一干二净。

刘禹锡也喝下一碗，酒意上涌，只觉得头一昏，伏在石桌上酣然入睡。

这时，仇骥借口找刘禹锡商量要事，大摇大摆地进了刘府，告诉百荷报恩机会到了，三天之内，必须想办法尽早把飞贼营救出狱。

百荷思前想后，两天时间飞一般流逝。在花园遇到了杨柳，百荷心中有了主意，号啕大哭起来，还拿手背去揩眼泪。杨柳不明白她为啥要哭泣，就问：“小夫人，有么子伤心事，哭得如此悲催，难道下人们不懂规矩？”

百荷回答：“不是的。”

杨柳又问：“那是仑郎调皮，故意惹小夫人生气，人前不便于表达，躲在此处哭啼？”

百荷回答：“也并非。”然后顿着脚，身体扭得花枝儿般，摇晃得站不稳了。

杨柳再问："难道夫人责骂，小夫人委屈了，心头难过？"

百荷一声长叹，却不否认，也不承认，惹得杨柳也伤心。论要手腕杨柳比百荷差远了。杨柳大惊："哎呀，难道小夫人当真惹怒夫人了，那可要反省，夫人持家有方，深得先生钦敬哩。"

百荷可怜巴巴地说："也不是的咯。"

杨柳急了："我看你造孽哟，究竟犯了么的事，把自己搞得哭兮兮的。"

百荷说："杨柳姑娘呀，我是不能够活了！"

"么的？"杨柳大吓，上前帮她抹泪水，抹着抹着，就问："小夫人，刺史大人很喜欢你啊，夫人也称赞你懂事，平时你照顾师兄妹几个也周到，咋个就说到死！死是世上最可怕的，难道你不晓得，或者不害怕？"

"我怕。"百荷要钓她。

"怕死还说么子。"杨柳不以为然，可她为什么要死，这不是矛盾的嘛，因此又问，"你怕么的？说清楚嘛。"

"事情是这样的。"百荷把编的故事说了出来，"我有个表哥叫杨飞泽，家中十分贫困。他和几个弟兄约起，到仓库偷粮食。他们也找不到公仓，摸到银库里头去了，遭韦绚捉住，说偷盗银库，必须杀头！可怜我大姨、大姨父，重病卧床不起，家中只此一子，眼看三人就要一同去了。杨柳姑娘呀，你说，你说，我怎么还有命嘛！"

杨柳沉默后说："小夫人，你去找韦绚说说，把你表哥放了吧。"

百荷哭哭啼啼地说："我已经找过了，他说，在银库院墙盗洞前捉住的，当然是巨贼，死罪难逃。"

杨柳关心地问："那么，刺史大人不会误判吧？"

百荷说："杨柳姑娘，大人要是晓得了，贱妾有这样个表哥，还不把贱妾撵出家门，以免败坏门风。"

杨柳无法了，只好问她主意："小夫人，你说，该怎么办才好的呀?”

百荷心头窃喜:这鱼儿要上钩了! 说:“贱妾不是指使姑娘做坏事。”

杨柳说:“嗯,是的。”

百荷又说:“贱妾的表哥偷粮食,是饿坏了,相当于要饭。”

杨柳说:“仿佛。”

百荷进一步说:“误入银库,他们也没有偷到任何钱财。”

杨柳说:“我也听说了。”

百荷很忸怩地说:“杨柳姑娘,那么,我们一起到大牢去,悄悄释放我表哥,给他一条活路,你看要得要不得?”

“要得。”杨柳答应,然后问,“哪个才把你表哥放得出,又不让大人发现是你放的呢?”

百荷说:“附耳过来。”

杨柳把耳朵伸过去,靠近百荷嘴巴,听她叽里咕噜说一阵,点头同意了。 二人取了一套女装塞进饭篮子里。 杨柳告诉狱卒,是韦绚要她们给飞贼送饭,混入了大牢。

百荷在门外望风。

杨柳进到牢中,把女装丢给了飞贼,要他赶快换上,跟着外头那位大姐走。 飞贼问杨柳叫什么名字? 杨柳说你不必多问,说想走就快些离开,耽误了大事,三人一齐跑不脱。

然后,她转过身体,让飞贼换衣服。

飞贼换上女装,突然抱住杨柳,问:“好姐姐,飞贼此生要有前程,不惜拼了这条性命,也要为姐姐做事。”

杨柳怒道:“你还有色心! 还不松开手,时间久了,终会让人发现。”

飞贼立即松手,步履蹒跚地踱出了地牢的房门,跟着百荷往外混出。

百荷始终不出一声。

飞贼反倒捏紧了喉咙，用“送了饭”“气味难闻”“我走不动了”的话，来对付所有人的盘问，安然无恙地逃到了街口，与百荷匆匆分手。

他们没有想到，这些举动，被跟随杨柳出门的韦绚看得一清二楚，只是涉及百荷和杨柳，韦绚一时犹豫，没有出手阻止，想观察偷放飞贼是不是刘禹锡的意思。

次日，六曹参军事中的司法，再来提审飞贼，狱卒打开牢门，只见一位女子裹着囚服，躺在冰冷的地面上，那飞贼踪影全无，顿时慌了神，大叫大喊，说：“飞贼越狱了！”

可是，杨柳姑娘怎么被囚于牢中，让人想破了脑壳，都想不出。

杨柳却说自己从梦中醒来就被关在牢里了。

仇骥那份奏章，送到仇士良手里。他很高兴，原打算让侄儿到夔州镀镀金，想不到有胆跟刺史刘禹锡对着干，不愧仇家子弟，倒令咱家刮目相看哩！再仔细翻阅奏章，居然写得中规中矩的，他奶奶的，这小子莫非吃了灵丹妙药，开窍了。

不禁又读了一遍奏章：

臣仇骥言：

承圣上之恩，遣臣忝为夔州司马，行事严谨，政务并无疏漏。惟地方事务本由夔州刺史督导，不闻有何翻波涌浪之动荡，圣上尽可宽心纾念。然而，臣有二事，不能不上奏天听，恭请圣裁。其一，夔州乃上州也，户籍几达十二万有余，核定食盐销量时，人不过五六万口，势必需要随变化而增拨。刺史刘禹锡不问青红皂白，一律按核定原额度批发，擅自进货者一律收缴罚款。百姓有反对者，密谋聚众，甚而冲击刺史衙门。臣殚精竭虑，力图制服为首者。倘能酌情妥善处置之，自不会造成官、民冲突，而刘禹锡则不然，一味与百姓争利益，成巨祸兀起之根源，实乃专横。其二，臣在夔州，闻所谓永贞革新为祸匪浅，其中刘禹锡、白居易、裴度，书信来往频仍，策划作对政敌如元稹、仇士良等并雇凶暗杀之。臣诚惶诚恐，恭请圣上明察，将裴、刘、白诸人绳之以法也。

长庆三年九月六日

仇骥不过一个纨绔子弟，能写出这般条理清楚的文章？ 仇士良自己都不能相信！ 可奏章摆在跟前，由不得不信，再说，不相信又能怎样？ 看来他是找到了一个好师爷捉刀代笔。 师爷写的好奏章也等于仇骥写的好奏章。 仇士良就盼望仇骥有出息，对奏章真伪并不多研究，觉得其中叙述，有事实有分析有目的即可，考虑那么多做什么，难道自己侄子会来害叔叔？

然而，刘禹锡会雇凶刺杀元稹？ 这事儿有些异想天开，倘若不是遇事迫不及待，就是受人指使。

仇士良最喜欢的，就是仇骥这个侄子，惹了祸事连自己都不好解释。 何况一惹就到了皇帝那里。 他袖了奏章回府，唤来“对食”宫女麻氏，将奏章给她看，说出了自己的怀疑。

“这奏章不是骥儿写的！”麻氏首先确定了奏章属性，然后说得剀切，“至于为甚，依妾身看来，定是第一条中述及人指使，谁写都没关系了。”

“却是为何？”仇士良不解。

“老爷你试想，盐多盐少，与骥儿何干，如果不是受到嫌得利少的人挑唆，怎么会上此奏章，要圣上裁判盐务之事？”麻氏分析得条条是道，逼得仇士良反向思考。

“有理。”仇士良承认，却说，“盐卖得多寡，影响刘禹锡政绩吗？ 麻氏有理似乎无理。”

麻氏并不在意，只是强调："骥儿奏此事，定有高人指教，盐为万民食不可缺，天下皆能调配得当，独夔州不足，且官府非制裁不可，这刺史当得嘛，也未免因小失大。"

仇士良陡问："何者为大？"

麻氏回答："当然就是粮食了！官人再想，夔州乃内地，平时不积蓄粮食，焉得保境安民！刘禹锡要下手，选择了盐，不晓得选择粮食，实在是一大失误。"

仇士良眯起眼睛看她，好一会儿，才悻悻然说："幸亏你不是夔州刺史。"

麻氏娇笑着说："我是夔州刺史，骥儿就不会去夔州了。"

仇士良明白她意思了，说："那么，这封奏章，还是要送呈皇帝御览？"

麻氏说："当然，否则岂不辜负骥儿心血。"

仇士良想明白了，拉了麻氏近前，去她胸前、腰里、胯间，反复地捏弄。只是自己不能行夫妻之事。麻氏被他挑起了情欲，便渴欲难当，可恨对方就是个太监，除了手足之欲，还能够做什么呢！

两人商量定，宽衣解带，上了卧榻躺下，双双交股而卧，做那假凤虚凰之事。

不过，要想得到皇帝认可，还得上朝鼓吹一番。

也是仇士良过于看重，次日一上朝，就将这封奏章，搁在皇帝御案上头。皇帝坐下后立即发现了。他要仇士良将奏章打开，端端正正地摆在跟前，然后瞄了几眼：料仇骥不会有多大见解，也写不出什么文采斐然的好文章。

皇帝斜靠着美人抱，懒心无肠地聆听，想不到的是：这小狗子还有几句真知灼见！

于是，皇帝开口就问："仇公公，仇骥这些见识，不是你教导的吧？"言外之意，那就是指使了。

仇士良一个扑爬在地，仰头回答："奴才岂敢！ 这毕竟是地方的事务，奴才要是指使了，岂不是太监干政！ 奴才断断不敢，恭请圣上明察！"

皇帝说："平身。"不等仇士良站起，又说，"食盐产销，不是早改了官卖，不与民争利了吗，怎么夔州又起别议？"

仇士良翻身爬起，上奏说："只怕是各地因互相调剂不匀而造成的矛盾。"

皇帝想起了前次所议，明智地说："这样拟旨去吧，既定国策不能改变，夔州或其他州县短少，允许他们互相调剂，私盐不能开，刘禹锡禁私盐并无过。"

这下，仇士良再不敢进谗言。

长安知府阴槐越班上前，替仇士良解围，说："臣有奏，门下侍郎、同平章事元稹因病卧床不起，不能上朝了，不知仇司马奏章中有什么涉及？"

皇帝吩咐说："拿仇骥奏章给他看。"

便有执事太监取了奏章，送到阴槐跟前，示意他接过去看。 阴槐双手捧着奏章，那几行字，眼睛上下扫了过去，就看得清清楚楚，然后跪下，将奏章奉还。

皇帝就问："你看清楚了？ 有何见解？"

"圣上，"阴槐举起朝笏，表示了礼敬，然后开始长篇大论地启奏，"臣下愚见，元稹与刘禹锡等，素有党争，所谓政见不同。 要想让自己的政见得到圣上认可，势必生死难容，否则怎么会有生死之仇哩。 故刘禹锡等，每每遇有先帝赏识，则元稹等，必予以阻止其入朝也，致使他们的政见不能得到发挥，于旧恨中添了新仇。 所以政见乃朝中政坛死结。 如非死结打不开，又怎么会闹到仇杀，非一方死而一方生不可？ 圣上，小臣反复思考有谁胆敢策划暗杀，刘禹锡等永贞一党始终难逃其嫌！ 当然，以圣上之灼见万里，原不存在政坛歧见；又以圣上之宽容大度，对永贞党人未尝有任何追责，反而加官晋爵。无论元稹还是刘禹锡，本不该有任何结党之事。结党必然营私，营私必辜负圣上期望，必对政敌穷追猛打不休，追打倘若不能稍解私意，那就只有置一方于死地！故臣窃以为刘禹锡欲刺大臣，宁可信其有，不可信其无，防患于未然。而今仇骥所提线索，应是臣追踪之方向。”

这是什么意思？朝堂众大臣面面相觑：难道刘禹锡会派杀手，到长安来杀了当朝宰相不成？

皇帝也听出了，就问：“且慢，依卿意思，刘梦得难道会派杀手干掉元稹不成？这也太过于匪夷所思！”

“圣上明鉴！”一个腰板挺直的大臣站出来，表示了对阴槐所说的强烈反对。

# 第十五章

这人方脸，卧蚕眉，满面肃穆，正是御史中丞裴度。

众臣议论纷纷，朝堂上一片嗡嗡声，只是说得小声了点儿，皇帝听不清楚他们说啥。

仇士良见大事难成，不等裴度说出一番道理，抢上前来，直戳戳地质问："裴中丞，难道刘禹锡不是元相政敌？ 他巴不得对方灭亡，否则，圣上怎么单单怀疑他？"

这话里藏骨头长刺，把阴槐的怀疑，转移成了皇帝的怀疑，要让裴度知难而退。

裴度协助元稹，握得大权，希望刘禹锡入朝相帮，厌闻挑拨元刘关系的说辞，管他什么骨头什么刺儿，立予以否定："仇公公，想那刘禹锡，不过一介书生，与元相并无直接利害冲突，怎么会恨他入骨，非你死我活不可？"

对呀！ 朝臣们个个怀疑，这仇士良与阴槐，多半一个无功、一个有过，找个替死鬼罢了。

仇士良嘿嘿一笑，捏着个兰花手，对裴度说："裴中丞误会了，我不是说刘禹锡是幕后推手，我是说哩，圣上接到举报，怀疑他是背后的指使，怎么将污水泼到咱家身上，再说下去，岂不是要说咱家企图杀人了！"

皇帝突然说道："元稹和刘禹锡早就是政敌，元稹如果要杀刘禹锡，一百遍都杀了个转儿；刘禹锡要杀元稹，如果买凶杀人的话，一百遍也杀了个转儿。怎么往日里不杀，现在偏偏杀得穷凶极恶，让群臣皆知！这么做，不合乎常理呀！"

仇士良听皇帝问出，一时不知如何应对，只好朝阴槐使眼色。

阴槐也挺为难，皇帝不相信，怎么能够说得他深信不疑，事情实在挺难办的，于是打个哈哈，说："圣上，容臣细禀。这刘禹锡呢，挺狡猾的，不会在我们想到的时候，雇凶杀人的，只会在我们想不到的时候，才雇凶杀人，元大人不防备，才会中他的圈套，难怪仇公公也想不清楚其中道理……"

这话说得颠三倒四，反正就是把"凶手"或"买凶"的罪名，不问青红皂白，扣在刘禹锡头上，让他成为众矢之的。

裴度把他话中失误抓住了，立予批驳："刘禹锡杀过何人？知府大人这话，没有经过法理思考，欠妥当。"

阴槐也觉得没依据，可他偏要说得有道理："中丞大人与其交好，才会拒绝相信上奏，故意转移话题，要我等在圣上面前出乖露丑吧？"

"你这话不是原意，刘、元曾是政敌，所以刘有杀元之心的嫌疑，圣上，阴知府可是这样说的？"裴度不愿意受他东拉西扯地牵着鼻子走。

皇帝点点头，表示是如此，是阴槐把话扯开了。

"那么，据阴知府话意，并不能够得出，刘禹锡和元稹曾经为敌，便终生永远都是敌人，还仇视到非你死我活不可。既如此，那么杀人动机未必存在！"裴度看出，仇士良和阴槐勾结，要诱导朝官舆论。

"这个……"阴槐不能回答。

裴度向皇帝上奏说："刘禹锡乃文字之臣，非孔武有力之武夫，怎么会因政见差异而杀人呢？臣倒是听说，梦得到夔州后，搜集了民歌，著有《竹枝词》，使沉闷呆板的古体诗诗风一变。”

说到这些，仇士良就不懂了，阴槐虽懂却不肯附和。朝堂里高官，对此感兴趣的，纷纷出言附和，使得皇帝也产生了兴趣，问：“裴卿何不诵上两首，让朕品鉴品鉴。”

裴度立即回答：“遵旨。”略作回忆，便抑扬顿挫地朗诵，先背出一首：

杨柳青青江水平，
闻郎江上踏歌声。
东边日出西边雨，
道是无晴却有晴。

然后发问：“圣上以为尚可？”

皇帝拈须沉吟，须臾间就夸：“好个‘道是无情却有情’呀！裴卿今后有好诗，必须早呈上，让朕早些得知，也来个东边甚、西边甚的，天晴或下雨。”

裴度打枣随竿上，立即启奏，说：“圣上，臣还集到一首，风格清新，内容独特，再为圣上奏诵？”

皇帝说：“卿快些奏来。”

裴度整理一下衣襟，面容严肃，再看仇士良几人尽都不敢开口，不由得冷冷地摇头，然后缓缓诵出：

楚水巴山江雨多，
巴人能唱本乡歌。
今朝北客思归去，
回入纥那披绿罗。

趁机又说：“圣上，刘禹锡于文学诗词尤重，有历次奏章为确证，哪里会对大臣陡起杀心？”

皇帝赞同说：“裴卿言之有理，仇公公、阴知府，朕看你们虽有一些证据，对于文人的了解，大不如朕，缺少对人性的洞察嘛。二卿试为思考，一个‘今朝北客思归去’者，有很多归来的方法，有杀害宰相的必要吗？我看没有这个必要，二卿以为如何？”

“圣上教训得是。”二人只好承认。

裴度见机会大好，率性提议：“圣上，臣还有奏。”

皇帝心情好，精神头儿也好了许多，不但不以为忤，还想听听他说些什么，点头同意了：“裴卿有话，但说不妨，朕还想听听卿之高见。”

语气如此客气，仇士良以下宦官、阴槐以上朝臣及在场藩镇们，被皇帝的意思吓住了，难道裴度还将大用？所以人人缄默，也不敢多瞪一眼了，静静地聆听他还有啥“高见”。

裴度其实有些犹豫，这个话题，说早了会有副作用；该说不说的话，会失去作用。所以他话出了口就有些后悔，甚至追悔莫及，真的说成了“高见”，让皇帝另有想法。

皇帝经历过长兄逼宫，对于朝廷政见之争，颇有些不耐烦，从而极其厌烦“朋党”。朋党就是朝中大臣因政见相同结成一派。他们事事掣肘朝堂政事，不顾皇帝脸面，反对一切自以为不正确的朝廷事务，在皇帝眼里，完全就是一群苍蝇！

皇帝心情似乎忒好，见裴度不说，晓得是有顾虑，开口催促他快说：“裴卿，难道词句，尚未组织得精妙绝伦，会有什么后患？”

问得堂上朝臣心中都在暗暗发笑。

裴度不敢再犹豫，吭声说道：“臣有奏，以刘禹锡、白居易、令狐楚等，文采斐然，实乃国家栋梁之材，如刘禹锡，尚有管理地方的经验与胆识，圣上倘若不用，实在是一大损失。臣建议圣上将其量移近畿，方为得当。”

皇帝的脸色一下子变得铁青。

仇士良惯于察言观色，见皇帝脸现不豫，趁机反攻：“裴中丞，不是咱家唱对台戏，以刘禹锡的为人，断断不会遗忘永贞年间二王的擢拔之恩，所以要对元相下手，或许连带中丞大人，还是早做警惕为妙。”

阴槐仿佛死里回生，说：“裴大人不觉得刘刺史写诗是做花样子？”

裴度遭他们夹攻，气得要呕血，朝笏一举，吭声说：“二位，难道还有什么铁杆儿证据？”

这是借皇帝的话来质问了。

阴槐回答：“确有。”

裴度追问：“有什么呢？”

阴槐转向皇帝启奏：“圣上，臣记得元和年间，刘禹锡、柳宗元及王叔文等，结成了朝官朋党，那个组织就叫元和诗派，都是写诗的文人，裴中丞以为刘禹锡写诗，就不会反对圣上决策，实在是一种大错误呀！”

朝堂里顿时群情汹涌，出现嗡嗡的议论声，想必是有人信、有人疑，还有人搅和。

仇士良立即附和：“对呀，臣也还记得，所谓诗人，要么借古讽今，要么借民讽官，要么借先讽后，总之就是发泄自已的不满，完全不顾事实真相。他们也没有判断真相的能力，什么有晴无晴，无晴就是没有晴，攻击圣上的天下天天都在下雨、起码是阴天，而且，明明是晴天偏说无晴，狼子野心昭然若揭！”

裴度大怒，说：“仇公公，你这是鸡蛋里面挑骨头，晴者，感情之同音词也。刘禹锡殚精竭智地为朝廷出力，治理得夔州上下春风化雨，其创举有三。”

“哦？”皇帝也感兴趣了，侧过身子来问，“卿可详举，朕及大臣们也听听。”

裴度又抢了上风，振振有词：“圣上，其一即曾经议过盐务。

刘禹锡针对盐吏扰民弊病，想出了办法，只在产盐地区设官，将盐加价卖给商人，再由商人转销各地。对离产盐区较远的地方，就由官方把盐转到其他地方贮藏，等到商人盐货少而导致盐价贵的时候，就减价卖出，这就是‘常平盐’。他又在全州设置巡院，查禁私盐，现在官府获得的盐利大增，而民间并不乏盐，也因为盐税陡增，年抵民之负欠数万缗，岂是与民争利？”

反诘得十分有力，不光皇帝赞许、大臣们思索，即使仇士良、阴槐辈，也不得不承认其手段高明。

皇帝赞扬说：“原来，卿所奏整理盐务，是这么做的，朕还以为仅提价，增加了百姓负担，如何能够减少负欠呢？”

仇士良接嘴：“他这么囤积，难道不是盐巴涨价的原因？”

皇帝和大臣们一齐看裴度，货少就会涨价，这是个极其简单的道理，刘禹锡难道不明白？

裴度却说：“盐场产盐，虽不比粮食种植，丰年多欠年少，但不可能比着百姓食量出产，必然略有盈余，盈余时就储存，欠缺时才发卖，反而抑制了盐商囤积居奇。”

“妙哉！”皇帝率先表示了赞同，而且越有兴趣，还问，“那么，其二是个甚？”

“其二是平抑物价。”裴度侃侃而谈，“夔州地处山区，物资缺乏，物价腾贵。所以刘禹锡理财，常以爱民为先。在各重要居住点设置粮仓，丰年则贵籴，歉收则贱粜，应民之急。因此，老百姓就能安居乐业，户口繁衍，财政收入也大增。刘禹锡认为人才是办好公事的基础，会同首县封文渚督促行盐，此人公而忘私，努力办理盐务和收购余粮。”

仇士良插了一句：“刘禹锡岂不是大大赚了一笔？”

惹得众大臣一齐怒目而视，阴槐晓得这话不能说故不言，裴度不屑与此小人争辩。

皇帝好为人师，谆谆教诲：“仇公公，你书读得少，不知这均盈填缺，乃宰相之手腕，梦得均平州县，武相曾经均平于天下，就不要胡说了。”

说得仇士良瓜兮兮的，如滚油泼过的耗子，蜷缩滚龙柱旁，暗叫自己噤口。

得罪了皇帝，那可糟透顶了。

皇帝继续教育群臣，说：“诸位大臣，做事情，就要像刘梦得那样，想到了就做，要做就做好，倘若个个做得好，朕这个天下，也就坐得稳了。”

话说得太重，阴槐不甘心失败，继续上奏：“臣也有此感，可是刘禹锡为何擅自做主，不事先禀明朝廷，获得圣上支持，让朝臣们也明了？”

其心可诛！ 裴度没说出，另行反击：“若是圣上支持，你们还有胆反对？”

“裴中丞理解有误。”阴槐偷换了概念。

“难道不是刘禹锡先试试，成功之后，再报圣上推广？”裴度也偷换了概念。

皇帝都听出来了，把话题扯开，好奇地问：“裴卿不是说，还有其三的吗？”

裴度觉得自己有些斗气，便不再与阴槐理论，转奏说：“再就是运输了。 夔州地处三峡出口处，是蜀中、黔州、江州，甚至南蛮贸易粮食的最便捷道，这片赋税供给繁重。 过去，裴耀卿曾采用分段运输之法，所谓‘缘水置仓，转相受给’，降低了运费，减少了损耗，提高了效率。 刘禹锡在大昌、万县，设造船厂专门制造船只，组织运输船队。”

阴槐急不可耐，问了个这场争论中最愚蠢的问题：“臣有奏，据闻三峡乃飞贼出没之地，刘禹锡运送粮食，岂非送肉入狼口？ 窃以为所报不实。”

皇帝要欣赏裴度辩才，故意不追究，让他自己作答复。

裴度果然很厉害，回答："刘刺史考虑周全，凡遇上下船行，必函告山南东道节度使派兵卒押运；还于瞿塘峡口中，设有监视所，以高举红旗放行、下摆红旗下行，双手挥舞红旗则禁行，确保商船民船兵船安全。不知仇司马缘何不奏？"

这个反诘意味深长，以仇骥职务，当然应该奏报军情，怎么擅自报起政务了？

仇士良再不挡回去，下面就要追究仇骥"隐瞒"的责任，或者惹出"干政"的一场辩论了，便远远地说："应该刘禹锡不曾动用塘兵。"

皇帝这才真正赞扬说："裴卿，朕看你识人，倒似胜于武相，刘禹锡不用塘兵，是他分寸拿捏得恰当。"

仇士良不得已提供了反证材料，十分不甘心，攻击说："可是刘禹锡醉心于结纳朋党，恭请圣裁。"

皇帝十分厌恶朋党，闻言质问裴度："卿既身为御史中丞，怎么口无遮拦，替那些做尽坏事的朋党说话呢？"态度来了个一百八十度大转弯。

裴度却说："臣惶恐！好人与小民结成朋党，不一定做坏事；小民与小民结成了朋党，一定会做坏事。"不管如何，在朝堂上，朋党一事说不得。

仇士良却说："刘禹锡既结朋党，如柳宗元、白居易等，为德宗皇帝不喜，实为小人。比如，他们得势时期，组织了元和诗派，如不是朋党，现为长庆圣朝，怎么没有听说组织长庆诗派？"

皇帝也有这样想法，只是没表达出来：人家诗派，不一定非得恭维皇帝，皇帝还用得着臣子刻意恭维？那不就成了阿谀奉承，或者俗称的"拍马屁"？

不过，好话听在耳朵里，或者当众听好话，总是令人愉快的，起码不反感。

皇帝捋着胡须微笑。

裴度坚持：“圣上明鉴，所谓元和诗派，无非后来编排的，当时哪个自称某某诗派？ 诗者，自以为高尚且自由也，组成一个派别，不是拿把柄与人吗？ 所以，二王、梦得、令狐、居易，不过欲兴圣朝，哪里就有派别领袖之欲了！”

仇士良也坚持，说：“刘禹锡有野心，臣得报，其孜孜排练《俞矛》《俞弩》等巴渝武舞，煽动夔州百姓，以三峡为根据地，作乱之心不死。”

朝廷中一片哗然。

这下，连皇帝都觉得荒谬了，斥责说：“仇公公言过其实，想那刘禹锡统几员兵，不过收集民间舞蹈，哪里就是作乱了！ 你就不要胡言乱语了。”

所有的攻讦者吓得噤若寒蝉。

倏忽过去了大半年，又到春耕繁忙季节，夔州乡村旱改水进行得怎么样了？ 百姓养的耕牛体壮力健吗？ 今年应该种植水稻了吧？ 这一切农事，刘禹锡挂在心头，一时很难消除。

刺史府邸里因此通宵烛光彻照，刘禹锡叫了各县令等，连夜地商议，想要有个明确结果。

别驾刘阈告诫大家：“各县令，刘刺史夙兴夜寐，诗都写得少了，操心各位治下呀！ 百姓年年喊吃不饱，可是要让他们饱食，却又怀疑这担心那，山上放牛怕摔死，土里灌水怕胀死，你们究竟能否体会到大人的热心？ 不过就是改几亩水田嘛，硬是刀耕火种，烧了畲田轻闲，我看是偷懒。”

刘禹锡不全赞同，接过话头儿，说：“各位，本官是主张多改水田，蓄满了水，一来可以种水稻，产量高得多；二来田里有水，心中不慌，万一出现天旱，一般旱情应该可以克服。 刀耕火种不行。你们也都看到了，江边好些山峰，被烧得光秃秃的了，根本无法种植。 不过，是否可以试种柑橘？ 本官在朗州时，满山遍野的橘树，无怪屈大夫吟曰：后凰嘉树，橘徕服兮。以本州之户口数、田地数，完全可以种粮种橘并行嘛。”

“大人说得有理。”封文渚一口接过，“目前农事紧急，各位可至养牛户，查看是否按衙门要求，确实改造好水田，而且可在本年种植水稻。”

云阳县令张子松响应：“下官按刺史大人布置，下乡村劝告百姓种田，平阳大坝比较容易，百姓争着领养耕牛，也按照要求改造了水田，只是耕牛还少了些，不够他们使用。”

刘阈问：“不够使用，意思就是百姓愿意用，官府拿不出，他们不会自己买几头牛吗？”

张子松不知如何回应，大昌县令朱敏政说话了：“云阳尚存几块平坝，敝邑则不然，找不到什么坝坝。高山上养牛也行，可是高山上犁田，别驾大人，你说这个怎么办？”

刘阈怒说：“你问本官，本官去问哪个！”

“问我。”刘禹锡把话接过来，“各位大人，本官曾经说过，官府用仅有的银钱，购买一些耕牛，是鼓励百姓摆脱刀耕火种，采取先进的耕作方法，来种粮食，以提高产量，过上温饱日子。听各位县令所说，还是有效果嘛。耕牛都发下去了，百姓也砌了圈喂着，就是成功嘛。各位大人不要认为，官府能一呼百应。要百姓出钱，他们辛苦多年的积攒，舍不得实属正常。”

刘阈贴过来，说：“对嘛，本官也是这个意思。”

巫山县令覃昌扬补充：“本县跟各县差不多。只是去年过了，今年如何鼓励？让百姓多增加一些热情，多养几头耕牛，本县的日子就好过得多嘞。”

刘禹锡指着他说：“覃令多谋，各位要好生思考，多收一些粮食，本州的日子，也就好过得多。”

随后让县令们散了。

刘禹锡没有离开，将就公案笔墨，就事论事，给裴度写了一封信函，报告了夔州改造畲田一事。

侍妾百荷铺好了被盖，钻进铺盖里暖着，单等刘禹锡过来双双入睡。等得太久忍不住睡着了。然后突然惊醒，见他还没有忙完，便倒下去又睡，再被突然惊醒。睡了醒、醒了睡，反复几遍，刘禹锡还没有进屋。百荷怕他冷，怕他饿，怕他没人侍候笔墨，不敢自己独睡，翻身起来，轻手轻脚地走到书房里头。只见他已趴在桌上睡着了，身上披的衫儿，也梭到地上了。百荷差点儿一脚踩上，她轻轻地提起来，重新披在刘禹锡肩头。

“大人！大人！”百荷掩着嘴唇，细声细气地叫了几声。刘禹锡已入沉睡状态，哪里听得到呼唤，还是呼呼大睡。百荷生怕他会出事，不敢离开了，倒在旁边太妃椅上，伴他继续入睡。

霞光透过窗棂照入，在百荷脸庞一晃，就把她惊醒了，她坐起身就问：“可是大人醒了？”

刘禹锡俏皮地回答：“大人未醒，尚在梦中，有女偕行，胜过起哄。”然后走过来，将百荷扶起，再一把搂入怀里。

百荷讨饶，说：“大人饶了小婢。”

刘禹锡诧异地说：“不对呀，你不是睡在床上吗？怎么转移到了布榻，难道与本大人梦中相会？”

百荷大羞说：“是小婢照顾不周，夫人晓得了，会挨竹篾片，大人饶了我吧！”

“哦！”刘禹锡故意说，“要吃楠竹篾片炒肉丝？”

百荷也有些动情，可是这时间不能做个啥，急中生智，朝书案努努嘴，说：“大人给哪个写的信，要不要及时送走？”

一下子提醒了刘禹锡，他连忙把百荷放开，三步并成两步走，奔到书案旁边，取了纸匣，细致地将信函装入，重新提起笔来，写下“同平章事府裴度大人启”几字。百荷也跟过来，取了蜡封油，在灯焰上溶化了，倒在信函封口，用封印压得紧紧的。

上堂办公后，书吏自会前来府中，取走应发书信、公文，交驿站用快马或快船送走。

刘禹锡忙活一阵之后，觉得肚子饿了，百荷又没取粥和馍来，只傻呆呆地站在跟前。他看她脸儿雪白，匆匆穿了一件湖绿色的半截袖长裙，如风里荷花般轻盈，突然心跳得猛烈，只是想着马上要上堂办公，不得不将欲望压下，问："这个，老爷的早饭，怎么没有摆上来哩？"

百荷回答："老爷，我先去看看厨房，做好苞谷丝儿和馍没有！"

再顾不得说个啥，她提起长裙，往外就一头拱出，差点儿与进屋的薛氏撞上了。薛氏提着曳地长裙，领着儿子刘孟郎、刘仑郎进来给刘禹锡请安，被她一撞，差点儿碰个踉跄。旁边侍女急忙扶稳。薛氏难免尴尬，骂了百荷一句："没教养！"扭头吩咐走后头的管家婆："把这小妮子拖下去，狠打十个手板心！"说完，怒色迅速转换成了笑靥，风摆荷花般，率了儿子进屋，笑嘻嘻地问候，说："老爷早！"

刘禹锡见是薛氏，也改颜相向，回她说："夫人，昨夜可否睡得安稳？"

薛氏双手紧扣腰间，拂了一拂，高兴地回答他："承蒙老爷关心，甚好，甚好。"

刘孟郎和刘仑郎才走上前，躬身请安。刘禹锡见了两个儿子，心头高兴，招呼他们再上前一些，即见二人眼圈淤乌，知道是熬夜所至，不觉心痛起来。

管家把百荷推到屋檐下，要她伸出一只雪白的手板儿，取了一枝竹篾片，开始一一地狠打。

百荷只觉得手板像是被撕裂一般，痛得非大叫不可，又不敢大声呼痛，只是"唔唔……哦哦……"的，一个妖艳的身体左右扭动，委屈得潸然泪下。

刘禹锡一本正经地接受孟郎和仑郎请安，有心叮嘱几句，耳朵却捕捉到百荷宛若莺啼的呼痛声，不禁变了脸色，只是当着两个儿子面不好动怒。

薛氏何等聪明，立即朝管家喊叫：“管家，差不多得了，教训教训就算了，让百荷进来给老爷煮茶。”

刘禹锡才一笑了之。

# 第十六章

薛氏连续使眼色，见孟郎和仑郎久慑于父威，畏畏缩缩的，不敢上前说，只好代言："孩子们还有事请教于父亲。老爷可有稍许闲暇？"

孟郎和仑郎手忙脚乱地各自掏出一沓稿纸，高举与额头平，恭恭敬敬地说："孩儿恭请父亲教导。"

刘禹锡心情大好，朝薛氏略一躬，含笑示意，还说："夫人提醒得对，我初至夔州事忙，督促孩儿们读书上进全靠夫人了。你们还不谢过母亲？"

孟郎和仑郎一齐朝薛氏行礼，说"有劳母亲教养"，然后把手中纸沓递到刘禹锡面前。

刘禹锡奇怪："你们手捧何物？"

孟郎恭敬地说："父亲，孩儿等遵嘱，反复诵读大作后，已能背诵，请父亲考查。"

刘禹锡十分满意，说："孟郎背诵俺的《鄂渚留别李二十一表臣大夫》吧，过后，须将其意给为父解说。"

孟郎听他的要求，心头难免紧张，一边背一边总去思索诗中之意，背得磕磕巴巴："高樯，起，行色，促柱动离，声。对否？也对。欲问，江深浅，应，如，远别情。"

刘禹锡没有训斥儿子，耐心地解释：“李程，字表臣。据说李程当初考进士是德宗贞元年间，试题名《日五色赋》，考官不识其优，被批落榜。出场后，遇到吏部郎中杨于陵，拉着李程询问考试情况。李程取出手稿给他看，开头两句就是‘德动天鉴，祥开日华’。杨于陵就说，你应该当状元。谁知次日考试杂文，李程又榜上无名。杨于陵气不过，在旧试题集的后面抄写了李程的文章，不署名，拿去问主考官，说你怎么出旧题目来考？主考官说绝不可能。杨于陵拿出李程的赋给他看，还问‘如果考试中有人写出此赋，你说怎么办？’主考官巧妙回答‘没有则罢，有的话，肯定中状元。’杨于陵说，此人就是李程。主考官立即把李程的考卷调出，对照之下，一字不差。便改了前面的榜，让他做了状元。”

仑郎好奇地问：“父亲的意思是，只要肯下功夫，朝廷断不会埋没人才的？”

刘禹锡点头认可，还说：“不仅如此。后来，李程做了大官，镇守大梁，仍然十分谨慎。听说有人参加博学宏词科考试，也考了《日五色赋》的题目，生怕被那人超过，专门把那人的文章取来，双手颤抖着拆封，读到其破题，是‘丽日辉煌，中含瑞光’，就高兴了，说这破题所解没有超过自己。孟郎可知为父意思？”

孟郎朗声回答：“父亲之意，是说文无止境，无论当到了什么官阶，对自己的文章，都要反复斟酌修改，以审慎心对待一切作品，不可玩忽也。”

听两父子说得亲和，薛氏笑眯眯地离开了，临行吩咐百荷，他们父子渴了，立即把浓茶送上，不可疏忽。百荷作万福礼，忙手忙脚地斟了茶，分送给刘禹锡父子三人。

孟郎正侃侃而谈：“父亲的诗句壮阔，‘高樯起行色，促柱动离声。欲问江深浅，应如远别情’，承续了一贯风格，融情入景。行色分仓促、稳妥、缓慢等，乘船离去，当然是稳中有进，所以势如‘高樯’也。那么这种情深抑或浅，没人能够直说，就问出来了，也不妥，所以不问情深，偏问水之深浅。”

“再说说《答表臣赠别二首》，为父看孟郎功力大进，能够于细微处领略了。”刘禹锡表扬说。

孟郎立即诵出：“其一，‘昔为瑶池侣，飞舞集蓬莱。今作江汉别，风雪一徘徊’，父亲，儿子依稀觉得，这首诗定与感情有关，可是思念母亲的缘故？”

刘禹锡听他说得偏狭，不便指责，只是捻须点头，说：“你可将第二首诵出。”

孟郎又朗朗背诵：“其二，‘嘶马立未还，行舟路将转。江头暝色深，挥袖依稀见’，父亲，‘嘶马’‘行舟’好解，‘挥袖’却是什么意思？”

问得刘禹锡老脸一红，支吾着说：“当然是临别伤情，父亲老母在堂，妻儿惦念，‘依稀’照应‘暝色’也，‘挥袖’当然示以遽难分离之不忍。”勉强蒙混了过去。

刘孟郎心头猜想：“离开连州，父亲不是与我们母子同行吗？怎么会有遽离，而且当时并不见有人送别，父亲心头万转愁思，都系于何人身上，那么百转千回的……”当然不敢说出，在胸腹间不停歇地打旋儿，脸色阴晴不定的。

刘禹锡关心地问：“孟郎脸色不好，难道罹患疾病，让为父摸摸脉象。”

“还是给公子熬碗姜汤吧？”百荷入室给三人换茶，恰好接了话末儿。

刘孟郎立即谢绝：“不用，不用，瘟病初起，喝汤时掺几瓣大蒜嚼下，发出一身汗水，也就痊愈了。”

刘禹锡说：“不错。”

百荷却说：“公子切不可大意，夫人正在监厨，我立马过去，告诉夫人，熬一碗姜汤。”

刘禹锡说：“你快去吧，怎么只会饶舌？”

刘孟郎阻止她："又去烦劳母亲，百荷止步，父亲不可让她去打搅。"

刘禹锡只是说"亦可"，不等二人商定，对刘仑郎说："你可将我的《出鄂州界怀表臣二首》背来听听！"

刘仑郎稍幼，学着父亲吟诗，摇头晃脑地诵出："其一，离席一挥杯，别愁今尚醉。迟迟有情处，却恨江帆驶。"一气呵成，并无结巴，还问："兄长听弟弟背诵，可有顿挫不合、抑扬不当之误？"

刘孟郎连声叫好，还说："吾弟背书，如梅溪河汇入长江，无阻无拦般流畅，显见其心平气和也，镇定功夫十分到家。"

刘禹锡点头说："仑郎不妨一解。"

刘仑郎见父亲重视，也很高兴，张口就道来："即使当时就喝醉了，也不至于今天还没有醒呀，所以父亲说是'醉于别愁'，离别的忧愁千醉万醉，都是说得过去的。"

"噫！"刘禹锡想不到，小儿子竟有如此见解，便喜上眉梢，鼓励他说，"那么，后两句仑郎可有新说？"

刘仑郎不会客气，说："依儿子看来，虽是离席一挥杯，父亲诗中第三句'迟迟'应有一番宛转意味，仿佛抱怨情来得迟了，可是又为什么说船要开走？"

刘禹锡料得他理解不了，趁机指教儿子，说："因为有了情，舍不下这情，所以恼恨船要开走了。仑郎以为如此倒置，是不是意味更为深长呢？"

"多谢父亲指教！"两个儿子一起弯腰行礼。

刘禹锡趁势追问仑郎："那么，其二呢？"

刘仑郎背了手，昂起头来，朗声背诵："其二，梦觉疑连榻，舟行忽千里。不见黄鹤楼，寒沙雪相似。"

刘禹锡说："仑郎可解诗意？"

刘仑郎回答："将至矣。"

刘禹锡拊掌大笑，说："仑郎聪慧，所谓言简意赅，就是抓住关键字句，一抖即开，用不着反复捉摸，即成矣。如何不见绚儿和杨柳？”

百荷多嘴，说：“老爷不知，韦绚和杨柳在花园里，正热切地谈心哩。”

刘禹锡听了，脸色渐渐变得凝重。

韦绚将杨柳喊住，并不是谈男女情，却是教她，将放跑飞贼事好生遮掩，切不可一时冲动，直截了当说出，给刘禹锡惹祸，还会害了自己。

杨柳惊问他如何晓得是自己和百荷放走飞贼。

韦绚警告她，说：“百荷是牛元翼的人，说的话不可信，而且她家住襄阳，怎会有飞贼这样的奉节人做表哥，她欺骗你那些做作，我都看见了，只是没弄明白是不是大人的意思，才没揭穿罢了。”

杨柳有些恍惚了，喃喃说：“她怎会骗人？怎么会骗人？我不是帮她的吗？”

韦绚说：“她百般讨好大人，就是欺骗，企图替牛元翼办事，这种事我见得多了。”

杨柳怀疑：“可是，过去那些时日，也没见她做坏事。”

韦绚晓得她单纯，可有什么办法呢，难道费尽浑身解数就能说服杨柳？便不由自主地摇了摇头。杨柳说：“绚兄你不这么认为？”韦绚气她不光是单纯，简直幼稚，便说：“柳妹妹，一个红歌妓，跟着大人，跋山涉水地深入夔州不毛之地，隔绝一切享乐，而且没有达官显贵吹捧，难道是对大人真心？”

杨柳反驳：“么的不能呢？她敬仰大人的人格，佩服大人的文采，不怕吃苦受累，这样的女人在历史上，不是很多吗？”

“不多。”韦绚不赞同。

“很多。”杨柳坚持。

“倘若很多，一个朝代有多少？就说唐朝吧，你一双手能够数过来。”韦绚是有依据的。

“虽然数得过来，还是很多。”杨柳决不改口。

“柳妹妹，你觉得敢于牺牲的好女子多，那是因为你读到的，都是历朝历代的好女子，上下几千年，集合在一起就多了。眼前百十年你都数不出几例，明白了？”

“本姑娘不信。”杨柳说，“别人好不好，于本姑娘何干，本姑娘是有追求、有原则的。”

“原来如此。”韦绚懂了，问，“难道柳妹妹喜欢大人？这可逾越礼教了！”

杨柳并不害羞，心直口快地说：“本姑娘喜欢大人的诗，与三峡竹枝调一样；本姑娘还喜欢大人性格，像竹子一样耿直；本姑娘更喜欢大人知识渊博，既为吾师，本姑娘就追随到底！”

韦绚不得不说“佩服”，又疑问：“那么，柳妹妹对吾师死心塌地，怎么又做他不喜欢之事哩？”

杨柳结巴了，说：“那，那是，是，百荷诱骗，本姑娘，还，以为乃大人吩咐，吩咐的。”

“是呵，百荷真无诡计，她完全可以禀告师尊，查实原因，释放飞贼。”韦绚终于抓住她话里漏洞。

“飞贼？”杨柳又是一惊。

“原来柳妹妹毫不知情，就充当了帮手，真是糊涂！”韦绚好不容易捉到的飞贼，被两个女人略施小计，就放出大牢了，想想真是不服气，扭头继续责骂，“糊涂透顶！”也不知是骂自己，还是骂杨柳，出气罢了。

“绚兄，杨柳知错了。”杨柳道了歉，上前拉着韦绚衣袖，小女子般撒娇，要他原谅。

韦绚回过头来，见她满脸飞红，鬓发也乱，活脱儿一朵乍开鲜花，顿时就心软了，伸手理理她飘飞零乱的青丝，无比怜惜地劝说：“柳妹妹，百荷那种女子，不过是服侍师尊的侍妾，她做错了事，应当自己去承担。万一事态暴露，你可不能犯傻，挺身而出，去替她承担什么。”

杨柳低眉顺眼地说：“绚兄，虽说是百荷指使，但不是说一人做事一人当嘛，本姑娘做错，也应有所担当呀。”

“你傻呀！”韦绚听她这样说，心头急得不得了，这不是自投罗网吗？便支了个招儿，“柳妹妹，万一事发，你就实话实说，不得隐瞒半分，你懂吗？”

“我懂了。”杨柳答应，她懂了说实话，不懂得说实话也有技巧的，反正时间隔得久，说掉一两句，也是十分正常的。

韦绚教懂杨柳，也很高兴，跟她掉转话头，讨论文章。

一匹快马，踏得大巴山驿道直冒火星，送来朝廷议事结果：皇帝表扬了刘禹锡的行政能力。这让仇骥和刘阈几乎死心。两人不得不龟缩起来，再不敢多嘴多舌，任凭刘禹锡大刀阔斧地按照先前的策划处理了盐务。

这一晚，对刘禹锡来说，则是辗转反侧，想不到皇帝对自己连正常“量移”都不准许，只在朝堂给予褒扬，难道元稹不死，朝廷风头永不改变？可是朝堂上帮忙说话的并不多。而且还有仇士良居心叵测，安置眼线在夔州不说，皇帝面前，还一口一个“朋党”，攻击永贞革新的人物！当然，文人立于朝堂，不在乎权力大小，只供皇帝顾问。看来裴中丞定然使尽浑身解数方才促成。刘禹锡心想，朋友相处之道在有往有来，遂挥笔书成一函：

**某启：**

向者淮右逋诛，即戎岁久。天子斋戒，以命元臣。登坛之日，上略前定。从九天而下，纵以神兵。分六符之光，扫其长彗。授钺於西颢之半，策勋於北陆之初。功成偃节，复执大柄。君臣相遇，播于乐章；山河启封，载在盟府。上方注意，人益具瞻。因鱼水之叶符，极夔、龙之事业。时属四始，恩覃万方。致君及物,其德两大。古先俊贤所未备者,我从容而保之。殆非人事,抑有幽赞。夫异同之论,我以独见剖之;文武之道,我以全材统之;崇高之位,我以大功居之;造物之权,我以虚心运之。然持盈之术,古所难也。实在阴施拯物,厚其德基,以左右功庸,而百禄是荷。人所欣戴,久而愈宜。昔袁太尉不忍锢人,而楚狱衰息。一言之庆,而子孙丕承。以今日将明之材,行前修博施之义。笔端肤寸,泽及九垠。犹夫疾耕,必有滞穗。某顷堕危厄,常受厚恩,谊盟于心,要之自效。常惧废死荒服,永孤愿言。敢因贺笺,一寄丹恳。顾非奇理,不足以萦於冲襟。然利于行者固在乎常谈,而卓诡孤特之言,未必利于行也。伏惟以愚言与贤者参之。谨启。

夔州刺史刘禹锡

刘禹锡伸懒腰,仿佛瞌睡虫钻入脑中,左右冲突好一阵都不能摆脱,想喊百荷又怕吵闹到薛氏,想起身去睡又站立不起,晓得劳累过度,便伏在书桌上酣然入睡。一会儿,鼾声大响。

后半夜时,刘禹锡做了一个梦:柳宗元立于朝堂,双手举起一片玉笏,跟宦官俱文珍他们争论,说的什么听不清楚,应该是为朋友仗义执言。裴度帮腔,说柳宗元说得有道理,俱文珍公公是胡言乱语,引起朝臣们与宦官首领发生冲突。皇帝不但听得明明白白的,就是不开口,让两派人物在早朝里激辩,而且还津津有味地听,身上那袭兖龙黄袍熠熠生辉,耀得人眼花缭乱。

元和十年春,某日,皇帝上早朝。

大明宫宽敞的朝阳殿中,皇帝头戴“金博山”冠,身穿双龙盘绣的黄缎长袍,高坐在龙案之后。虽然,他昨晚跟新晋的虞美人玩得猛了些,但精神头儿还显得轻松。这段时间里,举国无大事,眼瞅着臣子们忙碌，皇帝心中惦念虞美人绵软的身体，急待散朝回宫，再与她嬉戏玩乐。

这位皇帝呀，临朝都临得有些厌烦，只是自家天下，表面容不得半点疏忽。

执事太监甩响蟒鞭，等朝臣们安静了，依旧说："各位大人，有事奏上，无事退朝。"朝臣们都朝李逢吉看，他是太子侍读门下侍郎、同平章事的当朝宰相，众官让他先行启奏。

这些大臣着朝服，以颜色区分等级，头戴官帽，站在底下，活像一群染色的玩偶。

李逢吉手捧笏板，上前一步，朗声报告："臣，有话启禀圣上。"

皇帝准许了："爱卿请讲。"

李逢吉不用看笏板上的摘要，诸事早已反复思考过，胸有成竹地说："西川节度使刘辟上奏，兼领剑南道、东川道，以安抚民众，恭请圣上予以允准。"

皇帝不明白李逢吉用心，泛泛而论，说："李卿，上月朝论，不是还议了刘辟的病休吗？ 怎么一眨眼间，他又要争地盘了，到底生病了没有？"

顿时，大臣们交头接耳起来，这"兼领"里头的板眼儿，大家心照不宣：就是想要揽重权。 大唐天下，因为藩镇割据，已经岌岌可危了，哪里还容得他们两镇三镇地霸占！ 只不过依照惯例，三位宰相还有两位没有开腔呢，且听他们一一道来罢。

刑部尚书张宏靖，封高平县侯，同中书门下平章事。 皇帝把"争地盘"的话都递出来了，不表态不出个主意，绝对不行的。 于是，他捋捋颌下的大胡子，咬文嚼字般说："是否生病之后痊愈了？圣上以为如何？"

这不是反诘皇帝吗？ 大臣们想笑，又不敢笑，憋在心头，且听皇帝如何斥责他。

皇帝懒得下结论，把皮球踢给了另一位宰相：“韦卿，你的意思呢？”

韦贯之是中书侍郎，性格要耿直得多，闻言上前一步回答：“圣上，依臣下看来，刘辟之病，分明就是试探，看我朝中君臣，是否识破其计策。”

“妙极！”皇帝许久没有听到过如此清晰的判断了，不由得拍手叫好，心思立刻转到问题上头，问道，“故刘辟之请，应予不准。然则，果真没有生病？”

李逢吉立刻意会到，皇帝还拿不定主意，先表示赞同：“就依圣上旨意。”然后补充一句说明：“倘若确实生过病，不妨安慰之，领南领北，多少都是为圣上做事哩，同意他兼领剑南，圣上以为可不可以？”

“妙极！”皇帝又一次表示赞赏，唯见不知不觉，太阳已经高高挂起，还有美人在宫中等待，一切朝政，折中了事就罢了。然后征求大臣们的意见：“众卿以为如何？”

然而朝议事务，除非皇帝继续发问，意见相同的不必重复，意见有所不同才站出来陈述。

皇帝高高在上，看见的是一簇簇圆衣领，堆出一个个高冠，宛若雨后生出的一片蘑菇，只是有些深色，有些浅色，个个都在跃跃欲试。

李逢吉追着问：“那么，准，还是不准？”

皇帝明白了，厌恶地说：“若是做事，当准；若是争权，当然不准。”

“臣下即刻通知刘辟，让刘辟安心，避免祸起萧墙。”李逢吉莫名其妙地说了一句。

“祸？”皇帝听清楚了，觉得他失言，断无一请就应，如此还有什么不满？

大臣们晓得，刘辟骄横，已不是一日，同意不同意，那些地盘都是他占着，只要他把朝廷应得的，准时送上来，不必在乎名义上让他兼不兼领。

皇帝还是要驳斥："李爱卿，再似刘辟般肆无忌惮，卿家难道真能忍受？"

说得众臣一齐翻身下跪，齐说："请圣上息怒，这都是臣下的错呀，圣上息怒！"

皇帝却说："你们起来吧，朕并无责怪的意思。李爱卿还有奏吗？"

趁皇帝恼怒，李逢吉又上奏说："裴度前托韦侍郎请求，臣下已经传令，让刘禹锡、柳宗元二人回朝，可以安排在郎署。二人返京后，偶游玄都观，心中感慨不已，于观外吟诗一首，悬于茶棚，引起朝野轰动。"

"吟诗！"皇帝大感兴趣，身体往前一探，着急地问，"可是歌颂圣德的？"仿佛自言自语地念叨："想不到刘禹锡、柳宗元，也被朕调教好了，时刻不忘颂圣。李爱卿，快念来朕听听。"

李逢吉张口就背："'紫陌红尘拂面来，无人不道看花回。玄都观里桃千树，尽是刘郎去后栽。'诗作之妙，在于看花而不写如何看，用看花回来言花之繁荣，唯有看过了，才晓得花事如此绝好，圣上以为如何呢？"

皇帝听懂了，却装不懂，故意沉吟一会儿，说："这诗，虽无不妥，似乎与颂圣也无关。"

噫，这是什么意思？对于刘禹锡、柳宗元两个手无寸铁的官，大臣们再无顾忌，纷纷发表自己的见解。

监察御史说："这是借物讥政。"毫不犹豫，就给他们扣了一顶大帽子。

右散骑常侍义愤填膺："圣上，您的宽大与原谅，他们丝毫不予领情，反倒心怀怨愤，是可忍，孰不可忍，请圣上赐予臣旨意，定将二人捉拿归案。"

右谏议大夫也说："是非皆由心起，刘、柳二人，与圣上离心离德的，什么'刘郎去后栽'，纯粹是攻讦，难道做臣子的，还眼睁睁地看着他们猖獗而不顾吗！"

众臣个个摩拳擦掌，似乎单等皇帝一声令下，就要挽起袖子，冲出太和殿，将刘禹锡和柳宗元擒住，数以逆天大罪，交由禁军节度使治罪。然而罪名是什么呢？有个人写了一首诗，说那些开好花的树不是自己栽的，似乎发了一点儿牢骚，就让大臣们怒不可遏，非置之死地不可。

站在下方的臣子，还有九寺五监的，九寺包括太常寺、光禄寺、卫尉寺、宗正寺、太仆寺、大理寺、鸿胪寺、司农寺、太府寺；五监包括国子监、少府监、将作监、都水监、军器监。卿监们一齐望着三相，看他们眼色行事。

李逢吉为首相，这时自然不能草率，须面面俱到，假意开脱说："以臣下意，二人虽有怨愤，长期在外，见识少，圣上不妨将他们训斥几句，毕竟其才可用嘛。"

他不说还好，刚刚在刘辟强索剑南道的憋屈中深感愤怒的皇帝怒不可遏了："咄！他们还敢怨愤，依得朕的本意就赐死了，还敢有怨愤？而且，还没有谢恩，他们先就怨愤起来，往后还能为谁做好事！"

李逢吉立即改变态度，说："臣也以为，似刘、柳二人，自以为才高八斗，结为朋党，长期不思悔改，圣上真的不可轻纵。"

众臣一齐下跪，异口同声说："请圣上治二人以重罪，警示朝中朋党！"

皇帝正要下令，突然想起二人才堪大用，且与李逢吉交恶，刚才那情景，颇有些怪哉，又改变了主意，说："朕是个爱才的皇帝，召了不用，万无如此道理，可以另行安排吧，倒也不必杀掉。李爱卿，你看将他们派往何地为好呀？"

李逢吉立即体会到，皇帝对自己起了疑心，马上建议："可将刘禹锡、柳宗元派往远州做刺史，提拔使用，这样做，圣上的爱才之心，朝廷内外尽皆明了。”

于是，皇帝颁下了诏令：出刘禹锡为播州刺史，出柳宗元为柳州刺史。

# 第十七章

播州是个只有两三万人口的下州。

再次来到播州，虽然晋升刺史，管理下州，官阶正四品下，刘禹锡还是有些无可奈何。但他自己不能反对，必须遵从皇帝的圣旨，即使母亲年迈体弱。

所以他收好官服，换上圆领衫，规规矩矩地坐到油灯前，煞费苦心撰写谢恩折。他猜到柳宗元会踅过来，替自己的明升暗降到播州为官鸣不平，自己须得赶快写好了，拜上朝廷，再来应付柳宗元对皇帝的愤怒批驳。

柳宗元晓得，刘禹锡的母亲年老体弱多病，此行若去播州，千里迢迢不说，沿途穷山恶水，找不到客舍，恐怕还须露宿，岂是一个耄耋老人能够承受的！

于是，他换上刺史的绿色官服，戴好乌纱幞头，推开刘禹锡那间房门。

刘禹锡正对着一盏瓦油灯，聚精会神地奋笔疾书，听到房门响动，不用抬头看，就晓得是柳宗元进来了。仍然埋着头说："贤弟请坐，我一会儿就好。你的谢恩折子上了？"

"没有。"柳宗元气鼓鼓地说。

"为什么？"刘禹锡不解，又问，"贤弟前往柳州，地虽贫瘠人虽穷困，不正好施展才华，为圣上整治出一个朗朗乾坤吗？”口中说事，手下仍然疾书不停，瞅这架势，也是写到紧要处，竟不能停歇片刻。

“兄长还有心思拟折？”

“圣上恩典，总是要感激涕零的。”

“恩典？难道不是发配？”

“贤弟这话说错了，雷霆雨露皆是恩惠，且先谢恩。”

“难道不申辩，还当是我们索要个啥？不是圣上召还我们，要我们做啥的？”

“贤弟这话不错，召我们回京，可留朝廷，亦可出为外官，万事都看我们怎么做哩，是不是这个理儿？”

刘禹锡委婉地劝着对方，一边手不停书，大有借上这谢恩折子的机会，表达自己的政治见解和治国方略之势，即便柳宗元这样的兄弟，都顾不上招呼，犹自书个不停，嘴里还叨叨：“是则天下挠挠，非皇权不可遏制；民间纷扰，非天子不能爱之。遏制则须收藩镇之权，集于中枢而奋起也，爱之则须减百姓之负，明颁诏令而广布也。此乃臣下之一见也。”

他还要收藩镇之权！

这几句话一出，柳宗元就晓得他还要惹祸，这哪里是在泛泛谢恩，恐怕只会引起朝堂里一片聒噪。

当然也有大臣会拍手叫好。

刘禹锡自觉得意，摇头晃脑地问：“贤弟，你觉得，愚兄这几句实话，说得可还算剀切吗？”

这下，他抬起头来，直瞪着柳宗元问。油灯焰儿忽地一闪。柳宗元被他问得尴尬，说是不行，说不是也不行，还他个白眼，人就凑拢了去看奏章。

柳宗元哭笑不得地说：“剀切，不就是拿一把山大的刀来切自己吗，你掂量说得说不得！”转眼瞅见他的长篇大论，顿时心头挽疙瘩：这老兄果真要惹祸？

这时的朝廷，永贞政敌李逢吉为宰相之首，皇帝心思缜密，行事极其果断，厌烦朋党辜负圣恩，使得自己没有了依靠，藩镇愈益猖獗张狂。似刘禹锡般幼稚，如果惹祸上身，能不能脱身还在其次，深陷其中，恐怕能否自拔也是个未知数。

柳宗元小心翼翼地问："开笔宏大、结尾昭彰，兄长这是要上策论了吗？"

"谢恩折。"刘禹锡再糊涂，也不会贸然行事，把谢恩折子写成策论，招致朝臣们口诛笔伐。

"为何折子内有治国抚民的策略？"柳宗元怕他冒失，不问个清楚明白，是不会罢休的。

"顺带，顺带而已。"刘禹锡也觉得议论得宽泛了，不得不换个说法，解释给他听。

"那么，老母亲也去播州，兄长也不在折子里乞恩？"柳宗元不罢不休。

"乞啥恩？俺母亲大义着哩，听说圣上施恩擢拔，义正词严，教导了愚兄大半夜，正收拾着要跟俺去。"刘禹锡总觉得理正，并不介意柳宗元反复过问。

"糟了！"柳宗元一拍大腿，心头一股火起，怎么使劲都按捺不住，狂叫一声，然后说，"兄长也不替伯母想想，播州偏远，气候特别恶劣，不是人待的地方，以伯母高龄，怎么经受得了呢？"

"我想过。"刘禹锡坦陈，"母亲的意思是：我们母子，连人都是大唐的，不可拂逆皇命。再说播州虽小，也是一个州建制，你我满怀抱负，正好施展，岂有推脱不去之理。如果不去，不是恰遂其意？被李相他们攻击，贬为庶民，还谈什么为国为民！"

柳宗元被他驳得哑口无言，愣在原地不动，好久才说："写，写，写，你就知道写。"因此一气之下，转身回屋，也研了一大盘浓墨，先写下"臣柳宗元奉派为柳州刺史谢圣上恩折"一行大字，想想仍旧不服气：这天下，不是以孝当先吗，分明高堂在，偏要儿子出去远州，岂是为君之道？ 当然，这话敢想不能说，聪明人想都不想。 柳宗元极聪明，属于聪明过头一类，所以想了，还要明明白白地说出来。

他几笔抹去原题，重新草拟奏章，挥笔写下“因刘禹锡老母病重愿以柳州易其播州事奏”，又想到自己身份，除了谢恩折子外，其余奏章不能亲递，又把标题抹去。 柳宗元很有些坐卧不宁。 他在屋里兜着圈子，先往灯前凑一凑，然后起身，莫名其妙地朝里屋走；可是这样做没有意义，又折了回来，戴上乌纱幞头，出去找裴度商量。

裴府处在朝臣簇居的八府庄，为皇帝新近所赐，占地面积不小，看上去黑压压的一片。

两人一见面，裴度就说“恭喜”，将他让进中堂，坐在右侧的客座，然后拿起木勺，从悬吊的鼎锅中舀出一勺黑乎乎的茶汤，倾倒进碗里，半开玩笑半认真地说：“柳刺史大驾光临，不知有什么事儿？”

柳宗元待了片刻，顾不得饮茶，突然起身，离开了座位，匍匐在裴度跟前，放声痛哭起来。

裴度吓得赶忙离座，过去搀扶他：“刺史大人不必如此心伤，有话请直说，无论啥话都好说。”劝着，突然明白对方哭诉的原因，重重地叹口气，说：“子厚，想必是因为梦得分派播州，携老将雏，诸事应对艰难吧？”

柳宗元边哭边说：“大人，播州气候恶劣，不是人住的地方，而且刘梦得的母亲年老多病，我不忍心看着他左右为难，不好自己来对大人说呀！”

裴度说了实话：“子厚呀，这可是个棘手的问题，朝中掌权的宰相们都说，梦得心怀不满，写诗嘲笑百官，等于是讽刺圣上。 圣上特别爱才，虽然将他安排得远了一些，毕竟是升官嘛，一级级上升，前途还是可观的。”

柳宗元坚持道：“大人，即使刘梦得有错，断无连他母亲都惩罚了呀，通通发配到播州！我愿意去播州，换梦得与其老母，去柳州为官。”

裴度也觉得皇帝变脸比翻书还快，既然刘禹锡老母在堂，倒还可以因此上奏皇帝，便答应了：“子厚，你只管回去，写好谢恩折子，皇帝那里，我亲自上奏。”

然后，起身送了柳宗元回去。

次日早朝，裴度出班上奏：“圣上，刘禹锡母亲年过八旬，长期跟随儿子生活，如果将刘禹锡派往播州去任职，他母亲无法跟随前往，必然是跟他生离死别了，这样的安排，臣以为，恐怕损伤圣上的孝道。”

皇帝据理驳斥：“当儿子的，既然有老母亲在堂，待人行事尤其需要谨慎，避免犯了错误，伤害到亲人。可是，刘禹锡口无遮拦，伤害了众臣，也包括你裴度吧。爱卿呀，让他到艰苦的地方锻炼锻炼，是朕开恩，岂能以伤孝道来指责朕呢！”

裴度无言以对。

过了一会儿，皇帝又改了口：“处罚儿子犯下的错误，结果伤了他母亲的心，也不妥当，那就换个地方吧。”

裴度立即下跪，说：“谢主隆恩！”皇帝示意他起身，又对着旁边的大臣说：“还是裴度替我考虑得周到呀。”

第二天，皇帝重新任命刘禹锡为连州刺史，颁旨太监特别做了个说明：让他的老母亲，在城里多游玩几日，到处走走，观看雄伟壮观的大唐都城。

刘禹锡感动得涕泪涟涟。

得到刘禹锡改任连州刺史的消息，柳宗元才放下了心，到街市里置办了好些衣物食品，租了一架大马车，定好出发时间，然后在街上闲逛。长安城的繁华是外州县不能比拟的，京官外放或者外官回京，不痛痛快快地潇洒一番，于秦楼楚馆中好生逍遥，就会觉得辜负了自己。

长安城最有情趣的，当然是歌坊舞榭。那里不仅美女如云，足以大饱眼福，得以逞手足之快；而且美酒论斗，肥牛管够，最能够醉生梦死。以两位诗人的无拘束秉性，钻那些僻巷，并不觉得时间已飞速流逝。男人么，管他是个好男人，还是个坏男人，首先是个人，然后才是男人。而且，他们都是耍得来、吃过苦的人，还是两个官人，具有一切男性的优势。过去那些好朋友，以及不大要好的朋友，见皇帝没有收拾他们的迹象，反而还有所倚重，出为刺史之职，可是个挺大的官哩，所以也都纷纷来巴结了，有请吃酒的，有请嫖妓的，还有请观歌舞的，甚至自荐为属下、为管家、为保镖，把一个客栈闹得乱哄哄。进进出出的，虽不比那些当朝显贵们威风十足，其风头也弱不了几分。这样难免过于张扬。所以裴度差人提醒，要他们尽快收拾妥当，拿着皇帝圣旨，快马加鞭，到任职地就任。

若非圣旨已下，两人相约着，昏天黑地，也许多待几天，不是啥怪事儿。

他们一齐上了马车，踢踏踢踏地，往东南去到了衡阳。

从长安前往连州、柳州，就在衡阳分路。衡阳到连州六百里，到柳州一千里。柳宗元就让马车随刘禹锡走，送他们一家老小，朝东南下连州；自己背着包袱，寻了匹马，独自往西南方向的柳州去了。

刘禹锡呼唤一声："子厚且慢！"

柳宗元正准备打马疾行，听到刘禹锡呼叫，就勒马不前，挽转了马头，问："梦得兄还有什么嘱咐？"

刘禹锡跌跌撞撞地奔了过来，挽住马扎口，动情地说："子厚贤弟，如果不是你仗义执言，愚兄一家，今日岂能走得舒心得意。"

柳宗元跃地下马，面对刘禹锡，一抱拳，说："梦得兄长，你我贵在相知，属志同道合。 伯母大人年迈，兄不能坦言，正该小弟向圣上禀陈。 这般小事，如此牵挂，兄长过虑了。”

刘禹锡一把抓住柳宗元的胳膊，就往下跪，惹得柳宗元也立即跪下。 两人就在长亭旁执手相看。 刘禹锡看着柳宗元，显然难舍难分；柳宗元看着刘禹锡，也是依依不舍。 两个人痴痴地相望，看得心头酸涩，一齐放声大哭。 柳宗元哭得心痛，哭着哭着，又往地下倒；刘禹锡勉强忍着，先还是哽咽，继而长一声、短一声的，也哭了个天昏地暗。 两人哭过一阵，没有声音了。 只是泪水止不住，顺着脸颊，一串串地流下去。

柳宗元动情地说：“梦得兄，你们母子赶到，就给弟弟打一封平安书信。”

刘禹锡点头答应着：“贤弟你也一样，看到了信，我和母亲才能放心，对了，昨晚为兄夜不能寐，吟成七律一首，差点忘了送给贤弟。”

柳宗元大喜过望，打躬作揖，连忙说：“哥哥请赐之。”

刘禹锡神态略微一敛，面色顿变为整肃，抑扬顿挫地念出八句诗：“去国十年同赴召，渡湘千里又分歧。 重临事异黄丞相，三黜名惭柳士师。 归目并随回雁尽，愁肠正遇断猿时。 桂江东过连山下，相望长吟有所思。”

柳宗元听得痴了，看着刘禹锡，不住地点头，泪水又顺腮帮子往下流。

“好个‘归目并随回雁尽’！ 刘兄、柳兄，难道这世间，就没有快乐的告别了吗？”不知何时，亭外围观的人群中，悄无声地出现了一个熟人，原来是御史中丞裴度。

“见笑。”刘禹锡大喜过望，高兴地打招呼，“中立兄也往东南去？”

“非也。”裴度回答，“李大人事先吩咐，圣上同意所请，可以自行往江南一游，也增长一些见识。”

“哦？”刘禹锡听柳宗元说过，李逢吉既不满自己批评百官“尽是刘郎去后栽”，又要维护在文人中的崇高地位，特别赏识裴度，几至言听计从。

裴度与柳宗元亦熟，既有下江南一行，行程漫漫，遇上了，不管有意无意，不妨多聊几句：“子厚兄，梦得此诗，请解之，行么？”

“刘兄的意思？”柳宗元故意发问。

“随便。”刘禹锡不怕他当众评头论足。

“那么，就在关公门前耍大刀了。”柳宗元缓缓地说，“此诗工极于发端，首句和次句，仅用了‘去国’‘赴召’‘千里’和‘分歧’四词，就把屡遭挫折的经历，轻易地勾画出来了，巧妙地构成了诗人对起述事，句稳而且意深，为下文的任意展开，做了一个极好的铺垫。”

“的确。”裴度赞同他的深刻分析，顺口捧了一句，“方家眼光独到。”

刘禹锡不置可否，显然心中得意，便听他继续分析下去。

柳宗元又评说：“三、四句承上抒情，而用典极妙。梦得兄初次遭贬，即谪为连州刺史，途中追贬为朗州司马。此时再出任连州，所以叫作‘重临’，以典明志。西汉有个贤相名黄霸，曾两度出任颍川太守，即连州，清名满天下；而梦得之重临，则是带着八旬老母流徙南荒。下一句，又用了春秋时柳下惠的故事，柳下惠为‘士师’即狱官，因其‘直道事人’三次被贬黜，在下同样遭遇了‘三黜’。这些用典精确，可谓天衣无缝。”

“事无不可对人言。”刘禹锡再不惧人攻击以“讥诮”，便坦然以对。

“倒还不仅是事态坦陈。”柳宗元分析得头头是道，“第三联五、六句，将笔锋从往事萦回，折转入眼前的别况，此即绝妙好辞。‘归目并随回雁尽’，友人分手时的情景，一个‘并’，一个‘尽’，十分传神。而‘愁肠’句，似从张说‘津亭拔心草，江路断肠猿’诗中化出，以之衬托别绪，诗境也变得凄厉了。”

“妙解，妙解！”裴度称赞道。

柳宗元说：“末两句设想别后情景，以虚间实，笔姿灵活。其实‘桂江’和‘连山’并无相连之处，并非实说桂水东过连山。下面回答的，是如何把东西远隔的两地关联起来。窥探诗意，原来连接双方的，正是这无限相思啊。这一纵一收，转折、挽合十分有力。且用‘相望’二字，把志同道合又遭隔别的友人之间生死不渝的情谊写出。寄离情于山水，词尽而意余，情深绵长，意蕴深远。”

裴度明白了：这两人，简直就是心有灵犀。

柳宗元与刘禹锡，无殊于亲兄弟。柳宗元到柳州四年，因抑郁且患上痼疾不治，不幸卒于其地，遗言委托刘禹锡代为整理文章诗稿。刘禹锡当仁不让。他边编纂老友的遗稿，边指导着韦绚、孟郎、仑郎、杨柳学习。

韦绚和孟郎读过《天论》《天说》，并不十分明白，提出了疑惑：“似乎二文所说的是一件事。”

仑郎和杨柳还没有读过。

因此，刘禹锡认为，得从根源上对他们说起。

到了清晨，肃立的孟郎、韦绚、仑郎、杨柳，一齐低头垂手，恭聆刘禹锡教诲。

刘禹锡不看他们，仿佛也要回忆一下：自己通过三次应试，连登进士科、宏辞科、吏部取士科之后，为东宫属官，负责校勘崇文馆书籍。学富五车，在京城读书人中颇负盛名。曾挥笔吟咏：“弱冠游咸京，上书金马外。结交当世贤，驰声溢四塞。”后因父丧回到扬州，被杜佑聘为掌书记，经历了一段戎马生涯。再回到长安，调为京兆府渭南县主簿，这又是一个广泛考察民间疾苦的职位，不久被擢拔为监察御史，人称“八品宰相”。

于是他缓缓地说："贞元年间，唐王朝盛世辉煌期刚过，内则宦官专权，外则藩镇割据。皇帝笼络朝臣，任命王伾为左散骑常侍，韦执谊为尚书左丞同中书门下平章事，杜佑为检校司空同平章事兼领度支盐铁使，王叔文任度支盐铁副使，我为屯田员外郎兼判度支盐铁案，协助杜、王管理财政，柳宗元为礼部员外郎。几人掌握朝中大权后，立即开展革新运动。在皇帝主导下，提出并实施了一系列革新的主张：蠲免百姓所欠诸色课利、租赋、钱币；罢宫市和五坊小儿；惩处腐败，召回被贬贤臣，裁撤冗食者；从方镇手中收回盐铁权。皇帝又起用了范希朝、韩泰来统领京西神策军，暗中夺回宦官的兵权，准备进行更为宽阔广泛的政治革新。"

韦绚听父亲韦执谊说过，只是语焉不详，好奇地问："先生，听说最终没有成功？"

刘禹锡怎么会不晓得，这一切革新运动，通通被守旧的文武官僚视为异端。他们勾结宦官和藩镇，拼命反对王伾、王叔文的主张，诬蔑几人为朝中朋党。

他回答韦绚："顺宗皇帝在位半年，就病重不能执掌朝政了，只好改由太子监国。不久，大宦官俱文珍、刘光琦、薛盈珍趁机发难，迫使皇帝传位。当年八月，顺宗皇帝内禅，太子李纯继位后，年号改为永贞。按史记习惯，一年内几个年号的，著录从后，王叔文、王伾于贞元二十一年二至七月进行的仅一百四十六天的政治革新，按惯例称为'永贞革新'。"

"其结果呢？"孟郎也问他。

刘禹锡说："李纯继皇位的第三天，一改顺宗皇帝的革故鼎新主张，将王叔文几人贬为远州刺史。先贬王伾为开州司马，王伾不久病死；贬王叔文为渝州司马，王叔文次年被朝廷赐死。然而迫害并未终止。朝堂上有人说王叔文之党或自员外郎出为刺史，贬之太轻，吾等八人，于同日，被贬为远州刺史不久，改贬为司马，称'八司马事件'，满朝无人敢说一句公道话！"

“这些与柳叔父作《天说》有什么关系？”韦绚细致，觉得先生既说，就一定有关系。

刘禹锡说：“元和八年，韩愈以‘论史’为题，对你柳叔父进行说教，‘夫为史者，不有人祸，则有天刑’，暗示吾等，永贞革新是天的惩罚。还责备柳叔父‘不知天’，说‘天’能‘赏功罚祸’，即所谓‘吾意天闻其呼且怨，则有功者受赏必大矣，其祸焉者受罚亦大矣。’他以‘物坏虫生’作类比，认为人同物做斗争，为人谋利益是对‘元气阴阳’的破坏，因而遭到天的惩罚是理所当然的。韩愈阐述理由说：‘物坏，虫由之生；元气阴阳之坏，人由之生。虫之生而物益坏，食啮之，攻穴之，虫之祸物也滋甚。其有能去之者，有功于物者也；繁而息之者，物之仇也。人之坏元气阴阳也亦滋甚：垦原田，伐山林，凿泉以井饮，窾墓以送死，而又穴为偃溲，筑为墙垣、城郭、台榭、观游，疏为川渎、沟洫、陂池，燧木以燔，革金以熔，陶甄琢磨，悴然使天地万物不得其情，倖倖冲冲，攻残败挠而未尝息。其为祸元气阴阳也，不甚于虫之所为乎？吾意有能残斯人使日薄岁削，祸元气阴阳者滋少，是则有功天地者也；繁而息之者，天地之仇也。今夫人举不能知天，故为是呼且怨也。’他把争论从论史引申到说天，柳宗元撰写了《天说》，驳斥韩愈鼓吹天有意志，能赏功罚祸的谬论，‘功者自功，祸者自祸，欲望其赏罚者大谬；呼而怨，欲望其哀且仁者，愈大谬矣’。”

刘孟郎记起曾经读过的文章，插了一句言，说：“柳叔父持无神论的观点，在《与韩愈论史官书》中给予批驳：获书言史事，云‘具《与刘秀才书》’。及今乃见书藳，私心甚不喜也。又言‘不有人祸，则有天刑’，若以罪夫前古之为史也，然亦甚惑。又凡鬼神事，渺茫荒惑无可准，明者所不道，退之之智而犹惧于此？此大惑也。”

刘禹锡笑着纠正，说：“孟郎所背诵的，虽然有些断续，意思还完整，柳宗元兄认为，凡明智之人是不言鬼神之事的，只有愚昧无知的人才对‘天’感到困惑。你们明白了吗？”

韦绚首先表态，说：“学生明白了。”

杨柳却说：“先生，后头两句我明白，前面说的，下去还要请教于师兄。”

刘禹锡问：“仑郎也明白？”

刘仑郎支吾着说：“兄长们明白，儿子也明白，当然，要讨论。”

刘禹锡就笑他应付，说：“柳宗元岂能如此应付了事，他后头还有说明。”

刘仑郎立即问：“说了啥？”

刘禹锡认真地回答：“彼上而玄者，世谓之天；下而黄者，世谓之地；浑然而中处者，世谓之元气；寒而暑者，世谓之阴阳。是虽大，无异果蓏、痈痔、草木也。假而有能去其攻穴者，是物也，其能有报乎？繁而息之者，其能有怒乎？”然后，反复打量四人，挑选了韦绚，“绚儿来解说一下。”

韦绚提起衣领，抖了几下，说：“韩愈说凡呼天怨天者皆不知‘天’，柳宗元说凡求天赏罚或望天哀仁者均是大谬。韩愈强调不怨乎天与柳宗元强调不求于天，从表面上看似乎分歧不大。但从论说前提来看，韩愈说天能赏功罚祸，是把天看作有意志的人格神了；柳宗元说于地、元气、阴阳都是‘物’，天没有意志，不可能对人赏功罚祸、有报有怨，人的祸福是由自己的行为决定的，与天没有关系，从而肯定了人类改造自然的合理性。”

刘孟郎见他说完，补充了一句：“自然物与人格神，柳宗元与韩愈在天有意志的问题上存在着明显的对立。”

“对了，”刘禹锡肯定他们的认识，“弄明白了这一个对立，就厘清了韩愈与柳宗元之间的根本差别，从‘天’有无意志这一角度去认真梳理，就能一目了然。”

“那么，父亲为什么要写《天论》呢？不是发扬柳叔父观点，重复其常说的吗？”刘孟郎有些困惑。

# 第十八章

刘禹锡在晚辈面前，是知无不言、言无不尽的，因此喜欢他们反诘或怀疑。

刘禹锡告诉他们："韩柳二人在对'天'的认识上发生争论，柳宗元写了《天说》驳斥韩愈关于天的说法，文章确实写得很好，但是《天说》是激愤之作，还未能详尽地论述天人关系，我的《天论》企图更透彻地辩明这个问题。"

孟郎开始思考："韩愈的观点有两个：一是说天有意志，能赏功罚祸；二是说天不喜欢那些积极有为、勇于实践的、务求利于生民者。开垦荒地，砍伐山林，凿井饮水，掘墓葬人，修筑城郭，疏浚河流，钻木取火，熔化金属，制作陶器，雕刻玉石，人们把天地万物糟蹋得不成样子，使它们丧失本来面目。人类这样恶狠狠地攻击、残害、败坏、扰乱天地万物，从来没有停止过，其对元气阴阳的祸害，比虫子做得更厉害。所以韩愈才说，现在人们全然不知道天意，才发出'残民者昌，佑民者殃'的呼喊。"

刘禹锡赞赏地说："你抓住了韩愈观点的要害，既然论及天，就要弄清楚，天与人有什么关系。"

韦绚说："先生几位，具有'辅时及物''施道于人'的志向，先生们在'永贞革新'中所推行的一些利国利民的措施，深受百姓欢迎，却受到守旧派的攻击和迫害。八司马被贬后，一方面‘怨且呼’世道弄到这样极端不合理的地步，残害百姓的反而昌盛，保护百姓的反而遭殃；另一方面，面对失败，先生不消极、不悲观，仍然保持积极进取的精神，奋起反对韩愈之说就理所当然了。”

“绚儿说得很对。”刘禹锡难得用这样的话来夸奖晚辈。人在学习中，思路清晰与否十分重要，唯有想通了，才能真正学好。

他又启发：“柳宗元的《天说》就是驳斥韩愈这个观点的，他强调了天地、元气、阴阳‘乌能赏功而罚祸乎？’其文之结语就是‘子而信子之仁义以游其内，生而死尔，乌置存亡得丧于果蓏、痈痔、草木耶？’意思就是对韩愈说，假如你坚信你的仁义而把它作为行为的准则，那就应该为道义而生，为道义而死，又何必把生死得失的念头寄托在像瓜果、痈痔、草木那样没有意识的‘天’上面呢？这里可以看出，柳宗元《天说》中的立论始终围绕天有无意志这一问题，而对天人关系这一问题并未充分展开，并在结语中流露出不愿再作进一步争论的情绪。”

刘禹锡的基本观点说到这里，仑郎有些明白了，他们争论“天”，不管天与人，离开了对人的认识，天的基础是什么？便问：“父亲以为，弟子们应该怎么理解？”

刘禹锡说：“为父很为这场论争着急，都说到跟前了，一个唯天是观，一个断然割裂，是不是应该再进一步呢？为父才写下了《天论》以继往开来。”

韦绚说：“叔父熟悉《周易》，对医药、天文、音乐、书法都有所了解，且在杜佑幕中，应该有机会看到他的《通典》，其强调人类社会的经济活动对于礼乐制度的影响，历代社会典章制度的沿革反映了社会的发展变化。”

刘禹锡回答：“这是重视天人关系的一个由来。”

韦绚又说：“叔父完成《天论》三篇后，送给了柳叔父，他是什么看法？”

刘禹锡说："你柳叔父读后，写了《答刘禹锡〈天论〉书》，认为《天论》乃《天说》的'传疏'，二者在原则上'无异道焉'，实乃一个学派之言论。其实，吾作此论，根本还是在于阐明天人关系的要害。"

刘孟郎要求："父亲何不逐一论及，给我们以启迪？"

"行。"刘禹锡同意了，乘着兴致高涨，对他们细细说来："世上谈论天的有两种观点：一种是阴骘之说，阴骘，出自《尚书·洪范》'唯天阴骘下民'，意思是只有天在暗中决定着人的命运。固执于天是神明的人说，天和人的关系实际上如同影子随着物体、回响应着声音一样密不可分。上天降祸必定是因为人犯了罪，上天赐福必定是因为人有了善行。作恶或行善是感，得祸或得福是应，天与人之间有互相感应的影响。人在穷困艰难时呼天，上天一定能够听得到；在内心哀痛时向天祈求，上天也一定能够回答，如同有个神灵确确实实在主宰着似的。这种天有意志、有灵性、在暗中决定人的命运的说法渐渐就盛行了。另一种是自然说，即'天人上异'，没有感应关系。坚持天茫然无知、没有意志的人说，天与人实在是不相干的。雷霆震击牲畜、树木，并不是因为它们有罪；春雨滋润毒堇、苦荼，并没有选择善类。柳下跖、庄蹻一直被看作奸邪盗贼的代表人物，却一生都很顺利；孔丘、颜回作为圣贤之人，却遭受困厄。这些都说明天不是什么主宰者。"

"那么，父亲主张天与人交相胜，来自何种学说？"孟郎继续追问。

"天人相分。"刘禹锡毫不犹豫地回答，"在先秦，人们观念中的天，是有意志、可以沟通的。周人眼中，'礼'是'天命'的一部分，孔子也信'天命'，提出了'克己复礼'。孟子提出了'天人合一'思想，立足于自我修养。到荀况，才开始说'天人相分'，认为天是自然的。王充继承了道家自然无为的思想，和荀子天人相分的思想，提出'天地合气，人偶自生'的观点。魏晋玄学熔铸礼法名教的政治内容，提出‘名教本于自然’的天人合一说。佛教在融合玄学的过程中，以因果报应说装饰玄学的自然名理，提出神不灭的天人合一说。韩愈的天说，主张阴骘之说；柳宗元的《天说》，主张自然之说。皆有偏颇。‘阴骘之天’完全是虚妄的，‘自然之说’也存在简单化的缺点。”

韦绚大感兴趣，评价说：“先生一口气，述尽古今学说派别，彰否精致，还请教授师者说。”

刘禹锡得意扬扬地说：“以为师看来，凡是属于有形体之物，其作用总是有所能也有所不能，天，是有形物中最大的；人，是动物中最杰出的。天所能做到的，人固然有不能做到的；人所能做到的，天也有做不到的。这就是说，客观事物各有其特殊的功能，各以其特殊的功能胜过对方，天与人也相互作用。所以为师主张：天与人交相胜！”

韦绚聆听之后，说：“吾师之说，似乎还深了些，弟子等尚不能全解。”

“容易。”刘禹锡说，“天与人在哪些方面交相胜呢？天之能乃生殖万物的自然演化能力也，人之能乃对自然万物能够加以改造和利用的职能，即治万物也。春夏之时万物生长，秋冬之时草木凋零；水淹火焚能伤害万物，木质坚实而金属锋利；年壮的强健有力，年老的体弱眼花；智力高的争相为君，体力强的争相为长。这些都是天的职能哩。而人类社会的功能在于制定和执行法律制度，人们判断是非善恶的规范在发挥作用。人们春夏时种植庄稼，秋冬时收藏作物；防治水害又利用水来灌溉，消灭火灾又利用火的光热；砍伐树木并加工成坚实的器物，冶炼矿石并磨砺成金属器具；用正义来制止强暴的武力与恶意的攻击，用礼节来确定长幼尊卑的关系；尊重贤能崇尚有功，建立是非标准以防止邪恶。这些都是人的职能。绝不是韩愈所说的‘为祸元气阴阳’，有‘甚于虫之所为’的破坏活动，而正是天人之间的‘交相胜’的重要内容哩！”

这道理讲得浅显易懂，连杨柳都听懂了。

下午稍晚，奉节城里陆续飘起淡烟，城里每条小巷都飘出一股甘醇，透出一种木头被焚烧时的香味儿，让人闻着顿生快意。刘禹锡追逐那股香气，进入一条条小巷，见到家家户户紧闭大门，人们静悄悄地操作，把一块块肉条吊着慢烤，很久都烤不熟，只是肉味儿缓缓透出，向木屋外扩散。

云朵仿佛被烤熟了，一块块的，在天空中飘浮，停歇于城垣和门楼上。

烟云一直拉到白盐、赤甲二山峡口。

这并不像烤肉，只是用柴烟在反复熏燎，难道那些沾满柴烟的肉还能吃?

刘禹锡走进屋去，看他们究竟用啥烤了鲜肉来吃。这户人家院里垒着灶。在灶上架着大烘笼，约有三四尺高，横里搁几根树枝，猪肉块就吊在枝上。炉灶旁边，搁了一大堆枝丫，看叶子像是柏树，对了，就是柏树丫，而且是湿的柏树丫，放在肉块下面慢慢地燃烧

有个老妪照管着柴火，见到客来，将手头的火钳放下，起身朝刘禹锡拂了一拂，问:“贵客进门，可有啥子见教?”

刘禹锡发现是位女主人，有些不自在了，回以一揖，却问:“家主人不在?”

老妪回答:“在大街店堂抓药，不晓得有客人。对了，贵客啷个从后门入?”

这一下把刘禹锡问得羞愧，只好说实话:“大嫂，本官是夔州刺史，未见过烤肉看稀奇，不由自主就进屋来了。”

那老妪拍拍围裙，晓得他是好奇，拿起火钳，指点说:“刺史大人，我不是在烤肉，是在熏腊肉。”

“什么叫作腊肉?”

“就是熏咸干肉噻。”

“咸干肉？”

“是的。”老妪说，“大人看这个柏树丫枝，有许多木油，湿枝儿也能烧，点燃了，很久不会熄灭。柏树枝油沾在肉上头，可起保护作用，偷油婆、耗子、小雀都不来偷食。”

“原来如此。”刘禹锡恍然大悟，不好意思地搔搔头，“受教了，受教了，大嫂请熏腊肉。”

“大人不必客气！”老妪落落大方，拿火钳去撩起火焰，火焰需不大不小，稍微一大，她又夹起湿柏枝压下去。

刘禹锡看一会儿，就明白了其中道理，不再打扰她。跟她说话许久，也不见男主人进屋搭腔，晓得赶场天忙碌，不再等下去，转身出了后门，继续往巷子里行。

从巷子出去，就到了夔州码头，眼前水澄若碧，将江中滟滪堆衬托得尖峭。

码头闹嚷嚷的，这里既是上水下水的停靠处，又是过河码头，上船下船那些人，个个挑担背篓，几乎没有空手来往的，显示着夔州的繁荣。一般来说，巡视到了码头，也就基本结束了。刘禹锡还会等一等，上行下行的船只，不定就带来朝廷谕旨、官府文书、朋友书信，顺手就收取了。

长江水铺天盖地地流了过去。

出了巷口，刘禹锡始终不能释怀，逝者如斯夫，人皆如此，水流走了，怎么还能够回得来！子厚呀子厚，你怎不从江中浮起，怎不从云里降下，怎不从对岸过来？亲如兄弟的子厚呀，你走了许久，梦得我怎么忍受得了如斯悲痛！眼望大江辽阔，人如江流，天和地仿佛在眼前颠来倒去的，他恍惚起来，欲往水里行去：或许可以打捞起子厚，重新做一对世上的好朋友？

山水暮色，与那些坝上平流，完全不是一个模样。雾从山后头钻出，水淌到雾下面去，倒像割开了一个隧洞，里头灌足了白烟，可以伸手扯上几缕，远远地丢开。

因为是枯水季节，趸船都快要停到江心去了，须摇划子运货，才靠得拢岸边。

刘禹锡发现过来一条划子，从微波鳞浪中钻出，左右摇晃着，仿佛因晃动而自然推进，在久久照射的阳光下，左那么一弯，右那么一拐，就到达跟前。

艄公扯开喉咙喊："刺史大人！ 刺史大人！ 有好多货物，要送到你衙门！"

刘禹锡觉得奇怪，一向并无人寄货物来，除了几封信函，会有什么呢？ 只是被艄公喊住了，不好离开，单等划子过来，看到底是什么货物。

那艄公把船靠了趸，双手提起两个大竹篓，不晓得双脚是怎么使力的，先是一蹬龙骨，人就跃起，顷刻间上岸，到刘禹锡跟前打一躬，唱了个肥诺，说："刺史大人，这是大船上一位王相公，让小民送过来的，应当送到衙门，只是遇上刺史大人，特地告诉一声。"

"谢谢！"刘禹锡说，"王相公怎么不下船？"

"船要开了，他说，本是'有'约会的，但因故不能够履约，请刺史大人原谅，原谅故友。"那艄公费尽力气，好不容易地，才把这几句话说圆了。

本有约会？ 那就应该是王宁了，说要乘船过夔州来相见的，不承想船会不停靠！ 刘禹锡看见一艘客船缓缓移动，将进入中流，想必是要上江州。 朋友们约好，届时却不能上岸畅饮，刘禹锡难免耿耿于怀，触发满腔怀旧的心绪。

刘禹锡转身就走，问："艄公兄弟，不知你的手中，所提的是何物？"

那艄公回答："大人，说是一个姓柳的货物，他写了一辈子的文章。 大人认识姓柳的？"

"子厚！"刘禹锡一声悲呼出口，后退几步，不管不顾地，就去取那藤箱。

艄公赶忙放下箱子，说："我替大人打开，沉重得很，莫要闪了大人的腰杆。"

刘禹锡自己也打不开，停止了动作，让艄公帮忙开箱。艄公从腰带上掏出一把铜钥匙。他先将一只箱子翻倒，盯准锁孔，插入那钥匙，左右试着扭一扭，"咔嗒"一声打开了。刘禹锡惊喜地说："开了！开了！"

码头上那些等船的、上跳的、背货的，都围拢了看稀奇，特别急切地希望看到箱子里的"金银财宝"。

艄公去揭开箱盖，居然满箱都是纸稿。那些旁观者，吼了一声"哦嗬"，个个都散开了，留下二人。

"艄公兄弟，把箱子锁好，送到衙门里，交给我的管家。"见他手忙脚乱地忙活，又叮嘱，"这些文稿十分重要，艄公大哥路上小心些，不可丢失、散落，须原封原样送到，本官有赏。"

艄公倒也老实，说："小民照办，大人不必打赏，船上大人打赏过了。"一手抓起一只箱子，大步朝衙门奔去，弄得刘禹锡直喊："慢些，你跑慢点。"

刘禹锡回到衙门，那艄公已走了，留下话说"事忙"，没有取赏钱。打开信函，只见上面说明先是让韦绚把柳宗元大部分诗文，送到夔州，转交给刘禹锡，请刘禹锡给他编辑成个人文集。裴度又将寄放其处的柳宗元的诗词赋及表奏记等三百余篇，托王宁送至。想不到这时候才到。刘禹锡如今见文稿如见挚友，伸手取出一沓纸稿，反复念叨："子厚呀子厚，为兄看见你了，那么黑瘦、精干、执着，为兄给你作揖了，子厚呀子厚，且听为兄诵《祭柳员外文》，让这一江碧水，送子厚兄弟，早登极乐世界！"

他却没有诵出，盘腿坐在那两只藤箱的跟前，默诵着《祭柳员外文》，然后抱着藤箱酣然入睡。

这些是柳宗元最后一批文稿。

又快过年了，编纂柳宗元的文集，基本可以告一段落，可以进行订正，然后寻找商家付印。

刘禹锡叫百荷与杨柳来，在书案上铺好毡毯，选择了二尺见方的一张宣纸，斟酌着怎么题写书名。 百荷与杨柳按住纸的四角，自己提起笔来，饱蘸浓墨，写下饱满凝重的四个大字：柳河东集。

百荷首先叫好，说："大人这几个字，写得硕大光鲜，当存之后世。"

刘禹锡暗笑她俗："硕大光鲜"怎能成为存世墨宝？

杨柳看了半晌，哽咽着说："师父对柳师叔的想念，全部凝铸在这四字里，见字如见人，想必柳师叔亦是正直狂狷、不惧强权！"

刘禹锡想不到，她能体会出如此精神，看来素常教诲，还是有些效果的，便说："百荷你去将韦绚几人叫来，今日索性把目录敲定了吧。"

百荷扭着腰肢出去了。

刘禹锡对杨柳说："柳儿，你们几个，经为师教导，对文章体裁比较熟悉了，可是作文第一紧要的，不是体裁，而是见识，所以刚才你说想念之意，就是文里、字里先要具备韵，或者妙为神，才能统领整章。"

杨柳作揖说："谢先生谆谆教诲。"

不晓得怎么的了，单独与刘禹锡相处，杨柳总觉得有些吐纳仓促，突然出现这种感觉，须镇定好一会儿，才能心平气和。

刘禹锡又说："《柳河东集》已编得差不多了。 其中一些政论文字，譬如《封建论》等，表现卓越的进步思想，说理透辟而论证缜密；譬如《三戒》，数遍读来，无不津津有味，不忍释手。 杨柳，你记得《黔之驴》吗？"

杨柳回答："遵先生的教导，可以背诵了，'黔无驴，有好事者，船载以入。 至则无可用，放之山下。 虎见之，庞然大物也，以为神。蔽林间窥之，稍出近之，慭慭然莫相知。他日，驴一鸣，虎大骇，远遁；以为且噬己也，甚恐。然往来视之，觉无异能者，益习其声，又近出前后，终不敢搏。稍近益狎，荡倚冲冒，驴不胜怒，蹄之。虎因喜，计之曰：“技止此耳！”因跳踉大㘎，断其喉，尽其肉，乃去。噫！形之庞也类有德，声之宏也类有能。向不出其技，虎虽猛，疑畏，卒不敢取。今若是焉，悲夫！’可对？”

“只字不差。”刘禹锡赞赏说，与这个女弟子相处，他渐渐也受到吸引，还特别喜欢听她唱竹枝调，说，“这些寓言，将先秦诸子散文中的寓言片段，发展成为完整的篇章，同时赋予更为丰富的社会内容，哲理深刻而现实感强烈；山水游记则文笔洗练，描绘了大唐山川的清淳幽静，渗透着柳宗元的身世际遇和郁闷情怀。反复吟诵，令人不禁扼腕叹息。”

正说得起劲，韦绚和孟郎、仑郎进来了，三人一齐作揖说：“先生安好！”

刘禹锡说：“免礼。”

韦绚恭敬地问：“先生，不知唤我等前来，有何吩咐，敬请先生教导。”

杨柳便过去与他们站成一排。

刘禹锡拿起一叠纸，对几个弟子说：“这是为师替柳宗元诗文集作的序，你们可以传看一下。《柳河东集》全书共四十五卷，外集二卷，集前吾亲自作序，四十五卷按文体分类，方显得体例明晰。”

韦绚说：“记得先生将第一至十卷，吩咐弟子归类，请先生检视。”

刘禹锡边看边说：“第一卷雅诗歌曲，包括了《献平淮夷雅表》《平淮夷雅》《铙歌鼓吹曲》《视民诗》，以及《贞符》等，这些是与朝廷有关的，为柳宗元特别得意之作。第二卷即为赋，包括《佩韦赋》《瓶赋》《牛赋》《解祟赋》《愈膏肓疾赋》《惩谷赋》《闵生赋》《梦归赋》《囚山赋》等。第三卷为论，包括了《时令论上下》《封建论》《断刑论上下》《四维论》《天爵论》《守道论》《六逆论》《辩侵伐论》等。第四卷为议辩，包括《晋文公问守原颢》《驳复雠议》《桐巢封弟辩》《辩列子》《辩文子》《论语辩二篇》《辩鬼谷子》《辩晏子春秋》《辩亢君子》《辩鹖冠子》等。为师如此分类，意图首先展示柳子厚之辩才，思想精粹，尽在这些‘文’中。”

“五至十卷，当为应景之作?”韦绚再问。

“何为应景?”刘禹锡反问他。

韦绚回答：“可以说是‘请’，人情往来，不得推诿搪塞，对于名人尤甚。”

“智者相请该应，勇者相请亦该，能者相请难免，绚儿，吾辗转官场多年，这算是一点心得。第五、六卷为碑，第七卷为碑帖，第八卷为行状，第九卷为表铭碣诔，第十卷为志。其实，第十一卷为志碣诔，第十二卷为墓表志，第十三卷为墓志。”

仑郎性急，见都与韦绚讨论，自己铺排的，一字不提，说：“父亲喜欢绚哥，否则，杨柳姐姐归纳的，怎的不闻提及?”

刘禹锡说：“偏生你会促狭！柳儿整理的，第十四卷为对，第十五卷为问答，第十六卷为说，第十七卷为传，第十八卷为骚，第十九卷为吊赞箴戒，第二十卷为铭杂题，第二十一卷为题序。依为师之见，工楷簪花小字，抄写得工工整整的，通过了！柳儿，誊抄也是一种本事，万不能漏、错、多，所以要仔细校对，或许这么一抄，成就了一个人最终的结果，切莫粗心大意！”

杨柳颔首说：“学生晓得了，请先生放宽心，雕版印刷之前，一定反复校对。”

刘禹锡理理颌下黑须，得意地说：“还是柳儿细致。”

仑郎又不高兴了，赌气说：“父亲，仑儿所抄，比杨柳姐姐，不惶多让。”

刘禹锡说：“好的好的，且看仑儿的功劳。第二十二卷、第二十三卷、第二十四卷、二十五卷为序，第二十六卷、第二十七卷、二十八卷、二十九卷为记，第三十卷、三十一卷、三十二卷、三十四卷为书。嗯，确实不错，抄写文章的功夫，杨柳是比不过仑儿，韦绚的字迹嘛，似乎还少他一些活泼。好！也通过了。校对之时，你们四人初校，务必细心，为师作最后把关勘校。”

几人一齐答应：“是的，先生。”

刘禹锡接着看：“吾瞅瞅孟郎的，第三十五卷、三十六卷为启，第三十七卷、三十八卷为表，第三十九卷为奏状，第四十卷、四十一卷为祭文；第四十二卷、四十三卷为古今诗，另有第四十四卷、第四十五卷。整齐了！这部《柳河东集》，汪洋恣肆，可见柳宗元短短一生中是如何学习、如何读书、如何做官且如何思考的，思考是第一性的，他的思想震古烁今！”

刘禹锡看着老友作品，激情澎湃，大有“何处无酒，何处无月明”的敬仰。柳宗元潇洒地走了，留在这个世界的，还是一个柳宗元，是一个大无畏、好品行、知大唐的柳宗元！这个柳宗元，没有许多的底气，是不可比拟的；这个柳宗元，甚至在人格上，也是高洁得无可替代的。

下一步要寻高手匠人雕版印刷。

# 第十九章

除夕是太平世道的佳节，百姓们要通宵守岁，表现对“年”那神兽的虔敬心，祈求来年风调雨顺，取得更好收成。在夔州，守岁还有守水之意。夔门前那块滟滪堆，既不要旱得“如马、如象、如牛”，也不要淹得“如幞、如鳖、如龟”，露半截出来就行。老百姓的日子过得再平常，一日三餐有米，生疮害病有医，也就心满意足了。还有读书的那些士子，长年苦熬于寒灯下，到收拾行装赶考时，求个上路平平安安，待考取了，头戴簪花帽儿，身穿锦服，才不负家人和街坊的苦苦期待。

这就是奉节人的除夕夜。一年既终，一年新起，除夕总要勾当些事儿，拿来满足人心。守岁就是守着不睡，哪怕摆摆空龙门阵，相互调侃着，也要熬过划分旧年与新年的夜。

因此，天色一暗，人们就窝在那些老屋里，街上几乎无人行走，天顶亦无星月，整个奉节城，仿佛浸在墨黑的深水里头，家家户户互相看不见，也不必去走亲串友。人们要跟家人在一起，守得平静，守得亲近，守得心定，才能达到目的，再想这样相守，要到来年的腊月三十！

当然，街道也不是全黑，两旁民居的窗户里，依然透出几丝灯光，弥漫开了，被苍茫的夜色收敛，若有若无，行人偶过，借这光才不会被街沿的立柱撞了鼻子。

再晚些时辰，吃过年夜饭的官商百姓，会举家蜂拥而出，到大街上燃放烟花。这样闹要闹到正月初一早晨。家家户户才动手包汤圆，雪白甜蜜的汤圆，咬一口让人满口留香。

刘禹锡把衙门的人都放回去了，只剩下家丁、厨师、老妈子和丫鬟们，围着火塘烤吃食。杨柳将十多粒胡豆串在竹签子上，借着火苗子反复燎烤，一会儿，烧烤物那种醇香弥漫开了。孟郎和仑郎放下身份，跟丫鬟们争抢，闹得嘻嘻哈哈的，衙门里冒出些许生气。人们无话找话地说了一夜，直到雄鸡一唱天下白。

初一清晨，百姓庆贺年丰日美，自发组织起舞狮队，到刺史衙门前给刘禹锡拜年。今年扮的是“八狮闹春”。一人戴狮子头，一人抱其腰扮狮身狮尾。狮子们阔额环睛，五彩斑斓，摇头晃脑地蹦着跳着，突然直立起，双爪抱拳，向四方频频作揖，以示拜年之意。观众看得嘻嘻哈哈大笑起来。那些舞狮就做前滚翻，一个接着一个翻跟斗，直滚到衙门台阶下，才重新站立，握着双爪不住地向门里作揖。

周围团转的百姓扯起喉咙，齐声高呼：“给刺史大人拜年了！给刺史大人拜年了！”

刘禹锡听到高呼声，着峨冠宽袖的公服，蹬黑色长靴，脚步轻松地走出来，接受四乡百姓的新年祝贺。百姓一见他就高呼：“给刺史大人拜年啰！”刘禹锡拱手作团团揖，前、左、右三方面面俱到，笑得脸庞开花，说“年在尔处”，百姓欢呼声不止，就不停歇地揖礼。

八头狮子一齐揭开头套，是八个健壮英俊的男子，身手十分矫健敏捷。韦绚认出领头那人竟是飞贼！八人又一齐戴上了头套，随几声“嘁咕隆咚嚓”鼓点，整齐划一地舞开了。

稍许，拜年的队伍“咣”地发出巨响，八头舞狮让开，露出踏歌的姑娘，个个扮得花枝招展的。杨柳姑娘率队逐户拜年，用一条彩色布带将腰肢束得极纤细，把细腰儿一扭，身体就左旋，再度左旋。围观的百姓大声叫好！杨柳姑娘勾手踢脚，换了右转勾手，然后踢脚，将宽大的半截袖甩得风响。围观百姓被逼得让出个大圆圈。其他几位姑娘舞进来，她们一齐敞开了歌喉唱道：

江上朱楼新雨晴，
瀼西春水縠文生。
桥东桥西好杨柳，
人来人去唱歌行。

这是刘禹锡新作的《竹枝词》！刘禹锡耳听歌声清脆，目送人如飞鸿，心头想着词儿，在台阶上凝滞了不动。杨柳在场坝里跳得一时兴起，冲入伴奏队伍中，夺过皮鼓和木槌，腾空起舞，跳起了祭神鼓舞。这种舞蹈有着非凡的活跃与狂野。只见她闪电般，在空坝里上蹿下跳，间或左倒右歪，鼓声咚咚响，每一蹿、每一跳或一滚，颈部、腰肢、腿弯儿，柔若无骨，却又每一动，都恰好踏在鼓点上，顿时把场里场外观者震慑住，直到一声大响，杨柳姑娘身体射出似的，直冲上丈余高，在半空中凝滞片刻，方缓缓下降。

全场爆发出叫好声，仿佛铺天盖地，震得远处朝云、头顶薄雾颤抖不停，人们就像笼罩在云雾里，被呼喊声吼得闭眼，看不见杨柳姑娘是如何从天而降的。

薛氏也站在衙门口观舞，没想到杨柳姑娘居然有如此绝伦的舞姿，怪不得韦绚日日相见，还朝思暮想，便朝韦绚多看了几眼，然后招呼杨柳："柳儿你过来。"

杨柳拖着碎步，走到薛氏面前，弯腰拂了一拂，说："夫人有么的吩咐？"

薛氏怜爱地说："柳儿舞蹈，可教府中丫头，刺史大人喜欢乡风民俗之事。"顺手从头上拔了一根银簪朝杨柳头顶的盘龙髻插下。

杨柳再一拂，说："遵命。"旋即转身，率先出了场，随舞狮队到其他衙门去拜年。

观众江潮狂涨一般，簇拥着舞狮队，一路喧哗而去。

刘禹锡待拜年百姓走尽，才转身回到衙门内宅。每逢佳节倍思亲哩！此时此刻所思，不是身边的薛氏和儿子，也不是百荷、杨柳，却是英年早逝的柳宗元！初一也是祭典日。他缓缓行至书房，记得不久前，自己作了《伤愚溪》一诗，拿来几张黄表纸，仔细抄写于上，焚烧了礼敬柳宗元。其一云：

溪水悠悠春自来，
草堂无主燕飞回。
隔帘唯见中庭草，
一树山榴依旧开。

然而哪里去寻找子厚哩？溪水悠悠，草堂无主，尽是春自来、燕飞回呀，人不见了，子厚你能够回来？其二云：

草圣数行留坏壁，
木奴千树属邻家。
唯见里门通德榜，
残阳寂寞出樵车。

多少字留了墙壁，多少树都属于了邻家？子厚不在了，简直就是残阳下那辆车，驶走就不归来。其三云：

柳门竹巷依依在，
野草青苔日日多。
纵有邻人解吹笛，
山阳旧侣更谁过。

你归来吧！ 柳家门还依偎着竹巷，野草青苔也每日里自然生长，邻人虽解得吹响的竹笛，黄昏毕竟来了，子厚你回来呀！

刘禹锡书罢，一掷毛笔，禁不住泪如雨下。

拜年队伍从大东门刺史衙门开始，横穿奉节城，到达西门，再经过小南门到码头上，一座座衙门、一家家商铺拜过去。 到了南门水巷子，已经是近午时分，自有大户人家出面招待贺客。 城里人守岁熬了长夜，包汤圆下面条再一闹，很少吃午饭，早早各自睡一觉，等候下午的家庭聚会，得有人来拜年才出屋。 杨柳他们在南门转折，直上北门，沿途都是大街，每家每户都要去拜年，最后到达全城最高处。 附近就是大盐商杨昌雄家大院。 他们重复欢送祝福的舞蹈，几乎天黑尽，才会各自散开返回。

杨家是富商巨贾，家宅占了足足半条街，深有九重天井，号称“杨半城”。

再富再贵的人家对拜年的都要打赏。

杨昌雄亲自出门来打赏，飞贼吼一声“老板出来了”，那些舞狮的、吹笛的、踏歌的，顿时欢呼雀跃，嘁咕隆咚咔嚓地把大鼓敲得更响，闹得更加喧腾，甚至燃放了鞭炮，噼里啪啦的，炸得峡风都散了。

杨昌雄很高兴，向拜年队伍反复作揖，还说：“各位各位，辛苦一整天了嘛，让老夫也来扭几扭！”

拜年众人齐吼：“要得的咯！”

杨昌雄作势欲下，在门庭里走几步，突然停止了。 拜年和看热闹的齐声遗憾地说：“哦豁！”杨昌雄转身，朝门里吼：“管家，哪个不把铜钱箩篼端出来？”

门里就有人答应不迭：“老爷，端出来了，钱箩篼，太重了，下人们抬都抬不动。”

门口拜年众人先还气恼，觉得杨家吝啬拜年赏钱，听管家如此一说，便转怒为喜，一齐起哄，顿着脚吼他：“管家！管家！管家……”

管家带两个家丁，抬一大箩钱出门，搁在杨昌雄脚跟前。人群一下子寂静下来。管家上前要说话，被杨昌雄抬手阻止，便自己退到家丁旁边站住。

杨昌雄扯起喉咙问：“各位乡亲，老爷我立马大把撒钱，你们说好不好呀？”

有钱当然好，就有不少人喊好；钱来得并不好，就有人说不好。对于钱财，虽然人们需要它，那得挺起脊梁骨自己找去，不受施舍，特别是侮辱性的施舍。

杨昌雄听喊好的稀稀落落，脸面有些挂不住，提高声音再问：“你们要不要钱？”

回答“要钱”的人增加了一些，声音还是不响亮，恍惚还能听见有人说的是啥“下贱”？

杨昌雄恼羞成怒，逼着问：“要，还是不要？”

拜年队伍里七嘴八舌，有的说“要”，有的说“要个屁”，还有的说“不要”。

杨昌雄晓得，再挨下去，还会有人说更难听的话，便放弃齐声欢呼的要求，催促管家：“龟儿子，还不给老子撒钱，听不明白呀，都说要钱了！”

“撒！撒！”管家先去箩篼里，双手撮起一大捧铜钱，往空中奋力一抛，铜钱如雨点般洒落。两个家丁也大把捧起钱撒向人群。舞狮的跳舞的吹奏的唱歌的，纷纷弯下腰，到地上去捡钱；围观百姓不大好意思，伸手接了几个空中飞钱，不捡地上的钱。

飞贼身手敏捷，跃到空中去，伸手抓了一把铜钱，将钱孔对着夕阳，就有一缕阳光从孔中射过，光线顿时拉成一长条儿，惹得围观百姓叫好不迭。

即使是这时，杨柳姑娘还是舞个不停，分文不取，自己舞得像座旋转石磨儿。

杨昌雄见状大奇，上去凑拢了看，被杨柳带动，旋了半圈，踉踉倒倒的，好不容易才站稳，骂道："格老子的，啥个样儿疯妹子，胆敢蔑视本老爷。"

杨柳再转几圈，提醒他说："杨天棒，睁开你眼睛，看看本姑娘是哪个？"

杨昌雄果真睁大眼睛，看了又看，原来是杨柳呀！顿时露出馋相，垂涎欲滴地说："你，不就是我幺姑？辈分高哟！哪个嘛，侄儿帮你找个大富大贵人家，嫁过去享福哈？"

"放你妈的狗臭屁！"杨柳骂他，然后握拳威胁，示意他是小辈，不得胡说八道。

杨昌雄早盘算拿杨柳送礼，抵偿她父亲的欠债，这会儿鱼儿跳到笆篓里了，还不顺手逮了？假惺惺地说："幺姑，你是奉节城里数一数二的美人，难道不嫁个大富大贵人家，却嫁打鱼的、拉纤的、种田的？"

他的一双狼眼，色迷迷地朝杨柳上下打量。杨柳突然察觉他说话当真。原来，家中借杨大户钱，没有被他天天催收，他是在打这个背时主意！杨柳吓得后退半步，夹着肩膀，拿半边身体对着他，随时准备撒腿就跑。

杨昌雄嘻嘻笑着，说："幺姑，你躲啥子嘛，不过嫁人嘛，你看看，嫁刘刺史做妾，还是嫁仇司马当婆娘？"

"仇骥？"杨柳问，"他不是太监吗？"

"那就是喜欢刘刺史了？"杨昌雄一语试出，兴奋地说，"嫁个太监，怎么享受房闱之乐？还是幺姑有眼光。只不过，我看刘刺史家中清贫，夫人都穿布衣裙，自己上街挑选菜肴，不如仇司马家富有。"

"你，放屁！"杨柳不禁大羞，双手抱住胸膛，骂他，"你龟儿个天棒，幺姑你也敢拿去讨好，啥子司马，本姑娘看他，根本就是个奸臣！”

“呵！”杨昌雄乐了，“果然喜欢刘刺史呀，幺姑呀幺姑，刺史大人房闱之中，那可是莺莺燕燕，你要讨得他喜欢，须得到侄儿府里来，让侄媳妇好生调教，再裁剪几套新衣服，刺史大人见了，才会喜欢你。”

“放狗屁！ 狗放屁！”杨柳气得不择言词，逮啥词儿骂啥，作势飞起一脚，踢在杨昌雄狗脸上头。

杨昌雄晓得她烈性，早有准备，不过故意惹恼她，找个抓人的借口而已。杨柳只防了他后头管家和家丁。杨昌雄安排的人手，却是领头耍狮子的飞贼！

杨柳不见管家动手，以为杨昌雄虚言恫吓，把心一横，说：“杨天棒，你娃胆敢为富不仁，欺老凌弱，抢男霸女，以为我们给你拜年啊，你娃娃休想。不过看这块空地宽，给周围父老乡亲贺上一贺，没得你一个天棒的份儿！”

杨昌雄大怒：“老子恭维你一声幺姑，你就以为是长辈了，告诉你杨柳，你老汉欠老爷大笔钱，今天你莫说赏钱，不把欠债还了，老爷卖你到窑子去！”

管家和家丁们摩拳擦掌的，候在旁边跃跃欲试，单等杨昌雄下令，上前捉拿杨柳。

杨柳有些惊慌，转过脑壳，见飞贼是个认识的，就吼开了：“你娃平时胆量哪里去了，还不跟姑娘抵挡，莫非当真让杨天棒捉了本姑娘？”

飞贼心一横，要往前冲，被杨昌雄恨了一眼，反劝杨柳：“杨柳妹子，这个，借钱要还、欠命需偿，是不是好生商量，不要动不动就喊打喊杀。”

杨柳还不警觉，只是愤怒，催促他：“姑娘不要你帮忙还钱，你上来挡住，姑娘好逃跑。”

杨昌雄立即说：“你敢跑！”

话音未落，飞贼上前挡住管家。趁两个家丁不及上前，杨柳一个后跃，跳到石坝边沿，飞快逃走。

百姓捡了钱趁天黑就散了。

开春之后，出现了连晴天气，温度不断攀升，万木吐翠，正是狩猎好时机。

刘禹锡带着韦绚和孟郎、仑郎，在亲兵队簇拥下，架鹰牵狗，深入梅溪河中游打猎。那片地区林木茂密。竹林和树林中间，生活着许多小型的动物，天上飞的有竹鸡、野雉，地下跑的有狐狸、山羊，还有猛兽如云豹、虎和狼。

打猎须讲究技巧。

亲兵分为两队，一队为射手，埋伏在野兽必经山道，只要发现野兽立即射杀。另派一队轰手到对面山坡。轰手是轰喊之人，对着山坡大声吼叫、追赶，把野兽撵入埋伏着射手的山道上，方便射杀。乱箭齐发下，无论大小野兽，通通遭射杀干净。这方法很残酷。刘禹锡吩咐：春天来临，万物孕育繁衍，只射雄性的野兽，不杀雌性的野兽。韦绚偏问："有大有小，射大的还是小的？"刘禹锡说："如遇大小兽同行，通通不能射杀。"

有个亲兵问："大人，啥子叫雄性？啥子叫雌性？"

队长劈脑壳狠拍了他一巴掌，教训说："雄性就是公的，雌性就是母的，格老子弄毬不懂！"

亲兵还没来得及犟，对面坡上的轰手就吼起了：满坡竹儿，嘿，满坡笋，哦嗬！满坡乱石，满坡滚，哟呜！反复干吼了一阵，就有野物穿过竹林、树林奔跑，引起竹竿、树枝响声一片。队长连忙招呼"来了"，做个手势，不准众人出声，再说："箭上弦！"

射手把箭扣在弦上，等那些野兽走近，一齐拉满弓，各自选择目标瞄准。

山脚道路口冒出十几头兽，山羊在中间奔，野兔窜入灌木丛里看不见，狐狸走走停停地不住扭头乱嗅。中间簇拥着一只斑斓大虎。前面似乎没得危险，那些野物轰地冲拢，眼看再奔几步，就要越过垭口，翻到另一座山坡去。

队长一声令下："射！"

射手松开手，利箭离弦，支支朝野兽飞去。兽少而箭多。因此有三四支箭，射中了一只野兽的，顷刻野兽便被全歼。只是那老虎忒机警，箭弦一响，它就侧身猛滚，掉入山缝隙中跑掉。亲兵们还射死了几只小山羊，对刘禹锡解释，说山羊是活的，速度惊人，箭飞不到恁快，一个不小心，它碰上利箭头，也不能怪我们!

刘禹锡下去，看那山羊，肚腹汩汩冒着血泡子，眼睛大瞪，望着自己，心头一阵涌痛，扭头说："再有狩猎，箭上都刻上本人名字，违背射杀令者，不但没得赏赐，还要处罚。"

亲兵们你看我、我看你，都觉得不可思议，只是刺史大人令，不得不勉力遵守。

说巧不巧，刘禹锡一行人收拾了猎物下山，走到梅溪河岸边，发现知县封文渚，也带着差役们狩猎，只是一个个鬼鬼祟祟的，像是下田偷胡豆角儿，那一副躬腰驼背的模样，瞅得刘禹锡父子暗笑，只是不晓得他们意欲何为，不便打招呼，便在旁边不吭不响地窥视。

猎户们头戴尖锥毡帽，身着空圆领髈衫子，脚穿麻练鞋，胳膊上站着一只白鹰，另有猎户牵犬。白鹰名海东青。据说，海东青能上飞高空，与比它大数倍的白天鹅搏击。

刘禹锡顿时明白：这些人要捕捉天鹅!

夔州冬季冷暖合适，梅溪河冲击长江，引来无数鱼儿，是天鹅北返的中途栖息地。

天鹅饱餐后，以极优美的姿势，曲项敛羽，在碧绿的河水里缓缓地遨游。歇息够了，它们便嘎嘎嘎大叫着，一振雪白羽毛，展翅上高空，飞往南方沼泽地。

这时正是捕捉天鹅的好时机，它们吃饱喝足了，身体必然笨重，飞翔不再那么灵活。

一只天鹅刚飞上天，封文渚口中的笛哨“嘟”地吹响，猎户将肩头猛一摇，那只海东青不声不响地猛拍翅膀，箭矢般冲向云霄，追上了天鹅，猛地将它翅膀的肌腱啄断。那只天鹅再无力飞翔，摇摇晃晃掉下来，如断线风筝般，刚一落地，被另两只海东青分别啄住翅膀，丝毫动弹不得。

封文渚几人飞跑过去，取出麻线，将天鹅双足并绑，再别了翅膀捆紧。

刘禹锡看得眼花缭乱，见封文渚取了猎物要走，急忙呼止：“封令，请留步。”

这一叫，把周围的天鹅都惊飞了，梅溪河顿时群鸟振翅，扑簌簌乱扑乱跳，纷纷躲藏起来。封文渚晓得再狩猎就艰难了。他看见是刘禹锡在吼，倒也不敢出言斥责，只好苦笑摇头，原地等待，听他有啥话要说。

刘禹锡却说：“封令，田园风光甚好，咱一同观赏可否？”

封文渚只好说：“遵命。”

几人转向沿溪河下行，但见桃红柳绿，百姓扛着犁耙下田，开始春耕。刘禹锡直看得心花怒放。韦绚也说，梅溪两岸风光好，一得大江云雾，二得巫山岚气，才有这般美景。封文渚跟在后头打哈哈。刘禹锡为之触动，说：“有江河汇合，这块山水，自然非同寻常哩，封令可有同感？”

封文渚还在想回去如何宰那天鹅吃，故没有回答。

刘禹锡这一问，本是随意，不期待他回答，自己心里感触而已，跟即缓缓地吟出：

山桃红花满上头，

蜀江春水拍山流。

花红易衰似郎意，

水流无限似侬愁。

然后他说："此可谓竹枝词也。"这几句，封文渚听得明白，立即拍手叫好："刺史大人，此《竹枝词》可不比彼竹枝调，不再是山野村歌，乃文人绝妙好词，绚兄以为如何？"

韦绚回味片刻，也欣然叫好，说："大人《竹枝词》，至此可大成也，足称'前无古人'矣。"

刘禹锡心头得意，虽觉前无古人，还要逊谢："前人不吟，未必后人至此而止。"

"不然。"封文渚别有所见，"前贤绝章，并不都是后人可追，否则何来冠绝一说。"

韦绚也赞成此论，而且还有建议："依侄儿意见，大人《竹枝词》华章，似乎可以汇集成卷，自成一体，取其谐音与其通俗，熔炼成灿烂篇章。"

说到诗赋，封文渚见刘禹锡心喜，冲口而出："辉煌境有辉煌篇，刺史大人夔州采风，亦前不弱于古人，后必启于来者，竹枝词呀，可是新篇巨制，刺史大人独创。"

刘禹锡不能任随他们吹嘘下去，赶忙阻止："二位，竹枝词者，乃取翠竹枝干也，再是青枝绿叶，毕竟出自翠竹，皆是夔州这片山水之启迪。"

韦绚要听新词，故意说："大人眼见，可有新竹枝？"

他们恰好走到梅溪河口中，见江心巨石耸立，抗拒着万斛长江奔水。滟滪堆经江水万古冲刷，身如精铁砣，满布大小涡漩。刘禹锡指石相问："吟此石否？"

封文渚和韦绚点头称是。

刘禹锡平静了片刻，思绪泉涌，想到了滟滪堆的不凡，于是再诵一词：

城西门前滟滪堆，
年年波浪不能摧。
懊恼人心不如石，
少时东去复西来。

封文渚和韦绚、孟郎、仑郎等，齐呼“妙哉”。

# 第二十章

二五八逢场。

夜雨自初二早晨起，连续下了两三天，染得峰峦浑如烟笼。城墙砖被浸得湿透，砖与砖之间那些缝隙里，枯草如同从水中捞出般，冒出米粒大点儿嫩芽；石板街铺的简直不是石板了，而是一块块泥板，踩上去就产生凹陷，行人走得战战兢兢；茅草屋檐似乎永远滴落不完雨滴，惹得人们想哭，肯定是哭柳宗元的，至少刺史刘禹锡如此认为；泥巴墙面湿漉漉的，脱落泥巴的那些夹壁，被寒风拱开，硬生生地钻入，房屋里陡得冰寒，屋内犹如处于冰窖般酷冷。居民必须拢起火，围坐一堆，缩肩拱背地烘烤，直到度过寒冬。

时过春日，百姓再也耐不住寂寞，纷纷进城赶场。集市空前热闹。乡下人进城，担了许多新鲜肉来卖；城里人买了肉，拿回去，烧成各种各样的菜肴，香喷喷的，在这气温下可以长期保存，不会变质，只需放进碗柜遮好。

赶场天嘛，可以活动活动手脚，还可以做买卖，即使城里人不出去，城外人也会进来。

奉节城四门一开，人潮汹涌而入，守城兵士要不是躲得快，就会同他们撞上，耽误时间讲道理。当然百姓是讲不赢的。士兵不用多讲，拿起刀矛比比，就吓唬住了他们。

几条街市，都被披蓑衣、戴斗笠的百姓，挤得满满当当的。城门口摆着几个卖麻辣面的挑子，奇怪的是在青光白日里，担子一头还挂着点亮的油灯，生怕食客们看不见。几个人架着铁锅，烧了满锅滚烫的菜油，里头翻滚着圆圆的食品，上面有星星点点的芝麻。原来是麻圆，在油锅里只能滚几滚儿，就得立即捞上来，否则会被炸焦。进城的百姓，先要将自己的东西卖掉，才有钱买食物。卖菜的到菜市去。说是菜市也不尽然，还卖禽蛋、中草药、跌打损伤膏药。大街小巷连接处，往往摆有一盆火炉，两个穿皮围裙的师傅，用大锤小锤打铁器，有镰刀、开山、锅铲等工具。他们只是打好了摆着，等待顾客。还有人担水在卖，只要听到有人长声吆喝，“来一担水……”挑夫就飞快跑过去，将一担清凌凌的长江水，倒入那户的瓦缸里头。

午饭继续喝粥，主要原料是糯米，糯米煮熟后比粳米黏稠。粥里添加了七八种食物。莲子意寓慈爱，红枣意寓生育，黑豆意寓健壮，百合意寓和睦，蜂蜜意寓甜蜜，豌豆意寓团圆，核桃意寓多智；有些人家还多添了几样，比如，芝麻意寓多子、黄豆意寓顺利，当归既是补药又意寓怀念远方亲人，盼其及时归来。

只要把这碗粥喝掉，一年都安康吉祥，幸福跟随着此人，而且无病无灾。

刘禹锡同家人喝过新粥，抹了抹嘴巴，然后例行公事去逛大街，遇到不明白的事就询问，遇到稀罕事就凑过去听听，遇到熟人就打个招呼，百姓也喜欢跟他摆龙门阵。

出了衙门，刘禹锡想到一个人。杨柳的父亲抱病，好久没见了。他就向那些药农打听，药农都说才刚看见他的。有个药农却说，杨老汉几场没来赶了，夔州官府里有个老爷找他麻烦，他不敢进城，在城门口摆摊，匆匆忙忙卖完药材，买几斤米，就赶快回山上采药，以此维持生活。

刘禹锡很是恼怒，逼视着那药农，说：“什么人敢在奉节城称王称霸?”

那药农很害怕，说:“是个大官，像将军，前呼后拥的，衣服也穿得花哨。”

“很武蛮?”刘禹锡以为是别驾刘阈。

“长得倒也秀气，见不得漂亮妹子，上去就抱起调戏。”药农说着，兀自恨得咬牙切齿。

“秀气? 难道是太监?”刘禹锡就猜:夔州地面，哪里来的太监那类? 难道出身太监? 也不对呀。脑子里灵光一现，想起一个人:仇骥，虽非太监，却是太监一家的!

“我晓得了，这人，你们惹不得，待本官与他理论!”刘禹锡安抚住那药农，全身陡地放松:仇骥这人，志大且才疏，必会惹出些祸事，有皇帝处置他呢。

集市已经非常喧闹，人们来来往往，士农工商各自忙碌，只是见了刘禹锡，才躬身行礼，或者抬手作揖招呼“刺史大人”，恭恭敬敬听他指使。刘禹锡无事不找人麻烦，只点点头，或者抱拳回一揖，就让他们分别散开，忙自己的事去了。

人群让出了一条路来，刘禹锡穿过去，迎面碰上杨昌雄。杨昌雄先拱手打招呼说:“刺史大人雅兴!”刘禹锡见他带着几个猎户打扮的人，手中还拎着几只大鸟，那鸟儿羽毛雪白，竟是北返歇脚的天鹅! 心头一沉，便没搭理他，上前就去抚摸那些天鹅的羽毛。

杨昌雄不敢啰唆，忙上前讨好，说道:“刺史大人，这些可是神鸟，刚捕捉的，肉质细嫩，红烧、清炖，特别入味，今晚请大人光临寒舍，品尝品尝?”

刘禹锡抚着那天鹅头项，那鸟儿竟流出泪来，惹得他心头顿起恻隐，想了想说:“杨老板，你不缺一顿肉吃，把这几只天鹅，通通放生了罢!”

杨昌雄连声回答“遵命”，扭头吩咐几个猎户，说:“把几个大鸟放生了。”

几个猎户不舍，说："好不容易套住的，放了可惜。"

杨昌雄便怒道："我说放生就放生！"

一个猎户解释说："这鸟儿灵性，头回遭了绳套儿，再要套它就不会上当了。"

刘禹锡冷冰冰地说："灵鸟你还套它，不怕遭报应。"

杨昌雄却说："不用绳套，你不会拿箭射、放海东青捕它，真是没用的奴才！"

猎户不服气："喊捉它是你，喊放它也是你，还要再捉，简直就是脱裤儿放屁——多余的一道手续。"

杨昌雄不料他竟敢当街顶撞，飞起一脚去踢，被那猎户闪开了，只好愤愤地教训："你龟儿子晓得不晓得，哪个喊你放的，这是夔州刺史刘大人。你娃娃顶嘴，拉你去坐班房，看你还敢不敢了！"

猎户吓得连把"小民不敢"几字说个不停！

杨昌雄很遗憾，躬身施礼说："可惜！ 刺史大人，小民改日再来恭请，山珍海味任随选择。"然后挥手，要下人让开路，让刘禹锡先行。

刘禹锡见他们放掉了天鹅，边说"那也不必"，边穿过人群，继续沿街巡视。

再往前走，遇到一伙男女，是穿花衣卖唱的民间乐人。四五个成年男子，分别握着笙、笛、箫和檀板、羯鼓，踩着节奏，摇头晃脑地吹吹打打，里头是三个僚女，均着宽袖斜襟衫、系长裙，正在翩翩起舞，一会儿舞成圆圈，一会儿排成雁翅行，一会儿折腰后弯如被掰断般。伴唱歌曲是竹枝调，只听一个僚女敞开歌喉，唱出了几句词：

滟滪大如马，瞿塘不可下。

滟滪大如象，瞿塘不可上。

滟滪大如牛，瞿塘不可流。

滟滪大如幞，瞿塘不可触。

滟滪大如鳖，瞿塘行舟绝。

滟滪大如龟，瞿塘不可窥。

这支《滟滪歌》，刘禹锡刚到夔州就听过了，所谓大如马、象、牛，是指滟滪堆在水浅时候，露出大量石体，不能行船；而涨水时，仅仅露出石顶，像帽子、团鱼、乌龟，不仅不能行船，看都莫看。他不明白，用悠扬漫洒的竹枝调伴奏，怎么会跳出节奏，舞姿翩翩？

或许他们认识杨柳？刘禹锡心想，便上前去问："你们看到杨老汉来赶场了吗？"

歌者舞者伴奏者都说没有看到。

刘禹锡不死心，又问："莫非生病了？"

几个僚人七嘴八舌抢着回答："不会的，除夕还在，跟大人拜过年，他身体好得很。"

刘禹锡不相信："他是个热闹人，十处打锣九处在，怎么会不进城？"

有个僚女就开玩笑："莫非去拜见大人了。"

刘禹锡立即否认："没有，我一路出来，没有碰到杨老汉，他咋会来找我哩？"

那僚女又说："我们僚汉子，想到哪里去，自己就去了，不会跟哪个打招呼。"

刘禹锡不大懂得，就问："你意思是说？"

那些僚女乐得哈哈大笑，不说话了。

找不到杨老汉，刘禹锡心头不是滋味，有怅然若失的感觉，自己都觉得好笑。

回到刺史衙门，门房送来几封信件。

刘禹锡拆开了封蜡，见是杭州刺史白居易所寄的新作，题为“近见慕巢尚书诗中屡有叹老思退之意，又于洛”：“近见诗中叹白发，遥知阃外忆东都。烟霞偷眼窥来久，富贵粘身摆得无。新置林园犹濩落，未终婚嫁且踟蹰。应须待到悬车岁，然后东归伴老夫。”

去年七月，白居易由中书舍人，求外任，出任杭州刺史，倏忽又近半年。

刘禹锡春节里空闲，曾写下《白舍人见酬拙诗，因以寄谢》一诗，想起那位患难与共的诗友，整日周旋于朝中大佬间，如此终得解脱。诗云：“虽陪三品散班中，资历从来事不同。名姓也曾镌石柱，诗篇未得上屏风。甘陵旧党凋零尽，魏阙新知礼数崇。烟水五湖如有伴，犹应堪作钓鱼翁。”看来不得不为之，刘禹锡自己怀有“尽是刘郎去后栽”的感慨，也就坦然相对，准备把和诗寄给白居易。

杨柳端着几只剥好的橘子，轻盈盈走入，搁放几凳上，说：“先生写字累，尝尝新摘的柑橘，提提精神。”

刘禹锡说：“稍后品尝。”

百荷又跟进屋里，来禀报：“老爷，仇司马来拜。”

刘禹锡就说请。

仇骥穿得花里胡哨的，捧着一卷轴，见面就说：“给刺史大人拜年！”刘禹锡回答：“谢仇司马。这个卷轴是啥？”仇骥说：“轴中乃装裱好的杜工部大人手书《登高》，送给大人，祝愿刺史大人步步高升。”刘禹锡虽然不相信，还是感激他一片苦心，说：“本官就感谢了！仇司马过年，也不回京城家中，实在太辛苦了。”仇骥强调：“大人不是也在任上？下官怎敢擅自离开署衙？”刘禹锡客气地问：“那么，赶回京城过春节，应该还是可能的吧？”

仇骥回答：“可能。只是回去之前，下官还有一事，想要单独跟大人禀报。”

听他这样说，就是有不让其他人听的事了，百荷取了卷轴，与杨柳一齐退到了门外。

房间里剩下仇骥和刘禹锡。

仇骥才说：“不知大人知否，节度使牛元翼，即将高升兵部尚书？”

刘禹锡淡淡地回答：“早有传闻。”

仇骥鼓动三寸不烂之舌，巧言令色，企图说服刘禹锡：“以下官看来，夔州乃山南东道所属州郡，节度使大人高升，刺史大人可有恰当考虑？”

刘禹锡慢腾腾地舀茶，缓缓倒入瓷碗，拿起竹勺，不急不忙地搅动着，许久才问：“仇司马之意，似乎本官上下，还要到襄阳去为大人送行？”

仇骥回答：“那倒不必。牛兵部何时赴京城，我等怎知？得到消息也赶不及。”

刘禹锡心里笑话他浅薄：传说是兵部尚书就是了？于是便问：“仇司马，牛节度使高升，你此番来下说辞，什么意思？”

“非说辞，非说辞也。”仇骥忙纠正，“刺史大人，下官得到消息，晓得刘大人与牛兵部有通家之好。”

“不对。”刘禹锡否认，“本官与牛节度使，不是亲戚，怎的成了通家之好哩？不对。”

仇骥要说服刘禹锡，必须拼命往“通家之好”上拉，便说：“记得刺史大人侍妾，即牛兵部所赠，百荷是牛兵部的心肝宝贝，他毫不吝啬赠给了刺史，友谊不比一般哩。”

刘禹锡笑他不明事理，说：“如此通家之好，与杨老板送来擒获的天鹅，有区别吗？”

仇骥立即答复：“有的，有的，刺史说没有？”

刘禹锡机智地反驳:“那么，本官与牛元翼，是翁婿呢，还是连襟?”

仇骥让他问得目瞪口呆，只得说:“大人何必强辩。”

这倒让刘禹锡不好再说“没有”了，干脆听听他来的目的，再跟仇骥挑明了说吧。 就问:“仇司马，通家之好就认了，反正百荷是刘府侍妾，牛节度使叫你来，不会再赠一个少女来吧?”

仇骥连忙否认，想想再不说，或许就没有说的机会了，便说:“刺史大人，下官代表牛兵部，有二事相商。”

“请讲。”刘禹锡愿意听听。

“其一，牛兵部入朝任事，裴相那里，请刺史大人沟通，诸事以相互支持为主，倘遇大事，相互通个气，如同与刺史大人一般，避免诘难争执。”

“此事，本官做不到。 仇司马，裴相是朝中宰相，禹锡是夔州刺史，刺史怎么能令宰相? 这不是笑话吗! 请奉告牛节度使，原谅下官的无能。”

“其二，不大好说。”仇骥迟疑起来。

刘禹锡反倒豁达，说:“勾兑之事，你都敢开口，还有何事大过拉拢宰相?”

仇骥想想也是，便把心一横，说:“牛兵部见过杨柳，为其倾国倾城美貌折服，听说其是才女，希望刺史大人出让，为兵部尚书大人侍妾!”

“张狂!”刘禹锡拍案大怒，立即予以痛斥，“牛元翼荒淫，杨柳乃民间女子，并非官妓! 岂能容他侮辱! 你回去告诉牛节度使，除非刘禹锡死了，否则他永远达不到目的!”

刘禹锡叫百荷进来，将仇骥所送的杜甫书法，立即原样奉还。仇骥脸红脖子粗地推辞。 推拒许久，刘禹锡也觉得掷还节礼，太过得罪同僚，便想到了个主意，说:“你送本官一书法，本官还你一书法。”叫杨柳和百荷铺好纸，提起饱蘸浓墨的笔，在纸上一阵狂草，如龙飞凤舞，顷刻即成，正是那首《滟滪堆》，诗云：

城西门外滟滪堆，
年年波浪不能摧。
懊恼人心不如石，
少时东去复西来。

稍停，待墨迹干涸，杨柳朝上面铺了一层薄毡，轻轻地裹卷了，再递给仇骥。仇骥明白刘禹锡“懊恼人心不如石”之说，那是俗话说的“王八吃秤砣——铁了心”了，决不跟牛元翼走！

仇骥大失所望，回报牛元翼，说刘禹锡与裴度太铁，下官如此劝说，恐怕已经打草惊蛇，势必招致二人反扑。

而且，牛元翼兵部尚书之任，久久不见圣旨，就有人说皇帝听信曾经平定淮西之乱的裴度，继续削弱藩镇势力，以提高朝廷威望，达到中兴大唐的目的。

裴度继献了收营田之策后，又密奏皇帝：要遏制藩镇势力，就让藩镇与宦官冲突，互相以对方弱点交讦，鹬蚌相争，渔翁得利，朝廷坐收其利。皇帝也想有所作为，不加考虑，一声“准奏”就同意了，允许裴度紧锣密鼓地进行。

本来是秘密进行的事儿，不知怎么搞的，迅速地传到各地藩镇的耳朵里。各藩镇纷纷拉拢皇帝身边的臣子，制订相应对策。

臣子应付朝廷，无非就是当面一套，背后一套，再把出谋划策那人杀掉。要不就拉拢鼓吹者，以重金去贿赂他，找一个借口，改变当初制订的策略。

裴度这人，是要名不要命的，金钱美女不能拉拢他，要他改变既定国策，砍掉脑壳他都不干!

消息传到了牛元翼耳朵里。

牛元翼担任山南东道节度使，管辖范围很大，领有荆、襄、邓、唐、随、郢、复、均、房、峡、归、夔、万等，共十八个州。这块土地既有富庶的荆襄平原，又是巴蜀东部的坚强屏障，朝廷历来都是派心腹把守。可利益诱惑之下，心腹也可能变成仇敌对手，屏障说不定就成了威胁，平时皇帝都哄着诓着，诸事不予计较。如今牛元翼眼睛赤红，借入朝为相先声，企图兼领山南西道，包括梁、洋、集、通、开、璧、巴、蓬、渠、涪、渝、合、凤、兴、利、阆、果等，共计十七州，开始向朝廷发难。

皇帝不得不召集众臣商议。

这正是遏制藩镇势力的最佳机会，裴度十分激动，一再对皇帝奏请，说:“圣上，机不可失，时不再来，倘若能够收回山南东道，担保京城东面、南面无虞。”

皇帝却说:“巴蜀之东，不就是夔州、荆州、利州、峡州、归州那些鸟都不拉屎的穷地方嘛，爱卿多虑了，我大唐朝军队，骁勇善战，岂是牛元翼之流能战胜的。众卿还有什么事情启奏?”一拂龙袍长袖站起。

那模样竟似要离开。

裴度忒急了，不顾礼仪，抢上前阻挡皇帝去向。皇帝一下御座，他就拉着皇帝袍袖，嘤嘤地哭起来。仇士良急呼:“失仪，失仪了，裴相!”裴度却不顾，双膝一软，立刻跪下，恳求说:“圣上，藩镇个个手握大权，再不抑制，倘若养成了狼子野心，大唐江山危哉殆矣!”皇帝脸上，不耐烦的神情一闪而过，闻言停下脚步，口里说道:“爱卿请松手，诸事尚可商量，诸事尚可商量。”又返回御案，却不坐下去，单等哪个大臣过去解围。

元稹上前奏道:“圣上，裴相性子急，也是出于担心，方才有失礼仪，请圣上宽恕。”

皇帝就说：“恕其无罪。”

裴度也无所谓，只要皇帝不走，自己罪不罪的算啥，于是下跪谢恩：“谢主隆恩，皇帝万岁万岁万万岁！”

皇帝问元稹：“元相，朕怎么眼瞅你，跟裴度搞到了一伙儿，倒是挺热心的。”

这话儿，把洋洋得意的元稹，吓得打了一个趔趄，口齿不清地陈述说：“圣上呀，下官，只是纠……纠……纠……纠查裴相之礼仪，不敢勾结他，跟他，搞个甚的串通、倒贴。”

说得皇帝立感滑稽，心头想笑，好不容易憋住了没笑，又觑见许多大臣转过身体，显然在窃笑。皇帝咳嗽一声，装模作样地责问：“元相，此话当真？”

元稹顺着竿儿就爬上来了，便讨好说：“确真。”

“不假？”

“绝无掺假。”

“我谅你也不敢！”皇帝释然说。

“不敢不敢。”元稹回答，“下官一切听圣上的，怎么敢欺瞒圣上呢。圣上金口玉言，圣旨下达，如铁板钉钉，不，比铁板钉钉还牢固，十分牢固。”

皇帝高兴了，又问：“那么，朕的吩咐，你坚决执行，不会当面一套，背后一套吧？”

元稹故作委屈地说：“圣上冤枉下官了。下官生于世，不就是圣上的嘴、圣上的腿和手嘛！”说得言之凿凿，摆出一副多么伤心的模样。

满朝文武冷眼旁观君臣二人做戏。

裴度好不容易抓到机会，岂肯轻易让他们插科打诨混过，重新回到朝臣班列，待二人说罢，立即挺身而出，奏道：“以臣之见，牛元翼所求不许!”

皇帝被他吓了一跳，反问:“不让牛元翼干，裴爱卿的意思是让仇士良去当节度使?”

这恰恰是朝廷的大忌。

裴度不急不缓地说:“臣不是这意思。 臣有奏，牛元翼领山南东道也有几年了，可调为朝官。 节度使位置特别重要，且是朝廷东南面屏障，圣上可选择一位皇亲，前往主持大事。 具体事务，再擢拔才俊辅佐即可。”

皇帝却说:“爱卿言之有理，可是牛元翼任山南东道数年，苦心孤诣，其实也无大过，难道他会轻易放手，让朕派官治理?”

裴度听皇帝的意思，竟要答应牛元翼，左右思之，都觉得有些莫名其妙。 他猜不到皇帝只是想息事宁人! 于是上前说:“启奏圣上，臣刚才所说，乃是为朝廷着想。 依臣看来，对牛元翼不可太过放纵，避免尾大不掉，如何?”

皇帝不欲多事，反正山南东道、西道都要派节度使，牛元翼能搞好山南东道，也就能够搞好西道，量他不过为了升官而已，便出言相劝:“裴相啊，依朕的意思，不过兼一个节度使罢了，牛元翼他不辞辛劳，愿意承担，就是再兼任一个，也没有什么关系，卿以为如何?”

这是不负责任! 大唐江山岂容牛元翼们予取予夺，皇帝这个态度，后患无穷!

“不可!”裴度亢声反对，说，“圣上万万不可! 大唐江山岂能谁想霸占，就任意霸占了；且恩出自上，一切都是圣上恩典，由不得他们伸手索取!”

皇帝的妥协态度，把元稹也吓坏了：岂有拿国家重器来平息内争的? 附和着说:“圣上，裴相言之有理，言之有理呀!”只是不说理从何出。

“理在何处？”

“以下官看来，振振有词，就是道理了罢。”

“浅薄！”

“下官就是不会说话。”

“你很狡猾。”

皇帝这话说出，朝臣一片哗然，明白元稹已招致圣上厌恶，恐怕日子难过了。

翰林学士钱徽却说：“依臣看来，牛元翼狼子野心久矣，只为朝臣掩蔽，不为圣上知晓。如今有朝臣代为吹嘘，牛元翼野心膨胀，迫不及待地伸手，圣上不可为其所惑。”

皇帝没有反驳，大臣们晓得他被钱徽说动了，于是纷纷上前启奏，一个接着一个的，直把牛元翼说得猪狗不如。皇帝只是微微地仰着头，眼睛眯缝着，不吭一声，也不向朝臣们表态。

大臣们却越说越起劲，鼓动皇帝派出大军，围剿牛元翼军，一战定三川。

皇帝听得累了，才制止了众臣，说各位观点颇多，一时也说不完的，干脆散朝，回去拟成奏折，交到奏事处，待朕慢慢阅览，汲取诸卿意见。

# 第二十一章

得到裴度鼓动皇帝削藩消息的牛元翼，也不甘束手就擒，紧锣密鼓地筹备着，不杀掉裴度，势不能恐吓住诸臣！ 只不过，杀人的事情不能那么随意，事先不做一番仔细谋划，若出手失利，幕后阴谋就会败露。 牛元翼虽是外臣，但朝中多少阴谋，他都参与过。

杀手最好是生面孔，当然还要武艺高强。 可武艺高强的生人不好找。 找了好几个，要么是面生武艺低劣，要么武艺高强面熟。 说巧不巧，他居然找到了飞贼，还是飞贼自投罗网来的。

飞贼逃出大牢后，在山寨待了几月，思前想后，决定从军，取得一个正道的出身，回去迎娶对他有救命之恩的杨柳姑娘，于是投军到了山南东道节度使军中！

牛元翼欲图大事，要铲除朝中的政敌，不得不到本部军队里去找人。 他一个小队一个小队找过去。 这一天，到了新兵训练营，看到几个兵正在比试玩石锁。 先是一个个单手、双手托举，比得互不服气。 有个兵提出，要玩就玩抛锁接锁，其他兵都不明白。 那个兵就逞能说，拿最大的那把石锁，使全力抛上天空，哪个抛得高，落下来又能接得住，就算胜了。 牛元翼估计那把石锁重达五十斤左右！ 提议的那个兵，取了石锁，大马金刀地站好，将石锁往裤裆下一塞，顺势高高地抛起。 根本看不清楚任何动作，那石锁蓦地飞起三五丈高，在空中滞留一下，砸地落下，眼看就要砸破那兵脑壳；那兵随随便便一伸手，将石锁接住，却不往胯下塞了，就在腰腹间停得一息，又松了手抛出去，至手尽处捉回，随即再往头顶上抛，把石锁抛得如玩具一般翻翻滚滚地升高，到达脱力处砸下。那兵“哎呀”一声嚣叫。牛元翼和兵们以为他接不住了，砸着了脑壳可不是玩儿的，心中暗自替他着急。那兵却又伸出一只手，不晓得怎么就握住石锁把柄，顺势一带，石锁被他消解了坠落的力量，乖乖停在手中。

看见牛元翼的兵就叫喊“节度使大人来了，快些放下”，故意说给那兵听。牛元翼示意安静，兵们只好装没看见，还噼噼啪啪地鼓掌。

那兵眼观六路，耳听八方，见节度使大人到场，越益卖弄，不再抛掷石锁，而是将那石锁上下左右乱舞，一会儿在腰间擦身而过，一会儿丢到胯下前后乱窜，一会儿又从背后提到前胸，不像是玩石锁，倒像耍了一根软鞭，双手就是鞭柄，石锁就是矛尖，稍不留心，脱手能刺穿人胸膛。

牛元翼突然生出一计：倘若这兵做刺客，岂不是……

那兵还要抛出石锁，牛元翼说“且慢”，那兵就住手。在场官兵一齐单膝跪地，齐声说“参见大将军”，那兵兀自提着石锁茫然四顾。

牛元翼就问：“先前哪个不见你表演武艺？”

那兵才噗地跪下，双手抱拳，朝牛元翼行一个礼，回答：“小人从军不久，未经得战阵，这些都是耍坝里的花头。”

牛元翼赞赏说：“这可不是花头！能把五十斤石锁耍得溜顺，不仅要有力气，还得武艺高强，懂得如何运气使力，放在战阵之上，那就是砍杀躲闪的技巧，岂二字‘花头’说了。”

那兵心中佩服，倒头就拜，口里大声报告：“大将军，小人名叫飞贼，本是窃贼，图个好前途娶婆娘，才投大将军上阵杀敌。请大将军多派任务，让小人有机会立功！”

“耿直！”牛元翼高呼夸奖，吩咐说，“你跟我进帅帐。”

飞贼随着牛元翼，进了帅帐。帐内不见多么繁华，摆着一架长枪、一把宝剑，还有一架子书，手臂粗细的牛油烛熊熊燃烧，倒有几分像山寨的聚义堂。

牛元翼往虎皮椅上一坐，打算开口言明，又顾忌他刚当兵，切莫是皇帝派来刺探军情的间谍，便改变了主意，盘问他：“飞贼，本将军问你，一身好武艺，哪个要到军营讨饭吃？”

飞贼回答：“是哦，做没本钱的买卖，比起当兵，好像快活些。”

“不对。”牛元翼否定，“官军不打仗时，也很快活，甚至不用花钱，也能够享受到快活。”

“莫非，去抢劫？”飞贼犹豫着问，很有些担心，害怕想走正道，结果上了一条歪门邪道，哪个让杨柳看得上。

“当然。”牛元翼要打消他的顾虑。

“岂不是……还是……当飞贼？”飞贼支支吾吾地，不敢说出自己的担忧。

“抢劫如何呢？难道你不怕饿死？难道你愿意被人杀死？难道你眼睁睁地看着美人儿遭别个抱在怀里撒娇？飞贼呀飞贼，亏你还是个飞贼，你究竟是哪个做贼的，个龟儿子！”牛元翼自己想不通，这世上还有如此飞贼？！

“做贼也要讲义气！”飞贼犟起来，也不肯认输，即使面对前辈、面对老大。

“当兵的人，不去抢劫百姓，不，抢劫敌人，怎么能够让自己舒服快活？”牛元翼换个说法。

“抢敌人？”飞贼懂了，世上本有自己人和敌人两类，既然要抢他龟儿子，当然就是抢劫敌人了，于是同意了，“大人教训得是，可是你要我抢哪个？还望指明方向！”

牛元翼把他拉过去，指着地图说：“你娃看清楚了，这个地方叫长安，城里有个皇帝……”

话没听完，飞贼又噗的一声跪下，连连叩头说：“将军可是要我去朝拜？哎呀，我连刺史都没有见过，不对，见过夔州刺史刘禹锡，他要抢我的婆娘。我咋个敢去见皇上嘛！将军大人，你饶了小的吧！”

牛元翼沉浸在暗杀的愉悦里，见他拒绝得急，便说：“你格老子的，飞贼，老子不看你是个人才的话，早就下了命令，捉你出去砍脑壳！”

飞贼吓得颈项一缩，身体蜷曲成一团儿，口里不住讨饶：“将军饶命，你要看我还有用处，饶了我的狗命吧。你喊我做啥子我就去做啥子。”

“这就对头了嘛。”牛元翼笑眯眯地过去，伸手把飞贼拉起，还俯下身去，换手拍了拍飞贼屁股的灰尘，“只要你给老子把事情做好，回到山南东道，老子升你做偏将，彻底洗去你盗贼身份，还赏个美人给你。节度使府中，美女如云，你娃想要哪个女娃，老子就赏哪个给你，比你那遭刘禹锡抢了的婆娘还漂亮。”

“我不要，我只要杨柳姑娘。将军，你要做什么事嘛？”飞贼要问明白。

这也是盗贼的下细处。

牛元翼松开手，踱回去端起一碗茶，轻轻地撇去浮沫儿，慢条斯理地说：“杀人！”

盗贼听得一愣，心想，老子以为要盗御马、偷皇姑，格老子，杀个人也要老子干！只不过好奇，继续问：“杀个啥子人嘛？”

“裴度。”牛元翼恶狠狠地说。

“裴度是个么人？”飞贼又问。

“是，是个……对了，他娃是刘禹锡的兄弟伙。”牛元翼终于想到了说法，教唆他，“这人不但不听皇帝的话，还不听老子的话，想抢老子钱财，还要抢夔州姑娘，说不定，你那个杨柳也在其中。”

“肯定的。”飞贼说，“杨柳是夔州第一美女，他们要抢，肯定会抢她，我绝对不得饶他。”他答应去刺杀裴度。

牛元翼便在军中谎称飞贼逃跑了。

凌晨，天上星月无辉。

裴度上朝，坐在大轿里，想着昨晚达成的协议：与宦官对牛元翼的态度取得一致，本就是策略，仇士良那些阉狗，要一些权力就给他吧，无非让地方弄几文钱花，维持与“对食”宫女的奢靡生活；不过，仇士良那个“对食”老婆，倒是千娇百媚的，多少京官羡慕不已，可他抢了皇帝的女人，尽管到手时不过是一名宫女，有朝一日，圣上难免跟他算旧账！裴度越想越得意，不顾夜黑，大街上空无一人，自己在大轿里哈哈地畅笑，好似立刻有人出刀，会宰了那阉狗一般。

一行轿夫和护卫跟在大轿后头，奔行急促，软底靴踩着石板，发出细微的脚步声，把官轿抬得十分稳当，乘坐者甚至可以睡觉。

裴度笑过，头脑变得十分清醒：反对了牛元翼，等于公开与藩镇撕破了脸。然后再策划刘禹锡回朝，白居易因做刺史的口碑不错也会被召回，永贞一党，也都有了回朝的机会。这拨人都是文采过人、能说会道的，他们回到朝廷之后，势必跟随本官改革朝政，还有谁能够玩得过我们？……

正想得出神，大轿陡地一震，似乎停下了。

裴度禁不住发怒，喝道：“何事？咋就不招呼一声，管家，发生啥事了？”

管家攀着轿杠，战战兢兢地回答：“大人，前头……前头有……有人挡道。”

“护卫！”裴度遭破坏了好心情，十分不满意，命令，“有人挡道，尔等不会将他搬开？二杆子货，就只晓得跑几步，连搬开个人也不会。”

护卫却说：“大人，他硬挡道了，搬不了。”

裴度大为奇怪，倒要下去看看，说：“打帘儿！ 搬开个人也不会，还敢在本府混吃喝，本官下轿瞅瞅，是个什么东西，胆敢挡俺的道儿。”

护卫却阻止他：“大人，您不能下轿。”

裴度更加奇怪了，这京城，还有御史中丞不能做的，呵斥道：“为何？”

护卫说：“他们蒙了脸。”

裴度不以为然：“怕俺认出了，是个熟人？”

护卫又说：“还拿着刀。”

裴度说：“你们也有刀，就不会冲杀过去？”

护卫继续说：“他们人多。”

裴度不敢大意了，将手缩回，捋了捋颌下浓髯，斟酌着：“发信号，你脑子笨得连这事儿也忘了！”

看来，距离皇宫还有一段路，宰相大人也不敢冒狠，须得召唤巡防营官兵，赶过来阻止对方。

护卫却说：“大人，小的们忘掉了，都没有拿冲天炮，咋承想今晚会有事。”

裴度只好诘问：“难道也无人跑出报信？”

护卫说：“似乎人不少，围紧了，谁都出不去。”

特别令人奇怪的是，对方始终不发一言，似乎在等待一个指挥者，或者什么信号。 对方那些黑衣裹体、黑巾蒙面的人，个个立得石桩子般，因为没有灯光的反射，就连手中拿的什么武器、穿的什么铠甲，护卫们都看不明白，若是弓箭，绝不敢往前冲。

管家跟在大轿旁边，见轿子久停不动，也晓得前面有了麻烦，一头拱出队伍，喝问：“前方何人，我们是当朝宰相裴大人的护卫队伍，还不快快让开道路！”

还没来得及多恐吓几句，黑暗中“嗖嗖”响了几声，管家的心窝就挨了几箭，往后一仰就倒下了。

下属惊呼起来：管家死了！ 管家被杀手射杀了！ 大伙儿赶紧逃跑呀！

护卫官兵纷纷四散逃跑。

“嗖嗖嗖”飞来的弓箭以外，还有一种小型连弩，护卫官兵都不敢动了。黑暗中，传来低沉的威胁声音：“谁敢再狂呼乱叫，立即射杀！”被射中的人，“扑通扑通”倒下。再无人敢跑散，原地干等着被人宰杀。

接着，杀手开始收缩包围圈。他们似能暗中视物，每接近一个军卒，挥刀便砍。后随的杀手就割下死人脑袋。他们又向内圈挤进，然后挥刀杀人，再割掉脑袋。

屠杀持续进行，护卫们根本无力反抗，待宰牛羊般迅速送命。

杀光护卫后，接着就是随从们。伸手不见五指，谁都没看见其他人是怎么被杀掉的，糊里糊涂地掉了脑袋。似乎也没能感受感受痛苦何在，生命在对方一挥刀间，就消逝了，倒下去的身体扭曲几下，人的一生就彻底终止。

裴度是经过战阵的朝臣，听到响声不对，晓得逃不掉，就龟缩在大轿一角，希望对方疏忽，以为已经将自己砍杀了，大意之下放掉自己。

可是对方的目的，是杀掉裴度，怎么会大意失手，轻易放过他呢？

过不了多久，周围就寂静了，可以倒下的，已经都倒下了。仿佛会呼吸的人都已消失。然后响起一阵整齐的射击声，“嗖嗖”“嗖嗖嗖”“嗖嗖嗖……”数百支箭弩齐发，把官轿射得如刺猬一般。这抬官轿是特制的，除了轿帘，三方立板及轿顶、轿底，都镶有铁板，再强劲的弩箭也射不穿。裴度也躲得巧妙，从轿帘射入的箭，或上或下，都没有擦及分毫。他的轿中还带着一个人，准备向皇帝举荐为文学侍从，就是新晋进士王中模，此刻吓得躲在角落里瑟瑟发抖。

可是杀手怎么会放过裴度呢?

就在一轮射击后，轿帘被人掀开了，王中模还来不及躲避，就感觉肩头一紧，被一只大手抓住。他像只猫一样被拎出官轿。这时候再不呼救，就永远没得救了，王中模吼了一声:“救命呀!”感觉后背被人用膝盖顶住，头上发髻遭扯得大痛，不得不勉强转过头颅，因此发不出一丝丝儿声音，不能自报身份。

面前一人打着招呼:“裴度，你奶奶个毬囊! 俺们惹你甚，要破俺财、夺俺地、减俺的兵，倘若边境有事，谁他奶奶的替那李姓皇帝卖命!”

裴度猜出凶手是谁了，可他不敢说，也不能亮明身份，躲着听任对方辱骂。

那人又说:“爷爷们疆场卖命，寻这几文小钱，你奶奶的，也不满意，撺掇着皇帝破了俺财，你叫俺喝西北风去? 你奶奶的混蛋，俺这兄弟，把你几个毬囊的，杀了也就通通地杀了，叫你下辈子坏俺好事!”

王中模不能自辩，急得泪水花花的，对方也看不见，他只好双脚在地下蹬，一下、两下，再一下，然后三五下，蹬得自己都不明白在做啥了，还继续蹬着。

那人丝毫不缓，说:“你个奸臣，可也有了今天!”执刀那手一横，“噌”地割下王中模的脑壳，另手往上一提，颈血“噗”地冒出很高，喷过几股，改为“汩汩”地涌出。

转瞬之间，杀手就割下王中模脑壳。周围卒众散去。领头那几个人，将脑壳拎走，挂在安定门的城门洞穹顶里，然后拿了赏银，就四散逃跑了。

裴度躲于官轿，不吭一声，竟躲过了杀身横祸。

裴度罢官后，查知杀手名叫飞贼，系牛元翼指使，但苦于没有证据，牛元翼晋了兵部尚书，裴度不得圣旨不能侦查，只好通知刘禹锡，从源头追查飞贼的下落。

刘禹锡得到消息时，还在吃早饭，刚夹起香喷喷的辣椒炒咸菜丝准备放嘴里。读罢裴度来信，他立即推碗而起，让百荷给自己穿上官服，快步走出内室，到公案后头坐起。

差役们齐声呼喝“威武”，将手中黑白二色的杀威棍，在地下杵得山响。

他命令仇骥将涉案人员全部带到大堂上来。

纵飞贼越狱那牢头，还以为事过境迁，不再追究了，想不到一上堂来，见刺史府中侍妾百荷、学生杨柳，俱在堂上，看来刺史大人要弄清楚明白，心头不禁发慌，再听到“威武”吼声，吓得一屁股坐倒。仇骥问他：“你唧个了？”牢头翻身爬起，朝着公案方向，不停地打躬作揖。

刘禹锡晓得，不拿出威风来使使，这般衙门油子，绝不会认账的，便把惊堂木重重地一拍，喝问：“堂下站着的可是牢头？”

牢头回答：“正是小人。”

刘禹锡紧逼追问：“那么，就是你放走飞贼了？”

牢头果然见惯不惧，嬉皮笑脸地说：“大人容禀，并非小人放走了飞贼，乃是有人与飞贼勾搭，换了一套女装，掩护飞贼逃逸，与小人无干！”

刘禹锡心知肚明，却不能容他滑脱，再一拍惊堂木，厉喝：“不要推卸责任！”

见到刺史大人发怒，衙役们一齐呼喝“威武”，震得大堂廊庑间隐隐撼动。牢头刚想开口狡辩，又遭吼声震得缩了回去，只拿眼睛看那些衙役。刘禹锡看出他害怕，心中有鬼，朝衙役们挥挥手。那些瞪眼睛衙役才扭开脑壳，听牢头到底会说出什么事实，待需要捉人时，再提起镣铐绳索就去。

牢头却说：“大人，此事结案已久，乃无名女子，挟持了杨柳姑娘和小夫人，强逼杨柳姑娘换上囚衣，假扮飞贼，种种事情确真与小人无关呀！”牢头以为杨柳毕竟是外人，百荷乃刘禹锡的家中人，孰轻孰重，必须分得如小葱拌豆腐——一清二楚。

百荷却要咬死他，说：“不是你出面配合，飞贼怎么出得了牢房门？”

牢头心想，姑奶奶，擅放重刑犯，是杀头罪，你往老子脑壳上栽是何故？口里说：“大人可问过杨柳姑娘。不知何故，大人过后又来追责，难道飞贼又犯事了？”

刘禹锡要他们实说，索性说明：“那个飞贼逃出，到了京城，刺杀当朝宰相裴大人！”

“什么？！”杨柳万想不到，惊问，“裴大人是不是死了？”

刘禹锡不愿再透露，说：“你们想呢。”

杨柳晓得，上了大当了，横下一条心，就要坦白。百荷在一旁拉她一把，上前拂了拂，说：“大人明鉴，杨柳姑娘和小妾，乃是路过大牢，被人劫持，一切阴谋当是牢头做的呀！”

牢头急了，说：“小夫人，你怎么把黄泥巴往小的身上糊，不是冤枉人嘛。”

百荷说：“我亲眼所见，你还敢抵赖！”

牢头找到理由了：“你俩都在现场，怎么杨柳姑娘晕倒不起，小夫人你逃出来了？”

百荷也有道理：“一个囚犯，不会打晕两个人来装吧。”

牢头说：“可传狱卒来问。”

仇骥就把当值的狱卒传到大堂，两根水火棍一敲，那狱卒就承认了，说是两人进入、两人外出，都是妇人，所以，大家都不在意，才让她们离开的。

牢头得意地问：“小夫人，听到没得，听清楚没得，是两个妇人来两个妇人走，除了杨柳，另外一个妇人是谁？”

百荷顿时住嘴。

他以为，刺史的小妾纵放一个囚犯，能受到什么处罚？呵斥两句而已。

杨柳以为裴度已死，晓得他是刘禹锡挚友，事情不说清楚，刺史大人是不会罢休的！ 便把心一横，就要说出那日狱中之事，任凭大人处置！ 她说："大人……"

旁边站着的韦绚却抢过话去，说："那日情景，在下看得一清二楚，大人可允许在下陈述？"

刘禹锡说："但说不妨。"

韦绚说出了真相："百荷不知受谁指使，欺骗杨柳，说飞贼是自己的表兄，因小偷小摸被擒，要杨柳去扮飞贼。 杨柳不知贼人就是飞贼。 她们二人进入牢里，让飞贼换上女装，杨柳换上囚衣，百荷将飞贼营救出狱。 而且，牢头收了百荷贿赂，安排狱卒带路，把飞贼送出城门！"

百荷反驳："你既看清，为何不呼喊捉贼？"

韦绚坦白："因有百荷出面，下官以为大人交代，不敢呼喊，也有纵放之错。"

"岂有此理！"刘禹锡虽知百荷是牛元翼安插的，可她平时低眉顺眼，做事十分勤谨，也能讨自己喜欢，不曾做过什么错事，可是万万想不到，竟敢纵放重犯！ 难道这与仇骥有关？ 他转过头去，望着仇骥，听他如何出言袒护。

仇骥眼睛望天，一副事不关己的模样，还不时摇摇头，似乎叹息人心不古。

刘禹锡大喝一声："来人呀！"

好几个衙役站了过来。

刘禹锡笔下疾书，口里宣判："牢头收受贿赂，纵放飞贼，着打一百大板，革去一切差事！"

衙役们上去，拖翻牢头，当堂打起板子，打得牢头呼天唤地。杨柳说："大人，小女有错，不能全怪牢头大哥。"刘禹锡怒吼："你且站到一边，自有处置，圣人书读到哪里去了！ 狠狠地打！"最后一句，却是对衙役们说的。

衙役们手下不敢留情，将大板高高举起，重重打下，打得牢头的喊叫声逐渐嘶哑，一会儿就昏过去了。

打屁股刑罚还在进行，刘禹锡下了第二个判决，说："百荷内外勾结，策划放走飞贼……"

百荷见势不对，"扑通"一声当堂跪下，哀哀告饶："大人，小妾知错了，还望大人怜惜呀！"说到"呀"字，已然话音凄惨，泣不成声。

杨柳立即声明："大人，小女之错，可抵小夫人一半。"

"胡说！"刘禹锡怒不可遏，下了后半截的判词，"重打一百手心！撵出刺史府！"

"什么?！"就连韦绚，也被这个处罚惊呆了。

"不要啊，大人！"百荷惨叫一声，倒在地上，被衙役们扯了起来，不管她是昏是醒，拿竹片狠抽她手板；可怜百荷，一会儿就被钻心疼痛打醒，继续受刑。

"这个……"刘禹锡斟酌片刻，还是下了判词，"韦绚知情不报，革去现职；杨柳虽是受骗，然而昏聩不查，罚其在府中读书半年，不得外出！退堂。"

百荷被责打完毕，伤心走出，只好到欢场重操旧业。

# 第二十二章

仇骥晓得，刺杀裴度一事，刘禹锡是不会善罢甘休的，在司马府中想了半天，决定还是要去勾兑，邀了夔州别驾刘阈一起前往，恳求刺史大人放过一马。

韦绚将他们领到书房门口，仇骥看到刘禹锡当门坐着，撵了几步进去，呼喊“刺史大人”，不小心一只脚绊上门槛，自己差点被绊倒。

刘禹锡见了仇骥，朝廷礼仪还是要顾，便站起身来，回他一揖，又说：“刘别驾、仇司马，本官堂上问案，前后处置，还算是公正无误吧？”

“公正！ 大人雷霆手段，下官是看懂了。”仇骥恭维说，似觉空泛，又说，“刺史大人连韦宰相之子韦绚都处置了，仅因知情不报，可见十分公正。”

说得刘阈一直摇头，既来说情，多少也得圆它几句，便说：“刺史大人，仇司马虽代赠百荷，但那是牛尚书的礼物，她犯了罪当然由她自己负责。 仇司马事先确不知情，似乎大人也不好找牛尚书，说个理青理白的吧？”

仇骥立即附和：“对呀，这百荷胆大包天，确与下官无干，刺史大人不会计较吧？”

刘禹锡没法跟他计较，右手向前一指，示意他坐到对面去。仇骥上前坐下了。刘禹锡提了提袍服，也缓缓地落座，二人对视而坐。仇骥看他像又来审案，身体在座椅上左一挪、右一扭。刘禹锡看在眼里：这举动纯粹就是坐卧不安，心虚有鬼。

不料，袁宏拱进来，坐在了听审的位置，看模样要来记录，把仇骥当犯人审了。

刘禹锡不待仇骥发问，劈头就问："仇司马，营田弊端百出，圣上早有决断，不再由驻军管理，交给州县管辖，可由百姓出钱购去，怎么现在司马辖下还有田地？"

"本人不知。"仇骥一口推掉，这事儿，与追究私放飞贼，可是差得太遥远了。

"不知？"刘禹锡要趁私放飞贼的事，震慑仇骥，迅速让营田易主，让百姓获得好田好土，便说，"纵放飞贼你不知情，营田调整你依然不知，那你晓得什么？"

仇骥被他突然袭击，吓得有些懵，是呀，本官知道什么，嗫嗫嚅嚅地问："不是说一季粮食收完，再与大人交账，之前一切行为不究吗？"

"不究？"刘禹锡笑他狡辩，侧面进攻，"虽是朝廷宽大，终究是要革新，仇司马此来一年，难道这事儿也不处理？"

"非也。"仇骥晓得，这帽儿戴它不得，立予否认，"刺史大人，既然朝廷宽容，本官司马而已，实在不宜与节度使对着干，当然是顺其自然，延续旧例，不日即行改正。"他抬出节度使来，对抗夔州刺史，企图滑溜过去。

"节度使？哼！"刘禹锡晓得，节度使只管要钱，不管钱从何处来，反驳仇骥道，"难道不是司马负责监督执行朝廷明文下发的圣上旨意？"

"当然是我负责。"仇骥也不掩饰，只是一味狡辩，"可节度使大人不同意改变，本司马只有上报朝廷的义务，不能改变其决定，刘刺史对此应该深知。”话外意思，是说永贞革新，几个文官，不也没能拗过藩镇嘛。

“且算。”刘禹锡不跟他争论，只拿出违法行为要仇骥说个清楚明白，“营田之事稍缓，倒也不是朝廷督促立等必办的事。还有，各县上报，囤田蓄水之事，推进得十分艰难，难道营田中的旱地，也不带头改造?”

仇骥只好答应立即与佃户商量，限时改造：“下官着手进行营田改造。刺史大人可明白了，百荷所作所为，不是下官指使!”

刘禹锡同意，说：“即使是仇司马指使，本官亦将向裴相说明情况，视为仇司马没有指使，最多不过受人所托而已。”

这是什么话？仇骥没有听懂，刘阈却懂了：营田之事办得好，就不视为指使；营田之事没办好，指使刺杀大臣的重罪，恐怕还要追究仇骥!

刘阈赶快把仇骥拉走，说：“大人既出此言，下官就告辞了。”

仇骥怒气冲冲地说：“事情还没有说完!”

刘禹锡不动，让韦绚送他们出去，自己慢慢策划旱土改水田那些事儿，唉，事情不是那么容易办的。

刘阈何等狡诈，见刘禹锡抓住改田之事丝毫不肯放过，就明白他一步步逼上来了，需得赶紧商量对策，还跟他言来语去，较个什么嘴巴劲儿!

要想阻止刘禹锡，最好的办法，就是把他撵走。现在可是个好机会。朝廷之中，牛元翼晋升兵部尚书，再有仇士良相帮，此事应该轻而易举。

刘阈、仇骥、盐商杨昌雄，在五福居茶楼，包了顶楼整层茶室，秘密商量应对之法。前面有方圆五六丈的空坝，又差人将三楼两头的楼梯口阻断，这样就无人能够上来，形成一个空阔安全的空间。

楼下茶客很多，闹哄哄的，在三楼上说话，声音大一点儿，也不会有人听到。

刘阈、仇骥、杨昌雄三人勾结，已有很长时间了，见面不用寒暄客气，凡事可以直说，所以堂倌一离开，三人就表示对刘禹锡强横霸道的行为极其不满，只是藩镇和宦官两方面势力，都想拉拢他，为各自利益计，并没有跟他彻底闹翻。

这次要商量事儿，三人连歌女都没有叫，嗑着葵花子，品奉节极品毛尖。

刘阈心慌，希望牛元翼拜相大事及早成功，喝一口酽茶后，就催促仇骥："仇司马，你龟儿子总是闲极无聊，拉老子们拿屁股跟板凳较劲，当真硬得过那家什？"

仇骥着急忙慌地说："刘别驾莫急，俺说个事儿，你坐不住也要坐稳了。"

刘阈问："啥子事嘛？"

仇骥回答："杨柳。"

刘阈不以为然："这算个么子事嘛！ 你我既然瞒过去了，那就是瞒天过海，你娃心虚？"

仇骥不承认心虚，拐弯说："你哥子莫得意，牛兵部追得急，事情却很难办。"

刘阈不信："这个僚人小妹，不就会跳几支舞、唱几首竹枝词，兵部大人若看上了，随便换个美人，就说她叫杨柳，不就稳稳搞定！"

杨昌雄也说："对嘛，刘禹锡手头的人，搞得不周密细致，就惹他妈一窝蜂。"

仇骥很沮丧："说起来也是，豆腐拌酒——倒霉，牛尚书看上那僚人小妹儿，扯出藤藤带出个瓜儿，惹翻刘禹锡，划不来哟。"

"要不然的话，杨老板出个面，送几个钱买断？"仇骥坏主意颇多却不大见效。

"刘禹锡要钱，我就不发愁了。"杨昌雄说着，心生一计，"既有牛元翼的关系，啷个不利用利用，威逼刘禹锡，迫使他乖乖就范。”

仇骥有些怀疑，刘禹锡是个拿升官都哄不去的人，牛元翼再狠，能把他吓唬得住？ 想当初朝廷收拾“八司马”，弄他们到蛮荒之地，柳宗元捉蛇吃，刘禹锡写《陋室铭》，好像都乐在其中。 便说：“那就只有硬来。”

杨昌雄大感兴趣：“啷个硬来？”

刘阈老谋深算：“当然是飞贼啰，他娃不是回了山寨？”

“女王寨？”二人齐问。

逢年过节当然不宜下手。

春节期间，只要阳光灿烂，奉节城百姓便涌入碛滩，寻找花纹美丽的碛石。 仑郎拉着母亲、杨柳以及刘禹锡，硬要下碛滩去找。碛石是长江边的一种蜜蜡石。 材质十分细腻，长年被江水冲刷，磨得光滑异常，显出一圈一圈的花纹。

几乎全奉节城人，都上了石滩，每年把那些石头翻一遍，无论大小，只要觉得好看，通通收入囊中，视为福气。

刘禹锡也跟着薛氏，下到碛滩，瞅几个孩子打闹嬉戏。 薛氏怕江边风大，取过杨柳手里的披风，硬逼着刘禹锡穿上。 从背后看过去，刘禹锡活脱脱像一位威武的将军。

百姓们碰上他们，争着把拣到的最美丽的石子，献给刘禹锡，感谢他保住一方平安，给老百姓办了许多好事。 可是刘禹锡拒绝不收。 连薛氏都看不惯，说：“梦得，你就收下吧。”刘禹锡依旧摇头，将那些小礼物推掉。

韦绚看着不解，过去问他：“叔父大人，百姓馈赠物品，是他们的一番心意，叔父怎么断然拒绝哩，不怕伤了老百姓的心，留下什么遗憾吗？”

“并非。”刘禹锡把四个孩子都叫拢，轻言细语地说，“孩子们，父母官，父母官，要把百姓当孩子对待。百姓遭受了太多的磨难，父亲不忍心见他们奴颜婢膝的，希望他们快活，他们能够自我享受，他们耕耘他们的，他们收获他们的，他们自由纵情歌舞……”

薛氏接过话头儿，说：“随便拣碛石。”

刘禹锡说：“还是夫人知道我的心，拣碛石也是自由，不受规矩约束。”

韦绚压抑很久了，不明白朝廷刺史怎么说这话，圣人说百姓治于人，那就不应该有自己的规矩，应该遵守朝廷的规矩，与刘禹锡所主张的，有很大不同哩。于是，忍不住问：“叔父，小侄对您这些主张，颇有不明白处，求叔父指点。”

刘禹锡问：“你有哪一点不明白？”

韦绚说：“劳心者治人，劳力者治于人，百姓不就是劳力者，怎么能够自由自在的呢？”

“我是说人心，水可载舟，亦可覆舟，不就是这意思的拓展？百姓倘若不自由，如在上古社会，他们被镣铐约束，除了做工，不能获得知识，不能陶冶性情。如若个个被逼得去隐居，那么，朝廷的赋税哪个缴纳？朝廷的边疆哪个保卫？朝廷的土地哪个耕耘？绚儿啊，还有仑儿和孟儿，你们看眼下，百姓与官员其乐融融，没有受谁欺负、没有受谁强迫、没有受谁掠夺，自由自在地拣碛石，这种幸福，便是快乐和愉悦哩。”

韦绚说：“这只是他们的低级享受。”

“不错呀！那么，他们的高级享受是什么呢？”刘禹锡要趁机开导孩子们。

“我说，我来说。”仑郎有些占强，事事当先，要首先发表自己的意见。

“极好！仑儿说吧。”刘禹锡鼓励他。

仑郎斟酌片刻，伸手捏捏咽喉，望着刘禹锡。刘禹锡不言。

仑郎突然觉得冒失，有些尴尬，想想还是说了："仑儿以为，拣碛石这点快乐，百姓应该享受，他们种庄稼好辛苦哟，要播种、栽秧、刈稻和收获。父亲说过，耕耘者享受收获之快乐也，那可是天经地义的。"

孟郎故意逗弟弟，问："收获也是做工呀，它不是读书，不是经商，不是打仗，怎么有快乐呀？"

仑郎并不怯懦，背起双手，走到孟郎跟前，反复看他。孟郎莫名其妙地问："你做什么？"仑郎遗憾地说："原来兄长还没有悟透彻，这做工当有收获，收获也是做工，否则，天下非我等读书人和为官者，怎么获得俸禄之收获呢？"

刘禹锡和薛氏莞尔一笑，薛氏指着仑郎说："梦得，看你儿子小官儿样，可是学了你的古板？"

刘禹锡回答她："当官，首先就要机灵，否则就会当破不破，当立不立；其次要古板，否则会当循不循，该遵不遵，官当遵不遵可不就完了。"

"当真？"薛氏往日见他对仑郎要求严格，以为讨厌小儿，想不到他是责之严、爱之深，不禁失口问出。

"确真。"刘禹锡宽慰薛氏说，"这个小儿，倒是聪明机警，说不定会为刘家放一异彩。"

这话越益说得薛氏喜欢，她晓得刘禹锡的性情，此时不能跟着打哈哈，便丢下父子诸人，顾自朝江边走，打算再拣几块碛石，回去奖励给仑郎。

薛氏走到江边，发现了一桩异事：对面碧莹莹的水里，涌出一条雪白的水柱，像是什么动物在江底爬行，一耸一耸地，行进速度很快，朝江中心梭得几下，就要过江了！不禁惊呼："梦得，你看，那边是个什么怪物？"

刘禹锡也不识得，只是呆看，似乎有人叙述过此物，跟臭盐碛还有关系，莫非是江中的什么妖魔鬼怪？

“父亲你看，你看呀，它还有个大脑袋！”仑郎好奇，盯住那怪物不放。

“难道是条大鱼？”韦绚见识多，想到长江出海口的海鱼，要是抵近了看，也有这么大个儿。

“好像光秃秃的，像条鳝鱼，特别巨大的鳝鱼！”孟郎要谨慎得多，不以玄怪视之，归结为物，不寻常的生物，长得个头儿大些。

鳝鱼活像龙！

刘禹锡想起来了，杨昌雄对自己说过，江中有白龙过江。难道世间确实有龙？这个问题，让刘禹锡自己迅速失神，起了大不恭敬的念头，须咬紧嘴巴不能说出！

不过，杨昌雄所说的过江白龙，也不是一种怪物，似乎说的是盐水奔涌？对的，就是盐卤朝江底冲击，隔远了看，似龙腾虎跃，只是被长江水裹着了，不能破水而出，卤柱却在江底纵横，随着连续排出盐卤越益前奔，看似要奔过江去。

当然是在江底奔腾，百般鼓涌着，仿佛没有遇上任何阻碍，向前，再向前了。

水乃极柔之物，裹在水中，谁能把它揉碎？谁能把它劈开？谁能把它压迫？刘禹锡想，那定是没有的，也做不到，只好让它肆意奔淌，哪怕就是涌水成了庞大的龙物，只要乖乖地留在江底，或者顺江而下，到下游去灌溉田地，到海里去充填容积，再升到天空，化为雨化为雪化为冰！

果然，有人在欢呼：白龙过江！大家快来看哟，白龙过江了！再不看它就逃跑了！

盐卤会逃跑吗？刘禹锡听百姓们呼叫，随即看到：那条庞大浑圆的白龙，继续向碛滩爬来，而且受后水推动，龙头越益高昂，好像随时可以一跃而起，飞腾到高空中去，自由自在地游荡。好一条白龙！这可是大唐朝的祥瑞，刘禹锡脑海里浮出这个想法，只是他很明白，这些祥瑞，最终都无法证明。

白龙已经接近碛滩了，奉节百姓似乎见惯不怪，不去呵护也不去哄吓，让它一次次撞击着碛滩，直到彻底消散。

白龙过江究竟预兆着什么？

飞贼杀错了人，返营后被牛元翼臭骂一顿，但申明“偏将军”承诺有效，要他先行回乡躲避，杨柳一事，则交给杨昌雄安排。苦候多天，并没有等到杨柳，飞贼便怀疑自己被杨昌雄骗了。他摸黑跳进杨家大院。飞贼身轻如燕，落地时狗都不惊，他悄悄摸到杨昌雄卧室，在纸窗格上钻了个孔，凑过眼睛看：屋里洋溢着骚荡气息，唯有床头点着一支蜡烛，显得十分昏暗；周围圈椅上没有人坐，茶几上也无茶碗，像是一间空房；只是床上高高鼓起一堆，以飞贼的眼力，看得出有物缓缓蠕动，很快就停止了，发出一声沉闷的长长叹息。

这是个啥名堂？飞贼轻轻拔出宝剑，用剑刃拨开窗扇，纵身跃入，不管三七二十一，一把掀开铺盖，伸手逮出一个脑壳，将宝剑架在他颈下。

杨昌雄还赤身裸体的，就被一把锋利长剑架上脖颈，吓得伸手示意：身边美女、院里金银随便拿走，且留下本人性命如何？

飞贼怀疑他身旁女人就是杨柳，没有理睬杨昌雄，继续把铺盖全部扯开，见是幺姑娘，并不是杨柳姑娘，才气冲冲地将铺盖搡回。

杨昌雄借着微弱灯光，也认出了飞贼，心头惧怕顿去，问：“飞兄弟，啷个你跟老夫开玩笑，搞起捉奸把戏来了？”

飞贼反倒奇怪：“捉你妈个奸！”杨昌雄心中有数，装作轻松，问：“不是飞兄弟怀疑老夫，夺了杨柳姑娘，来取老夫项上人头？”

飞贼就晓得出差错了，手腕一抖，收回了宝剑，人也退到一边，厉颜厉色地说：“杨色鬼，牛元翼让你把杨柳姑娘送过来，老子候了一两个月，也不见杨姑娘丝丝影子。你说，把杨柳藏在何处?”

杨昌雄一手按紧铺盖，将幺姑娘捂严实；另一手取了长衫，笼入手臂，再穿在双手上，遮住了下身，才起床趿了布鞋，慢慢走到茶几前头，坐在太师椅子上，还作势取水烟棒来吸，摆出老爷的谱来。

飞贼再也忍不住，将宝剑一比，厉喝：“呔!”欲冲即止，换一副口吻，说：“杨老贼，你跟老子月亮坝耍弯刀——明侃（砍），说出杨柳姑娘藏在哪里，老子饶你一命不杀。”

屋里突然响起极清脆的笑声。

飞贼一听，晓得是铺盖窝里幺姑娘出声了。她当然是在嘲笑，讥讽自己鸡公屙屎——头节硬。飞贼不禁脸一红，恨恨地威胁：“杨兄，胆敢隐瞒半分，老子要你即刻丧命!”

杨昌雄哪里会怕他，顾自点着了水烟，朝铺盖里叮嘱，说：“你给老爷闭嘴!”吸了一大口水烟，才对飞贼说：“贼老弟，杨柳的去向吧，我是晓得的。”

飞贼大喜，追问：“杨老板，你当真晓得?”

杨昌雄情绪由惧怕变为高傲，心头一股怨气出不了，要拿飞贼发泄，寻思逗他一逗，便说：“当然晓得，我都不晓得的话，还有哪个晓得?”

飞贼就着急了，催说：“你就赶紧说吧，格老子，好不容易找到个知道内情的，你赶快说给老子听。”

杨昌雄强硬起来：“我晓得，可是我不说!”

飞贼大怒，手头宝剑抖得嗖嗖地响，却不得不下了矮桩：“杨老爷，你我不是兄弟嘛，不兴知情不告，这个嘛，这个事情的由来嘛，就是我不晓得杨柳的消息，请求杨老爷告之。”

铺盖里又响动起来，有人要挣扎坐起，想要掀铺盖，跃下床来捧腹大笑。

杨昌雄见状急了，起身返回床边，将铺盖坐在屁股下头。那声音就变得“唔唔”的了。杨昌雄照着隆起处，啪啪地拍打，才勉强把声响控制住了。

然后，他笑扯扯地说：“飞兄弟，你那么急迫做什么，杨柳姑娘跑不了。”

飞贼恨不得挺剑就刺，可又不敢杀了唯一知情人，只好“诺诺”地哀求：“杨老板，你娃晓得的，老子想得发疯，求你说出杨柳姑娘下落。”

杨昌雄得意地甩着双脚，觉得渐渐又有了冲动，心头也急，不再开他玩笑：“飞兄弟要想知晓，本人理应告之，可是你要威胁本老爷嘛，莫怪我宁死不屈！”

飞贼拿他没办法，只好解释：“我没有威胁你，仔细看一看，我哪只手威胁你了？”

杨昌雄明说了：“你娃拿一把利剑，要打要杀的，还不是威胁本老爷？”

拿剑比画着，要对方说出人的下落，当然是威胁。

飞贼赶忙把宝剑丢了，双手一拍，申明：“杨老爷原谅，你看嘛，我拿宝剑来，分明是保护你的，不是威胁，绝对没得半点威胁的意思。”

杨昌雄还要回他一句：“确实不威胁？”

飞贼申明：“绝对不是威胁，嘿嘿，是打听，打听。”

杨昌雄跳下床，逼近飞贼身旁，反复打量了一番，才说：“那好吧。杨柳姑娘被刘禹锡关了禁闭，没有在家，能到哪里去？”

飞贼有些开窍，猜测说：“莫不是被刘刺史霸占，成了他的妾侍？”

杨昌雄不愿意说得太明显：“是不是妾侍，本人一概不知。你哪个不去问刘刺史，或者问杨柳本人？”

飞贼大受启发，说：“老爷说得对，解铃还须系铃人，刘刺史是系铃人，我找他问个清楚明白。”

“这就对了。”杨昌雄却不明白，问，“飞贼兄弟，你娃日走三村、夜盗十户，弄个婆娘在家，也侍候不了多久，也不怕搞顶绿帽给你戴呀？”

“哪个要戴绿帽子？”飞贼就急了，说，“想必你们也听说，是兵部尚书牛大人，见了杨柳一面就念念不忘，命令本将掳回京城，尚书大人要享受。”

杨昌雄明白了：“原来飞兄弟投了牛尚书，恁个说的话，岂不就是飞将军了！”

飞贼顿时得意起来，哈哈大笑，接着说：“只不过，牛元翼一个老头，还想吃杨柳这根嫩枝儿，本将军把她搞到手，还要想清楚再说。”

杨昌雄就问：“难道是要先尝鲜？”

飞贼却不同意这说法：“报恩！ 你娃晓不晓得报恩？是杨柳姑娘救了本将军，既不能让给刘禹锡，也不能让给牛元翼，本将军要亲自娶了她，做将军夫人。”

杨昌雄夸赞他：“这就对了嘛。 不过，飞将军问三不问四的，闯入本老爷卧室，搅了好梦，老弟你得赔偿。”

飞贼又不理解了：“赔你什么？”

杨昌雄说：“老弟你劫到好货色，可得给老爷送来，本老爷享受过后，你们才能动手。”

飞贼想不到他是这意思，立即答应：“好说。 老爷想要清纯可爱的姑娘，不是很容易嘛？ 用不着花银子买，满大街都有，赏她口饭吃就行。”

杨昌雄说：“那就说定了？”

飞贼回答：“一言为定。”

然后，他把地下的宝剑捡起，握在手中，几个腾跃步伐，就梭出房门不见人影了。

# 第二十三章

五月初五祭过屈原，刘禹锡、韦绚青衣小帽相随，到山里观赏僚人跳傩。 春夏之交，瞿塘峡里绿草青青，一切植物都发了芽，山里人要跳傩祭奠古人。

傩是民间的夔巫之舞。

祭者面对大山，口中喃喃不休地念出咒语。 刘禹锡没能听懂。韦绚有所研究，从旁解释，说咒语大意就是祈求山神、过路神祇、诸方土地神，保佑这一方人畜平安、庄稼丰收。

刘禹锡就说：“绚儿，这些话说得好哩，有道家之精微，看来一门学问，绝非凭空造出，才会久远流传。”

韦绚赞同：“大人说得对，见解超凡！ 巫山里头，多有稀奇古怪事，哪个能够解释通了，就是一门学问。 所有学问多出于深山大泽，见微于俗世尘土，古人好从夔巫歌舞中寻出真学问，岂非见微而知著？”

刘禹锡鼓掌：“见微知著为如此解，绚儿妙解，绝不是坐在高阁里的空想。”

说着，一个青面獠牙的大花脸来宣布，祭文已经念毕，紧接着是献祭品。 很多半裸女子手捧大盘，满装三牲，恭恭敬敬地放到河边，然后点燃巨烛长香。 她们身体上仰，倒在河滩上，左右上下蠕动摇摆，宛如一条条正交配的蛇蝎。

紧接着一群少女蹦跳而出。

有个画着五花脸的女子，腰系巴茅草裙，赤着双脚，露出嫩生生的小腿肚儿，身上披一张蓑衣，头发上乱插几支木钗，不像仙女，倒像个择人而嗜的妖怪。

夔巫祭祀用鼓伴奏，配以唢呐、陶埙、板胡，牛角号一吹响，男女舞者蜂拥而至，撅着屁股、鼓起胸脯，双脚在地上踩，每个动作俱踩在点子上，合乎音节。过不多会儿，僚女越位而出，敞开歌喉，开始“呜吁吁”地吼叫。刘禹锡觉得她是在唱山歌。僚女唱着唱着，神情突然转而轻松，唱起了一首词句鲜明的歌来：

瞿塘嘈嘈十二滩，
此中道路古来难。
长恨人心不如水，
等闲平地起波澜。

这歌词当有别意！韦绚首先觉察出来了，只是看那些僚人，手无寸铁的，应不会藏有什么歹意。

刘禹锡也觉得不对，跟韦绚说：“绚儿，竹枝调不是衬字、尾音甚多吗？怎么变换成竹枝词了？”

韦绚含笑说：“叔父竹枝词一出，村俚僚民，都觉得词清而且意深，于是垄野间纷纷传唱，满街尽闻竹枝词呀，如今连祭祀也改唱竹枝词了。”

刘禹锡不安地问：“不是杨柳姑娘有所好，改唱竹枝词，不用竹枝调了？”

韦绚回答：“当然。”

祭祀仪式完毕，大花脸过来，请刘禹锡和韦绚到大厅，接受百姓和族众拜见。大厅被巨大的牛油火烛照得通红。两排光着膀子的彪形大汉，手执厚背大砍刀，整齐地站在十几把交椅背后，小头目们都离开座位站着，一齐恭候刘禹锡的到来。

刘禹锡和大花脸挽着手臂，斯斯文文地进来，韦绚跟随身后。

僚女红着脸，不时凑到刘禹锡耳朵旁，说上几句悄悄话。大花脸看得双眼喷火。刘禹锡心中坦然，僚女问他个什么，他就回答个什么，并无招惹或挑逗形迹，宛如父女一般亲近而热情。

可是大花脸并不这么认为，左看两人过于亲近，右看两人在当众调情，恨得牙痒痒的，恨他刘禹锡有了杨柳，还逗僚女。大花脸阴阴地笑着，口称“二位大人入席”，暗地里打算好了，要以刘禹锡相威胁，换来杨柳姑娘。

阴谋在悄悄地进行，不是执行阴谋者，谁也猜不到飞贼的阴谋会是拿刘禹锡的性命来威胁杨柳姑娘。

韦绚见刘禹锡豪放，作坊老酒一杯接着一杯，杯来酒干，直喝得放声高歌，心头着急起来，就去劝大人节制。哪晓得刘禹锡好酒，喝得兴起，便要吟诗，或者颂赋，或者高歌舞蹈。韦绚晓得他醉了，上前对大花脸说：“兄弟，我们有言在先，刺史大人好酒，不能把他灌醉。”

大花脸反而嘲笑他：“小白脸，男人有酒量，才是真性子。大人好酒，他喝一杯我喝一杯，哥哥我奉陪。”

韦绚着急地拉他：“可是有言在先的呀。”

“有言？”大花脸调侃说，“是不是还有醋？着什么急，看本将军跟刺史大人对酌。”

韦绚没有认出大花脸就是飞贼，扬手要扇他一个巴掌，被他将手擒住。韦绚叫道：“你放开！”

大花脸阴沉着脸说：“不放。”

韦绚：“你敢不放，我立马就下山。”

大花脸说：“韦兄弟你看看，这不是在你家中，是在本将军的山寨，你走得脱算你有本事。”

“什么将军？”韦绚晓得上当了，再看刘禹锡已不见人，越发着急起来，使力气扳开大花脸，质问，“大花脸，强盗！ 你把大人弄哪里去了？ 立即送出！”

大花脸喜欢直来直去，看着韦绚，文弱书生一个，手杆也细、腰膀也软、言语轻飘，乐得哈哈大笑，就直说了：“韦兄弟，你的刺史大人，遭兄弟们弄进天坑了。”

“那不是要迷路？你是哪个？”韦绚晓得，天坑里岔道纵横，生人不能逃出。

大花脸摘下面具，露出飞贼的真面目，恨恨地说：“哪个喊他藏起杨柳妹儿，心头火冒起多高！ 丢他进天坑，去消消火，让他不敢再打杨柳妹儿的歪主意。”

韦绚大恐，说：“大人哪里在打杨柳主意！ 又不是你个骚棒！骗大人喝醉，到底要做什么？”

“小事，小事一桩。”飞贼趁他惊惶，开出了条件，“韦兄弟，你要救刘刺史，事情好说。 连夜赶回奉节，把杨柳妹儿给本将军找来，交换刘禹锡。”

“放屁！”韦绚性格倔强，哪里肯受他胁迫，反说，“你不立马放了大人，官军跟即上山，灭了你一洞匪徒！”

飞贼顿时变了脸：“老子想杨柳想得心头裂口、眼前发花，反正活不下去了，刺史大人、本当家的、韦绚小子，就死在一起，奈何桥上一路走起。”

韦绚大惊，叔父大人可不能死掉了，只好假意顺从：“飞贼，不是杨柳姑娘救了你，你如何逃得性命？ 你换杨柳，换去做什么？卖到京城娼馆，让杨柳姑娘活受罪？”

飞贼恶狠狠地说：“本贼当将军了，要娶杨柳姑娘，哪个都夺不去的，你韦绚也不行。”

韦绚双眼一转，提出条件：“不行，人搁在天坑，时间久了，没吃没喝，要死掉的，救出来有啥用处？ 反倒会招来官军围剿，不值得哟。”

飞贼小心地说：“本将军不惧。韦绚，限你明日午时，将杨柳姑娘送到，否则本将军斩杀刘禹锡！”

韦绚如同对牛弹琴，无法劝说，只好飞跑下山，找师母商量。

薛氏希望杨柳嫁给韦绚，便叫了她，到官衙花园里，肩并肩地边走边谈。她们想不到刘禹锡会遇到飞贼。薛氏看着杨柳的如花娇靥，真是我见犹怜，想到“那人”也会产生怜悯，话就说得急促了。

杨柳扯了一枝蒲公英，掐去一截青茎，要往薛氏头上簪。薛氏任凭她淘气。杨柳把花插进夫人头发里，自己顺手也掐了一枝簪上。

薛氏说句“淘气”，不等杨柳辩解，又说：“柳儿，师母想到一件事，说给你听听。”

杨柳说：“好呀。”

薛氏说开了：“柳儿，你年方二八了吧？”

杨柳回答：“是的。”

薛氏又不说话了，仿佛随意一问，没有更多企图，当然也没有确定目标，问一问，也就罢了。

杨柳也不敢说话，心想：难道夫人出面，要让我服侍大人，做一个妾，如百荷那般？不会这么唐突吧。大人是先生，本姑娘是个学生，没有听说有这样的规矩，夫人，你到底是啥意思？羞躁得就要跑开，又想听夫人说下去。

薛氏在考虑，想了一阵，还是说了：“柳儿，师母看啊，绚儿仿佛很喜欢你呢。”

韦绚？杨柳发现自己想岔了，夫人自称“师母”，怎么会让自己去做那事呢？哎呀，错得十万八千里远哩！还不能让她察觉，那就只能应承。因此说：“师母说这事儿，弟子不敢自主，就由师母决定吧。"

薛氏觉得，这就是答应了，高兴地说："等绚儿回来，就正式禀告你们先生，我想，他也会高兴的。"

二人正在商量着，只见韦绚襟斜帽歪地跑入，还大声喊："师母，师母，出大事了，师父被飞贼抓走了！"

孟郎和仑郎跟着他，一路飞奔进来。

薛氏大惊，问："绚儿，你不是跟着大人吗？ 怎么一个人回来了，大人被谁抓走了？ 你说清楚。"

韦绚见杨柳也在，有些踌躇，说："是飞贼，他绑了先生，说要……说要……"

薛氏问："要赎金？"

韦绚回答："不是的。"

"那么要性命？"杨柳冷静地问。

她这样一说，薛氏双腿软塌，人就往地下倒。 杨柳赶紧扶住。孟郎和仑郎上前，问："到底要什么？ 你赶快说明白呀！"韦绚看看杨柳，就犹豫了，说："也不晓得咋了，他要杨柳！"薛氏闻讯，奇怪地问："要柳儿？ 要柳儿去做什么，绚儿你说明白。"

韦绚只好坦陈："飞贼乔装僚人，灌醉了先生，将他关入天坑，说用杨柳姑娘换，明日午时前送到，换了人，就娶杨柳姑娘，做将军夫人！"

"放屁！"杨柳气得骂了句粗话。

薛氏冷静地问："要是杨柳不去换呢？"

韦绚说："那就……那就撕票！"

仑郎不懂，问："撕什么票？"

韦绚说："就是将刺史大人杀掉！"

"狗胆包天！"孟郎痛斥。

薛氏急得团团转，说："这可如何是好，这可如何是好？！ 绚儿你怎么不同大人一齐回来？！"

韦绚委屈地说:“侄儿怎么打得过那么多土匪?”

薛氏也没了主意,只好说:“那就让官兵去捉。”

孟郎说:“不可。土匪见我们不送杨柳,而派官兵,心一横,杀掉父亲怎么办?”

杨柳说:“本姑娘去。”

薛氏劝她,说:“不可啊,柳儿,土匪巢穴,不是良善之地,不能白白地去送死。”

杨柳却说:“本姑娘救过飞贼的命,他再凶再恶,也不至于要本姑娘的命吧!”

韦绚说:“这比要命难受多了。”

杨柳做了一揖,说:“师兄,依小妹看来,倘若飞贼要你们的命,师弟兄们也定会毅然决然地送去。小妹只是去换先生回来,他要胆敢欺侮小妹,我定当以死相拼!”说完,杨柳回屋换上短装,手中拿一把钩镰,就上僚山女王寨去了。

飞贼见到杨柳,大笑着迎了出来,说:“杨柳姑娘胆大,哥哥我早就听说了,不惜以身犯险!”

杨柳用钩镰对着飞贼,说:“快把大人放了,否则,不是你死就是本姑娘亡!”

两人就此僵持着。

这时,一个土匪跑进来,靠到飞贼耳旁,小声报告了几句。飞贼听了大笑不止。杨柳顿时被他闹懵,以为刘禹锡已经遇难,几次扬扬手中钩镰,恨不得割掉飞贼的脑壳。

飞贼看出她的意思,把脑袋往杨柳跟前一凑,左右扭了几下,示意她可以随便砍掉。杨柳可不敢拿刘禹锡的性命换飞贼性命。见他不要脸地拼命往自己怀里拱,气得扬起钩镰,几次使力都不敢砍下,用力把钩镰往后一抛,赌气地说:“你有本事,就把本姑娘杀了。”

“本将军可舍不得。”飞贼调戏说，“杀了姑娘，本将军到哪里去娶夫人？”

“本姑娘誓死不从！”杨柳也倔。

“是吗？”飞贼做出不肯相信的样子，伸手往外面一招。

屋中“嘀哩嗒啦”地响起一阵喜乐的响声，奏起了欢快的《送亲调》，而且越吹越响亮。然后有十余个僚人姑娘，端着大红色的木托盘，走到杨柳跟前，停了下来。

杨柳诧异地问：“这是什么？”

飞贼假意说：“新衣服，本将军虽然喜欢姑娘，却不愿意强迫，姑娘既然进山，刘禹锡已经放下山了，请姑娘换上新衣新裙，同几个姊妹一起，管理本山杂务。”

杨柳万万想不到，飞贼居然很讲信用，脸儿一扬，说：“虽然你释放了刺史大人，但本姑娘可没有答应嫁给你当婆娘哩。”

“当然。”飞贼喜难自禁，得意地说，“杨柳姑娘肯住下，而且不逃跑，本将军就十分满足了。怎么？姑娘愿意舍身，给本将军当婆娘？”

“呸！”杨柳气极，见他疯一阵、癫一阵的，完全弄不明白，只好责问，“贼娃子，不是你龟儿说，要拿本姑娘换刺史大人，把本姑娘强逼上山寨？”

“姑娘息怒！”飞贼一本正经地说，“在本将军眼中，姑娘就是十二峰的女神仙，怎么敢随意冒犯！换刘刺史的事儿，那只是个由头，把恩人接到山寨，一起享福，才是本将军的目的。”

杨柳心想他一个盗贼，口口声声说自己是什么将军，看来绑架刘禹锡背后还有好些名堂。

飞贼又腆颜相劝：“杨柳姑娘呀，刘禹锡已老，韦绚就是个娃娃，不如回心转意，跟本将军。本将军只要取得军功，说不定要封王封侯，那你就有享不尽的福了！”

“你个贼娃子，还做王侯美梦！你到阎王殿去封王，封你当个草头王!”杨柳不惜激怒他，破口大骂飞贼，务必要骂得他息了邪念，重新做人。

飞贼吩咐，把山寨搬到天坑下头，谨防杨柳逃跑，总要困得她回心转意。

次日，飞贼酒醒，发现新娘子杨柳不见了。他把那些宿醉未醒的喽啰叫进来问。喽啰们都说不晓得，甚至说大王不是睡了新娘子吗？难道耍得不大开心，一刀砍了脑壳，丢天坑里喂蟒蛇了？飞贼气得摔板凳砸桌子，叫了无数手下去寻找。哪晓得不找还好，这一去找，不单杨柳死活不知，连丢在天坑的刘禹锡也无影无踪了。飞贼晓得糟了：刘禹锡逃掉，肯定立马调官军来剿，山寨兄弟几十杆红缨枪，哪抵得住官军的利箭!

于是，将就昨夜喜酒，把喽啰们喊拢，重新大吃大喝了一顿，立马宣布散伙!

军师问他：“大王，哪有喝喜酒散伙的，又不是婊子从良，大王高兴得糊涂了吧!”

飞贼说：“军师不知，昨夜逃跑那人是夔州刘刺史，老子不下细，让他娃逃跑了。他一会儿还不调大批官军来，打得老子一佛出气，二佛升天?”

军师摇晃个大脑壳，也是满面恐慌，想仔细了，再说：“格老子哩个咚咚，大哥，那么还追不追大嫂?”

飞贼沮丧地说：“你大嫂不见了! 老子怀疑遭那狗官诱惑，跟随他私奔了，还好，没来得及谋杀亲夫!”言语中，竟有些侥幸，白得了性命一般。

一番话，把喽啰们激得哇哇乱叫，齐刷刷地举刀举棒，说等酒醒了，冲出山洞去，誓为大哥报这血海深仇! 飞贼阻止他们说：“老子也是把你们大嫂抢来的，哪个有本事抢过去，就是他婆娘，说啥子血海深仇! 只是遭那狗官先尝了鲜，老子实在不服气得很，总有一天要把她夺回来！”

三头目问：“大哥，夺了大嫂回来，也不是原先的大嫂了，你还尝得到鲜？”

飞贼飞起一脚，将三头目踢得连翻筋斗，说：“狗日的老三，你硬是哪壶不开提哪壶，私奔的婆娘抢回来，还尝狗屁的个鲜哟，你屋婆娘是怎么过的？”

三头目从地上爬起，讨好地说：“大哥，那么大嫂就不是大嫂了噻，二回兄弟们遇上，要是有那么一丁点儿希望的话，就不当大嫂了，当女人对待，大哥可愿意？”

飞贼看周围喽啰，尽是目光炯炯的，看来对杨柳都有不正当的心思，于是急了，开口大骂：“放你妈的狗臭屁，大嫂就是大嫂，不管她私奔不私奔，你这些狗崽儿，哪个敢动你大嫂一指头，老子杀他全家！”

喽啰们才匍匐下去，齐声说：“小的们不敢！”

飞贼才满意了，反手一挥，示意他们各自过去拿钱，跟抢的一样，哪个拿到就是哪个的，拿不到的该背时！

喽啰们都懂了他的心意，见那手势，哄地就散开了，冲进屋里哄抢银钱。

军师没有离开，自己那份早就分配好，放在各人屋里头，不用与喽啰们抢。他说：“大王，你要是离开山寨了，到哪里吃福喜？带不带几个兄弟？”

飞贼显然胸有成竹，回答：“先不带，牛节度使那里不能去，另外找个地方，再召集你们不迟。”

军师试探问：“那么，大王不当将军了？”

飞贼说：“是的。军官那活路，累得死人，还得拼性命，赚不到几文钱，需得寻个赚钱活路。”

军师又说：“那干脆去做生意。以你我在道上的名声，无人敢来拦截，还不是回回赚钱，赚他妈的个盆满钵满的，回乡下来当老地主，娶十几个美妻。”

飞贼见他自作聪明的样儿，心情突然大好，不忍打断，索性再开开玩笑，说：“我是哄你龟儿的。当军官会死人，做生意也有赚有赔，赔钱了，还得自己驮起，不好不好。”

说着，连摇脑壳，否定了军师的主张，还不说明，让军师猜得着急。

军师想不到啥子活儿既自由又安全、既赚钱又稳妥、既富庶又轻松，或许还可以当官？可那是别人寒窗苦读，点了几十年灯油，才勉强熬出来的，还得时时提防政敌，自由、安全、轻松都说不上，还是做强盗好！因此，就说：“大哥，依小弟意思，我们还是当飞贼，夔州待不下去了，我们就换到江州去，或者到益州，要不下杭州也可，何必非要散伙？”

飞贼比军师有见识，看他脑壳转不过弯，就不逗趣儿了，干脆明说：“兄弟，本大王寻思，当飞贼固然快活，能抢到钱，还他妈的自由自在，可是到现在连个婆娘都没有，抢一个来压寨嘛，一眨眼睛她就私奔了，不也断子绝孙了。”

军师听得连连点头，鹅毛扇子摇几摇，表示认真在听，对方说得精彩。

飞贼又说下去：“不孝有三，无后为大，抢来的婆娘生的还不晓得是哪个的种。”

军师深觉大王说得有理，可是说了恁个多，究竟他要去做什么，还是没有说明白，自己就急了，说：“大王，月亮坝耍弯刀——明侃（砍）。你老人家究竟要做什么？说出来，小弟好联络弟兄，随时听你召唤。”

“当皇帝亲兵！”飞贼一语惊人，说是要当神策军，这不等于板凳调头坐！

“咦呀呀！”军师叫嚷起来，觉得匪益所思，可是，自古军中悍将，除了行伍世家子弟，有几个不是飞贼出身？甚至有飞贼掌握军权之后，干脆当了皇帝。

军师这样想上一想，心头大为佩服，丢了鹅毛扇，推金山、倒玉柱一般，趴在地上叩起头来，口里喃喃不止："大王心思，果然高小的们一筹，如此，弟兄们都有盼头了，大王英明、大王英明果断，非寻常人也。"

飞贼见他如此说，心头乐开了花，表面文章却要做足，摆开了大王架势，问："军师呀，本王出的这个主意，可还有些意思？"

军师应声一拜，回答："大王天兵天将，拿定主意，正是古今第一妙计也，哪个龟儿子能够识破？ 小弟是佩服得五体投地，脑壳嗡的一声膨胀了，都大了一圈。"

飞贼更是得意，示意他爬过来，凑着军师耳朵，悄声叮嘱："老二，你龟儿操心，这个杨柳姑娘，可是老子的心头之肉，一时遭刘禹锡拐跑了，终究是要回来的，等到老子当了皇帝亲兵，轻轻松松把她要回来。 所以眼目下，你要给老子盯牢实了。 杨柳姑娘嘛，跟刘禹锡跳舞可以，唱歌也没得问题，要是抱到睡瞌睡，我看也是没得办法的办法，就是不能够生娃儿，只要生了娃儿，她就绝不肯跟老子过了，你要想些办法，不准她生娃儿！"

军师很为难，说："大王，这个，这两口子嘛，瞌睡都睡了，睡出娃儿来，小弟如何把那家什塞回肚皮？"

飞贼立即翻脸，说："你娃是个傻的！ 那些不要娃儿的，喝碗打胎药，裤腰带塞他妈一块麝香，就把娃儿打了。"

军师说："那是婆娘自己愿意打胎，别个打她的胎，哪个搞得成功嘛？"

飞贼气恨军师不开窍，跺着脚骂军师蠢笨，说："你娃是军师，不会想办法吗？ 坑蒙拐骗哪样做不得？ 只要防止她生娃儿，就是你格老子的大功一件！"

军师这才应下来："属下遵命！"

可是，杨柳放了刘禹锡后，没有回夔州，去向不明。

# 第二十四章

跟即，夔州出现了伏旱，江水降至百年最低，码头两旁，雁翅般摆开休渔的帆船，宛如一根根铁黑的肋骨。山区的沟壑尽都干涸了，那些青郁郁的松树柏树，针叶变黄，早早地脱落干净了。太阳始终火辣辣的，夔州几县等于一个硕大的火炉，所有人在炉子里煎熬，稍微翻转得不及时，就会被烤得焦煳。

稻谷正逢抽穗，田里却干得裂口，眼见着水稻叶片枯了尖儿，再不大量灌水，旱过扬花期，今年早稻绝收，晚稻也没了谷种，一年日子那就难过了。

前山临江农户还好，可以到长江里挑水；后坡大片山地，不可能引水上高山。

百姓苦苦地等待天降甘霖。

刺史衙门里连日议事，商量着拿出部分官款，到收了春麦的中原地区购粮，然后低价售出，让老百姓好歹在野菜中掺几粒粮食，吃下去添些力气，不至于走路都东倒西歪的。

别驾刘阈说：“历来百姓饥馑，官府都要设法缓解，减少一些欠负，善人捐出一些粮食，百姓吃了，才有力气种田，不至于患瘟疫一般，延续到下年。”

将军袁宏也说：“百姓饿急了，见到粮食就抢夺，抢不到就会造反，以图一时之饱暖，刺史大人可不能纵容。”

“岂有纵容之理？问题是粮从何来，棘手得很呀！”

刘禹锡反复掂量，迟疑着，“若是求救于南方，南方崇山峻岭，本就缺粮，似乎无望；北方山南西道也受灾不小；东方七百里三峡，水急浪大，依靠人力拉纤上行，运输十分艰难。这个如何是好？”

刘阈提议：“何不向牛节度使告急？”

封文渚反对：“牛元翼狼子野心，刺史大人拒绝过他的要求；如今恐怕是要报复夔州，求救可以，别寄希望于他他一句‘举国灾荒’就打发吾等了。”

刘阈却说：“不妨暂且答应牛元翼，用粮食救了难，再慢慢跟他论说。”

韦绚提醒说：“他可是要夔州听他调遣。”

刘阈劝道：“不就抢地盘派些兵，灾荒后供供粮，还能做甚？难道要攻打皇宫不成？”

韦绚说：“他也没恁大实力。”

封文渚依然坚持：“无论如何，决不能丧失名节，官员失节如同女人失身，女人失了身，还嫁得出去当正房？”

刘阈批驳：“粗俗。”

刘禹锡既知牛元翼野心，哪里还肯向他求助，把心一横，说：“各位同僚，牛元翼终有一天会出事，咱可不能跟着跳烂泥坑。南方各州府本就困难，唯一的依靠是下游州县。那就筹备起来，趁灾荒初起，派人到鄂州、和州买粮。咱们自己也要省食节用，不得囤积居奇，再想办法抗旱，尽量减少灾害损失。”

由此一锤定音，衙门各下属，迅速行动起来，清扫仓库、盘点钱粮、选派人员，乘船下去购粮。

官府出了告示，规定：“全夔州及各县，凡富户欠官府税款，穷人欠富户钱粮，一律暂缓收取，等待荒年过后，逐渐归还所欠；商铺储有粮食，不得以高价出售，应与官粮店平价；任何人均不得趁灾荒年辰，囤积居奇，造成更多百姓食无粟。”

告示张贴出去后，许多百姓围观，有人出头大声诵读，引起一阵又一阵欢呼声。

可是，粮食缺乏状况稍有缓解，跟即因恐惧灾荒，出现了更大的躁动。常有地方官来报：百姓情绪汹涌难平，暗中串联，商议吃大户抢商铺！

造反总是一切灾难的终结和开端。

所以，不缓解旱灾，就不能彻底解决饥饿问题。天灾往往容易引发人祸，皆因为天灾不消除，人与人之间冲突就会加剧。

夔州百姓中出现了饿殍，人们开始卖儿卖女，一纸卖身契，不用任何代价，就可以把孩子领走，只图他们有口饭吃。这是极其不公平的社会现象。即使刘禹锡刺史百般心痛，也遏制不了天旱，更无法让老百姓吃上饱饭。

旱象继续延续，奉节城里的水井也干了，人们下长江挑水，来回要走好几里路。

可水并不能填饱肚子。

于是他们出了城门，到周围山坡采野菜，煮熟了充饥；周围野菜采摘干净后，就爬上赤甲山和白盐山，剥树皮掘草根，顾不得粗糙，拿回来吃一顿，勉强充饥。

不久就有人发明了吃锯木屑，把采回的野菜洗干净，掺上辗碎的树木渣子，发酵一晚，捏成“菜粑粑”，蒸熟了就吃。锯木屑不能消化，吃进肚里，原样拉出来，如果三五天都拉不出来，就会把人活活地胀死。

城里出现了很多尸体，奉节知县封文渚奉命处理，每天要拉十几具埋入荒山坡。

埋完尸体往回走，要经过仇骥的司马府，封文渚累极渴极，便进去讨一碗茶饮。

仇骥嘲笑他说：“不听老子言，吃亏在眼前，得罪了牛兵部，弄得自个狼狈不堪，封令呀封令，你就恁听刘禹锡的话，他的话又不是圣旨，反对不得吗？”

封文渚先把茶喝掉，再与他掰嘴劲，说：“仇司马，你叔叔仇士良，属内侍一党，与牛元翼他们藩镇，不是狗见羊吗？你怎么帮着牛元翼他们说话？”

仇骥狡辩：“有何难解？倘若刘禹锡当了节度使，不也从大臣变成了藩镇。”

把封文渚堵得一愣。

仇骥又说：“封知县啊，莫怪本司马没有提醒你，刘禹锡一伙，在皇帝跟前，挂了黑号的，莫说升官，就是地方官吏量移，也曾被元稹搞掉了！”

“量移？”县官还没有听过量移一说，封文渚不甚了然，又去端来一碗冷茶，下意识地问出。

仇骥得意地卖弄，说：“官吏得罪朝廷被贬窜远方，遇赦改近地，谓之量移。书载：开元二十年庚午，祀后土于上，大赦天下，左降官量移近处。于此。二十七年二月己巳，加尊号，大赦天下，左降官量移近处。尔知否？”

封文渚想起了，说：“量移二字，始见李白《赠京兆韦参军量移东阳》诗：‘潮水还归海，流人却到吴。相逢问愁苦，泪尽日南珠。’白居易被贬为江州司马，留下自题云：‘一旦失恩先左降，三年随例未量移’，及至迁忠州刺史，又题云：‘流落多年应是命，量移远郡未成官。’故韩愈自潮州刺史量移袁州刺史，有‘遇赦移官罪未除’之句……”还待啰唆下去。

仇骥晓得，把这些文人的话匣子打开了，自己是说不赢的，立即取了一碗茶水，端在手上，故意说：“打住打住，封令还有好兴致，不去拜见刺史大人？”

封文渚说：“太累！太累了！官场应酬，且待下次再拜见。”

东拉一句，西扯一句，如此闲聊一阵，他才告辞了，回去继续埋尸。

刘禹锡不得不采用两手：责令司马仇骥，监督城里动向，禁止百姓结成团伙，严防出现暴动；自己带着韦绚和封文渚等，前往山坪探查泉水源头，希望能够有所发现，将阴河水引入稻田，灌溉后坡的稻禾。

长江水再多，他们也没办法把江水提升到后坡。

这日，听说赤甲山半腰有泉，刘禹锡下令奉节县令封文渚，带着几个得力军卒，跟随自己上山去寻找。阳光实在太过火辣。几人趁着太阳还没有出山，带足了水和干粮，唤来一艘过河船，早早渡过梅溪河，去攀爬赤甲山。

山间小路崎岖难行，费了好大力气，拐过几道弯，回头再看，离原地高不过三五丈。刘禹锡有些哭笑不得。一路上，手上拨开、脚下躲避的，尽是一些野草和枯藤，这些野草网着绊着了长靴的皮统套儿，一个个爬得气喘吁吁。

而且还有荆棘遍布道中。那些尖刺，牢牢地长在枝杆上，密匝匝的，尖细弯长又坚硬，一旦挂着任何衣物，人往前一蹿，布帛就会被挂破。

封文渚长期奔走山间，有的是力气，他跟在刘禹锡后头，看见他脚下打战，赶忙伸手扶住了，借势推了他一把。刘禹锡说："我不用扶。"封文渚说："刺史大人摔倒了，我们负不起责任，扶两把，再正常不过了。"

勉强爬上半山坡，刘禹锡见大家累得够呛，就说："歇会儿，喝两口水。"几人找个背阴处歇下。封文渚说："节省点水喝哟，到了滴水岩还找不到泉水，你我就只好等太阳落坡，慢慢再往回走。"

几人歪歪斜斜躺倒，躲过了大太阳，继续往山上爬。

在拐弯处遇上几个人，个个皮耷嘴歪的，背后衣服遭汗水打得浇湿，形成一块块汗印子，看样儿是逃荒的。

刘禹锡就问："老丈，你们往哪里去？"

领头一个老者回答："官老爷，我们下山去，走到长江边，水总有一口喝，不至于干死。"

刘禹锡听得寒心，追着问他："那么，坡上的粮食不要了，下山又吃什么？"

老者无奈地说："讨点啥子吃啥子。坡上庄稼嘛，眼看就扬花，可没得水，哪个长得出吊吊儿？我们熬到秋天回去，一把火烧了，来年当肥料。"

刘禹锡大惊："这怎么要得？这怎么要得？"急得团团转。

封文渚赶紧上前，拉了领头那人，悄声地劝慰说："老哥子，不是说滴水岩脚，有几股泉，把它们引出来灌溉农田，应该没得问题嘛？"

老者盯了他几眼，见是个官儿，不敢得罪，说："大老爷明鉴呀！人往高处走，水往低处流，哪个真有本事，让水往高处流，我们就不下山，回去好生种田。"

一下把封文渚的话堵了回去。

刘禹锡不跟他争辩，只是问："老丈，我只想晓得，滴水岩的阴河干涸没得？"

老者回答："水是有点儿，不多，流出洞口，就滴落坡脚，流进长江去了。"

"那就是有水？"

"我们前些天还去背了几桶。"

"灌稻田？"

"那哪个可能，靠背水，只够人喝几口。"

刘禹锡他们发现，这些人还牵了五六头水牛，不晓得是下山卖掉换粮食，还是牵到长江边去饮水。

又有个少妇接嘴："大老爷，你们分发的救济粮也吃完了，山里人都走空了。”

一个一岁大的孩子上来就闹，伸手去少妇胸前乱掏，那少妇赶忙扭转了身体，掀起衣襟，给孩子喂奶，不敢面对官老爷们。小孩子吧嗒了几口，吮不出奶水，哭着闹着往地下梭。

刘禹锡于心不忍，对随从们说：“拿一点儿粮食，一壶水，给小孩子吃！”随从拿出干粮，盛在碗里头，用水碾化，喂小孩子吃。刘禹锡又说：“老丈，你们先下去，好歹找个安身处，等我们找到水，想好引水办法，再回山种田。”

老丈几人千恩万谢地过去了。

几个青壮年说：“大老爷，你要不要人抬滑竿，我们抬一天，给我们赏碗饭吃？”

刘禹锡说：“我还走得动，这位封县令带兵捉贼，就有个绰号叫飞毛腿。”几个随从听他吹嘘，背转身体，悄悄地抿嘴笑。他又说：“你们莫走远了，一旦找到泉水，官府就派人喊你们，齐心合力把后坡田灌了，要不要得？”

几个青壮年七嘴八舌的，说：“要得，要得。”

刘禹锡吩咐说：“各位这就下坡吧，把老人照顾好了，要有空闲时间，到四处高坡上转一转，引几股水。”

说得几个青壮年当场跪下，叩个响头，爬起来，依依不舍地离开了。

刘禹锡几人继续往上爬坡。

山路愈益难走，而太阳晒得几人全身冒油，甚至把皮肤晒起泡了，双手不经意间碰撞，先是粘住，手一分，通红通红的露出来肉色，仿佛扯落了一层皮！几人一点儿办法都没有，只好拣半荫的路走，躲闪不过去，硬着头皮登攀！

沿途遇到好几拨逃难的。见到小孩子，他们就把自己的口粮和水给孩子，连中午那顿干粮都送光了，饿着肚子，一步一步地攀爬。

封文渚建议说："大人，我们找个山洞躲躲，等太阳落坡爬到滴水岩，歇息一晚，明天再勘察水源？"

刘禹锡想了想，反对说："封令，旱情持续一月多了，再想不出办法，除了临江农田，其余恐怕真要绝收，你我哪来粮食供百姓长期食用？饿死人多了，朝廷也会责怪，你说是不是？"

封文渚说："理儿是这个理儿，可是就算我们找到水了，也不能让水往高处流啊。"

刘禹锡说："封令你不晓得，汲水的办法我有，可是长江隔得太远，等水灌入稻田，谷子都旱死了，必须在大片稻田附近找到一些水源，再汲水灌溉。"

"大人竟还有不费力气的汲水方法？"封文渚大为惊奇。

"是的。"刘禹锡告诉他，"我们北方灌田，可以用缆车提水上坡，再一层层使用水车，分开来车水，多高的农田，都可以快速车水上坡的，能节省很多劳动力。"

"可以从长江里头提水？"封文渚仍不死心。

"那倒不行。"刘禹锡循循善诱，"沿江农田可以，后坡那些水田，只能在大致高处，垒一个石堰，积满了水，再用缆车层层提升，灌溉农田。"

这一说，摆明了有办法，封文渚和几个随从，才重拾精神，跟着刘禹锡，奋力翻上垭口。

几人冒着炎炎烈日，爬至晌午，才找到滴水岩。有几线清泉从高岩滴落。刘禹锡不禁喜出望外，掬起一大捧，美美地喝下。居然甘甜如饴！

封文渚和随从们见状跳入小溪，又蹦又跳的，撩水互浇，孩子般闹腾不休。

刘禹锡喜滋滋地问："封令，你看这水至清且甘，在前方三十丈处，扎一座坝，五六丈高吧，是否可供农田灌水？"

封文渚回答："足够了，不断蓄水，不间断往左右、下方自流灌溉，这几十块丘田够了。”

刘禹锡又问：“缺水那些乡村，可否都采用这个办法，争取扬花前灌足灌饱，获得一个丰收？”

封文渚回答：“应该不成问题！”

可是，这条小溪既浅且短，在地上流了不到百丈，到了一片乱石坡，就渗入坡面，无影无踪了。要想使用小溪流，必须截断它的去路，掏一个堰坎，在稻田相当高处，开出沟渠，引入后坡大片稻田里。

刘禹锡因此追问：“封令仔细算一算，筑这么个坝，需要多少人力？”

封文渚说：“刺史大人，我可算不清楚，切莫病急乱投医，计算人力，必须找工匠。我们回去跟他们打商量要得不？”

“要得！”刘禹锡满口答应。

要在夔州各地筑堰，引水灌田，哪儿来那么多人力？刘禹锡不用细算，估计官民须日夜连轴转，边汲边引，才能灌得旱田水满，战胜旱魃！夺取抗旱胜利，不在于干不干，而在于怎么去干，有没有好方法。

刘禹锡想到的方法就是使用机器汲水灌田。

用机器代替人力取水，效率特别高，一架机器可抵数十人，甚至上百人！这种木制机器在江南已经普遍推广。如果扬程比较高，就采用戽斗取水，一连串戽斗，连续不断从下方灌满了水，提升到上方；如果扬程不太高，就用水车取水，将下一块田里的水，抽到上一块田。倘若在等高间隔挖池，用戽斗一程一程地提水，可以将水提升到很高的田块，再通过自流灌溉方式，将水田灌满。

封文渚喋喋不休地说：“大人，山中虽然有水，但是垒坝太费力，何况把低水提升高处，甚至翻山越岭，使得水往高处走，难道刺史大人您也有办法？”

刘禹锡回答他："封县令，你可见过江南种田，秋天收获稻谷之后，要把水放干，种上一季蔬菜，来年春天灌水，再翻田插秧？冬季见到的水田，那是准备秧田的。"

封文渚问："那么，上块田、下块田的水，倒腾一番，就有个提升过程？"

刘禹锡得意地回答："自然。"

封文渚长长松了一口气，夸张地抚着胸口，说："那就好，那就好了。"

常言说，有水就有抗旱办法！

一路下山，刘禹锡走得飞快。事态又悄然起了变化。他们沿途不断接到报告，说灾民暗中串联，准备砸店抢劫，首领是个绰号"飞贼"的人。封文渚大怒，要调一营兵来，把他们通通剿灭！刘禹锡阻止说："想不到飞贼又回来了。莫忙杀人，留着，我还有用处。"

封文渚不解，问："大人，一个毛贼，格老子，跟官府作对，当真不要命了！"

刘禹锡开导说："封县令，强盗也是人，先派人劝其投降吧。"

封文渚只好同意："听刺史大人的。"

他们走到城外，果然见到城门的阴影下，大群饥民躲着火辣辣的太阳，饿得站不稳。这就是抗旱的劳动力！刘禹锡吩咐随从，把饥民们引到衙门，让其饱餐一顿，好生睡一觉，明天上山筑坝挖渠。

韦绚根据刘禹锡的描述，连夜调集起全城木匠，立即赶制提水机器。饥民们每筑好一个坝，衙门就派人抬一部机器过去，架设在水坝跟前，坝上两人一组，拼命摇动转轴，清水汩汩地流进了干得裂口的水田里。用不完的水，蓄积在上头的水池中，再用提水机器提升上去。

然后一级级往上提水，每一级水车，都可以将水往上提升，直到最高处水田。

上下块水田间，就使用脚踏水车。车身是个方形木槽，两头各设木轮，上头木轮大，下头木轮小，踩动间比较省力，上下木轮带动无数片方方的木板，两人各站上头一边，用双脚踩得木轮旋转，下方水田里的水，就被木轮刮到上方田块。

这样，避免过多使用提升机器，毕竟城里赶制不及；又分散了水流，提高了灌田的速度。

往下或者平行的水田，只需挖开硬田坎，清水就会顺着沟壑淌过去，迅速地灌满，向下一块田流去。大块坡地，只要有一个老者，或者一个妇女，就能照管。他们手持铁锄，水涌过来时，只需挖开缺口，放水入田，不时挖一锄湿泥，补好田坎上的漏洞，防止漏掉珍贵的清水。

过不了几日，夔州的山坡上，到处架设起了水车，从白日忙到夜晚，只要坝里还有水，人们就不停歇地踩水车；实在累得很了，换一班人员，接着踩，水车不停地输水，直到把一面坡灌足。

刘禹锡布衣斗笠，领着刘阈和封文渚他们，连日下田察看。看到田里逐渐灌起水，干枯的庄稼叶子慢慢硬挺起来，出现了鼓凸苞芽，刘禹锡高兴极了，跟百姓有说有笑的。灾民抢劫店铺的传言烟消云散了。韦绚说，就连飞贼回到山寨里头，也都在指挥部下抗旱，害怕荒年缺粮，动手抢都抢不到，那就只有饿死了。刘禹锡听得哈哈大笑，心想这抗旱，倒抗出一番特殊效果，也算是世事难料，说："绚儿也认识那飞贼，找个时间吧，本官再去会会。"

韦绚不敢执行这命令："我才不敢，要是他伤了刺史大人，下官背负不起恁大罪名。"

刘禹锡说："不要你负责，本官想再见他，是因为多有遇合，若是能够说开，替官军招安了，我们成为朋友也有可能。"

韦绚不信，较了真："大人何许人也，飞贼何许人，哪个做得成朋友？"

刘禹锡笑话他幼稚："绚儿，飞贼也是个人哩，自古英雄不问出身，为啥不能！"

韦绚还是摇头，心中刺痛，不敢再争辩，心想："未必如此，做不做得成朋友，要看能否处在一块儿。朋友不是谁想做，就做得成的。

封文渚一块块水田看过去，见灌水早的，禾苗顶部已经打苞儿了，势必就要抽穗扬花，心头忍不住喜悦，扯一片叶，放进嘴里咬嚼，甜滋滋的，连连说："今年大旱可要过去，大旱可就过去了……"身体在田坎上摇摇摆摆的，如鸭子踩石板一般，逗得众人笑个不停。

在周围坡上，迎接他们的，都是欢呼声和笑声。农民猛蹬着水车，说"恭请大人上坡"，把波轮踩得飞转。这哪里是踩水，分明是踩的丰收、踩的幸福，也踩出了百姓的快乐呀！

# 第二十五章

夔州旱灾过去了。

老百姓送来“万民伞”，感谢刘禹锡爱民如子，带领他们战胜了百年不遇的大旱灾。刘禹锡说：“功劳是众人的，往后，你们还要密切配合，按照朝廷规制积极参与改革。”百姓们离开之后，刘禹锡点亮蜡烛，写下《机汲记》，以记其事。

学舍不振，反而圣人庙泛滥于城郭乡村，百姓宁愿祭祀孔子，而不愿修学舍，实乃大唐朝盛世的遗憾，如白璧微瑕。刘禹锡认为此事不得不向朝廷反映，于是结合近年在夔州见闻，分析修庙与建学舍的现状后，写下《奏记丞相府论学事》。

……

谨按本州四县，一岁释奠物之直缗钱十六万有奇。举天下之郡县，当千七百不啻，羁縻者不在数中。凡岁中所出，于经费过四千万，适资三献官饰衣裳、饱妻子而已，于尚学之道，无有补焉。前日诏书，许列郡守臣得以上言便事，今谨条奏：某乞下礼官博士，详议典制，罢天下县邑牲牢衣币。如有生徒，春秋依开元敕旨，用酒醴、腶脩、腒𦟪、榛栗，示敬其事，而州府许如故仪。然后籍其资，半附益所隶州，使增学校，其半率归国庠，犹不下万计。筑学室，具器用，丰馨食，增掌固，以备使令。凡儒官各加稍食，其纸笔铅黄视所出州，率令折入。学徒既备，明经日课缮书若干纸，进士命雠校亦如之。则贞观之风粲然不殊。其他郡国，皆立程督。投绂怀玺，棫楪菁莪，良可咏矣！

……

一年祭典，大唐各府县，要花经费四千万缗，这些钱能够办多少学舍呀！这些学舍可以培养多少人才！刘禹锡深深忧虑着，书罢封固，直接送到丞相府中。

天色刚刚透亮，有只公鸡高啼一声，周围所有公鸡都叫了。这让有早起习惯的人，感觉很清新，浑身特别有劲儿。刘禹锡离开热被窝，尽量不惊动薛氏，披上夹衫儿，坐到窗子前，挑选竹枝词的近作。

刘禹锡经过考证，认为战国时期，楚国的荆湘一带，就有着“下里”和“巴人”的流行歌曲，“下里”是楚歌，“巴人”是巴歌，楚歌带有巴风，巴歌带有楚风，二者相互渗透，互相融合。夔州各地流传的“巴人”叫作竹枝调。所以，“巴人”歌最早是夔州人口头传唱的民歌。那时，巴人边舞边唱，用鼓和短笛伴奏。赛歌时，哪个唱的歌曲最多，哪个就是优胜者；歌唱者甚至当场现编现唱，让其他竞争者无法模仿。

那么，要创作出高品位的竹枝词，既不能丢失竹枝调风格，又必须有所创新，所以不得不对自己竹枝词的创作，认真来一番检视和总结，刘禹锡援笔写下《竹枝词九首》并引：

四方之歌，异音而同乐。岁正月，余来建平。里中儿联歌《竹枝》，吹短笛，击鼓以赴节。歌者扬袂睢舞，以曲多为贤。聆其音，中黄钟之羽，卒章激讦如吴声，虽伧佇不可分，而含思宛转，有淇澳之艳音。昔屈原居沅湘间，其民迎神，词多鄙陋，乃为作《九歌》。到于今荆楚鼓舞之，故余亦作《竹枝》九篇，俾善歌者扬之，附于末。后之聆巴歈，知变风之自焉。

薛氏惊醒，亲自来侍候笔墨，把毛笔用清水洗干净，挽起衣袖，研磨了一大盘浓浓的墨汁儿，拿镇纸压好八行笺，摆在书案上，预备记录老爷赋的诗。

对这一切，刘禹锡视若未见，脑海里设想有一个夔巫，惹动乡愁的夔巫，引起怅惘的夔巫，从城头、从山上、从水里拱出来了，何等的妖娆与奔放！

于是，刘禹锡取了一支笔，仔细拈掉岔生的纤毫，舔够浓墨，即兴挥毫：

白帝城头春草生，
白盐山下蜀江清。
南人上来歌一曲，
北人莫上动乡情。

想了想，将其列为第一首。薛氏过来，小心翼翼地把纸张挪移到旁边，等候墨干，再晾在绳子上头。

刘禹锡记起狩猎时所吟，梅溪河风光无限，火红的山桃花、碧绿的梅溪水，那些挑水田的壮汉子，采桑叶的俏妹儿，正好添上，将“山桃红花满上头”一阕，作为第二首，援笔写出。

山桃红花满上头，
蜀江春水拍山流。
花红易衰似郎意，

水流无限似侬愁。

搁下笔，再仔细琢磨：此首有“杨柳青青”风韵，“易衰”的不是女色，而是“郎意”，倘若郎意不衰，那么，女子颜色必将长盛；一个“侬”字揽尽江南春色，那么绵软、柔弱、娇娇……心中真是得意至极。

便又凝神，将思绪拉回了奉节城，一气呵成，写下第三首《竹枝词》：

江上朱楼新雨晴，
瀼西春水縠文生。
桥东桥西好杨柳，
人来人去唱歌行。

不能“求同”，那就“存异”！薛氏捉摸刘禹锡言外意思，本就有些“差堪”意味，看到诗中“杨柳”又出来了，看来知音难觅！于是说：“老爷这一首，名为‘江上’，却是有些怀旧念亲意味儿！”

刘禹锡问：“你也看出来啰？”笔走龙蛇，将第四首书出：

日出三竿春雾消，
江头蜀客驻兰桡。
凭寄狂夫书一纸，
家住成都万里桥。

待他停笔，薛氏看到刘禹锡眉头一皱，仿佛尤有耽思，手腕弯折，写下第五首词：

两岸山花似雪开，

家家春酒满银杯。
昭君坊中多女伴，
永安宫外踏青来。

薛氏大声赞扬“好”，因词中人物、地名，尽是先朝所有，而且切景，显得格外考究，便不再计较词中的“女伴”“昭君”，与古人吃醋，进而欢呼雀跃，赞个“好”字。这当然是发自内心了。

接着将咏滟滪堆一首，排为其六，述“人心不如石”，长江水势汹涌，仍不能摧毁滟滪堆，并以此意起兴：

城西门前滟滪堆，
年年波浪不能摧。
懊恼人心不如石，
少时东去复西来。

“人心”和“石”，原本不相干，可它们的区别在于硬与不硬，坚持与不能坚持，是有关联的，可以拿来作比，而且这比喻独特，达到了平常中出新意的境界。人心缘何不如石？人心善变，而顽石亘古不变；人心揉碎了就没有善良、正直、友爱了，顽石砸碎了还是坚硬无比的石头。

那么，第七首应该是“十二滩”了，过的那些滩哟，看的那些人呀，还是人心不如水，连水都不如，能为饥渴的百姓灌上那么一碗吗？

瞿塘嘈嘈十二滩，
此中道路古来难。
长恨人心不如水，
等闲平地起波澜。

这首竹枝词，在刘禹锡看来，显示出世态炎凉，虽有杨柳姑娘、封文渚、裴度，可也无处不存在仇骥、刘阈、仇士良和奸商杨昌雄一类人。借景起兴，“瞿塘嘈嘈十二滩，此中道路古来难”，极言其多险，甚至险绝！皇帝不重用，阁揆不举荐，同僚不认可，本人不得不“长恨人心不如水”，只因“等闲平地起波澜”。瞿塘峡那样的险，是因为水中有道道险滩，而人间世道不必滩涂遍布，“等闲平地”也会起波澜，令人防不胜防，“人心”真是比江峡还凶险的啰！

紧跟着，他又写下了一首《竹枝词》，列为第八：

巫峡苍苍烟雨时，
清猿啼在最高枝。
个里愁人肠自断，
由来不是此声悲。

这都不是他平时唱的，看来刘禹锡化简单为神奇，有了他自己独特的感悟了。

“断肠？”薛氏惊呼，“难道老爷伤透心了，伤心得肠子都怄断了？”

刘禹锡开导她：“本官这首竹枝，源自郦道元《水经注》中‘巴东三峡巫峡长，猿鸣三声泪沾裳’之说。猿声悲啼，哪个人听了不伤心？可是老爷想啊，在三峡那般艰难险阻中，哪还用得着听到猿声才悲伤，就是过路一遭儿，也伤心得很！所以翻个意思，说‘个里愁人肠自断，由来不是此声悲’。想想，觉得好不好听呀？”越说越兴奋，索性再翻出一首，笔走龙蛇一般写出。

薛氏跟随他边写边读：

山上层层桃李花，

云间烟火是人家。

银钏金钗来负水，

长刀短笠去烧畲。

读罢，只觉得想唱出，只是杨柳不在，自己无法唱得那么动听，反倒让夫君看轻贱了。

刘禹锡将九首《竹枝词》排列好，口里念叨：“夫人可把绳子上次序排列准确了？”

薛氏边去查看，边回答：“请老爷检视。”又转话题：“妾身念得可好听？”

刘禹锡鼓励她，说：“夫人念得好，跟唱山歌一样。这段时间感慨极多，故有此一气呵成之感。”

薛氏却问：“再将‘杨柳青青’列入其中？”

刘禹锡没有回答。

长庆四年夏，刘禹锡接朝廷令，将前往和州任刺史。

临行那天，封文渚来禀报，说夔州官商百姓在码头旁的碛石滩上，为刺史大人送行。

刘禹锡就问：“不是踏碛吧？”

封文渚肯定地回答：“不是的。踏碛在正月初七人日，时间还早着呢，是送别，恭送刺史大人！”

刘禹锡的眼泪一下就涌出来了，感动地说：“这如何敢当，如何当得了！”

封文渚却说：“就当大人跟夔州百姓集体辞行。”

刘禹锡这才答应了。歌舞是美的，应该在美好的季节展示。所以，那些僚妹打散了自己的高髻，将长头发编成一条粗大的独辫儿，在辫梢上系了一个红蝴蝶结，狂摇乱摆之际，辫子高高地飞起，拖着一只只彩蝴蝶翩翩起舞。许多僚族男女一齐扭动身体，甩手踢腿，配合得严丝合缝。

踏歌模仿一切农事活动，播种、插秧、薅稗、刈稻、收获等，偏偏又如行云流水，不像人在欢跳，似乎是神仙们在舞蹈，竟惹得夔门顶上行云荡漾，迅速地融化了，天顶露出极亮丽的蓝天。

成千上万的百姓、官员、士绅，围观踏歌表演，那些竹笛、巴乌和唢呐，那些琵琶、陶埙和小鼓，奏出鲜明的舞蹈节拍。那些观众，受舞蹈感染，个个手舞足蹈，用手往墙上拍，用脚往地下踩，形成万人齐舞的盛大场景。

奉节街道有多长，歌舞就有多长，而且余音绕梁，比街道更长。

他们见到刘禹锡出来，立即围拢来，跟在他身后下码头，如同一支浩浩荡荡的军队。

刘禹锡走出州衙，经过五福居茶楼，来到一条石板路，两旁是生意兴隆的店铺。沿途许多白发苍苍的老妪老汉弯腰致敬。这万众歌舞的场面让刘禹锡欢喜：这一年，百姓们能欢乐、能歌颂、能舞蹈，应该享有幸福了。这是为官三载获得的最大的宽慰，因此，刘禹锡连连向旁边的百姓拱手还礼，感谢他们的服从与配合，还要感谢他们的勤劳！

百姓们见到刘禹锡即行大礼，先有几人当街跪倒，感谢刺史大人辛劳，爱民如子，其他人也纷纷跟着下跪叩头，现场所有的夔州子民，齐声呼喊："恭祝刺史大人身体康健！"

"恭祝刺史大人身体康健……"这一声声祝福，喊得刘禹锡心潮澎湃，他揾了一把英雄泪，说："好好，大家康健！"眼泪不知不觉洒满了衣襟。

这是临别前的殷殷叮嘱。

现场一片静寂，众人因不舍而默默流泪，接着，有人控制不住地放声大哭。

刘禹锡走到码头，依依不舍，转身朝送别的百姓挥手。那身官服飘飘如帆。百姓黑压压地围满了码头，一齐沉寂了，似乎酝酿着更雄壮的气氛。

“咚！咚！咚！”三声鼓响，踏歌舞蹈如旋风般卷起，僚人男女左摇右摆，舞得像江里的船，或者山上那树。而鼓声震耳欲聋，虽然出自身旁，也在远方响起，宛若天鼓。刘禹锡想到要是杨柳在，一定会在其中领舞，代夔州百姓跳上一曲。然而，杨柳确实不见了。就连被捉到的土匪都说，杨柳被刘刺史拐跑了，不在山里。刘禹锡不由得百感交集，面前江中人群中，再也见不到杨柳了吗？然而，领舞者总要出现的。踏歌队里，出现了一个姑娘，头勒白帕，身穿对襟衫，腰里系着一袭黑色长裙，一跃而起，伸手向鼓手示意。鼓手持小鼓五指齐弹，于极静中响起“梆梆梆梆梆……”一连串急促的鼓点，紧接着就是“嘣”的大响。

演员们腰肢猛扭，双腿上伸，个个站立当地，一会儿，就如一阵风般旋转起来。

踏歌又开始了，这是踏着感情在跳舞，踏着百姓与刘禹锡的心律在跳动，踏着男人与女人的爱在跳跃！

那姑娘扯开长裙的束条，肩膀轻轻一抖，露出内里的劲装。那是个曼妙无比的身体。刘禹锡先还以为她要舞“踏歌”，缺了长裙怎么跳哩，心头还有些拿不定判断。只是，天下舞蹈，莫不以展示人类身体、姿态，来满足人们欣赏之心。

刘禹锡见那姑娘，身体柔若无骨，陡地向右一折，仿佛被撇断了，右脚却横担在左膝。就靠一只脚稳稳当当站着。刘禹锡“呀”地一叫，看出来了，她这是要跳胡旋！

胡旋舞由胡姬带到大唐，此时还在中原流行，不晓得姑娘从哪里学得，不知练习多少时候，吃了多少苦，才勉强熟练。

刘禹锡感动不已，他取出一只平时赏玩的小鼓，反手一掌拍响。

那姑娘身体又横着转半圈，然后向上冲天而起，如鸦雀高飞，轻盈地落下，就开始快速旋转。

刘禹锡手中鼓急骤地拍响，每三响为一节，姑娘就地能够旋转一圈，再三响再旋转一圈，直到把手都拍软了，姑娘还在不停地飞快旋转。刘禹锡担心她会转得摔倒。于是，放慢了节奏，一下一下地，希望领舞姑娘慢慢转。谁知胡旋舞，不旋转还罢了，旋转起来，竟似冥冥中有只手推动，似乎不旋得失足摔倒绝不会停转。当然若真练到家了，那就是想旋就旋，想停就停，戛然而止，十分精妙。

姑娘旋转着不停歇，刘禹锡怕她摔倒，将手中小鼓一丢，冲上前去，把姑娘拦腰抱住，怜惜地说："杨柳累了，姑娘跳得极好哩。"等待她乖乖停下。姑娘身体如蛇一般在刘禹锡怀里扭动。刘禹锡见她脸儿也跳红了，眼儿因进入舞境而显迷离，手和脚都扭动个不停。只好伸手按住她双手。姑娘身体自然蠕蜷，而且热得烫手，刘禹锡连忙说："姑娘，杨柳姑娘，你可是跳累了？先停歇一会儿，喝几口水，我们再来跳舞，好不好？"

那姑娘回应："大人，我不叫杨柳，叫竹枝。"

"竹枝？"刘禹锡不明白了。

那姑娘又问："大人认识杨柳姑娘？"

"对呀。"刘禹锡以为她最近见过，急忙问，"我的杨柳在哪里？"

那姑娘回答："到处都有。"

刘禹锡不信："我怎么找不到她？"

那姑娘却说："这可不好办了，我们山里，叫杨柳的妹儿，没有百个，也有八九十个，哪个是大人认识的？"

话音未落，周围官商百姓喊了一声"杨柳"，那姑娘从刘禹锡怀里一挣出去，跳上块极大的碛石，放声领唱一句"杨柳青青江水平"，便住口了，等待众人齐唱。

几千人高昂起头，对着红彤彤的太阳，一齐放开喉咙，使尽全身力气，吼了起来：

杨柳青青江水平，
闻郎江上踏歌声。
东边日出西边雨，
道是无晴却有晴。

前几十排人吼过，后几十排人跟上，然后，几十排人、成千上万的奉节百姓，在碛石滩大声高唱。

歌声像长江水滔滔不绝地冲上夔门。

封文渚、覃昌扬、朱敏政、张子松几个县令，也到码头送别，坚持要像送老友一样，在碛滩饮酒喝个通宵，才放刘禹锡离开。

刘禹锡只好以朝廷旨意，来说服百姓，说服官吏们。终于，全家登上了官船。夔州老百姓集体坐在江岸的慢坡上，一遍又一遍轮唱《竹枝词》，直唱到船入瞿塘峡，看不见帆影了，才慢慢站起，扶老携幼，进入城门洞。